Wilhelm Jensen

Neue Novellen

Wilhelm Jensen

Neue Novellen

ISBN/EAN: 9783741110818

Hergestellt in Europa, USA, Kanada, Australien, Japan

Cover: Foto ©Andreas Hilbeck / pixelio.de

Wilhelm Jensen

Neue Novellen

Neue Novellen

von

Wilhelm Jensen.

———

Stuttgart.
Verlag von A. Kröner.
1869.

Inhalt.

Die Liebe der Stuarts.

Die Erde lachte im grünsten Maienkleid, und unab=
sehbar streckte der Himmel sein blaues Festtagsgewölbe über
den alten Dächern der großen Stadt an der Themse aus.
Lachend ruhte es über dem dichten Giebelgewirre der Alt=
stadt und den gelblichen Fluß hinab über den finstern un=
heimlichen Zinnen und Thürmen der alten Königszwingburg
von England, an der die Jahrhunderte vorüberschritten,
ohne den Mörtel herauszurütteln aus den Mauerfugen. Es
war noch dieselbe Sonne, wie sie tröstend so oft durch die
engen Gitterfenster dort auf bleiche, verzweifelnde Gesichter
herabgeblickt, auf stolze Frauen und schöne Rittergestalten,
die sie alle seit so manchem Jahrhundert begleitet und zum
letztenmal begrüßt, wenn sie durch die kleine Pforte hinaus=
schritten, und wenn sie dann im engen Hofraum festen
Fußes alle hinantraten an das schwarze Tuchgerüst und
verächtlich herabsahen auf das blitzende Beil, das im raschen
Schwunge Fortuna, das launische Weib, ihnen mit dem
funkelnden Diadem vertauscht. Es war dieselbe Sonne, wie
sie, unbekümmert um die Wandlung der Zeiten und Ge=
schlechter, mit gleichen, fröhlichen Strahlen Whitehall ver=
goldete und Westminsterhall und lachend auf die Stufen

herabglänzte, die sie vor einer kurzen Reihe von Jahren mit schwarzem Trauertuch verhüllt gesehen.

Und wie sollte es anders sein? Hatten doch gar Viele ebenso gut darauf hingestarrt mit verwunderten gedanken=losen Augen, die heute ebenso fröhlich und lachend wie die Sonne des 29. Mai's durch die Menge sich hindrängten, welche auf der Südwerksseite von Londonbridge wie ein Riesenschlangenleib mit hunderttausend Köpfen wogte und lärmte, und hatten doch gar Manche von ihnen damals laut in den gellenden Ruf eingestimmt: „Nieder mit dem Tyrannen! nieder mit dem Mörder der Freiheit!" die heut das vielstimmige Getöse mit dem Jubelschrei übertönten: „Heil Karl II.! Heil dem Erretter Englands!" Er wäre als Opfer ihres Enthusiasmus gefallen, der es gewagt hätte, jetzt an den ersten Festtag der Republik zu erinnern. War auch nur Einer unter diesen Tausenden, der im Stillen des 30. Januars des Jahres 1648 gedachte?

Vielleicht nur ein Einziger. In den finstersten Winkeln der Altstadt mochten sie hie und da zusammengekauert sitzen die Beliasfeinde, die Zerubabels, Obadjas und Zephanjas jener Tage, und durch die Psalmen, die sie gedankenlos vor sich hinplärrten, der blutigen Saat gedenken, die sie ausge=streut; und die summenden Lippen mochten bleich und bleicher werden, wenn das laute Jubelgeschrei verhallend durch die krummen Gassen in ihre Schlupfwinkel herübertönte und ihre zukunftbrütenden Gedanken unterbrach. Freudig mochte es auch ab und zu unter den gerunzelten Brauen der alten Cavaliere aufblitzen, die ihre verstäubten Hofge=wänder und Gnadenketten hervorgesucht, und von ihren ein=samen Landsitzen wieder gen London gezogen, um sich hoch

zu Roß in feierlicher Empfangsreihe an den alten Kloster=
mauern von St. Mary Overies aufzustellen. Aber das
jubelnde, zukunftsfrohe Volk dachte nicht an die heimlichen
Befürchtungen der Einen, die sich nicht in Schlummer wie=
gen lassen wollten von dem schmeichelnden Ammenlied der
verheißenen Amnestie, nicht an die Hoffnungen und stillen
Pläne, die unter den federnumwallten Barets der Andern
brüteten; es dachte nur, daß

> „Geendet nach langem verderblichen Streit
> „Die königslose, die schreckliche Zeit,"

und erfüllte die Luft mit immer lauter donnerndem Bei=
fallsruf, wie nun um die Ecke der breiten Straße, die ge=
radewegs auf die Hauptthemsebrücke zuführte, die Vorboten
des königlichen Zuges herumbogen.

Nur Einer, sagten wir, schien wenig darauf zu achten
und seinen eigenen Gedanken nachzuhängen. Wer ihn länger
mit den Augen schon verfolgt hätte, würde bemerkt haben,
daß er mit gesenktem Kopf langsam an dem diesseitigen,
sonnigen Stromufer heraufgekommen war und mechanisch
seine Richtung auf Londonbridge zu genommen hatte. Dann
stieß er plötzlich auf die Menge, die in zehnfachen Reihen
aufgestapelt an beiden Seiten den Weg wie eine undurch=
bringliche Mauer abschloß. Er sah verwundert auf und
blieb stehen. Dabei flog ein halber Zug von Mißmuth über
sein Gesicht, der die zahlreichen Falten desselben auf Stirn
und Wangen noch vermehrte.

Es war ein Mann von mittlerer Größe in einfachem,
ja fast dürftigem Rock, auf den nach hinten lange, silber=
graue Haare herabhingen. Trotzdem, und obgleich er ziem=
lich gebückt herankam, schien sein Alter schwer zu bestimmen,

denn wie er sich jetzt einen Augenblick hoch aufrichtete, um über die Köpfe des menschlichen Spaliers hinwegzuspähen, lag eine Festigkeit in seiner Haltung, die man ihm nach seiner früheren Stellung nicht zugetraut hätte. Auch die Augen standen nicht im Einklang mit dem blassen, verrunzelten Gesicht, das sie umgab; sie glänzten beweglich über die jubelnde Menge hin, und es lag ein fast stolz zu nennender, verächtlicher Ausdruck in ihnen, als der Mann sich wieder aus dem Gedränge an den freien Themsestrand zurückwandte, und dort gedankenvoll auf das Wasser hinunterblickend stehen blieb.

Doch galt der verächtliche Blick augenscheinlich nicht dem erwarteten Zug, denn auch er drehte jetzt den Kopf wiederum neugierig nach der Straße zurück, als das unaufhörliche Beifallsgeschrei ihm die Ankunft desselben verkündigte. In der Mitte der breiten, gewaltigen Brücke stand, von den Aldermen umgeben, in starrendem Goldgewand der Lordmayor von London, während sich die Vorreiter und Trabanten des Festzugs auf beiden Seiten der freigehaltenen Brücke aufreihten und ein glänzendes Spalier für die Kommenden bildeten.

Endlich erschien der Erretter Englands und das Jubelgeschrei steigerte sich zu wahnsinnigem Tumult. Er ritt auf einem milchweißen Zelter, dem er ab und zu mit der feinen, spitzenumringten Hand kokettirend auf den Nacken klopfte; mit der andern lüftete er bei jedem Beifallssturm zierlich das von Edelsteinen blitzende Baret, das nachlässig auf dem schwarzen, gelockten Haare schwebte. Es mochte jetzt, wie er vorüberritt, Manchem unwillkührlich in's Gedächtniß zurückkommen, daß es derselbe bleiche, längliche Kopf mit dem

kleinen schwarzen Zwickelbart sei, der vor einem Decennium
drüben in Whitehall schweigsam und blutig auf den Boden
herabgerollt war; aber dieser Kopf lächelte so verbindlich
und seine Augen grüßten mit so gewandter Verneigung
so königlich und doch so herzlich nach rechts und links in
die Menge hinunter, daß man es sah, er dachte nicht an
jenen andern Kopf mit den blutlosen, zusammengekniffenen
Lippen. Und immer gewaltiger brach das Jauchzen hervor
bei jedem Lächeln, das dankbar durch die weißen Königs=
zähne den Gruß seines geliebten Volkes erwiderte.

Neben Karl II., an der rechten Seite, doch etikette=
mäßig sein schwarzes, schnaubendes Roß um Pferdekopf=
länge vor dem Schimmel zurückhaltend, ritt ein langer,
hagerer Mann, dem man es ansah, daß er sich unbehaglich
in der reichen, glänzenden Hoftracht bewegte. Er nickte
stumm auf die Menge hinab, die auch ihn mit Zurufen
überhäufte; nur ab und zu, wenn der König sich mit strah=
lenden Blicken anmuthig zu ihm hinüberneigte und ihm ein
scherzendes: „Ihr seht ja so grämlich aus, Herzog, als
wolltet Ihr Uns das Wetter verderben," zurief, zuckte es,
sobald das übermüthige Antlitz sich abgewandt, flüchtig
sarkastisch um die tiefgezogenen Mundwinkel, und es war,
als drängten die mürrischen Lippen gewaltsam ein spöttisches
Wort zurück. Freilich, ohne Karl II. wäre heut kein Herzog
von Albemarle durch die Thore Londons eingeritten — aber
wer wäre Karl Stuart heute gewesen, ohne General Monk?

Zur Linken des Königs ritt eine hohe würdevolle Ge=
stalt mit noch feinen, geistvollen Zügen, obwohl ihr Besitzer
über ein halbes Jahrhundert gesehen haben mochte. Es
ließ sich kein Zeichen der Mißbilligung hören, im Gegentheil

neigten sich alle ehrfurchtsvoll, wo er vorüberkam, aber die Blicke der Menge wichen ihm mit einer Art von Scheu aus, wenn seine tiefen, sinnenden Augen ihnen begegneten, als wollten sie ihnen durchbringend bis in den Grund der Seele hinabschauen. Auch der Blick des Königs streifte ihn nur ab und zu scheu von der Seite und dann machte der lächelnde Uebermuth seiner Züge auf einen Augenblick einem leichten Schatten Platz, der gleich einer Wolke über die triumphirende Stirn hinzog.

Der ernste Reiter war Sir Edward Hyde, der zum erstenmale mit Karl Stuart wieder den Boden seiner Väter betrat. Es mußte nicht die Zukunft sein, die ein Geist vor seinem Auge erhellte, denn in dem düsteren Glanz desselben lag keine Vorahnung der strahlenden Demantkronen, die sein Geschlecht zu tragen berufen war. Er mochte ver= gangener Tage gedenken und der wechselnden Welle des Lebens, die ihn mit Hampden auf dieser selben Stätte einst zur Anklage Straffords vereint und ihn auf dem Schlacht= felde so oft gegen die früheren Genossen geführt. Wo waren sie geblieben? Was war dieser König damals, der heute so frohlockend heimkehrte?

Er hatte wohl Grund, so schweigend daher zu reiten; doch nun hob er sich einen Moment unmerklich im Bügel und ließ hastig das beschattete Auge nach links hinüber= gleiten, wo die hohe Kuppel von Whitehall düster von fern über den Dächern heraufragte. Dennoch bemerkte der König diese Bewegung. Er fühlte sie mehr, als daß er sie sah, und ein unbehaglicher Schatten überflog sein Gesicht. Er neigte sich hastig seinem sinnenden Begleiter zu und suchte die Aufmerksamkeit desselben von dem ihm unliebsamen

Gegenstande abzuleiten; aber, war es Zufall, war es Absicht, die Finger der weißen Königshand, die in die entgegengesetzte Richtung deuteten, wandten sich gerade auf die düstern Steinwände des Towers, der stromab in finsterer Majestät über der geschmückten, tausendfach bewimpelten Themse emporstieg. Sir Edward war der Handbewegung gefolgt, aber er mußte ihre Gesticulation jedenfalls als Absicht auffassen, denn ein schwermüthig bitterer Zug furchte seine ernste Stirn und er hob mit trübem Lächeln seine Lippen zur Antwort, als der König plötzlich die Zügel seines Zelters straff anzog und mit einer hastigen Bewegung den schon geöffneten Mund seines Begleiters wieder verschloß. Er hatte, die Augen der Tausende und aber Tausende, die auf ihn gerichtet waren, vergessend, die rechte Hand auf Hyde's Arm gelegt und deutete mit der andern über die Köpfe der Menge weg auf den grauhaarigen, dürftig gekleideten Mann, der, am diesseitigen Stromufer heraufgekommen, noch immer von dem dichteren Gedränge abgesondert stand und die beweglichen Augen auf den herannahenden Zug geheftet hielt. Die hohe Gestalt des Kanzlers hatte dem Mann bisher die Gesichtszüge des Königs verdeckt; jetzt plötzlich, da der Zug stockte, vermochte er frei in dieselben hineinzublicken, und ein lauter unwillkürlicher Ausruf flog über seine Lippen. Es war ein Name, den er unbewußt so heftig hervorgestoßen, daß die Umstehenden trotz der gespannten Aufmerksamkeit, mit der sie auf den Zug Acht gaben, sich erstaunt nach dem Sprecher umwandten.

„Wer ruft hier nach Edwine?" fragte ein behäbiger Bürger aus Cheapside, der dicht vor dem Fremden stand.

— „Edwine ist nicht hier!" rief eine derbe spöttische Stimme aus einer Theerjackengruppe, die um die Uferpfosten versammelt stand. — „Edwine ist klug," fügte eine andere hinzu, „ist nach Haus gelaufen und kocht Suppe, denn, Godbam, es ist bald Mittag vorbei." — „Zum Teufel mit deinen Spässen, Jack!" fiel ein derber Seemannsfluch dazwischen. „Gib lieber Acht, was der kleine Stuart für Gesten macht."

„Er hat „Jeremy" gesagt und hieher gedeutet!" sagte eine halblaute Stimme aus der Menge. Der Citybürger wandte sich wieder um und fragte gewichtig: „Wer heißt hier Jeremy, Gentlemen?" Aber das Durcheinandersummen der Masse übertönte ihn.

„Er hat wohl nur gemeint, nun fingen die Klaglieder Jeremiä von seines Vaters geköpftem Andenken wieder an," flüsterte eine verbissene Stimme als Antwort; doch sie fand bei der Menge keinen Anklang. Im Gegentheil erhoben sich drohende Rufe gegen den Wecker dieser unseligen Erinnerungen und es entstand ein heftiges Drängen, um den Thäter ausfindig zu machen.

Der Krämer aus der Altstadt wandte sich zum drittenmale um. „Habt Ihr diese Bemerkung über die Klagelieder Jeremiä gemacht, Sir?" redete er den Fremden an, der noch immer die Augen starr auf den König gerichtet hielt und von der Aufregung, die um ihn her herrschte und zu der er unbewußt den Anstoß gegeben, nichts bemerkt hatte.

„Ja wohl, der ist's gewesen!" schrie Einer aus der Mitte hervor. Das oben von uns beschriebene Aeußere des Fremden, das ihm ein Decennium früher noch Verehrung eingetragen hätte, sprach unter den jetzigen Umständen nicht mehr und heute am wenigsten zu seinen Gunsten, da es die gleich darauf erfolgenden Rufe: „Das ist Einer von den Palmensängern! werft den Königsmörder in den Fluß!" zu rechtfertigen schien. Die Puritaner hatten es schnell dahin gebracht, zumal in den unteren, lebenslustigen Schichten der Bevölkerung, den Jubel, mit dem man ihr Erscheinen begrüßt, in Haß umzuwandeln, und das Volk bediente sich der Bezeichnung Rundköpfe schon mit demselben verächtlichen Ausdruck, wie es vor zwanzig Jahren die Cavaliere Karl's des Ersten gethan.

Auf den ersten Blick mochte der Fremde, der so plötzlich aus seinem Sinnen aufgeschreckt wurde, auch wohl etwas von diesem Typus haben; wenigstens sah man seinen Gesichtszügen an, daß sie sich vielfach mit geistlichen Dingen beschäftigt. Er hatte bisher die Blicke nicht von dem König verwandt, der nach der ersten Ueberraschung, auf ihn hindeutend, Sir Edward einige Worte in's Ohr geflüstert hatte, welche dieser mit derselben Handbewegung auf einen hinter ihnen reitenden Diener zu übertragen schien. Der letztere wandte ebenfalls die Augen in die aufgeregte Gruppe hinein; dann schwang er sich vom Sattel, gab seinem Nebenmann die Zügel seines Pferdes und verschwand in der Menge, während der Zug sich wieder auf Londonbridge und den harrenden Lordmayor zu in Bewegung setzte.

Um so besseren Anlaß hatte die Gruppe am Ufer, da die Hauptpersönlichkeiten vorüber waren und ein Nachbrängen bei der überall aufgestauten Volksmasse zu den Unmöglichkeiten gehörte, sich mit dem Vorfall in ihrer eigenen Mitte zu beschäftigen. Es hatte sich ein durcheinander schreiender Knäuel um den Fremden geballt. Diesem am nächsten gegenüber stand der dicke Bürger, der die Andrängenden abhielt und zur Belustigung der Umstehenden gewissermaßen ein Inquisitionsverfahren einzuleiten begann. Er hatte seine schwere Hand auf die Schulter des sich jetzt verwundert umblickenden Mannes gelegt und wiederholte nachdrücklich mit gewichtiger Richtermiene:

„Also Ihr wart es, Sir, Ihr — nicht drängen, Gentlemen! Wir werden gerecht —" „Nichts da! Aufhängen! Keine Zeit verlieren!" schrieen mehrere Stimmen unter einander und verschiedene Hände streckten sich von hinten aus dem Knäuel hervor und faßten drohend nach dem Rock des Fremden.

„Platz, Platz, ein königlicher Bote!" rief es plötzlich laut dazwischen und die lachende und schreiende Menge wich nach allen Seiten ehrerbietig zurück. Der Gedanke des Königthums war noch ein so neuer und es knüpften sich so viele stille und laute Hoffnungen an die kaum erfolgte Wiederherstellung, daß von den Meisten Alles, was Bezug darauf hatte, mit einer fast heiligen Scheu betrachtet wurde. Ja hin und wieder faßte eine Hand sogar verstohlen nach dem Saum des rothen Scharlachwammses, das durch die ausbiegenden Haufen hinschritt, und drückte, wie als Pfand für die Erfüllung ihrer Erwartungen gläubig die Lippen darauf.

„Herr Jeremy Taylor!" rief der rothberockte Diener in das Gesumm der Stimmen hinein. „Wer ist Herr Jeremy Taylor?"

Es folgte tiefe Stille in der Runde, selbst der würdevolle Inquisitor wandte sich von seinem Opfer ab und sah sich erwartungsvoll nach dem Gerufenen um. Es war ein vergessener Name, der da genannt wurde, aber er wachte jetzt plötzlich in manchem Herzen auf. Ein neugieriges Fragen lief umher und Jeder betrachtete aufmerksam seine Nachbarn, ob der Gesuchte sich unter ihnen befinden möge.

Auch der Fremde hob jetzt den Kopf in die Richtung, von woher die Frage erschollen war. Man sah, daß tiefe Gedanken seine Stirn durchkreuzten, denn er hatte kaum Acht auf die Arme gegeben, die sich vorhin von allen Seiten feindlich nach ihm ausgestreckt, und ebensowenig die Inter=pellationen des Citykrämers beantwortet. Seine Augen waren starr dem Zug gefolgt, der schon lange auf der häuserbesetzten Brücke verschwunden war. Nun kam ihm der Ruf nachträglich zum Bewußtsein und er murmelte, noch immer in Gedanken versunken, vor sich hin: „Jeremy Taylor? Wer will etwas von Jeremy Taylor?"

Die Umstehenden hatten kaum mehr auf ihn Acht ge=geben. „Kennt Ihr Jeremy Taylor, Sir?" fragte jetzt, sich hastig wieder zu ihm wendend, der Richter aus Cheap=side, der die halblaut gesprochenen Worte gehört hatte. — „Ich glaube," erwiderte der Gefragte zerstreut; aber im selben Augenblicke eilte der königliche Diener mit dem Aus=ruf: „Da ist er!" auf ihn zu und zog das bunte Sammt=baret tief von der Stirn.

Die Menge wich scheu zurück und bildete hastig einen weiten Kreis um den Fremden, während Diejenigen, die ihn am Rock gefaßt hatten, sich wie vom Blitz gerührt, im Gedränge verloren. Nur der Bürger behauptete seinen Platz, als wäre nichts vorgefallen; dann griff er hastig an seine Kopfbedeckung und riß sie ebenfalls mit einer devoten, etwas unruhigen Verbeugung herab.

„Seine Majestät läßt Euch bitten, Sir, heute Abend zum Nachtmahl in der Residenz zu erscheinen," hatte der Diener mit tiefer Unterwürfigkeit gesagt, und alle Mützen umher, die noch auf den Scheiteln geblieben, flogen herunter. Ein freudiges Gemurmel und Rufe: „Taylor hoch, hoch der große Kanzelredner, der Feind der Kirchenschänder!" lief durch die schnell umgewandelte Runde.

„Der König? Mich?" fragte der Fremde erstaunt. „Ihr irrt Euch wohl, Freund." — „Nicht, wenn Ihr Herr Jeremy Taylor seyd, den Seine Lordschaft mir gezeigt mit dem Auftrag, ihm diese Botschaft Seiner Majestät auszurichten," entgegnete der Diener.

Neue Hoch auf Seine Majestät und den Lordkanzler ertönten aus der einmal angeregten Menge. Der Bote schien auf die Antwort Taylors zu harren; dieser aber stand noch immer verstummt vor ihm und blickte ihm starr in's Gesicht. Es mochte die unerwartete königliche Labung sein, die ihn nicht zu Worte kommen ließ; statt dessen legte er wie in plötzlicher Schwäche den Arm auf die Schulter des Bedienten, welcher der Richtung, die seine Hand ihm gab, willig folgte, und schritt unsichern Gangs durch die ausweichende, gaffende Menge fort.

Bald wurde diese dünner und war größtentheils dem Zuge in die Altstadt nachgeströmt. Der Fremde hatte sich sichtlich erholt; ab und zu hielt er den Mund wie zu einer Frage geöffnet, dann schloß er ihn hastig wieder, wenn sein Führer verwundert zu ihm aufsah, und schritt weiter. Sie waren jetzt ebenfalls über die Brücke gekommen und betraten das Straßengewirre von Eastcheap; an dem Eingang einer engeren Seitengasse hielt der Fremde an. Er hatte sich schon von dem mit einer ehrfurchtsvollen Verbeugung sich entfernenden Diener verabschiedet, als er denselben noch einmal zurückrief.

„Wer war der Herr mit dem schwarzen Haar und Zwickelbart, der den weißen Zelter ritt?" fragte er zögernd; „könnt Ihr mir dieß sagen?" Der Gefragte blickte ihn erstaunt an. „Es war nur Einer im Zuge —" antwortete er ungewiß. — „Nun ja, dieser Eine," versetzte Taylor rasch, „wer war das?"

Der Diener machte ein verlegenes Gesicht. „Es muß ein Irrthum sein," sagte er, „aber ich meine, daß nur Seine Majestät ein weißes Pferd geritten —" „Wer?" unterbrach Taylor ihn hastig. — „Nun, König Karl II.," erwiderte jener, mit gesteigerter Verwunderung seinen Be-gleiter messend. Einen Augenblick fuhr dieser mit der Hand nach der Stirn, als ob er einen plötzlichen Schmerz dort zurückpressen wollte, dann hob er den Arm, mit dem er sich wie schwindelnd an die Mauer gestützt hatte, und winkte dem Andern zu gehen.

„Ich werde kommen," fügte er tiefaufathmend hinzu. „Wohin?" — „Die Residenz ist in Whitehall." — Der Fremde fuhr noch einmal erschrocken zusammen. „Auch nach Whitehall!" sagte er langsam und wandte sich schwankend in die dunkle Straße hinein.

———

Das Gewoge auf den Straßen hatte sich kaum ver-ringert, obwohl schon die Nacht über London lag. Es war eine helle Maiennacht, aber die Sterne der Erde machten heute denen des Himmels Concurrenz, überall, an der Giebel-

front der Häuser in der Altstadt, wo flammende Trans=
parente die Restitution Englands — so nannte man kurz
die Wiederkehr des Königthums mit allen daran geknüpften
Hoffnungen — feierten, in allen Fensterwölbungen, die vom
Palast bis zur Hütte sich mit Kerzen und armseligen Un=
schlittlichtern bekränzten. Buntfarbige Leuchtkugeln stiegen
wie aus dem dunkeln Wasserspiegel der Themse auf und
warfen ihren zitternden Schein über die Dächer der Riesen=
stadt, die sich in ausgelassenem Taumel um sich selbst zu
drehen schien.

Wenigstens mochte es manchem der Gäste so erscheinen,
die jetzt drüben in Whitehall nach der aufgehobenen Tafel
an die geöffneten Fenster traten und mit fröhlich erregten
Gesichtern über das nächtliche Häusermeer hinblickten, das
hie und da farbig sich aus der Finsterniß erhob. Es mochte
wohl ein Meer von Gedanken sein, das diese Stirnen unter
den langen Allongeperrücken durchwogte, aber ein Meer,
dessen wilde Stürme mit seinen Schreckensrufen und Angst=
gebeten überstanden, das jetzt lachend das schon verloren
gegebene Schiff an's reiche Ufer zurückgetragen. Welches
Herz unter den blitzenden Sternen und Ordensketten, die
hier mit der Milchstraße des Himmels wetteiferten, dachte
jetzt noch des Orkans! Am wenigsten jedenfalls der, dessen
Brust die Sonne bildete, um die sich alle diese Gestirne
bewegten. Er verstand es, sie zu copiren, wie sein Vater,
wie die schöne Maria es verstanden, ehe das schwarze Blut=
gerüst seine Verdunklung über ihr sorgloses Antlitz geworfen.
In die bleiche Fürstenstirn, unberührt von der langen Schule
der Armuth und des Elends, hatte nur die Leidenschaft hie
und da ihre Linien gezogen; ab und zu mochte in bittern

Stunden der Noth der wie Tropfenfall wiederkehrende Ge=
danke der Vergeltung eine Furche hinzugeschrieben haben.
Nun lag der königliche Mantel um die Schulter, als ob er
sie niemals seit der Wiege verlassen, und unter den Diadem=
kleinodien des Towers lachte herausfordernd das alte, über=
müthig vergeßliche Stuartgesicht.

Mit mehr Würde hatte der holländische Schutzbürger
Karl Stuart jahrelang den königlichen Tisch in seinem Land=
hause zu Breda aufgehoben, als heute zum erstenmal Seine
Majestät Karl II., König von Großbritanien und Irland
die königliche Tafel in Whitehall verließ. Er hatte eifrig
dem Weine zugesprochen und seinen leuchtenden Augen zum
Trotz flog es ab und zu ungeduldig über sein Gesicht, als
verwünschte er im Stillen den Zwang, der ihn noch an
seinen Stuhl gefesselt hielt. Seine Blicke ruhten mit einem
heftigen Ausdruck des Verlangens auf einer kleinen Thür
des Saales, durch die manchmal ein verirrter, ferner Musik=
ton herüberdrang. Endlich schien er seine Ungeduld nicht
mehr bezähmen zu können und entschlossen zu sein sich zu
erheben, als die Flügelthür sich öffnete und ein königlicher
Page mit einem Briefe in der Hand schüchtern auf ihn
zutrat.

„An Seine Majestät den König“ — Karl las mit un=
verkennbarem Wohlgefallen die Aufschrift, bevor er den Brief
öffnete; dann überflog blitzartig ein sarkastischer Zug sein
Gesicht, indem er vom Stuhl aufsprang. Es war still im
Saale geworden, jetzt aber rief Karl: „Unser getreuer und
Uns in unwandelbarer Liebe ergebener Bruder, König
Ludwig XIV. von Frankreich, wünscht Uns eigenhändig
Glück zu diesem Tage, und sendet einen Eilboten mit diesem

Gruße vorauf, damit Wir uns dieser unverbrüchlichen Gesinnung versichert halten, bevor Seiner Majestät Abgesandter, der jenem auf dem Fuße folgt, Uns weitere Belege dafür überbringt."

Es lag etwas in Karls Stimme, das Anlaß zu dem spöttischen Lächeln gab, mit dem diese feierliche Ankündigung die Gesichter der alten Cavaliere überzog. War das derselbe König von Frankreich, bei dessen Ministern sein getreuer Bruder Karl II. vergeblich um Schutz und Aufenthaltsgewährung in seinem Reiche gebettelt hatte?

Ein hastig aufzuckendes Lachen der Verachtung umflog jetzt auch die Lippen des königlichen Lesers, aber es hinterließ keine Spur darauf und diente nur zur Rechtfertigung der spöttischen Mienen der Hörer. Dann überglitt wieder der schattenlose Leichtsinn des Triumphes das ovale Stuartgesicht. Er machte eine Bewegung, als ob königliche Pflicht ihn zur Mittheilung der empfangenen Botschaft zwinge und verschwand mit einer leichten Verbeugung gegen die Gesellschaft durch die Thür, auf der sein Auge vorhin sehnsüchtig geruht.

Seine Majestät ging schnellen, aber geräuschlosen Schrittes durch den langen, mäßig erhellten Corridor, von dessen Ende jetzt melancholisch langsame Saitentöne herüberschallten. Es schien ein Präludium auf der Harfe; dazwischen klang seltsam abstechend fröhliches Gelächter von Frauenstimmen. Dann ward es plötzlich still. Karl hatte schon die Hand auf den Drücker der kleinen Seitenthüre gelegt, die ihn von dem Gemach, aus welchem der Jubel scholl, trennte, als er überrascht innehielt. Das Getöse hatte sich gelegt, auch die

Harfe war verstummt; statt dessen sang eine schöne, schwer=
müthige Stimme:

An Babels Wassern saßen sie
Und sangen Zions hohes Lied;
Die Hörer beugten stumm das Knie,
Der Tag verglühte im Zenith.
Vom fernen Strande kam der West
Und summte durch der Harfe Strang.
Wie zu der Heimath grünem Fest
Aus dämmerweiter Ferne klang
Ein grüßend Rauschen gleich dem Ton
Der Cedern auf dem Libanon:
Dann riß die grau umsäumte Wolke,
Daraus ein zitternd Licht entflog,
Gleich wie der Stern, der vor dem Volke
Jehova's durch die Wüste zog. —

Nun fiel die Harfe wieder ein. Der junge König fuhr
hastig mit der Hand über die Stirn, als ob er etwas fort=
scheuchen wollte. Es war das Lied der Verbannung, seines
eigenen Lebens. So hatte er zwölf Jahre an den Ufern
Hollands und Frankreichs gesessen und über die Wasser
nach den Küsten der Heimath geblickt, von denen nur der
Wind dumpf murrend herübersummte, verhallende Klänge,
wie er sie durch die Wälder des Hochlands gerauscht.

Und schnell, wie der Wechsel vom geächteten Bettler
zum königlichen Purpur, schwankten übermüthige und tief=
sinnige Gedanken durch das blasse, lauschende Haupt an der
Thür. Doch nicht durch dieses allein: fast in jedem, das
mit ihm gekommen, das, wie es mit ihm im Unglück ge=
buldet, jetzt mit ihm zu Glanz und Ueberfluß gelangt.
Thränen und Lachen, Gegenwart und Vergangenheit hatten

noch nicht Zeit gehabt, sich zu sondern. Haftig nach ein=
ander, oft zugleich brachen sie hervor; es war ein Rausch
der Empfindung, ein bunter Taumel des Gefühls mit blitz=
geschwindem Uebergang der aufjauchzenden Freude zu den
schmerzlich vibrirenden Klängen, die in der Tiefe des Herzens
und der Erinnerung nachbebten.

Ein lautes Gelächter rief den König aus seinem Nach=
denken wach. Leise öffnete er jetzt die Thür und warf in
das Zimmer einen suchenden Blick, der, beim plötzlichen
Uebergang aus dem dämmernden Corridor, von den aus
Glascandelabern blitzenden Kerzen geblendet sich senkte. Aber
schon flog von dem in der Mitte thronartig erhöhten Stuhl
eine leichte, schöne Gestalt auf ihn zu. Es mußte die
Sängerin von vorhin sein; ihre Hand hatte noch auf den
Saiten der Harfe geruht, als die Thür sich öffnete. Jetzt
lag die Harfe am Boden; ein paar blondlockige Pagen hoben
sie eilig auf und stellten sie in den Winkel.

„Endlich, mein theurer Sire!“ rief die schöne, junge
Dame. Sie hatte ihre von Diamantringen blitzenden weißen
Finger im Nacken des Königs in einander gefaltet, und mit
den langen duftenden Locken bedeckte sie ihm muthwillig die
Augen, welche die ihrigen suchten.

„Nein, nicht bevor Ihr Euch über Euer langes Fort=
bleiben entschuldigt, oder bis Du gestanden, daß Du ein
Bösewicht bist,“ fügte Anna Gwyn leiser hinzu, indem sie
die Lippen, die er zu haschen suchte, geschickt vor den seinen
flüchtete.

„Staatsgeschäfte, Nell — wir haben jetzt schwere Pflich=
ten zu erfüllen,“ erwiderte der junge Fürst. „Sieh selbst!“
Und er entfaltete lachend den Brief seines Bruders von

Frankreich, den er in der Hand behalten. Die schöne Anna Gwyn nahm den Brief und blickte darauf hin. „Du wirst noch einmal kommen und sagen, Du habest die Pflicht zu erfüllen, den Abend bei der Königin zuzubringen — aus Staatsrücksichten," sagte sie nachdenklich. Karl lachte bei dem letzten Wort hell auf.

„Sorge nicht, Nell; dafür haben wir unsern Bruder von York, der uns gern überleben wird, und im Nothfall ist Gloster auch noch da. Komm, keine Thränen in der schönsten Provinz unseres Königreiches!"

Er wollte sie an sich ziehen und ihr die Thränen, die plötzlich aus den langen Seidenwimpern hervorquollen, vom Auge küssen, aber sie hatte sich seinem Arm schon entwunden und ergriff eines von den hohen Kelchgläsern, das unter leeren, halbgeleerten und noch versiegelten Champagner= flaschen auf einem Seitentische stand. „Auf meiner Namens= schwester, Anna Hyde's, rothe Augen," rief sie, „in die unser erlauchter Schwager, der mehr Geschmack in der Zunge als in den Augen besitzt, zu tief hineingesehen haben soll!"

Sie trank hastig das volle Glas leer; der Uebermuth sprühte aus ihren von Stolz und Wein erregten Zügen, wie sie Karl tiefer mit sich in's Zimmer zog. Ihre Gesell= schafterinnen und die Pagen hatten sich bei der Ankunft des Königs in den Hintergrund begeben und harrten augen= scheinlich eines Winkes, sich zu entfernen.

Das Zimmer war von mäßiger Größe, fast rund, aber in seiner Physiognomie lag derselbe Contrast, wie in den Gesichtern und Gemüthern der Menschen, die sich in ihm bewegten. Altes und Neues kämpfte darin um die Ober= hand. An den Wänden, über die reich gewirkte, verblichene

Tapeten herabhingen, die mehrere Jahrhunderte an sich vor=
beigehen gesehen, zog sich frischer Blumenschmuck entlang,
der nichts erlebt als diesen Tag. Blendendes Kerzenlicht
lag auf den Panelen und dem getäfelten Plafond; aber
etwas Düsteres war dabei, das sich nicht erhellen ließ. Die
Schatten der Figuren, die sich hin und her bewegten, glitten
über die Wand; aber diese neuen Schatten hatten etwas
unheimlich Altes an sich. Sie waren den Schatten zu ähn=
lich, die vor einem halben Menschenalter zuletzt an diesen
Wänden hingehuscht, vorzüglich der Eine, der sich jetzt auf
den Balkon vor dem Fenster zu bewegte.

„Nein, Sire, um Gottes willen, nein!" Das schöne
Weib riß den König, der auf den Balkon hinaustreten
wollte, heftig zurück und schloß die geöffnete Glasthür. Er
sah sie verwundert und fragend an. „Die Alte hat's mir
vorhin erzählt," flüsterte sie hastig. „Von dem Balkon
führten schwarze Stufen hinab und durch die Thür ging
dein Vater, als sie ihn, — Sie schauderte zusammen und
drängte sich an die Brust ihres königlichen Geliebten, der
schnell von der Thür zurücktrat und mit unsicherer Hand
ein Glas Wein hinunterstürzte.

„Bah, was für Gespenster Du heute siehst, Anna!"
rief er mit gezwungenem Lächeln. „Komm, wir leben und
trinken den Wein unseres Bruders von Frankreich!"

Er hatte sich auf eine der alten, goldstrotzenden Bänke
geworfen, welche die Wände umgaben, und zog sie zu sich
auf's Knie. „Du bist schwermüthig heute, Nan," sagte er,
ihr das reiche Haar zärtlich aus der Stirn streichend; „ich
hörte es an dem Lied, das Du sangst, ehe ich eintrat. Was
ist dir, mein Kind?"

„Es ist unheimlich hier,“. versetzte sie, sich ängstlich umblickend, „ich war lieber in Breda.“ Sie schwieg einen Moment, dann sprang sie von ihrem Sitz auf. „Holt die Gäste Seiner Majestät, die noch anwesend, hieher;“ rief sie den wartenden Pagen zu; „und dann bringt Wein, Musik, Blumen! Wir wollen ein Fest bei uns geben, eilt euch!“

Sie flog, noch ehe sie ausgeredet, die aus sechs Stufen bestehende erhöhte Estrade hinauf und drapirte den Sessel zu einem Thron. Dann zog sie den König zu sich, der sich vor ihre Füße setzte und das schwarze Haar, in dem ihre funkelnden Hände spielten, an ihre Kniee lehnte. Es war ein unkönigliches, aber schönes Bild der Jugend und der Anmuth und die eintretenden Cavaliere, obgleich an manche theatralische Laune ihres Gebieters schon aus der Zeit seines Exils gewöhnt, blieben überrascht beim Anblick in der Thür stehen. Aber auf einen Wink der schönen Herrin ihres Herrn nahmen sie die für sie bereiteten Plätze an dem mit Flaschen und Pokalen bedeckten Tisch vor der Estrade ein.

Es waren ihrer nicht mehr viele, kaum über ein halbes Dutzend, aber alle in gleichmäßigem Zustand des Freudenrausches und der Begeisterung. Sie hielten es für ihre Pflicht, den ersten Tag der Neugestaltung Englands in alter, langversäumter Weise zu feiern, den ganzen Uebermuth, die schrankenlose Tollheit des alten Königthums und ihrer Jugend aus den Gräbern heraufzuholen. Sie hatten auf den königlichen Ruf ihr Gelage im Tafelsaal unterbrochen; der erste Blick zeigte, daß es die Absicht ihres Gebieters sei, dasselbe hier im engeren Kreise fortzusetzen. So warb die Ausgelassenheit ununterbrochen fortgepflanzt und lauter Jubel und stürmische Toaste überrauschten die un heimlichen Stimmen der Erinnerung, die kurz vorher aus den Wänden des alten Gemaches geklungen.

Wenn sie auch draußen vor dem Volke die Krone nicht trug, hier mindestens saß die schöne Anna auf dem Thron und war die unbestrittene Königin des Festes. Drüben im einsamen, lichtlosen Schloßflügel saß eine wirkliche Königin, die vor der Welt die dreifache Krone trug. Niemand bekümmerte sich um sie, niemand drängte sich vor ihren Zimmern, niemand vielleicht in England dachte heute Abend an sie, während jedes Kelchglas, das die Gunst genoß, von den rothen Lippen der königlichen Geliebten berührt zu werden, mit jubelndem Applaus begleitet wurde. Es waren die lachenden Todtengräber des alten England; gab es keine warnende Stimme, die sie von der Wiege des neuen Königthums zurückscheuchte? Vielleicht hie und da, aber hier vernahm man sie nicht. Es mochte Augen geben, die, mit bitterem Ernst Vergangenes und Zukünftiges verknüpfend, durch die Nacht nach dem Lichtermeer Whitehalls herüberstarrten — an diesem Tisch, in diesem Zimmer gab es keine. Hier herrschte nur der Taumel der Sinne, von zuckenden Funken der Poesie durchsprüht, die hastig wie Irrlichter aus der Nacht des Genusses emporglühten. Es war der dämonische Fluch, der von jeher an diesem schottischen Fürstenhause gehaftet. Sie waren keine Teufel, gefallene Engel waren es, deren Blut es plötzlich mit unendlicher Sehnsucht nach dem Höheren durchwogte. Etwas von jener gigantisch wilden Lust der römischen Kaiser durchschauerte sie und riß sie, wo sie in Gemeinheit zu versinken schienen, zu tragisch erschütterndem Gedankenflug empor. Dann zuckte es wie jäher Blitz aus ihrer bacchantischen Orgie auf, betäubend

rollte der Donner über den Häupten ihrer verwirrt auf=
fahrenden Genossen und ein königliches Gelächter verschlang
wieder die hochrauschenden Wogen der Empfindung.

So die Stuarts, so mehr oder minder alle, die ihr
Geschick eng an sie geheftet; vor Allem, wo die Liebe das
Band war, leidenschaftlich glühende Liebe, die in's Elend
des Exils folgte, welche nicht an dem König, welche an die
verwandte, excentrische Natur des Menschen gekettet hing.
Größere, edlere Fürsten beherrschten England, von ihrem
Volk verehrt, von der Nachwelt bewundert; im Unglück wie
auf dem Thron von Einzelnen heißer geliebt waren keine
als die Stuarts.

Ein donnerndes Gelächter erschütterte in diesem Augen=
blick die Wände der alten Königsburg. „Weiß Eure Maje=
stät, was Lord Vaux erzählt?" rief ein mit Gnadenketten
bedeckter, trotz seinem Alter auf's zierlichste frisirter Cavalier.
„Seine Herrlichkeit, der Herzog von Albemarle hat seinem
Kammerdiener „Nimm=die=Vernunft=gefangen" eine Allonge=
perrücke angeschafft und ihn umgetauft." „Und welchen Namen
hat er ihm beigelegt?" fragte lachend der König. — „Obadja
Habakuk, Gib=dem=Kaiser=was=des=Kaisers=ist."

Ein schallender Beifallssturm unterbrach den Witz des
Erzählers, untermischt mit „Hoch auf Seine Hochehrwürden,
den erlauchten Wiedertäufer!" So unbestreitbar und groß
das Verdienst des Generals Monk um die Restitution des
Königthums war, und so wenig Jemand eine feindselige
Aeußerung gegen den Mann gewagt hätte, in dessen Händen
noch immer die factische Macht lag, sein Werk wieder mit
Hülfe der Armee umzustoßen, so gern erlaubten sich die
Cavaliere in vertrautem Kreise Spöttereien über ihren alten,

mit der Hofetiquette auf soldatisch gespanntem Fuß lebenden Widersacher. Auch der König hatte laut über die sar-
kastische Bemerkung gelacht; dennoch flog ein trüber Zug
über sein Gesicht. Er mochte mehr als die Andern daran
denken, wie sehr er der Beihilfe jenes Mannes benöthigt
war; es mochte ein plötzliches Gefühl in ihm erwachen, daß
es unedel und unköniglich sei, hinter dem Rücken eines
Menschen zu spotten, den er, seitdem er den Boden seines
Reiches betreten, mit Auszeichnungen und Schmeicheleien überhäuft hatte. Aber Niemand bemerkte den hastigen Schatten,
der sich schnell wieder unter einem graziösen Lächeln verbarg,
als Anna. Auch hätte von den Cavalieren keiner daran
geglaubt; sie hätten es nicht für möglich gehalten, daß ihr
Haupt, daß der König eine andere Empfindung für den
Mann hegen könne, den sie um seiner Macht willen haßten,
sonst aber als Puritaner und Emporkömmling der Revolution nur verabscheuten.

„Du blickst heute Abend selbst so grämlich in die Welt,
wie ein ‚Entschlagt-euch-der-Eitelkeit-dieser-Welt,'" sagte Anna
scherzend, indem sie das übersprudelnde Glas zu den Lippen
ihres Geliebten niederbog, der noch immer zu ihren Füßen
saß. „Ich glaube gar, Du bist jetzt in der Stimmung, mir
die traurige Geschichte zu erzählen, von der Du mir heute
Morgen sprachst, weißt Du?"

Aber der König antwortete nicht; ein zankendes Geräusch, das sich draußen im Vorsaal erhob, nahm seine
Aufmerksamkeit in Anspruch. Nichts desto weniger schien
der Gegenstand desselben mit Anna's Frage in Zusammenhang zu stehen, denn er sprang auf und wandte sich mit
einem hastigen: „Vielleicht hast du Recht," auf die Flügel-

thür zu, hinter der die Stimmen ertönten. Doch bevor er sie erreicht, öffnete sich dieselbe und ein Diener trat ein.

„Sire," sagte dieser, doppelt verlegen, da er sich dem König unerwartet so dicht gegenüber befand, „es ist ein Mann draußen, welcher behauptet —" — „Von mir ein= geladen zu sein?" ergänzte Karl rasch. Der Bediente machte eine zustimmende Verneigung: „Aber seine Kleidung steht sehr im Widerspruch —" — Allein der König unterbrach ihn, ohne auf die Bemerkung Acht zu geben, abermals. „Hat er seinen Namen genannt?" fragte er. — „Jeremy —" — „So führt ihn ein!" Damit schnitt er ihm, ehe jener den Zunamen ausgesprochen, das Wort ab und schickte ihn in den Vorsaal zurück. Er selbst wandte sich schnell dem Gelage wieder zu. Ein plötzlicher, phantastischer Gedanke lag auf seiner Stirn und in den suchend umher schweifen= den Augen; er beugte sich zu Anna, an die er hinange= treten, nieder und flüsterte ihr ein paar Worte in's Ohr, die sie mit lustigem Kopfnicken begleitete; dann·verschwand er mit einer zurückhaltenden Handbewegung gegen die Ge= sellschaft durch die kleine Seitenthür, durch welche er eine Stunde vorher gekommen.

Im selben Augenblick that sich an der entgegengesetzten Seite die Flügelthür auf und ließ den angemeldeten Gast ein. Wer ihn am Morgen drüben im Südwerk gesehen, mußte schließen, daß der Mann nur Einen Anzug besitze; er trat in demselben dürftigen Rock jetzt in die königlichen Gemächer, in welchem er sich wenige Stunden zuvor unter das Volk gemischt. Auch im Uebrigen war seine Erschei= nung sich gleich geblieben. Das lange, silbergraue Haar hing frei nach hinten auf den Nacken; nur die tiefen Furchen auf der Stirn träten im Kerzenschimmer nicht so deutlich hervor als beim Tageslicht.

Von den Cavalieren hatte keiner auf seinen Eintritt Acht gegeben; nur Anna Gwyn heftete ihre Augen neugierig auf die seltsame Gestalt, die in so wunderbarem Gegensatz zu den goldstrotzenden Cavalieren in den langen Perrücken dastand. Sie ließ den Fremden einen Moment stehen und die bunte Gruppe mit suchenden Augen überfliegen, dann stand sie auf und sprach mit affektirtem Ernst, an dem ihre wie aus einer Maske hervorblitzenden lachlustigen Augen zu Verräthern wurden: „Seine Majestät hat uns gebeten, Euer Hochehrwürden in seiner Abwesenheit zu empfangen."

Einen Augenblick stockte das Klirren der Gläser und die Gäste wandten sich neugierig nach dem Angeredeten um; dann erscholl ein lautes Beifallsgelächter um den Tisch.

Die königliche Geliebte hatte bei jenen Worten dem Fremden mit unnachahmlicher Würde herablassend die Hand entgegengestreckt, welche dieser, von dem Glanz der ungewohnten Umgebung und von der Pracht der an ihren Fingern blitzenden Kleinodien getäuscht, ehrerbietig an die Lippen geführt hatte. Er hatte sich dabei auf ein Knie niedergelassen und den Mund zu einer Erwiderung geöffnet; aber er brachte nur die ersten beiden Worte hervor: „Eure Majestät —" Ein so rasender Sturm des Jubels unterbrach ihn, daß er ungewiß und bestürzt inne hielt.

Sein Aeußeres legte es allerdings den Cavalieren nahe, ihn in ähnlicher Weise zu verkennen, wie er sich in der auf dem Thronsessel sitzenden Dame geirrt. Die ärmliche Kleidung, verbunden mit dem ernsten, runzelbedeckten Gesicht, aus dem ein paar düsterlebendige Augen mit fast schwär= merischem Glanze leuchteten, ließen ihn, zumal da der Geist= liche in ihm unverkennbar war, wie es ihm schon am Mor= gen geschehen, für einen der Eiferer des Glaubens halten, von denen der Anstoß zum Fall des Königthums in Eng= land ausgegangen. Ein Puritaner in Whitehall, ein Puri= taner die Hand einer Maitresse küssend, im Wahne, es sei die der rechtmäßigen Königin — es hätte freilich des aufge= regten Zustandes der royalistischen Gesellschaft nicht bedurft, um diesen Mißgriff zum Gegenstand eines unermeßlichen Gelächters zu machen. Niemand von den Anwesenden, außer derjenigen, welcher die unterbrochene Huldigung gebracht worden, begriff, wie sich der Mann plötzlich in diese Um= gebung verirrt habe; alle indeß fühlten sich in gleicher Weise getrieben, die Gelegenheit zur Demüthigung der ihnen ver= haßtesten Erscheinung der Revolution in einem ihrer Ange= hörigen nicht vorüber gehen zu lassen.

„Hat Eure Majestät diesen würdigen Herrn hieher be= fohlen, um uns von unsern Sünden zu erlösen," rief Einer aus dem Kreise lachend, „so werde ich mit meiner Beichte den Anfang machen." Damit erhob er sich taumelnd und stolperte mit einem gefüllten Glase auf den Fremden zu, das er dicht vor ihm stehend auf einen Zug leerte. — „Bei meiner Seligkeit," stotterte er, „so viel ihrer sind, können sie mir vergeben werden, wenn dem Thürsteher vergeben wird, der Euch nicht hängen ließ, bevor er Euch hier Ein= tritt verstattete." — Lauter Beifall begleitete die rohen Worte. — „Sie sind Euch hiefür vergeben, Mylord! Lord Fitzgeralds Sünden hoch!"

„Gebt Seiner Ehrwürden den Henkerstrunk!" rief eine

spitze, schneidende Stimme dazwischen. Zugleich erhob sich ein noch jüngerer Mann in geckenhaftem Aufputz. „Dein Herr und Heiland mußte Essig trinken," sagte er spöttisch, indem er dem Fremden ein zerbrochenes Glas vor die Füße warf, „und war doch dreißig Silberlinge werth; für deinen Rock aber gibt kein Tröbler unter Brüdern mehr als einen halben, wenn du am Galgen hängst. Darum sammle dir die Tropfen nur auf, guter Freund!"

Anna's Augen hatten muthwillig bis jetzt auf dem Gesicht des Fremden geruht, der wie versteinert dastand und regungslos den Angriffen der trunkenen Höflinge weder eine Hand noch ein Wort der Abwehr entgegensetzte. Die Ausartung fing jedoch an, ihr bedenklich zu werden, obwohl sie, wie die ganze königliche Umgebung, den Haß gegen den nüchternen Fanatismus der Independenten theilte; ihr fiel aber ein, daß der König ihr mit jenen hastig geflüsterten Worten aufgetragen, den Fremden bis zu seiner Rückkehr festzuhalten, und sie fürchtete, eine Steigerung der Invectiven gegen denselben möchte dem König den Spaß, den er mit ihm vorhaben mußte, verderben. Darum unterbrach sie den Redenden, der schon ein zweites Glas in der Hand hielt, um, wie es schien, es dem ersten nachzusenden, schnell mit den Worten: „Verzeiht, Mylords, unser Gewissen ist leider am meisten mit Sünden belastet, so daß wir das Vorrecht beanspruchen müssen, zuerst von denselben absolvirt zu werden. Wir sind nämlich, hochwürdiger Herr, nicht eigentlich die Königin, da sich bei unserer Vermählung mit Seiner Majestät eine kleine Unterlassungssünde eingeschlichen, indem Eure würdige Hand, die Ihr uns jetzt erst nachträglich geboten, dabei gemangelt."

Der Fremde fuhr plötzlich wie aus einem wirren Traume auf. Ohne auf das schöne Weib zu achten, das, auf den Stufen der Estrade zu ihm hingeneigt, ihm mit lachendem Munde die Beichte abgelegt, stieß er mit einer Kraft, die man seinem schwächlichen Aussehen nicht zugetraut, den berauschten Höfling vor sich zurück, daß derselbe mit einem dumpfen Fluch gewaltsam zu Boden fiel. Dabei that er hastig einen Schritt rückwärts, um die Thür zu gewinnen. Einen Moment hielt seine imponirend aufgerechte Gestalt mit den durchbringend verächtlichen Augen die Cavaliere zurück, die bei dem Sturz ihres Genossen sämmtlich wuthentbrannt von ihren Sitzen aufgesprungen waren; dann drangen sie, trotz den Bemühungen Anna's, sie abzuhalten, auf ihn ein, der, von der Flügelthür abgeschnitten, jetzt unentschlossen gegen die Wand des Zimmers zurückwich.

Aber im Augenblick, wo sich mit lautem Durcheinandergeschrei zehn Hände nach ihm ausstreckten, verschwand neben ihm die Wand des Gemaches, und auf der Schwelle der kleinen Seitenthür, die in der Tapete verborgen war, erschien eine Gestalt, die den wilden Aufruhr in Todtenstille umwandelte. Die Hände der Angreifer fielen von den Schultern des Fremden herab, der, einen lauten Schrei ausstoßend, gewaltsam ihre Reihen durchbrochen hatte und auf die Thür zugestürzt war. Es war kein Hülferuf, es war ein Name, mit demselben unwillkürlich hervorbrechenden Tone ausgestoßen, wie er heute Morgen drüben am Kai zuerst die Aufmerksamkeit der Menge erregt. Dann war der Fremde auf die Kniee gefallen und starrte unbeweglich auf die Gestalt, die aus dem Corridor in der dunkeln Thürwölbung erschienen war.

Und so thaten Alle, die im Zimmer befindlich waren; es war, als hätte ein ernüchternder Hauch das Gemach durchzogen und die Nebel des Weines von ihren Augen gestreift, doch nicht vom innern Sinn, so sehr sie sich anstrengten. Deutlich erblickten sie die Figur vor sich in der Thürwölbung, aber ihr Verstand kämpfte vergebens, die Bedeutung derselben ausfindig zu machen. Anna Gwyn erging es nicht anders. Sie hatte sich weit vorgeneigt und überblitzte die Erscheinung mit funkelnden Augen. Ihre Lippen murmelten fragend den Schrei des Mannes nach, der vibrirend an den Wänden verklungen: „Edwine!"

Die räthselhafte Gestalt stand noch immer regungslos an der Stelle, wo sie zuerst erschienen. Sie war etwas hinter der Schwelle zurückgeblieben, so daß sie, nicht völlig beleuchtet, nur wie Hautrelief von dem schwarzen Grunde des Corridors abstach. Auch sie war schwarz, und nur das blasse Frauengesicht leuchtete aus den vielfältig dunkeln Rahmen hervor. Ein langes, faltenreiches Kleid, wie die Damen der höheren Gesellschaft es vor der Revolution getragen, umgab die schlanke, für ein Weib fast zu hohe Figur; auf der weißen Stirn scheitelte sich das dichte Haar und fiel in natürlicher Freiheit an den Schläfen herab.

Der eigentliche Grund aber für das Erstaunen der Betrachtenden, vor deren Augen dieses unerwartete Bild auftauchte, lag in den Zügen desselben. Es war das unverkennbare, ovale Stuartgesicht, das seit Jahrhunderten kaum in einem seiner Angehörigen eine bemerkenswerthe Abweichung erlitten; wer einmal das Glück gehabt, Seine Majestät König Karl II. in der Nähe zu sehen, konnte beschwören,

dies Gesicht müsse das einer Schwester des neuen Beherr=
schers von England sein.

·. Aber es gab keine solche, wenigstens kannte sie Niemand
der Vertrautesten des Hofes. Was bedeutete diese Erschei=
nung am Ausgangspunkte des Corridors, zu dem der König
allein den Schlüssel besaß, den ohne seine Einwilligung
Niemand zu betreten gewagt hätte?

„Edwine!" sagte noch einmal der alte Mann, der am
Boden kniete. „Edwine!" Es lag ein irrer Ausdruck in
seinen Augen, doch nicht der des neugierigen Staunens,
welcher die übrigen Gesichter beherrschte. Trauer, Freude
und eine unbegriffene Angst, als möchte das Bild wie ein
Gespenst wieder verschwinden, wechselten darin; über die
starren Wangen rannen glänzende Thränen auf das Parket.
Willenlos ließ er die vorgestreckte Hand der schönen Frau,
die jetzt langsam auf ihn zukam und sie freundlich in die
ihre nahm. Immer verwunderter blickten die stummen Zu=
schauer der Scene sich an; dann fiel es ihnen plötzlich wie
Schuppen von den Augen. Doch nur die Hälfte des Räthsels
hatte sich ihnen offenbart, die andere erschien ihnen um so
unklarer und verwickelter.

„Mein armer alter Freund!" hatte die Frau zu dem
Fremden gesagt und, ihn liebreich aufrichtend, zärtlich in die
Arme geschlossen. Die ernüchterten Höflinge wichen scheu
von dem Manne zurück, den sie eben zuvor mit Schimpf=
worten überhäuft und an dem sie sich thätlich zu vergreifen
im Begriff gewesen. Es war, so sanft und weich der Ton
auch klang, für die vertrauten Ohren keine fremde, keine
Frauenstimme: es war die Stimme König Karls II. selbst.

In der That, Seine Majestät ohne Schnurr= und

Knebelbart sah aus wie eine schöne Frau und mochte wohl mit seinem eiteln Bruder von Frankreich rivalisiren. Doch weßhalb hatte er sich jener Zierden beraubt? Der König liebte Verkleidungen, wie seine Väter es gethan, allein es mußte ein besonderer Grund sein, weßhalb er, um einige Augenblicke mit einer Frau verwechselt werden zu können, seinen zierlich gehaltenen Bart der Scheere geopfert.

„Nehmt Eure Plätze, Mylords!“ Die Angeredeten setzten sich schweigsam an den Tisch zurück, den sie in so wildem Tumult verlassen. „Ich hatte versprochen Dir eine traurige Geschichte zu erzählen, Anna,“ fuhr der König fort „und Du mahntest mich vorhin daran. Wohl, die Stunde ist günstig, ich will mein Versprechen erfüllen.“

· Er trank hastig einen Becher Wein, dann warf er sich in einen Stuhl und lehnte das Haupt zurück. Es lag etwas Theatralisches in seiner Stellung; aber je länger er sprach, wich es mehr und mehr und machte tiefem, ergreifendem Ernste Platz. Der alte Mann saß ihm gegenüber; er hatte kein Wort gesprochen, er unterbrach ihn nicht, er hing nur mit starren Augen unverwandt an den Lippen des Erzählers. Und dieser begann, was wir im Folgenden in anderer Form wiedergeben.

„Am vergangenen 19. Januar, da wir noch unserer hohen Zukunft unbewußt zu Breda saßen, Mylords, waren gerade eilf Jahre verflossen, seitdem sich unser liebes und getreues Volk eben so laut und stürmisch durch die Straßen drängte wie heute. Nur hielt es eine andere Richtung ein, denn es kam droben von St. Giles herab und wälzte sich durch St. Martinslane auf den Strand zu. Auch waren die Rufe, die aus der Menge ertönten, etwas anderer Art

als die heutigen; sie galten nicht den Personen der hoch=
geborenen und eblen Herren, sondern nur ihren Köpfen, die
das Volk nicht mit Unrecht beargwohnte, als verpraßten sie
in Ueppigkeit und Trunkenheit seinen Schweiß."

Der König hielt flüchtig inne und überflog blitzartig
mit den Augen die Gesichter der Zuhörer. Ein leises, ver=
ächtliches Lächeln umzuckte seine Mundwinkel, wie er überall
ungewiß ausweichenden Blicken begegnete, dann fuhr er fort:

„Hinter der unabsehbaren Menge und von ihr um=
ringt, folgte ein geschlossener Wagen. Die Vorhänge an
seinen Fenstern waren niedergelassen; zwölf berittene Wachen
Sr. Hoheit, des Lordprotectors von England, der damals
noch General des Parlaments war, escortirten ihn. Der
Wagen kam von Windsorschloß und nur Wenige wußten,
wohin er bestimmt sei. Die Einen meinten in den Tower;
ich glaube, es waren Manche dabei, die ihn am liebsten
geradezu nach Newgate gezogen hätten. Ebenso getheilt
waren die Ansichten über den Namen Desjenigen, den das
Innere des Wagens verbarg. Viele nannten ihn einfach,
mit Herrn Bradshaw, wie man auch uns manches Jahr
genannt, Karl Stuart. Es waren die .meisten und die,
welche laut sprachen; heute dagegen schweigen sie und die,
welche damals geschwiegen, sprechen laut. Nur bedünkt uns,
als ob ihrer mehr geworden. — In jenem Wagen saß
unseres in Gott ruhenden Vaters Majestät."

Der Erzähler ergriff das vor ihm stehende Glas und
leerte es in hastigem Zuge. Es lag eine seltsame Mischung
von Spott und Ernst in dem Tone, mit dem er die kurzen,
abgebrochenen Sätze aneinanderreihte, welche die Höflinge
hinsichtlich des Benehmens, das sie einzuhalten hatten, in

Verlegenheit setzte. Der letzte Satz erschien ihnen indeß als unzweideutige Aufforderung, dem Vorgang ihres Gebieters Folge zu leisten. Sie erhoben sich von ihren Sitzen und leerten mit einer tiefen Verneigung ihre Gläser ebenfalls zum Gedächtniß Seiner Majestät.

„Für den keine Hand der Höflinge, die er mit Gnaden überschüttet hatte, sich zu regen wagte," fuhr Karl, den unterbrochenen Satz aufnehmend, schneidend fort. Die Cavaliere schlugen betroffen die Augen zu Boden; nur der alte Mann hielt unbeirrt die seinen auf den Redner geheftet und murmelte, den grauen Kopf zustimmend hin und her bewegend: „Edwine!" „Wenn Jemand von euch, Mylords, zugegen war," hob der König gleichmüthig wieder an, „so weiß er, daß der Zug bei Charing Croß in's Stocken gerieth. Die Menge hatte sich, als sie bemerkte, daß der Wagen nicht die vermuthete Richtung einschlug, gewendet und ergoß sich vom Strand aus zurück, um ihren vorher behaupteten Platz in der Reihe wieder zu gewinnen. So erfolgte ein heftiger Stoß, den die Escorte irrthümlich für einen Versuch zur Befreiung des Gefangenen ansah. Die Reiter zogen die Schwerter und hieben um sich, die Verwundeten riefen um Hülfe, dazu brach die frühe Dämmerung ein und mehrte die Verwirrung. Es bildeten sich auf und nieder schwankende Wogen im Gedränge, die, was in ihrem Bereich war, unwiderstehlich mit sich fortrißen."

„Unter diesen befand sich ein Mann, der sich bisher dicht neben dem Wagen zu halten vermocht hatte. Er gehörte zu den Schweigsamen, die in keinen Ruf einstimmten; nur seine Augen hafteten unausgesetzt auf den Vorhängen, als hofften sie, ein Zufall möge dieselben lichten und ihm den erwünschten Einblick verstatten. Er war nicht alt, in den Dreißigen, aber geistige Thätigkeit, die den Grundzug seines Gesichtes bildete, ließ ihn älter erscheinen. Sein eifriges Bestreben war allmählig seiner Umgebung, die schon von St. Giles an die nämliche geblieben, aufgefallen. Es hatte sich ein Gespräch unter den zusammen Fortgedrängten angeknüpft, das vorzüglich, wenn eine der häufigen Stockungen eintrat, fortgesetzt wurde. Nur der Fremde hatte bis jetzt nicht Theil daran genommen."

„Was sucht Ihr denn eigentlich so eifrig, Sir?" sagte endlich der, welcher zunächst hinter ihm stand, und legte die Hand auf seine Schulter. — Der Angeredete antwortete nicht. — „Er möchte wohl gern den kleinen Stuart sehen, wie er sich ohne Krone ausnimmt," rief ein Anderer aus dem Haufen statt seiner. — „Habt Ihr denn Karl Stuart früher gesehen, Sir?" fragte der erste Sprecher, indem er über das hartnäckige Schweigen ärgerlich die Schulter, auf der noch immer seine Hand lag, zu rütteln anfing. Der Fremde wendete sich jetzt gedankenvoll um: „Nein, niemals," versetzte er.

In diesem Augenblick traf der Stoß vom Strand her auf die Gruppe. Dann hörte man das Klirren der Säbel und unweit davon erhob sich ein Durcheinanderschreien in der Menge. „Der Prinz von Wales ist in London!" hatte eine Stimme aus dem Gedränge gerufen. — Der Redner von vorhin beruhigte freilich seine Umgebung. „Unsinn!" sagte er laut, sich auf den Zehen erhebend. „Der kleine Karl Stuart wird sich wohl hüten, seinen Kopf auch in

Gefahr zu bringen." Aber seine Beschwichtigung drang nicht durch. Die Massen schwankten ungestümer durcheinander und das verworrene Geschrei: „Der Prinz kommt — die Cavaliere kommen — rettet euch — sie befreien den König!" hallte in der zunehmenden Dunkelheit, wo keiner den wirklichen Vorgang beurtheilen konnte, von allen Seiten wieder. Dann hob eine mächtige Woge auch die Gruppe, in welcher sich der Fremde befand, auf und riß sie gewaltsam mit sich fort.

Als dieser zur Besinnung kam, war er schon weit vom Mittelpunkt des Zuges abgetrennt. Glücklicher Zufall hatte ihn unbeschädigt aus dem eigentlichen Knäuel des Getümmels herausgeschleubert und er befand sich unter den Versprengten, die bei einem Volksauflauf, wie die Nachzügler des ausschwärmenden Bienenstammes, den neuen Wohnsitz, den compacten Körper der zusammengepreßten Masse umirren. Einen Augenblick sah er noch dem lärmenden Gewoge nach, dann wandte er sich seufzend und schlug eine Nebenstraße von St. Martinslane ein, in die das Getümmel ihn zurückgeworfen.

Hier war es wie leer und ausgestorben, nur der Wiederhall seiner eigenen Schritte begleitete ihn durch die dämmernden Straßen. Er ging wie über etwas nachsinnend, gesenkten Kopfes; dann mußte ein anderer Gedanke ihn überkommen, denn er beschleunigte plötzlich seinen Schritt beinahe zum Lauf. Die regelmäßige Straße hörte jetzt auf, größere und kleinere Gärten unterbrachen die Gebäude, in denen unter Bäumen die Ausläufer der Stadt, vornehmere und geringere Landhäuser versteckt lagen. Die Gegend wurde immer einsamer und verlassener; diese Wahrnehmung schien den Hauptgrund seines eiligen Gehens zu bilden. Endlich stand er athemholend an einer niedrigen Holzpforte still, die seitab in ein schmales Gärtchen führte, das ringsum mit Fliederboskets und Lauben ein kleines Haus umzog. Es war schöne, milde Winterdämmerung, lang anhaltendes Thauwetter hatte schon dicke Knospen an den Spitzen des kahlen Gesträuchs hervorgelockt, und der Boden war weich und nachgiebig wie im Sommer.

Der Mann hatte die Gartenpforte geöffnet und ein freudiges Lächeln beruhigte sein in den letzten Minuten etwas besorgt gewordenes Gesicht. Ein stilles, unbewegtes Licht schimmerte aus den mit Vorhängen geschlossenen Fenstern durch den Garten herauf. Es warf keinen Schein, nur eine milde Helle verbreitete es in der Nähe des Hauses und bot einen heimlich friedlichen Gegensatz zu dem wilden Getümmel, das sich jetzt drunten um den Palast von St. James bewegte. Hieher drang kein Echo der aufge= regten Leidenschaften; wie ein unberührtes Asyl lag es am Rande der „aus ihren Fugen gerissenen Welt."

Das mochte der Mann denken, wie er nun wieder langsam den Garten hinaufschritt. Es war nicht mehr hell genug, daß er die Fußstapfen hätte bemerken können, welche in den feuchten Boden eingedrückt waren und mit der Spitze dem Hause zugewendet andeuteten, daß ein anderer vor nicht langer Zeit den Weg vor ihm gemacht. Die Spur war klein und zierlich, — (der Erzähler hielt an dieser Stelle einen Augenblick lächelnd inne und streifte mit den Augen an sich hinunter) — verrieth aber dennoch unverkennbar, daß ihr Urheber nicht dem weiblichen Geschlecht angehörte.

In jener Zeit entfernte man sich nicht leicht von seinem

Hause, vorzüglich wenn sich dieses in einer abgelegenen Gegend befand, ohne den Schlüssel mitzunehmen. Diesen hielt auch der Mann, der seine Augen auf das Licht geheftet vorwärts schritt, in der Hand, als er über etwas im Wege stolperte und derselbe ihm entfiel. Er bückte sich, um ihn zu suchen und gewahrte jetzt plötzlich die Spur. Er wendete sich auf die Erde gebeugt hastig zurück und verfolgte sie; sie war unmöglich mit der seinigen, die fast die doppelte Breite besaß, zu verwechseln. Er schüttelte den Kopf, dann ging er vorsichtig, die Richtung der Fußstapfen, die sich um den Rasen auf die Hinterthür des Hauses zuwandten, verfolgend, weiter. Ab und zu warf er einen Blick auf das Licht; es war, als zöge ihn etwas, dem er nicht nachgeben wollte, vorher von außen an das matt erhellte Fenster zu treten und hineinzuschauen. Und der Zug war mächtiger als sein Wille; er tastete sich geräuschlos hinan und blickte hindurch.

Die Vorhänge waren dicht geschlossen und ein Schleier lag über allen Gegenständen, die sich im Zimmer befanden. Die mit einem Blendschirm verhängte Lampe stand auf einem Seitentisch. Vor ihr saß eine junge schwarzgekleidete Frau. In ihrem blassen, von dunklem Haar umrahmten Gesicht lag ein nachdenklicher, fast melancholischer Zug, der im Widerstreit mit der festen Entschlossenheit ihrer Haltung und Bewegungen stand. Sie wandte jetzt plötzlich den Kopf zur Seite und erhob sich. Der Lauscher, dessen Augen mit freudestrahlendem Ausdruck auf ihr geruht hatten, fuhr sich heftig mit der Hand über die Stirn. Er sagte sich, er träume, die mannigfache Aufregung des Tages rufe Fieberbilder vor seinen Augen hervor. Ihm war, als hätte sich

in der Richtung, in welche die Frau geblickt, eine Thür ge=
öffnet und sie selbst trete dort noch einmal aus dem schwach
erleuchteten Hintergrunde hervor. Derselbe Wuchs, das
Haar, das bleiche Gesicht mit dem tiefsinnig entschlossenen
Ausdruck — ihm war, als hätte er das schwarze Seiden=
kleid durch die Thür rauschen gehört. Seine Hand, die
das Trugbild aus den Augen scheuchen wollte, stieß unbe=
dacht gegen einen steinernen Blumentopf, der auf dem vor=
springenden Sims stand, daß er herabfiel und krachend
zerbrach.

Ein leiser Schrei antwortete von innen, dann war die
Lampe erloschen und Alles in Dunkel begraben.

————

Der alte Mann, der dem König gegenüber saß, hatte
unwillkürlich fast alle jene Bewegungen gemacht, von denen
der Erzähler sprach. Er glitt wie im Traum mit der magern
Hand über die gefurchte Stirn; dann nickte er bedeutungs=
voll mit dem Kopf; aber nicht für die Andern, nur für sich
allein. Er hörte und sah nichts von ihnen, er lebte in
andern Tagen, in einer andern Welt. Die muthwilligen
Augen der schönen Anna hatten einen aufmerksam ernsten
Ausdruck angenommen; keiner der Cavaliere unterbrach die
Pause; dann fuhr der König fort.

————

Der Mann hatte in seinem hastigen Verlangen hinein=
zukommen vergessen, daß er den Schlüssel zur Hinterthür in
der Hand trug und pochte heftig an der vordern; aber eine
Minute, die sich ihm zur Viertelstunde ausdehnte, verging,

ehe' Jemand öffnete. Der Besitz des Schlüssels kam ihm jetzt ins Gedächtniß und er wandte sich eilig gerade in dem Momente nach hinten, als ein leichter Schritt von innen der Thür nahte. Er hörte ihn nicht mehr und ebenfalls nicht die leise Frauenstimme, welche fragend hinausrief: „Bist Du es, Jeremy?" Im Nu hatte er die Hinterthür geöffnet und betrat das dunkle Haus. Wie er in fieber= hafter Ungeduld sich durch den völlig lichtlosen Flur tastete, vernahm er deutlich wieder das Rauschen des seidenen Kleides, das er vorhin zu hören geglaubt hatte. Es schien vor ihm zu flüchten und sich in einer Ecke zu verbergen. Er vermochte keinen Zusammenhang in das Alles zu bringen, ja er glaubte es mit der Hand gestreift zu haben. „Edwine," sagte er verwundert, „was hast du?"

Aber eh' er ausgesprochen, fiel es ihm aus dem Dunkel stumm um den Hals und küßte ihn. Es waren die langen, weichen Haare seiner jungen Frau, die sich an seine Stirn schmiegten, seine Hände legten sich über dem knisternden Seidenkleide um ihren schlanken Leib. Dann ließ es ihn frei und zog ihn an der Hand über den Vorplatz. Eine Zwischenthür trennte denselben von dem vordern Flur des Hauses. Einen Augenblick ließ nun die Hand die seine fallen, um die Thüre zu öffnen; dann erfaßte die Hand die seine wieder, nur war dem Mann, als ob sie in der kurzen Zwischenzeit kühler geworden wäre. Doch war es nur ein Gefühl, das kaum zum Gedanken ward, denn zugleich flammte dicht vor ihm ein Licht auf, das seine Frau im Flur entzündete.

„Gottlob, daß du glücklich zurück bist, Jeremy," sagte

sie, zärtlich die Arme wieder um den Nacken ihres Gatten schlingend. „Ich fürchtete schon für dich in dem Tumult.“

Er sah sie befremdet an. „In dem Tumult?“ wiederholte er; „woher weißt du davon, Edwine?“

Die Frau wandte sich erröthend ab und beschäftigte sich eifrig mit dem Licht, das schläfrig wieder verglimmen zu wollen schien. „Es kamen,“ erwiderte sie, „Mädchen aus der Nachbarschaft vorüber, die sich aus dem Gebränge geflüchtet hatten, die fragte und sie haben mir davon erzählt.“ — „Es wurde geschrieen, der Prinz von Wales sei in London, um seinen Vater zu befreien,“ erwiderte Jeremy bestätigend. — „Unmöglich!“ rief Edwine, „wer konnte es wissen?“

Das schöne Weib stieß entsetzt die Worte aus und ihre zitternden Augen hingen ängstlich an den Lippen des Gatten. Dieser blickte ihr verwundert in’s Gesicht. „Was hast du, mein Kind, du bist so erschreckt?“ fragte er. Sie warf sich, heftig schluchzend, an seine Brust. „Welch schreckensvolle Zeit!“ stammelte sie; „was wird aus dem König, Jeremy?“

„Was vorauszusehen war, daß nach seinem Thun nothwendig aus ihm werden mußte,“ entgegnete er. „Man hat ihn nicht nach St. James gebracht, um ihn wieder zu krönen, man wird ihn verurtheilen.“

Edwine preßte einen Schrei in ihre Brust zurück. „Es ist kalt hier, laß uns hineingehen,“ sagte sie dann gefaßt. Das Licht schwankte etwas in ihrer Hand, als sie das Zimmer betrat, in welches Jeremy vorhin von außen geblickt hatte. Es war einfach behaglich ausgestattet; der Kamin, in welchem halb erloschene Kohlen glimmten, verbreitete eine wohlthuend gleichmäßige Wärme.

„Ich fürchte mich heute so," sagte die Frau jetzt, sich wie mit einer Entschuldigung über ihr bisheriges seltsames Wesen an Jeremy wendend; „mir ist, als gingen überall Geister und Lauscher um; vorhin klirrte plötzlich vor dem Fenster —"

„Ein Blumentopf," unterbrach sie der Mann lächelnd und blickte sich im Zimmer um. „Da sehen und hören wir wohl Gespenster, Jeder durch des Andern Schuld. Der Geist vor dem Fenster war ich; ich war unruhig geworden, daß ich dich in solcher Zeit so lange in dieser einsamen Wohnung allein gelassen, und wollte mich durch's Fenster von deinem Wohlergehen überzeugen. Da muß das Geister= sehen wohl in der Luft liegen, denn denke dir, ich sah dich so deutlich wie jetzt hier am Tische stehen und zugleich war mir, als ständest du auch ebenso dort an der Thür und blicktest dich an. Ich war so erstaunt, daß ich mit der Hand an einen Topf auf dem Fensterbord stieß und ihn herab= warf, und zugleich erlosch auch, wie bei jedem ächten Geister= spuck, die Lampe."

Ein viel glühenderes Roth als zuvor hatte bei diesen Worten Edwine's Schläfe überzogen; es setzte sich über den Hals bis an den Rand des seidenen Kleides fort. Ihr Auge ruhte gespannt auf den gleichmüthigen Zügen ihres Gatten, der in die Richtung der Thür blickte, um sich den Eindruck, von dem er gesprochen, wieder lebendig zu ver= gegenwärtigen. Dann blitzte ein hastiger Strahl der Be= friedigung über ihr Gesicht und sie sagte mit erzwungenem Lächeln: „Und ich löschte das Licht aus Schreck über den herunterstürzenden Topf, weil ich fürchtete, es möchte braußen Jemand lauschen — wie es denn ja auch war, nur daß

ich diesen Jemand nicht zu fürchten hatte," setzte sie zö=
gernd hinzu.

Die reinste Unschuld lag in dem edeln Gesicht, dennoch
vermieden ihre Augen bei dem Nachsatz, den seinigen, die
sich aus dem Zimmer auf sie zurückgewendet hatten, zu be=
gegnen. Statt dessen faßte sie seinen Arm und zog ihn
sanft zu sich auf die Bank nieder. Auf ihrer Stirn, von
der das Roth wieder gewichen, kämpften unentschlossene Ge=
danken; ihre Brust hob und senkte sich heftig. Endlich sagte
sie, und es klang, als ob sie gleichgültig das auf dem Flur
abgebrochene Gespräch aufnähme: „Welch thörichte Ver=
muthung, daß Prinz Karl nach London gekommen sein sollte!
Wer brachte es aus?"

„So sagten auch die Vernünftigen, denn nützen würd=
er nicht und sein Kopf stände nicht minder auf dem Spiel
als der des Vaters."

„Sein Kopf?" Die junge Frau fuhr heftig auf und
starrte ihm ängstlich in's Gesicht. „Was könnte man ihm
thun, der doch an Allem, was geschehen sein mag, schuld=
los ist?"

„Darnach fragt eine stürmisch bewegte Zeit nicht, mein
Kind, und außerdem, es steht geschrieben, daß die Sünden
der Väter sich forterben bis in's vierte Glied."

Dieß waren die ersten Worte, an deren eigenthüm=
lichem Klange ein Lauscher den Beruf des Fremden zu er=
kennen vermocht hätte. Es lag etwas Bestimmtes, aber
zugleich Salbungsvolles darin, und das den Satz nicht als
seinen Ausspruch, sondern als den einer höhern Autorität,
an der sich nicht rütteln lasse, hinstellte. Es war ein An=
flug jener sonderbar singenden Sprache, den wir Kanzelton

nennen und den auf die Länge auch der beste Redner nicht ganz zu vermeiden im Stande ist, welcher verrieth, daß der Sprecher der Geistlichkeit angehöre.

An etwas Anderem hätte man es nicht bemerkt, am wenigsten an seiner äußern Persönlichkeit. Kraft und Energie, die sich in manchem Wechsel erprobt zu haben schien, sprach aus seinem ganzen Wesen; nur aus seinen Augen leuchtete mitunter eine Art schwärmerischen Glanzes, der jenen das Gleichgewicht halten mochte. Er that es fast immer, wenn sie auf dem Gesicht seiner jungen Frau ruhten, und zeigte an, daß seine tiefsten Empfindungen sich wohl nicht auf das Uebersinnliche beschränkten, sondern auch ein Paradies auf Erden besaßen, in welchem sie mit Begeisterung verweilten. — —

In der That, was man gern den irdischen Himmel zu nennen pflegt, hatte Jeremy Taylor in vollem Maße gewonnen. Er war von armen Eltern zu Cambridge im Anfang des zweiten Decenniums des Jahrhunderts geboren und hatte durch die Unterstützung des damaligen Lordprimas und Erzbischofs von Canterbury, Wilhelm Laud, der seine Talente erkannte und zu schätzen wußte, eine Stellung in der bischöflichen Kirche erhalten. Aber auch ihn ergriff der Strudel des Bürgerkrieges. Jung, enthusiastisch und unerfahren nahm er für die Sache seines Wohlthäters Partei und geleitete Jahre hindurch die königliche Armee als Feldcaplan. Ihr Untergang vernichtete auch sein Glück. Er wurde gefangen, vor Gericht gestellt und, da er sich zu rechtfertigen vermochte, endlich in völliger Armuth und Rathlosigkeit entlassen. Die Neugestaltung der Kirche hatte keinen Platz für ihn; um sich das nothdürftige Unterkommen zu verschaffen, gründete er in einer entlegenen Grafschaft eine Schule und die ausdauernde Consequenz seines Charakters sicherte sich durch saure und undankbare Arbeit eine kärgliche Existenz.

Aber er entzog sich nicht den Wogen der neuen Gedanken, welche die alte Welt überflutheten. In der Stille seines dem Geiste nur ärmliche Nahrung spendenden Amtes kamen die Stunden des Nachdenkens über ihn und gar Manches gestaltete sich anders vor seinen Augen, als er es früher im Wirbel der Parteileidenschaft betrachtet. Er sah, wie der Himmel sich selbst von der Sache, die er verfochten, abwendete; er unterschied die durch schmutziges Interesse befleckte Fahne des Aufruhrs von dem Drang der Zeit, sich die Freiheit des Gewissens zu wahren, auch wenn derselbe in blindem Eifer die Schranken überflog oder durchbrach. Aber er war zu stolz, seine Gesinnungsänderung zu seinem Vortheil zu verwerthen, Kunde davon zu geben, um bei den neuen Machthabern, die in ihm freudig den Renegaten begrüßt hätten, Gunst und Stellung zu erwerben.

Jahre vergingen so; da plötzlich schien der Himmel zum Lohn ihm Beides zugleich zu gewähren, ohne daß er den Grundsätzen, die er sich vorgeschrieben, untreu zu werden gezwungen war.

Er lernte ein Mädchen kennen, das mit ihrer Mutter ein kleines Haus vor dem Thore eines benachbarten Marktfleckens bewohnte. Niemand im Städtchen kannte sie; sie waren vor einigen Jahren dorthin gezogen, man wußte nicht, woher sie kamen, und durch ihren Umgang, den sie nur auf sich beschränkten, konnte es Niemand erfahren. Doch mußten sie vermögend sein, da sie sich äußerst hübsch und bequem eingerichtet hatten.

Die Mutter war eine schöne, nachdenkliche Frau im Anfang der Dreißiger, die sich fast nur in der Dämmerung auf den stillen Feldwegen der Nachbarschaft oder am offenen Fenster zeigte, wo sie oft stundenlang mit ihren großen Augen in die verglühenden Abendwolken hinüberblickte, als wollte sie darin lesen, der Himmel nur wußte was.

Das Einzige, wodurch sie mit den Nachbarn in Berührung kam, war die Aufregung der Zeit. Sie war eine eifrige Royalistin, und wenn die Kinder ihr Nachricht von einem Siege der Cavaliere brachten, den sie durch ihre Eltern vernommen, gingen sie sicher jedesmal reichlich beschenkt nach Hause. Am lautesten jubelnd kam ein junges Mädchen von ihr zurück, das ihr Kunde von der glänzenden Tapferkeit und Bravour des Königs selbst in der Schlacht bei Naseby überbracht hatte, von der damals auch die Feinde Karls in ganz England bewundert sprachen. Ihr ganzer Körper zitterte vor Freude, ihre Augen, die sonst nur mit elegischem Ausdruck um sich blickten, funkelten wie Blitze in das schüchterne Gesicht des Kindes. Dann sprang sie plötzlich auf und holte eine schöne goldene Kette aus dem Schubfach, die sie ihm um den Hals hing. Sie sagte etwas dabei, was das Mädchen nicht verstand: „er solle sie selbst für sein Lob belohnen," und dann küßte sie das Kind und lachte und weinte dazwischen, daß es diesem ganz unheimlich zu Muthe ward. Die Eltern aber, denen sie zu Hause das Abenteuer erzählte, meinten, die Frau müsse eine Närrin sein, um nichts und wieder nichts eine so fein gearbeitete, werthvolle Kette zu verschenken, wie man solche in der ganzen

Grafschaft noch nie gesehen und welche für eine Königin nicht zu gering wäre.

Jenes Mädchen jedoch war zugleich die Gespielin und Hauptfreundin der Tochter, die ebenfalls erst dreizehn bis vierzehn Jahre zählen mochte und noch an den Spielen der übrigen Kinder der besseren Familien des Ortes in Wald und Haide theilnahm. Wie ihre Mutter, war sie immer freundlich und gefällig gegen Alle, doch hatte auch sie etwas Nachdenkliches an sich, daß sie sich gern aus dem Haufen der Uebrigen absonderte und eigene Wege ging. Dazu lag ein unbewußt vornehmer Zug in ihrem Wesen, der die Andern allmälig von ihr entfernte, mit Ausnahme des eben erwähnten Mädchens, das sich um so fester an sie anschloß. Den Anlaß dazu hatte ein Spiel gegeben, an dem sich die ganze versammelte Kindergesellschaft betheiligte.

„Spielst du nicht mit, Edwine?" fragte das Mädchen ihre Freundin, als diese Miene machte, wie sie es häufig that, allein von dem lärmenden Kreis über die Haide fort zu gehen.

„Laß sie doch, Lilly!" rief eine Andere aus der Mitte. „Sie ist zu vornehm dazu; was würde ihr Vater sagen, wenn er es erführe!"

„Dafür braucht sie nicht zu sorgen," sagte eine Zweite lachend. „Das ist ja eben das Glück, daß sie keinen Vater hat, der es erfahren könnte, und zugleich der Grund, weßhalb sie sich besser dünkt als wir."

Edwine, die schon einige Schritte vorwärts gegangen war, drehte sich hastig um. Das Blut schoß ihr in die Wangen, ihre Brust klopfte zum Zerspringen. Sie wollte etwas erwidern und hatte die Lippen geöffnet, aber sie brachte nichts hervor, nur ihre hohe Gestalt stand einen Augenblick den Spötterinnen als stumme Antwort gegenüber. Dann legte sie das Gesicht in die Hände und ging schluchzend davon.

Aber sie war nicht weit, als jenes Mädchen, das die Andere Lilly genannt, sie einholte und mitleidig den Arm in den ihren legte. „Die dummen Mädchen!" sagte sie tröstend. „Weine nicht, Edwine! Was thut es denn, daß du keinen Vater hast? Ich habe das ja lange gewußt, aber du bist mir doch die Liebste von Allen."

Sie plauderte mädchenhaft weiter, die Weinende zu beruhigen und schlang schmeichelnd die Arme um ihren Nacken. „Ich habe dich so lieb wie gar keinen andern Menschen," fuhr sie fort; „du hast mir's gleich angethan, als ich dich zum erstenmal sah, ich weiß nicht weßhalb."

Ein blitzartiger Glanz flog über das glühende Antlitz der Angeredeten. „Das liegt in unserem Geschlecht!" stieß sie hastig hervor. „Die Mutter hat es mir gesagt, mein Vater thut das auch."

Sie stockte, dann zog es in noch tieferer Purpurfarbe über ihr Gesicht. „Also lebt dein Vater noch?" — hatte Lilly neugierig gefragt, aber Edwine verschloß ihr unruhig mit heftigen Küssen die Lippen. — „Er ist lange todt," fügte sie dann eilig hinzu, „ich habe ihn nie gesehen."

Sie riß sich verwirrt von der Freundin los und jagte einem Schmetterling nach; als Lilly sie einholte, begann sie eifrig ein anderes Gespräch und ging schnell mit ihr auf. das Städtchen zu. Am Scheidewege blickte sie dem Mädchen bedeutungsvoll in die Augen, küßte sie und wandte sich ihrer Heimath zu.

Sie sprachen niemals wieder davon, nur hing Lilly von dem Tage an mit schwärmerischer Freundschaft und zugleich doch fast mit Unterwürfigkeit an dem seltsamen Mädchen. Sie blieb auch die Einzige, mit der jene einen Verkehr unterhielt, denn von den Uebrigen sonderte Edwine sich jetzt mit unverkennbarem Stolze ab.

Jahre kamen und gingen, dann löste sich auch dieses Band. Durch Zufall waren Mutter und Tochter in eine Kirche gerathen, in welcher Jeremy Taylor für einen befreundeten Geistlichen, der verhindert war, eine Predigt hielt. Das alte Feuer war nicht durch Schulstaub in ihm erstickt worden. Er sprach frei und kühn, und wie jede Predigt damals mehr oder weniger aus Politik und religiösen Betrachtungen gemischt war, so traf sein unabhängiges Urtheil in gleicher Weise den ungezügelten Eifer der Neuerer und die Fehler des alten Regiments.

Aufmerksam hörten die Frauen; sie waren an die Verherrlichung des Umsturzes, an die unbedingte Verdammung der als papistisch verschrieenen bischöflichen Kirche gewöhnt; der Redner gewann in ihren Augen ein Interesse als Mensch, als halber Freund in der ganz verfeindeten Umgebung. Dann knüpfte der Zufall, ihnen nicht unlieb, die Bekanntschaft an und Taylor betrat, von der Mutter eingeladen, das Haus, in welchem er sich bald heimisch fühlte.

Das Städtchen war dem Orte, an den sein Beruf ihn band, benachbart, und es währte nicht lange, so schlug er jeden Nachmittag, sobald er seine Schule geschlossen, den Waldweg ein, der dorthin führte. Er betrat aber fast niemals die Straßen, sondern richtete seine Schritte gerade nach dem Häuschen vor dem Thor, wo Mutter und Tochter meist schon im Garten seiner harrten. Manchmal begleiteten sie ihn dann wohl im Abendlicht über die Haide ein Stück Wegs zurück.

Taylor schritt dann neben der Mutter, in ernste Gespräche vertieft über den Lauf der Zeit. Er betrachtete sie nicht aus der Höhe eines in begrifflose Ferne entrückten Sternes; er nahm menschlich warmen Antheil an den Kämpfen der Seele und des Leibes, unter denen der große zerrüttete Körper, den man England hieß, wie ein Sterbender zuckte. In seiner Nähe begann sich die sonst scheu verschlossene Lippe des fremden Weibes zu öffnen; vertraulich tauchte Wort um Wort in geistvoller Weise aus ihrem Herzen. Etwas Räthselhaftes lag nur über Allem, stolz und ängstlich bewegt zugleich, wie die Sterne, die aus dem dunkelnden Himmel auf sie herab zu flimmern begannen, wie die Abendnebel, die in wogenden Gestalten phantastisch geheimnißvoll die Haide überstreiften.

Aufmerksam horchend ging das Mädchen ihnen zur Seite. Sie war jetzt hoch aufgewachsen und von seltener Schönheit, wie ihre Mutter sie etwa um zwei Jahrzehnte früher besessen haben mochte. Nicht leicht mischte sie sich in das Gespräch; ab und zu nur beantwortete sie eine an sie gerichtete Frage, aber ihre Augen hingen, unbeachtet in der Dämmerung, unverwandt an den Lippen des ernst heitern Mannes und ihre Stirn bewegte sich, ihr selbst unbewußt vielleicht, zustimmend zu jedem bedeutungsvollen Wort, das er sprach.

Dann war Herbst aus dem Sommer geworden und die gelben Blätter des Waldes flatterten, vom Wind umhergewirbelt über die braune Haide. Es war als sinke der bunte Zierrath der Erbe trauernd mit dem Schmuck zu Boden, der Stein um Stein aus der königlichen Krone der Stuarts herabfiel. Nur die Sonne lag, wie besserer Zukunft Hoffnung, verklärend darüber; es war derselbe Strahl, der zuweilen noch, doch immer seltener, flüchtig die schwermüthigen Augen der schönen Frau durchleuchtete. Sie war bleich und mager geworden in den letzten Monden.

„Du kommst zu wenig in die Luft, Mutter," sagte Edwine, deren Augen mit stiller Angst auf ihr ruhten; „es ist heute so schön und sommerabendlich warm draußen." — „Geh' du, mein Kind," winkte die Mutter ihr freundlich zu, „du bedarfst dessen, ich nicht mehr."

Edwine wollte sich weigern und in sie bringen. „Mir geschieht nichts, ich bin gern allein," lächelte die Kranke. Sie blickte der Tochter nach, die langsam, gesenkten Hauptes den Feldweg über die abendliche Haide hinaufschritt; allmälig, wie die Gestalt mehr und mehr verschwand, gingen ihre Augen in die Höhe, in den dämmernden Himmel hinein, und ihre Hände falteten sich wie zum Gebet.

„Das Schicksal heftet mein Leben an das seine," murmelte sie; „ich fühle ihn fallen in den Athemzügen meiner eigenen Brust. Mein Stern erlischt mit dem seinen, wie er mit ihm aufging; es ist Herbst und die Blume welkt mit der scheidenden Sonne, die sie im Frühling in's Leben geküßt. Doch sie — was wird aus ihr unter den sinkenden Blättern? Schöne verlassene Tochter des Frühlings — Armes, schutzloses Kind!"

Tiefes Dunkel war vom Horizont heraufgezogen, aber die Thränen rannen noch immer aus den trüben Augen, die regungslos wohl stundenlang in die herbstliche Oede hinausgesturrt. Nun fuhr sie hastig mit der Hand an die Wimper und trocknete sie, denn die Thür hinter ihr knarrte und Edwine trat in's Zimmer. Sie sagte mit etwas zitternder Stimme: „Guten Abend, Mutter;" dann trat sie lautlos im Hintergrunde an den Tisch. Die Frau hörte an dem klirrenden Geräusch, daß Edwine Licht anzuzünden beschäftigt war. Sie fürchtete, daß jene in der Helle die Spuren der Thränen bemerken möchte. „Laß uns noch etwas im Dunkel, Kind," sagte sie, „meine Augen vertragen das Licht nicht recht in letzter Zeit."

Auch Edwine schien damit zufrieden. Sie setzte sich stumm in die Fensternische der Mutter gegenüber. Es war ein auffälliges Schweigen, das sonst nicht zwischen ihnen stattfand; jede aber schrieb es der Bewegung der eigenen Gedanken zu.

Endlich sagte die Mutter: „Mich wundert, daß Taylor nicht gekommen ist. Der Tag war schön und er versprach —" — „Er ist mir im Wald begegnet," unterbrach sie Edwine, verstummte aber gleich wieder und schwieg, auch als die Mutter sie verwundert fragte: „Und du hast ihn nicht mitgebracht, Edwine?"

Nur ein leiser unbestimmter Ton antwortete aus dem Dunkel. Die Mutter richtete sich aus dem Stuhl auf und suchte mit den Augen die Finsterniß zu durchbringen. „Was ist dir, Edwine?" fragte sie unruhig. Sie hatte die Hand nach dem Mädchen hinübergestreckt, aber schon in der Hälfte der Entfernung traf sie auf das weiche seidene Haar, das sich so oft seit den Kindertagen zärtlich an ihre Wangen geschmiegt. Dann kam ein schluchzender Ton vor ihr in die Höhe. Das Mädchen war zu Boden geglitten, und den

Kopf auf die Kniee der Mutter legend, verbarg sie ihr Gesicht in den Händen.

„Edwine, mein Kind, du erschreckst mich!" Sie hob im Dunkel den widerstrebenden Kopf zu sich empor und küßte ihn liebreich auf die Stirn. „Was ist dir?"

Aber das Mädchen strich sich jetzt selbst das Haar aus den Schläfen und antwortete ruhig: „Er traf mich allein im Wald, Mutter, und hat mich um meine Herkunft gefragt. Du weißt, daß er das noch nie gethan, und er muß wohl Schlimmes über uns gehört haben, denn als ich ihm erwiderte, ich könne ihm nichts darüber sagen, blickte er mich ernst an, grüßte und ging schweigend zurück. O Mutter, hätte ich nur ein Wort sagen dürfen!"

Ihre erzwungene Ruhe und Festigkeit war wieder dahin; sie brach in ein heftiges Schluchzen aus und preßte ihr Gesicht an die fieberglühenden Wangen der Mutter. Diese hielt sie jetzt fest mit den Armen umschlossen. Auch ihre Stimme bebte vor innerer Erregung, aber Stolz und verhaltene Freude kämpften darin, als sie sagte: „Und du warst deiner Mutter ächte Tochter und hieltest dein Wort, wie sie es ihr Leben lang gehalten? trugst Schmerz und Verkennung, wo sie dir am bittersten war, wie sie, wo du mit einem Wort sie beenden konntest? Die Treue lohnt sich und er kommt zurück — laß ihn nur, Kind, er kommt zurück. Du bist vom alten Zauberstamm und seine Dämonskraft ruht auch in dir — er kann nicht anders, er kommt zurück, trotz Allem! — Aber nie ein Wort — schwöre es mir, Edwine, wie ich dereinst es deinem Vater geschworen! — Nein, schwöre nicht! — Daß ich es im Herzen bewahrte, war seiner Liebe Lohn, meiner Ehre Ersatz; es ist deine

Erbschaft, mein heiligstes Vermächtniß. — Weine nicht, mein Kind, denn ich sage dir, er kommt zurück, wie ich zu jenem zurückkommen mußte — mußte. Und Taylor ist ein edler, ein treuer Mann, ist ein starker Halt, in dessen Armen ich dich beruhigt, am liebsten verlasse."

Das Mädchen hatte sich endlich gesammelt. „Mutter," sagte sie, „was redest du? Kein Wort der Art hat er ge=sprochen." — „Aber er wird es sprechen, Edwine; seine Augen sagen es mir schon lang. Ich habe in sein Herz gesehen wie in beines und ihren Gleichklang gehört. Mag er dir Alles sein, die du bald nichts besitzst als ihn! Unsere Sonne geht und es kommt ein langer Winter, ich fühle wie seine Vorboten frostig auch durch mein Blut schauern. Viel=leicht, daß du den Frühling erlebst: — du wirst glücklich mit Taylor sein und mich nicht vermissen."

„Mutter, liebe Mutter, du ängstigst mich!" — Aber die Lippen der Mutter schloßen ihr den Mund. „Zünde jetzt Licht an, mein Kind," sagte sie, so heiter, wie sie lange nicht gesprochen, „und lies mir aus dem alten schotti=schen Buch von Walter Stuart, der um die Königstochter freite. Ihre Hand hob ihn auf den Fürstenthron. Lies Edwine — das war in einer andern Zeit." — —

Wie sie vorhergesagt, es waren noch nicht völlig vier=undzwanzig Stunden verflossen, denn der Abendhimmel glühte noch über die Haide in die Fenster, als Jeremy Taylor neben ihnen in der Stube saß. Mutter und Tochter saßen sich wie gestern in der Nische gegenüber, aber zur Seite Edwinens lehnte sich die Stirn des jungen Geistlichen an ihrer Schulter und sein Arm lag um ihren Nacken und seine Hand spielte zärtlich mit ihrem seidenen Haar. Ein paar Stunden waren schon vergangen, seitdem er gekommen. Edwine hatte im Garten gestanden; ihr Auge ruhte, seit die herbstliche Sonne zu sinken begann, auf der Haide. Dann stieß sie einen Schrei aus, denn er tauchte am Waldes= rande auf und sie verbarg sich, wie er näher und näher kam, hinter dem rothen Hollunderlaub. Endlich öffnete er die Pforte; sie meinte, er müsse ihr Herz durch die Herbst= stille klopfen hören, wie er dicht an ihr vorüber durch den Garten hinaufschritt. Er sah sie auch, aber er grüßte nicht, sondern ging ruhig auf das Haus zu und verschwand in der Thür.

Lange blieb er darin. Die Sonne begann sich glühend in die Abendnebel zu tauchen; Edwine war aus ihrem Ver= steck hervorgeschlüpft und stand, von den rothen Strahlen umflossen, unbeweglich an einem Beete und starrte auf die Blumen desselben hinab. Fast alle waren verwelkt, nur ein paar Astern schwankten noch mit sommerfrischen Farben auf den langen Stielen. Die Augen des Mädchens ruhten auf ihnen; sie dachte nichts, aber sie zählte jedes Blatt in dem sternförmigen Kelch, ohne es zu wissen, sie verfolgte jedes Insekt, das müde und verspätet seine winterlich veröbende Welt durchirrte. Sie bemerkte nicht, daß die Thür sich endlich wieder geöffnet und daß die Augen, welche sie vorhin gefürchtet, von fern eine Zeitlang auf ihrer lichtumflossenen Gestalt verweilten. Dann nahten sich geräuschlose Schritte in ihrem Rücken und zwei Arme legten sich sanft um ihren zusammenfahrenden Nacken. „Mein Mädchen aus der Fremde, dem ich, das mir hinfort die Heimath sein soll!" sprach eine sanfte Stimme hinter ihr. „Vergiß die Frage, die ich dir gestern gethan, wie ich sie vergessen und gib mir nur Antwort auf die heutige."

Er zog sanft ihren abgewendeten Kopf, von dem Thränen wie Frühlingsthau glänzend in den Kelch der Astern herabfielen, zu sich herauf und ihre Lippen gaben die lang verschwiegene Antwort.

Nun saßen sie traulich drüben in der Fensternische zusammen und freuten sich ihres neuen Glücks und freuten sich der ungewohnten Heiterkeit, mit der die Kranke sprach. Sie malte ihnen Bilder behaglich ruhiger Zukunft, sie drang darauf, daß ihre Verbindung so schnell als möglich erfolge. Lächelnd und ohne den Ton zu ändern, antwortete sie auf die Frage, weßhalb sie damit so eile, sie möchte es gern noch erleben und sich des Anfangs freuen. Dann setzte sie ernster hinzu: „Wenn ich vorher stürbe, müßtet ihr um der Schicklichkeit willen den Tag eurer Vereinigung weiter hinausschieben und das würde mich in der letzten Stunde beunruhigen. Wirre Zeiten, gewaltigen Umsturz sehe ich kommen, in denen ein Mädchen des Schutzes bedarf, den nur der Mann seinem Weibe zu geben vermag. Ich möchte gern hier ruhen, im Angesicht der Haide, deren wogende Nebel so manches Jahr mir die Träume meines Lebens zurückgegaukelt; ihr aber sollt nicht bleiben. Man hat uns hier nicht geliebt, man haßt dich im Stillen, Jeremy, denn der Einfluß der Puritaner wächst auch hier von Tag zu Tag. Ich besitze ein kleines Gartenhaus in London, ähnlich wie dieses, das ich, als wir hieher gekommen, um jener Aehnlichkeit willen zum Aufenthalt gewählt. Dort habe ich glückliche Tage verlebt — es ist lange her — aber es waren die stolzesten, die reichsten meines Lebens. Du kennst es nicht, obgleich es dein Geburtshaus ist, Edwine. Dort sollt auch ihr, doch anders, glücklich sein. Versprecht mir, daß ihr dorthin zieht, sobald ihr mir die Augen zugedrückt habt. Die Hauptstadt ist immerhin ein sicherer Ort als ein abgelegenes Städtchen, dessen Bevölkerung euch feindlich gesinnt."

Jeremy und Edwine suchten ihr die trüben Gedanken auszureden, aber sie unterbrach sie lächelnd: „Meint ihr durch Worte zu widerlegen, was ich in mir fühle und was von Nacht zu Nacht beredter in den Athemzügen meiner Brust zu mir spricht? Haltet die Sonne auf, die dort niedergeht, mich haltet ihr nicht. Und ich brauche nicht Trost, ich gehe gern — der Sonne meines Lebens nach."

Nur zu deutlich war es, daß sie sich richtig beurtheilte. Rauher Herbstwind begann die Bäume zu rütteln und wie Blatt um Blatt aus dem kahlen Gezweig herabfiel, so schwand die Farbe aus dem stillen, todtkranken Gesicht, die Luft aus ihrer beängstigten Brust. Nur wie die Sonne manchmal aus den stürmisch zerrissenen Wolken flüchtig über die rothbraune Haide glänzt, so flog hin und wieder ein freudiges Lächeln über die brennenden Kreise, die unheilkündend auf den eingefallenen Wangen stark und stärker aufflammten. Unablässig trieb sie das weinend widerstrebende Brautpaar zur Eile. Mühsam wankte sie selbst stundenlang im Hause umher und ordnete und traf Vorbereitungen zur Hochzeit, bis sie müde nach Athem ringend am dämmernden Fenster saß und auf die Haide hinausblickte, weiter und weiter, durch die Lücken des goldumsäumten Gewölks in den ewigen Weltraum hinein.

Endlich war ihr sehnsüchtiger, letzter Wunsch erfüllt und statt des Brautpaars saßen die Neuvermählten neben ihrem Lehnsessel in der Nische. Fast schien's, als hätte sie mit übernatürlicher Kraft sich nur so lange gehalten; sie lag jetzt zusammengebrochen da, Niemand sprach ein Wort, man hörte nur ihre Brust, die mühsam, pfeifend nach Athem rang. Die Novemberstürme hatten sich gelegt und die früh scheidende Sonne vergolbete mit letztem Glanz den braunen Waldsaum an der einsamen Haide. Es war ein schöner, fröhlicher Tag; mit verschiedenen träumerischen Gedanken blickten alle in die tiefe Herbstruhe der Welt hinaus. Auf einmal ward diese durch ein wirres, fernher klingendes Getöse unterbrochen, das näher und näher kam. Es waren vielfache Stimmen, die sich auf dem Weg, der zwischen dem Hause und der Haide in's Städtchen führte, lärmend hören ließen. Bald sah man auch die Urheber. Es war ein Haufen Menschen, meistens der untern Klasse angehörig und größtentheils betrunken, der sich laut jubelnd und schreiend dem Thor zuwälzte.

Gerade vor dem Garten kamen ihnen Andere aus einem Seitenwege entgegen. Es entstand ein lautes Rufen und Fragen, das deutlich bis zu der stillen Gruppe am Fenster herüber klang. Endlich sprang ein breitschultriger Mann mit kurzgeschnittenem Haar und fanatischem Gesicht auf einen erhöhten Wegstein und schrie mit Stentorstimme: „Sie haben ihn! Auf der Insel Wight haben sie den entflohenen Tyrannen gefangen und machen ihm den Proceß! Jetzt geht's allen Königsfreunden an den Leib! Laßt uns den Anfang machen! — Hurrah für Cromwell und das Parlament, Gentlemen!"

Damit sprang er unter brüllendem Beifallssturm der Rotte herunter und der Rudel wälzte sich mit wüstem Ge-

schrei, die Hinzugerathenen mit fortreißend, an dem Gärt=
chen vorüber der Stadt zu, wo einige reiche Kaufleute ihre
Sympathie für die königliche Sache bisher nicht verhehlt
hatten. Eine Zeitlang tönte noch das ferner verhallende
Getöse herüber, dann lag Alles wieder in tiefem abendlichem
Frieden.

Nur drinnen im Stübchen war der Friede nicht zurück=
gekehrt. „Flieht — flieht, sie ermorden euch!" hatte die
Kranke mit irr umherschweifenden Augen ausgestoßen. Sie
sprang entsetzt aus dem Sessel auf, aber ihre Füße brachen
unter ihr zusammen, und mit den Händen um sich greifend,
fiel sie, von ihren Kindern gehalten, ohnmächtig in den
Stuhl zurück.

Beide waren um sie beschäftigt; Edwine kniete neben
ihr und rieb schluchzend die mehr und mehr erkaltenden
Hände in den ihren, während Taylor den willenlos nieder=
gesunkenen Kopf aufrecht erhielt und ihr mit belebender
Flüssigkeit die Wangen benetzte. Es schien vergeblich, der
Athem war unhörbar. „Sie ist todt!" sagte er ernst.

Edwine schrie schmerzlich auf und warf sich, mit heftigen
Küssen ihre Lippen bedeckend, auf die Mutter. „Nein, sie
kommt zu sich, sie lebt!" rief sie freudig. „Mutter, Mutter,
hörst du mich nicht?"

Die wie aus den Armen des Todes noch einmal Zu=
rückgerufene richtete sich wirklich im Stuhle auf und hob
auf einen Moment die eingesunkenen Lider; aber nur ein
irrer, bewußter Ausdruck lag in den Augen, mit denen sie,
ohne sie zu kennen, in das Gesicht der Tochter starrte, die
sie so sehr geliebt. Doch wie die Abendsonne, die auf ihrem
Antlitz lag, ebenso goldig wie drüben auf dem entblätterten

Wald, umzitterte noch einmal ein letztes Lächeln die sterben=
den, leise geöffneten Lippen. „Ich will ihm vorauf gehen
und ihn erwarten;" sagte sie freundlich. „Ich habe ihn so
manchmal erwartet und es ist Abend und Zeit, daß ich
ihm Alles zur Ruhe bereite, wie er es liebte. — Komm,
mein Freund, hier sind wir gleich, ganz gleich! — Hier gilt
die Liebe allein! — Auch deine Tochter darf — wo sie ist?
— wo ich sie gelassen? Ja, wo ist sie? — deine Tochter
— Edwine — Edwine"

Die Phantasirende fuhr mit gellem Schrei auf. „Hier
bin ich, Mutter! sieh mich doch an, Mutter!" schluchzte die
Gerufene. Ein irrer Strahl zuckte über das Gesicht der
Sterbenden, sie erkannte Beide, mit Aufraffung der letzten
Kraft schlang sie den Arm krampfhaft um den Nacken der
Tochter und preßte die Lippen an ihr Ohr: „Denke beines
Vaters, und kannst du ihm helfen, sei dein Gatte, dein
Glück — dein Leben nichts! — Sonst ruhe mein Fluch —"

Sie sprach nicht aus, ihre Kraft erlosch mit dem letzten
Wort, dem letzten Gedanken, der den Gedanken ihres Lebens
beschloß. Nur die Tochter hatte die abgerissenen Worte ver=
nommen; wieder fiel sie zusammenbrechend in den Stuhl
zurück — biesmal für immer.

Aber nur kurze Frist vergönnte die empörte Zeit den
Zurückbleibenden. Bald riß die Kunde wüster Excesse sie
aus ihrem schmerzlichen Brüten auf und rief ihnen die
mahnenden Worte der Sterbenden in's Gedächtniß. Die
Nachricht von der Gefangennahme des Königs bestätigte sich
mit der Hinzufügung, baß ein Fluchtplan desselben durch
Verrath entdeckt sei, und baß man ihn von Wight nach
Schloß Hurst auf das Festland des Reichs gebracht habe,

wo er wie ein Verbrecher in strengem Gewahrsam gehalten
werde.

Diese Botschaft tilgte den Rest von Mäßigung, welche
man den royalistisch Gesinnten gegenüber im Gedanken eines
noch immer nicht unmöglichen Umschwungs der Dinge bis=
her beobachtet hatte. Einige entkamen mit Hinterlassung
ihres Eigenthums aus dem Städtchen; die länger Ver=
weilenden wurden ergriffen und als Feinde der Republik,
die man bereits offen proklamirte, vor Gericht gestellt. So
wurden denn auch Taylor und Edwine gewaltsam zu schleu=
nigem Handeln aufgerüttelt. Die Sorge für ihren länd=
lichen Besitz einer befreundeten Familie in der Nachbarschaft
überlassend, rafften sie eilig ihre bewegliche Habe, die sich
als weit bedeutender ergab, als die Tochter je vermuthet
hatte, zusammen und wandten sich zur Flucht.

Sie waren übereingekommen, daß es gefährlich sei, eine
öffentliche Bestattung der Leiche vorzunehmen, da die feind=
selige puritanische Geistlichkeit dieselbe leicht zur Anreizung
der Menge benützt haben würde. So beerdigten sie die
Todte in der Stille auf einem einsamen Hügel des Gartens,
von dem sie bei Lebzeiten gewünscht hatte, daß er ihr zur
Ruhestatt dienen möge. Er blickte über das Gesträuch weit
in die Haide hinaus, wie sie selbst so oft gethan; auf der
Spitze bezeichnete ein lichter Stein, mit den einfachen Buch=
staben: E. S., die sie darauf zu setzen gebeten hatte, ihr
Grab. Ein Paar alter Bäume, in deren Wipfeln die letzten
braunen Blätter zitterten, umgab ihn; von unten rankten
sich hochköpfige Disteln, die ihrem ausdrücklichen Willen ge=
mäß ungestört fortwachsen sollten, an ihm empor. Seltsam
erinnerte das Grab durch diese unwillkürlich an das alte,

verfallene Stammschloß der Stuarts, das drüben in Schott=
land, auch einzig von den Disteln, die seinem Geschlecht als
Symbol gedient, überwuchert, als Grabstein seiner letzten
Nachkommen aus Schutt und Trümmern ragte.

Taylor hatte dasselbe in besseren Tagen gesehen und
bemerkte es seiner jungen Frau, die tief in Gedanken ver=
sunken in der milden Herbstluft auf den Rasenhügel saß.
Sie hob hastig die Stirn und überflog scharf mit den Augen
sein Gesicht; dann nickte sie traurig lächelnd und versank
wieder in ernstes Schweigen. Er wollte sie nicht stören und
zog seine Schreibtafel hervor, auf die er sinnend einige
Zeilen hinwarf. Als er zu Ende geschrieben, riß er das
Pergamentblatt heraus und gab es Edwine. Sie las:

Auf einsamem Gipfel,
Um Gruftgestein
Herbstbraune Wipfel —
Sie murmeln darein,
Und auf die Glieder,
Die lange Staub,
Stumm rütteln sie nieder
Ihr flatternd Laub.

In Urne geschlossen
Von Freundeshand,
Von Regen umflossen,
Von Gluth verbrannt,
Ruh'n ihre Gebeine
Im Aschenkrug,
Umschwebt alleine
Von Windesflug.

Im Abendglanze
Schaut weit ihr Grab

Aus stillem Kranze
Zur Haide hinab,
Wie ihrer Blicke
Ruhvolles Maß,
Wenn sie die Geschicke
Des Lebens las.

Eine Thräne fiel aus Edwines Augen auf das Blatt; dann stand sie auf und verbarg es in einer Höhlung des Grabsteins. „Schlaf sanft und namenlos, o Mutter," sagte sie leise, „und sendest Du vom Himmel mir die Stunde, so soll dein Segen auf mir ruhen!"

Sie küßte den Stein, dann schlang sie den Arm um den Nacken ihres Gatten und schritt in ihrem langwallenden Trauerkleide mit ihm durch den Garten hinab. Das Haus lag verschlossen und leblos, sie gingen rasch vorbei, ein bedeckter Reisewagen hielt vor der Pforte des Gartens. Sie setzten sich hinein und er flog, die Straßen des Städtchens vermeidend, auf einem Umwege über die Haide auf London zu.

Zwei Monde etwa waren seit jenem Tage verflossen, und ob Manches anders geworden, hatte die Natur sich doch kaum noch verändert. Milder Herbst hatte die Sonnenwende überdauert; um so winterlicher waren die Hoffnungen Derer geworden, welche im Stillen geträumt hatten, die tief geneigte Sonne des Königthums habe auch den niedrigsten Punkt erreicht und werde allmälig sich wieder zu Glanz und Einfluß emporheben. Rasch und ungestüm ging sie im Gegentheil ihrem völligen Erlöschen entgegen.

Ungefährdet hatten die Flüchtigen London erreicht und das von der Mutter bezeichnete Gartenhaus aufgefunden. Die vielfach aufgeregte Hauptstadt hatte größere Dinge zu erwägen, als auf sie Acht zu geben. Die Nachbarschaft war weitläufig zerstreut, Niemand nahm von ihrem Kommen Notiz und kümmerte sich um sie. So lebten sie still für sich und der Erinnerung. Alles in der ganzen Einrichtung ihres neuen Wohnsitzes rief ihnen den abgeschiedenen Zufluchtsort an der Haide in's Gedächtniß. Nur diese selbst fehlte, aber grüne Garteneinsamkeit, die in ihrer Verwilderung Zeugniß für das auf anderem Gebiet beschäftigte Sinnen der Besitzer ablegte, umzog das stille Gebäude, wohin man sah. Selten bis jetzt hatte einer der Bewohner desselben die kleine Gartenpforte überschritten, und wie ein Echo hin und wieder brang die Kunde der gewaltigen Ereignisse der Tage zu ihnen herüber.

Heute zum erstenmal seit Wochen hatte Taylor, durch die Nachricht von der bevorstehenden Ankunft des gefangenen Königs veranlaßt, am Nachmittag sich vom Hause fortbegeben. Er dachte nur irgendwo Kunde über den allgemeinen Stand der Dinge einzuziehen und schnell zurückzukehren, wie seine junge Frau ihn gebeten; dann gerieth er in das Gedränge, das ihn mit sich fortzog und zugleich das Verlangen in ihm weckte, den so leidenschaftlich angeschuldigten Fürsten, für den er immer noch eine gewisse Zuneigung hegte, wenn er ihn auch nicht mehr weder laut noch im Stillen vor sich selbst vertheidigte, einmal persönlich zu sehen. So rann Stunde um Stunde hin; der Himmel war bewölkt und breitete schon vor der Zeit winterliches

Dämmerlicht aus, und die junge Frau saß allein am Fenster und blickte hinaus.

Es war still ringsum, so still wie an jenem melancholischen Herbstabend, als ihre Mutter starb. Nur manchmal kam von fern ein ähnliches Getöse herüber wie damals. Ihre Gedanken schweiften zurück und riefen die Todte aus der Gruft. Lebendig zauberte die Phantasie ihr das Antlitz der Sterbenden herauf, die irren Augen, jedes Wort, das sie zuletzt gesprochen; das letzte vorzüglich, mit dem ihr Leben entwich, das Niemand vernommen, als sie allein.

Doch jetzt schrack sie zusammen und sah sich ängstlich um. Ihr war, als hätte sie ein Geräusch an der Hinterthür des Hauses gehört, die verschlossen war und zu der nur Taylor den Schlüssel besaß. Aber er war nicht durch den Garten heraufkommen; nur kam es ihr zugleich zum Bewußtsein, daß die gelben Blätter an der dichten Gebüscheinfassung des Gartens vorhin auf der linken Seite niedergerüttelt worden, als hätte ein Windstoß der Länge nach langsam durch sie heraufgeschauert. Sie hatte nichts dabei gedacht, obwohl die Luft draußen tobtenstill war; ihre Augen sahen es, aber ihre Gedanken waren weit entfernt. Nun aber kamen sie plötzlich zurück. Sie sprang auf und horchte, denn sie vernahm jetzt deutlich einen vorsichtigen Schritt, der von hinten über den Vorplatz heraufkam. Dann öffnete sie hastig die Zimmerthür. „Bist Du es, Jeremy?" fragte sie in den dunklen Flur hinaus.

Doch statt der Antwort legte sich ihr blitzschnell eine fremde Hand sanft, aber gebieterisch auf die Lippen. „Bist Du allein?" flüsterte eine leise Stimme.

Die junge Frau, so zart ihr Aeußeres erschien, besaß

eine ungewöhnliche Kraft. Sie rang sich los und stieß heftig die Hand zurück. „Wer seid Ihr, was wollt Ihr?" sagte sie stolz.

„Ein Verfolgter." — Die antwortenden Lippen neigten sich noch dichter an ihr Ohr und flüsterten ein paar hastige Worte. Da stieß Edwine einen Schrei aus, den die Hand des Fremden wiederum vorsichtig erstickte, und die Arme des schönen Weibes legten sich um den Nacken desselben, während ihr Kopf sich schluchzend an seiner Brust verbarg.

Aber er ließ sie nicht lange ruhen. „Dein Mann — wie heißt er doch?" — sie nannte den Namen — „Taylor kann zurückkommen." — Er blickte sie besorgt an, wie ihr Gesicht erröthete und sich instinktmäßig ebenfalls umschaute. „Aber er ist treu," sagte sie wie zur Entschuldigung eines unausgesprochenen Gedankens, „und wird nie —"

„Nein — nein!" unterbrach sie der Fremde bestimmt. „Niemand als Du — Du mußt es sein, Dein Gesicht kann nicht lügen, aber Keiner sonst." Er brach ab, dann sah er sie lächelnd an und fragte: „Hättest Du mich erkannt?"

Der Ungestüm, mit dem Edwine ihn im ersten Moment begrüßt, schien einem vorher vergessenen Gedanken in ihr Raum gemacht zu haben. Sie hatte die Hände von seinen Schultern genommen und streifte scheu und fast ängstlich über den vertraulichen Empfang zu ihm hinauf. „Verzeiht, Sir," sagte sie verlegen stockend, „ich dachte nur an den —"

Doch er hatte ihr mit einem Kusse die Lippen geschlossen, ehe sie das letzte Wort hervorgebracht. Allein er mußte es errathen haben, denn er entgegnete freundlich, obwohl ein trüber Schatten seine Stirn dabei überflog: „Der

steht ja auch nur vor Dir, Edwine, und es ist Alles, was
von mir geblieben." Ein bitteres Lachen zuckte um seine
Mundwinkel, als er schnell hinzusetzte: „Ich hätte nicht
gedacht, daß ich der Hülfesuchende sein würde, wenn wir
Beide uns zum erstenmal im Leben träfen und mein Vater
dachte es auch wohl nicht, als er mir in besseren Tagen den
Schlüssel zu diesem Hause gab. Doch die Zeit ist kostbar
und Du weißst, weßhalb ich komme. Aber ich kann so
nicht bleiben." — Er streifte mit einem Blick über seine an
vielen Stellen zerrissene Kleidung. — „Man hat mich durch
die Dornen gehetzt, wie einen Hirsch, und der Plunder ist
schon bekannt. Indeß trage ich andere bei mir, nur Ober-
kleider brauche ich; die Deines Mannes werden mir wohl
passen. Auch der Verräther muß fort." — Er drehte wie
zum Abschied den schwarzen Schnurr= und Knebelbart zwischen den Fingern. „Es war toll, daß ich ihn behielt und
brachte mir die Spürhunde auf den Hals."

Die Frau hatte, während er sprach, bereits Kleidungs=
stücke aus einem Schrank hervorgeholt und die Thür einer
Seitenkammer am Flur geöffnet. Ihre frühere Schüchtern=
heit war ganz verschwunden. „Dieß wird am besten für
Dich sein," sagte sie, die hervorgeholten Sachen musternd
und einige davon ruhig auf einem Stuhle ausbreitend. Der
Fremde sah ihr trübe lächelnd zu, während zugleich die
dunkeln Barthaare unter einer Scheere auf den Boden
rollten. Er vermochte es nicht selbst, die letzten Spuren zu
tilgen, und sie nahm die Scheere und half besonnen nach.
Ein schwärmerisch zärtlicher Ausdruck glitt über sein Gesicht.
„Du warst sein letzter Gedanke," sagte er wehmüthig, „und
ohne Dich wäre ich rettungslos verloren. Das ist der Lohn

meines Unglücks, daß ich Dich finde, die ich sonst vielleicht nie erkannt hätte."

Er küßte sie nochmals liebreich auf die Stirn. „Doch erkannt gewiß," wiederholte er, ihr Gesicht im Dämmerlicht voll in's Auge fassend; „es wäre unmöglich gewesen, Dich nicht auf den ersten Blick zu erkennen."

Ihm mußte ein aufblitzender Gedanke kommen, denn er maß schnell ihre Gestalt und ihre Höhe mit den Augen. Dabei glitt er mit der Hand durch sein schwarzes, künstlich zusammengewirrtes Haar, daß es langlockig auf seinen Nacken herabfiel, und flüsterte ihr abermals ein paar Worte in's Ohr, die sie kopfnickend mit einem Lächeln erwiderte. Dann trat sie auf den Flur zurück, öffnete einen andern Schrank, aus dem sie wiederum mit Kleidungsstücken beladen zu ihm kehrte, die sie neben den früheren hinbreitete. Er hatte sein schwarzes Sammtwamms bereits abgeworfen, als sie kam. „Nun bitte ich Dich, mich einen Augenblick zu verlassen. Als Kammerfrau kann ich Dich doch nicht brauchen, so sehr ich dießmal ihrer bedürfte," sagte er scherzend. „Aber Du sollst Dein kunstverständiges Urtheil abgeben, wenn ich fertig bin."

Edwine zögerte trotzdem. „Wenn Jeremy inzwischen kommt?" fragte sie ungewiß. — „Weiß er von Dir —?" warf der Fremde eilig ein. — „Nein; er hat meiner Mutter vor ihrem Tode gelobt, mich nie zu befragen oder in mich zu bringen." — „Und er hegt keine Muthmaßung?" — „Keine."

Der Fremde sann einen Moment nach. „Gut," sagte er; „halte ihn, wenn er kommt, nur ab, dieses Zimmer zu betreten, bis ich es verlassen habe. Bei ihm bleiben muß ich um jeden Preis; es gibt keinen Fußbreit in London außerhalb dieses Hauses, der mich vor Verrath sicherte, und dann —"

Er murmelte das Andere in sich hinein, daß sie es nicht verstand. Sie hatte sich jedem seiner Winke, wie denen einer Gottheit gefügt und seine Wünsche vollzogen, fast eh' er sie ausgesprochen. Nun ging sie und schloß die Thür. „Forsche ihn aus, wenn er kommt, wie er über den Stand der Dinge denkt," rief der Fremde ihr nach, „vielleicht, daß ich meinen Plan darnach ändere."

Sie bejahte und schritt über den Vorplatz in den hin=tern Raum des Hauses. Dort überzeugte sie sich, daß die Thür wieder verschlossen sei, dann kam sie zurück, that vorne dasselbe und trat in's Wohnzimmer. Eine nachdenk=liche Entschlossenheit, die ihr sonst nicht eigen war, lag in jeder ihrer Bewegungen. Sie ließ die Vorhänge herab, zündete die Lampe an und setzte sich an den Tisch, das Haupt in die Hand gestützt, und so saß sie, als Taylor von ihr ungesehen an das Fenster trat und hineinblickte.

———

„Ja, die Sünden der Väter erben sich fort bis in's vierte Glied," hatte Taylor feierlich gesagt, „und es liegt in der ewigen Weltgerechtigkeit, daß die Kinder und Enkel der Väter Schuld entgelten müssen. Ich kann sie beklagen, wie ich diesen irre geleiteten König beklage; aber wenn ich es vermöchte, ich würde nicht wagen, mein Gewissen damit zu belasten, den vergeltenden Arm der Vorsehung von seinem Haupt zurückzuhalten. Es ist die Zeit der Sündfluth, und das Blut, das sie so oft vergossen, wird gegen sie beschworen, die Jahrhunderte alten düstern Flecken dieses Geschlechtes abzuwaschen. Wer das Schwert zieht, soll durch das Schwert umkommen, aber wehe Denen, die aus Habgier und Eigen= nutz die Hand wider den Gesalbten erheben!"

Es waren die Gedanken, die ihn drüben unter der aufgeregten tobenden Menge bestürmt, in deren Wirbel der Zufall ihn gerissen, wie der Wirbel der Zeit ihn von seiner früheren Ueberzeugung fortgerissen hatte. Ein Zug des Predigerthums lag in dieser Zeit, der alle Denkenden mächtig erfaßte. Man sprach nicht mehr, selbst in den ver= trautesten Kreisen; man redete, als wolle man sich selbst überreden und einen sichern Halt am Klang seiner Worte finden, wo zwischen Extremen hin= und herschwankend die Anschauung der Redlichen zu wanken, das Handeln der Entschiedensten unentschlossen zu werden begann.

Auch Jeremy Taylor hatte sich in dem Labyrinth jener Tage verirrt. Um so freudiger flüchtete er sich zurück in das stille Heiligthum seines Hauses, das Einzige, das ihm im stürmischen Gewoge fest und unverrückbar erschien. Er hatte, während er sprach, den ängstlich wechselnden Ausdruck der Züge seines Weibes nicht bemerkt. Jetzt umfaßte er sie heftig und küßte sie; dann war, als er ihr in's Gesicht schaute, der unsichere Zug daraus verschwunden und in ihren Augen lag ein ruhiger Entschluß, mit dem sie ernst= haft in die seinen hineinblickte.

„Ich hätte Dich nicht so lange allein lassen sollen und werde es nicht wieder thun," begann Taylor jetzt wieder in anderem Tone. „Es geht wild zu seit den letzten Tagen und bösartiges Gesindel weiß sich die Nachforschung nach verborgenen Royalisten zu Nutze zu machen. Wir wohnen hier einsam und mir war vorhin, als ich in der Dunkelheit durch den Garten kam, als hätte ich aus dem Gebüsch hervorkommende Spuren eines Männerfußes gesehen, die nach hinten am Hause vorüberführten. Solch verdächtiges Volk schleicht jetzt überall lautlos —" Er hob plötzlich den Kopf und horchte. „Bewegte sich nicht etwas auf dem Vorplatz?" fragte er.

Edwine schüttelte abgewendet die Stirn. „Ich habe nichts gehört," sagte sie. — „Doch — doch!" Er stand auf und nahm das Licht, mit dem er auf die Thür zuschritt. — „Es wird der Wind gewesen sein," sagte die Frau ängstlich, „er fängt auch draußen an durch die Bäume zu gehen."

Aber Taylor ging vorwärts; dann wandte er sich erstaunt um. Edwine hatte seinen Arm gefaßt und hielt ihn zurück. „Jeremy, ich bitte Dich, bleib'!" sagte sie flehend mit zitternder Stimme.

„Du bist heut sonderbar, Edwine," erwiderte er stehen bleibend, „ich bemerkte es schon vorhin. Mir war, als flüchtetest Du im Dunkel vor mir auf dem Vorplatz; weßhalb öffnetest Du mir nicht die vordere Thür, als ich klopfte und drängtest mich nachher in so seltsamer Hast hieher?" — „Ich dachte — ich wußte nicht, Jeremy — ich fürchtete —"

Sie hatte nach jedem Wort gestockt und war seinen Augen ausgewichen, die forschend sich in die ihrigen hinein richteten; jetzt unterbrach sie ein lauter Ausruf Taylors, der einen im Winkel vom Stuhl herabgefallenen Gegenstand, auf den ein Strahl des flackernden Lichtes glitt, aufgehoben hatte. Es war ein schwarzer Hut, den er ihr entgegenhielt, und ein unheimlich zuckendes Mienenspiel überschauerte seine Züge. Doch nur seine Hand, die den Hut hielt, zitterte heftig, in seiner Stimme lag eine gewaltsame, unnatürliche Ruhe, als er frägte: „Das ist nicht mein Hut, Edwine?"

Die junge Frau schwieg. Sie war tobtenbleich und hatte die Hand auf's Herz gelegt, nach welchem ihr alles Blut zurückströmte, daß sie sich kaum aufrecht zu halten vermochte. Sie las den töbtlichsten Verdacht in dem Gesicht ihres Gatten, dessen Finger sich krampfhaft um den Rand des Hutes zusammenzupressen anfingen, aber sie hielt nur regungslos die weitgeöffneten Augen auf ihn geheftet und antwortete nicht.

Jeremy Taylor war von seinen Feinden als milb und edelsinnig gelobt; aber eine kraftvolle Natur wurde er, trotz seines geistlichen Berufs, wenn seine Ehre bedroht schien, leidenschaftlich und ungerecht wie ein Kind. Und hier war nicht seine Ehre allein im Spiel; wie ein Blitz überzuckte seine Einbildungskraft alles Auffällige dieses Abends und verband es. Da sah er mit einem fürchterlichen Schlage sein Glück, seine Liebe, sein Alles vernichtet. Er schrie auf, als Edwine schwieg, und ihre Hand, die sie flehend nach der seinen ausgestreckt hatte, wild von sich stoßend, daß sie haltlos zurückschwankte, sagte er bumpf: „Also erben sich auch die Sünden der Mutter auf die Tochter fort, und die Leute hatten Recht, wenn sie mir sagten, daß Deine Mutter eine —"

„Jeremy!" Sie fiel ihm mit einem wahnsinnigen Schrei in's Wort und erstickte den Schluß auf seinen Lippen; dann stieß sie einen zweiten Ruf, halb des Schreckens, halb der

Ueberraschung aus und stürzte auf die Thür zu, die sich, von beiden unbeachtet, leise geöffnet hatte.

„Ihr irrt Euch, Sir," sagte zugleich eine andere, ruhige Stimme von der Schwelle her: „Edwine ist meine Schwester."

Es war ein junger Mann, dessen stolze Haltung dem Zürnenden auch in der schlichten Kleidung, die seine Gestalt zu beeinträchtigen schien, imponiren mußte. Er mochte kaum zwanzig Jahre zählen; in seinen Augen, die denen Edwinens völlig glichen, lag ein düsteres Feuer, das dem Hineinblickenden gebieterisch entgegenflammte. Sonst war in seinem Gesicht wenig Aehnlichkeit mit dem ihren vorhanden. Dieselbe lag nur in den allgemeinen Zügen, aber die fast blonden Augenbrauen und Haare stachen um so weniger von der Farbe der Gesichtshaut ab, als diese, im Gegensatz zu Edwinens bleichem Teint, einen dunkeln, beinahe bräunlichen Ton besaß. Bei genauerer Beobachtung war die tiefere Aehnlichkeit der Beiden unverkennbar, und doch war es Niemandem zu verargen, der, wie Taylor, auf den ersten Blick eher einen vollständigen Contrast als Uebereinstimmung in den beiden Gesichtern entdeckte.

Die Erscheinung war eine so unerwartete, daß seine Ueberraschung nicht gleich Worte finden konnte. Nur der Zweifel an der Wahrheit des Gesagten kämpfte sichtbar in seinen Augen, die forschend auf der Gruppe ruhten, als der Fremde, den Arm um Edwine geschlungen, die sich zitternd wie zu einem Beschützer an ihn hin geflüchtet hatte, näher zu ihm hintrat und wiederholte: „Ich schwöre Euch, Sir, Edwine ist meine Schwester!"

Es lag so viel Feierlichkeit im Ton, mit dem die

Worte gesprochen wurden, daß Taylor nicht mehr zu zweifeln vermochte. Er fuhr sich mit der Hand über die Stirn, um sich zu überzeugen, daß es nicht abermals ein Traumbild sei, das seine Phantasie heraufbeschworen; dann kam ihm das Bewußtsein des ungerechten Argwohns, den er gehegt, und des Jähzorns, zu dem derselbe ihn fortgerissen. Er streifte scheu mit einem Blick zu Edwine hinüber, die noch immer schluchzend den abgewendeten Kopf an der Brust des Fremden verbarg. Er wollte etwas Anderes sagen, aber die Zunge versagte ihm. „Und die Fußspuren im Garten?" stammelte er.

„Waren meine. Laßt Euch an dem genügen, was ich sagen kann, Taylor. Es ist eine Zeit, die es nöthig macht, über Manches eine Hülle zu werfen. So fragt nicht, woher ich komme, weßhalb Ihr früher nie von mir gehört, wie Ihr meiner" — der Fremde stockte eine Sekunde — „Mutter einst versprochen habt. Ich kann nur Eines sagen, daß ich verfolgt und flüchtig bin. Ich habe mich ziemlich an den Vorgängen der letzten Jahre betheiligt und wäre verloren, wenn ich der jetzt mächtigen Partei oder dem Parlament in die Hände fiele. Gewährt mir um meiner Schwester willen für ein paar Tage eine Zufluchtsstätte in Eurem Hause, während ich mir die Mittel, meine Flucht nach Frankreich zu bewerkstelligen, verschaffe. Ich habe vorhin gehört, daß ich Euch nicht zu den Anhängern des unglücklichen Königshauses mehr zählen darf, aber ich hoffe, dieß wird bei Eurer Denkungsart kein Grund für Euch sein, einem um dieser Anhänglichkeit willen Geächteten eine menschliche Forderung abzuschlagen."

Es lag ein eigenthümlich gebieterischer Klang in den

Worten, selbst wo sie zu bitten schienen, die keine Widerrede gestatteten. Auch kämpften die verschiedensten Empfindungen in der Brust des Hörers. Voran stand die Kränkung, die er seinem über Alles geliebten Weibe angethan; in ein heftiges Reuegefühl über seine hitzig ungerechte Aufwallung spielte mit wonnevollen Schauern der ihn überlaufende Gedanke herein, daß das Entsetzlichste nur ein Traumbild gewesen, das die Kette der wundersamen Spiegelungen dieses Tages beschloß. So war Dank, unaussprechlicher Dank, gegen den Urheber dieser Täuschung selbst sein erstes Gefühl. Er faßte mit Thränen in den Augen die Hand des jungen Mannes und stammelte: „Seid mir willkommen! Niemand soll sagen, daß Jeremy Taylor den Bruder seines Weibes in der Noth verlassen. Schuld ist hier und dort — wir tragen Alle unser Theil daran; mir aber kommt es nicht zu, zu richten, sondern zu helfen. Bin ich doch der Erste, der um Vergebung zu bitten hat und der Fürsprache Anderer bedarf.“

Seine Augen ruhten bei den Worten mit tiefem Schmerz auf Edwine, die sich noch immer nicht gerührt hatte; dann glitten sie verstänblich bittend in das Gesicht des Fremden, der die junge Frau sanft von sich losmachte und sie stumm in die Arme ihres Gatten legte. „Es ist ein edles Weib, Taylor,“ sagte er ernst; „ein Kronjuwel in dieser bösen Zeit — nein, nicht Kronjuwel,“ fügte er traurig lächelnd hinzu, „das hieße sie schmähen; denn jene verlassen ihren Besitzer und sie ist treu, wie nur die Liebe es ist.“

Taylor war fast doppelt so alt als der Sprecher, doch es lag in jedem Wort desselben ein sicherer Klang, der ihm den Mund verschloß, auch wenn er etwas dagegen einzu=

wenden vermocht hätte. Aber auch ein Klang der Trauer lag darin. Wohl hatten Alle, die da lebten, Manches erfahren, und inhaltsschwer war die Zeit an Jeden herangetreten; dennoch mußte dieser junge Mann eine besondere Schule der Widerwärtigkeiten und des Unglücks durchgemacht haben, die ihn über seine Jahre zu bitterem Ernst gereift hatte. Doch auch hierin lag eine Aehnlichkeit, die sich allmälig erst Taylor mehr und mehr bemerkbar machte, mit Edwine und mehr noch mit ihrer Mutter. Derselbe tiefsinnige Zug des Hinüberstarrens in rückwärts gelegene Ferne, plötzlich von unnatürlicher, fast dämonischer Heiterkeit verscheucht, den jene besessen; ein stolzes Herniederblicken und doch wieder ein Zauber, dem sich Niemand zu entziehen vermochte, als sei er die wundersame Wiegengabe einer Fee, dem fernen Ahnherrn e i n st übermacht und von Geschlecht zu Geschlecht auf alle Nachkommen und Jeden, der mit ihnen in engere Berührung gerathen, fortwirkend.

Wenige Minuten waren nach dem räthselhaften Erscheinen des neuen Verwandten, von dessen Existenz Taylor keine Ahnung gehabt, verflossen und er fühlte schon und bekannte es sich ohne Widerstreben, daß er aufgehört hatte, der leitende Gedanke in seinem Hause zu sein. Ja, so seltsam und unerklärt Alles blieb, er vermochte keine Fragen über Dinge an seinen Gast hervorzubringen, als worüber jener selbst im Laufe des Gesprächs Erklärungen abzugeben geneigt schien. Je weniger sich dieses um die eigene Persönlichkeit des Fremden drehte, desto vollständiger umfaßte es alle bedeutungsvollen Ereignisse der letzten Jahre. Es war als hätte der Jüngling die Studien eines unter Büchern ergrauten Gelehrten gemacht, so unumschränkt beherrschte sein Gedächtniß die Daten, die geheimsten Vorfälle und ihre verborgenen Triebfedern. Zuletzt verstummte Taylor ganz und blickte ihn nur erstaunt an; Edwine horchte aufmerksam mit jenen glänzenden Augen, die plötzlich unter einem trüben Lächeln verschwanden, wie so oft bei ihrer Mutter, wenn Jemand ihre Kunde von dem wechselnden Glücke des Kriegsschauplatzes gebracht.

Bis spät in die Nacht saßen sie zusammen, um den friedlichen Tisch. Taylor hatte zum Schluß über seine nachmittäglichen Erlebnisse Mittheilungen gemacht, die den Gast lebhaft zu interessiren schienen. Ein hastiger Strahl blitzte in seinen Augen auf, als er erfuhr, daß man den König nach St. James gebracht. Er hörte das Folgende kaum; nur wie Taylor von dem Schrecken erzählte, den das Gerücht eines Befreiungsversuches durch den Prinzen von Wales in der begleitenden Menge erregt, schob er seinen Stuhl zurück, sprang auf und trat an's Fenster. Er hatte es geöffnet und blickte eine Weile hinaus; ein kalter Luftzug brang herein, daß die Lampe unruhig zu flackern begann.

„Das Wetter ändert sich," sagte er, das Fenster schließend; „ich werde länger bleiben müssen, es gibt Sturm, der die Ueberfahrt hindert."

Aber es lag keine unangenehme Ueberraschung in den Worten; im Gegentheil, Edwine glaubte ein leises, freudiges Zittern darin zu vernehmen. Er sah ihr bedeutungsvoll in die Augen, wie er sie jetzt auf die Stirn küßte; dann reichte er Taylor die Hand und sagte: „Ich bin ermüdet und werde lange schlafen; ich bitte, weckt mich nicht zu früh, zumal da es regnen wird. Gute Nacht!"

Er nahm ein Licht und ging in das Zimmer, das er

bei seiner Ankunft zum Umkleiden benutzt hatte. Dort ver-
riegelte er sorgfältig die Thür und legte sich, nachdem er
das Licht gelöscht, in's geöffnete Fenster. Ein feiner Regen
rieselte aus dem tiefdunkeln Himmel auf seine heiße Stirn;
matt verkündete in der Ferne eine Thurmuhr durch den
Nebel die Stunde. Er zählte die Schläge; es war Mitter=
nacht. Nun horchte er noch einmal ins Innere des Hauses
hinüber, dann kehrte er an's Fenster zurück und schwang
sich geräuschlos in den Garten hinaus. Er schloß vorsichtig
die Fenster von außen und ging eilig auf die Straße zu.
Hier verfolgte er in der Dunkelheit unbeirrt denselben Weg,
den Taylor am Abend heraufgekommen, zwischen den Gärten
durch und St. Martinslane hinunter auf den freien Platz
von Charing Croß zu.

Der letzte Ueberrest des Volksgetümmels war lange
verschwunden; kein lebendes Wesen außer ihm war auf den
Straßen, deren trübe Oellampen ebenfalls lange erloschen
waren. Nur hie und da knisterte ein letzter verglimmender
Docht im eindringenden Regen und diente als Merkmal für
das Abbiegen einer Straße. Der Platz, den er erreicht
hatte, war völlig lichtlos, nur in einer Ecke schimmerte hoch
über dem Boden ein matter Schein durch geschlossene Vor=
hänge; unter ihm, wenigstens aus derselben Richtung, erscholl
das Geräusch von den gleichmäßigen Schritten einer Wache.
Der nächtliche Wanderer ging darauf zu, dann bog er, immer
die Augen auf das erleuchtete Fenster gerichtet, lautlos rechts
ab, überkletterte gewandt eine Mauer, welche die marktähn=
liche Straße begrenzte und verschwand hinter den Stämmen
der alten Ulmen im Parke von St. James.

———

Trotz dem guten Einverständnisse mit dem neuen Schwa=
ger wollte die alte Behaglichkeit nicht in Taylors Hause
zurückkehren, wenigstens für ihn nicht. Es war etwas da,
was sie störte, obgleich die größte Freundlichkeit unter den
drei Bewohnern herrschte und der Auftritt bei dem Er=
scheinen des Gastes keine Spuren in dem Benehmen Edwine's
gegen ihren Gatten hinterlassen hatte. Er gestand sich selbst
nicht, was es sei, aber er fühlte es desto tiefer, daß trotz=
dem die junge Frau anders geworden, als früher; nicht
gegen ihn, aber sie verbarg ihm etwas, was sie sonst nie
gethan. Er traf sie oft mit dem Bruder zusammen, der in
einem Winkel leise und hastig mit ihr sprach, während sie
mit erregtem Gesicht jedes Wort zu erwägen schien und
nachher nachdenklich und kaum auf die Fragen, die Taylor
an sie richtete, achtend, im Hause umherging.

Vorzüglich eine Art von Fragen, die ihm, wenn sie
allein waren, ab und zu unwillkürlich doch über die Lippen
kamen, beantwortete sie jedesmal nur mit einem vorwurfs=
vollen Blick, der ihn zwar im Moment, seines Versprechens
eingedenk, verstummen ließ, in seinem Innern aber doch den
Gedanken nicht unterdrücken konnte, wie er wohl das Recht
habe, endlich einmal eine freiwillige Aufklärung aller der
Dinge, die ihm unter so räthselhaftem Schweigen verdeckt
blieben, zu verlangen. Dann freilich fiel ihm die alte
nordische Sage von der Schwanenjungfrau ein, die Edwine
ihm einmal scherzend erzählt hatte, welche bei dem Mann,
den sie liebte, nur so lang als sein Weib bleiben durfte,
als ein Schleier über ihre Herkunft gebreitet lag. Wie
jener Ritter die Walkyre, hatte sie ihm gesagt, werde er
auch sie in dem Augenblick verlieren, wo er das Geheimniß,

das ihr die Mutter zu bewahren geboten, entdeckt habe. Es könne sein Glück nicht mehren und möglicherweise nur das Unglück anlocken, das immer in der Luft über den Häuptern der Menschen schwebe und einen Spalt suche, um herein zu bringen; dann hatte sie gelacht und gescherzt und mit Küssen ihm die fragenden Lippen verschlossen.

So froh war sie jetzt nie mehr, obwohl er sich fast die Hälfte des Tags mit ihr allein befand. Ihr Bruder führte ein sonderbares Leben und war, obwohl er nie ausging, nur wenige Stunden am Tag mit ihnen zusammen. Abends verließ er sie früh und schloß sich in seinem Zimmer ein, aus dem er selten vor der Mittagsstunde wieder zum Vorschein kam. Manchmal heiter, öfter stumm und in Gedanken vertieft, schien er mit seiner Stimmung die seiner Schwester zu bestimmen.

Taylor war, zumal da er einen Schütz für Edwine im Hause wußte, jetzt den Tag über öfter von ihnen entfernt und wohnte den Verhandlungen des Gerichts bei, vor dem der König des Hochverraths an der englischen Freiheit angeklagt war. Sie hatten am zwanzigsten Januar in dem großen Saale von Westminster ihren Anfang genommen und die Anklage wurde von dem Rumpfparlament vor dem unter Bradshaw's Vorsitz ernannten Gerichtshofe geführt. Taylor selbst nahm diese Verhandlungen als etwas Gegebenes an. Er wußte nicht mehr, nach welcher Seite er sich entscheiden sollte. Oft vertheidigte er in den Mittheilungen, die er den im Hause Zurückgebliebenen machte, den König und das Parlament zugleich. Die Stimmung des Volkes, das Zutritt in den Saal erhielt, schien ebenso unsicher und gespalten. Rufe: „Nieder mit dem Tyrannen!"

und „Gott erhalte den König!" mischten sich wirr durch einander. Sie zeigten an, daß jedenfalls ein nicht unbedeutender Theil der Bevölkerung Londons der Anarchie müde war und daß sich immer noch eine royalistische Partei unter den Zuhörern befand, welche, einer Rückkehr der alten Verhältnisse zugethan, laut und im Stillen für einen günstigen Lauf der Verhandlung wirken mochte.

So berichtete Taylor, wenn er nach Hause kam, doch sowohl sein Gast als Edwine schienen wenig auf diese Kundgebungen zu vertrauen. Nur ab und zu trafen sich von Taylor unbemerkt ihre Augen und tauschten einen flüchtigen Blick aus. Diese Augen wurden sich mit jedem Tage ähnlicher; eine düstere Energie, der Ausdruck gleicher Gedanken schien in ihnen zu liegen.

Sechs Tage waren seit dem Abend verflossen, an dem Edwine's Bruder eingetroffen. In der kurzen Frist hatte der Winter seinen völligen Einzug gehalten und wechselte mit Schneegestöber und eisiger Kälte. Dazu ging ein schneidender Wind durch die Straßen; dennoch war die Stadt gegen die Dämmerzeit belebter als je. Eine selbst im letzten Jahre unerhörte Aufregung herrschte unter der dichten Volksmasse, die sich von Westminster wie eine tobende Fluth von Köpfen an Whitehall vorüber auf den Strand zuwälzte.

Auch heute kam Taylor aus ihr hervor und schlug den Weg zu seinem Hause ein. Er hatte dasselbe bereits in der Morgenfrühe verlassen, um der Schlußsitzung des republikanischen Gerichtshofes beizuwohnen, und hatte nur Edwine und auch diese nur flüchtig gesehen. Jetzt war es späte Nachmittagsstunde; er ging eiliger als jemals, er lief beinahe, als er die Stelle erreicht, wo die Straße zwischen den

Gärten auszumünden begann. So war er in kaum einer Viertelstunde von Westminster nach Hause gelangt und trat athemlos in das dämmernde Zimmer, wo Edwine und ihr Bruder stumm neben einander saßen.

„Der König ist verurtheilt — sie haben ihn zum Tode verurtheilt!" stieß er hastig beim Eintreten heraus.

Es war schon zu dunkel, als daß er den Gesichtsausdruck der Hörer bei der Nachricht hätte wahrnehmen können, aber keines von beiden regte sich, keines sprach ein Wort. Sie hatten beide die Augen dem Fenster zugewendet und schienen unbeweglich hinauszustarren, doch es fiel Taylor in der Aufregung, die sich seiner nach Anhörung des Urtheils, das einen König wie einen gemeinen Verbrecher zum Tode verdammte, bemächtigt hatte, nicht auf. Endlich war das Ziel erreicht, nach welchem die, welche sich Freunde der Freiheit nannten, seit zehn Jahren gerungen, und — was war erreicht? Er mochte die Zukunft nicht durchdenken, sich nicht vor dem Kommenden ängstigen, noch Hoffnung darauf setzen; an die Gegenwart allein und ihre Vorgänge klammerten sich seine Gedanken. Niemand antwortete ihm, aber er konnte sie nicht bei sich behalten, er mußte sie los werden, auch wenn Keiner darauf Acht gab. So erzählte er tonlos vor sich hin, was er gesehen und gehört. „Beinahe wäre Alles vereitelt worden," knüpfte er an die Schilderung des Schlußvorganges im Gerichtssaal an; „der König sollte in der vorigen Nacht entfliehen und man entdeckte den Anschlag erst kurz vor der Ausführung. Ich habe nur Unbestimmtes erfahren, aber wie das Volk ist, verbindet es neue Vorfälle gleich mit älteren und behauptet wieder, der Prinz von Wales, wie man ihn früher nannte —"

Ein scharfes, mißtönendes Lachen unterbrach ihn aus der Nische, in der die beiden schweigsamen Zuhörer saßen. „Und was sagt man von dem Prinzen von Wales, wie man ihn früher nannte?" fragte die Stimme des jungen Mannes mit bitterer Betonung des wiederholten Satzes.

Aber Taylor hörte nur die Frage, ihr Klang fiel ihm nicht auf, und er fuhr fort: „Man sagt, Prinz Carl, der als Kind in St. James gelebt, habe dort beim Spiel einen alten Gang unter der Erde entdeckt, von dem Niemand wußte, und diesen jetzt für die Flucht des Königs benützt. Es wird sicherlich nichts sein als leeres Gerede, aber die Leute schwören darauf, er sei Nacht für Nacht verkleidet in's Schloß gekommen und habe, von seiner genauen Orts= kenntniß unterstützt, trotz aller Aufsicht sich mit dem König in Verbindung zu setzen und ihn für den Fluchtplan vor= zubereiten gewußt. In dieser Nacht sollte er in's Werk gesetzt werden, da vereitelte ein Posten, der den Prinzen trotz seiner täuschenden Verkleidung erkannte, die ganze Sache und führte zur Entdeckung des Vorhabens. Der Prinz, ward hinzugesetzt, sei durch eben jenen Gang entkommen; der König aber wird heute Abend noch bis zur Hinrichtung nach Whitehall in Gewahrsam gebracht werden."

Ein lauter, unwillkürlicher Schrei vom Fenster her antwortete dem Schluß des Berichtes, zugleich sprang der junge Mann mit einem Satze aus dem Dunkel auf den Erzähler zu. „Nach Whitehall!" stieß er hervor, „und das sagt Ihr jetzt erst?" Man hörte, wie seine Lippen convul= sivisch zitterten; er hatte die Thür gefaßt, noch ehe Taylor sich von seiner Bestürzung gesammelt hatte. Nur Edwine war ihm blitzschnell nachgeeilt und hielt ihn am Arm zurück.

„Geh' nicht, wenigstens jetzt noch nicht!" sagte sie leise mit zitternder Stimme. „Wenn Du einmal erkannt bist —"

Er unterbrach sie. „Ich muß, Edwine," antwortete er mit einem Ton, der die Vergeblichkeit jeder ferneren Bitte aussprach; „an einer Stunde hängt vielleicht Alles. Es gilt das Letzte. Halt' Dich bereit und gedenke Deines Versprechens!"

Sie blickte ihm in's Dunkel nach, wie er schattenhaft den Garten durchflog. Der schneidende Januarwind schlug ihr durch die offene Thür in's Gesicht, aber sie achtete nicht darauf, sie dachte nicht daran. Sie blickte an den Horizont hinüber, wo ein letzter blasser Streifen die Stelle andeutete, wo die von Wolken überzogene Sonne verschwunden war, und die Hand auf's Herz legend sagte sie leise: „Mein Gatte, mein Glück, mein Leben — ich gehorche Dir, Mutter! Sei Du mit uns!" Dann schloß sie die Thür und ging ruhig ins Wohnzimmer zurück.

———

Die vorletzten Tage des Monats, der das Geschick Englands und des Königshauses in stürmischem Wirbel vorwärts getrieben, kamen heran. Dumpf und mißmuthig lag der Himmel wie eine schwere Bleidecke über der Themsestadt, als zögere er den Tag zu beginnen. Der Wind heulte, immer mehr sich verstärkend, um die Ecken der Straßen und peitschte vereinzelte Schneeflocken, die sich aus dem düstern Grau abzulösen begannen, über die Dächer und in die Gesichter der Wenigen, die sich hinauswagten, um eiligen Schrittes an den flackernden Kamin zurückzukehren. Nur auf dem freien Platze zwischen Whitehall und dem Park von St. James, wo die Wirbel am tollsten ihr Spiel trieben, drängte sich dennoch seit Tagesanbruch die gaffende Menge. Doch lag es schweigsamer über ihr als gewöhnlich; sie starrte unverwandt nach der Front des alten Königspalastes, in deren erstem Stockwerk zahlreiche Arbeiter beschäftigt waren, die Wand zu durchbrechen und aus dem Innern einen hohen Brettergang auf die Straße hinauszuführen. Andere bekleideten diesen ringsum mit schwarzem Tuche; am eifrigsten und doch scheu zugleich umbrängten die Neugierigen das hohe, ebenfalls tiefschwarze Gerüst inmitten des freien Platzes, welches den Gang aus den Fenstern Whitehalls beendete. Ab und zu zeigten sich zwei Köpfe an den beiden Seiten des Palastes und blickten auf den Bau hinaus. Der Eine war von beinahe plumper Form mit viereckiger, düsterer Stirn; seine scharfe, befehlende Stimme, mit der er den Arbeitern etwas durch das offene Fenster hinabrief, verhallte im Wind; aber das Gesumme in der Menge verstummte sogleich, wenn er sich zeigte und es ging nur ein scheues Geflüster von Mund zu Mund.

„Er wohnt schon in Whitehall und wird dort bleiben," wisperte vorsichtig Einer dem Anderen zu. „Die Armee wird ihn zum König ausrufen, sobald der Stuart" — Der Sprecher machte eine bezeichnende Bewegung mit der Hand um seinen Hals.

„Er muß es auch," fiel ein Dritter ein, „denn dieser Zustand muß aufhören. Wir müssen wieder einen König haben und Cromwell ist der Einzige —"

„Pst! pst!" lief es durch die Reihen und alle Augen wandten sich eilig wieder in die Höhe. Ein bleicher Kopf erschien jetzt hinter den Scheiben auf der linken Seite des

Palastes. Er warf einen flüchtigen Blick auf das düstere Gerüst, das sich höher und höher aufthürmte; dann schweiften seine Augen suchend über die Menge hin. Das Gesicht bildete einen seltsamen Gegensatz zu dem, welches aus dem andern Flügel geschaut hatte. Ein ovaler Kopf, durch den sorgfältig gehaltenen Spitzbart noch verlängert, mit feinen, aber gramdurchfurchten Zügen; das Haar, das einst schwarz gewesen, fiel gebleicht auf die Schultern; nur das Auge irrte noch mit dunklem Glanz aus dem gespensterhaft weißen Antlitz hervor. Der Wind trug die Rufe, die sich unter den Zuschauern erhoben, von ihm ab, aber er mußte sie an der Unruhe, die sich unter der Menge erhob, errathen, denn er wandte sich, nachdem er noch einen spähenden Blick die Straße auf Charing Croß zu hinunter geworfen, in's Zimmer zurück.

Dann begann wieder das Gerede im Volk, allein dießmal nicht geflüstert, sondern laut. „Er sieht aus, als hätte Meister Hans sein Kunststück schon an ihm vollzogen," meinte der Eine. „Gib Acht, er wird bald noch weißer sein." — „Er sieht umher, als möchte er gern fort." — „Das verdenk' ihm der Teufel," antwortete eine Stimme. „Der Kasten da kann Einem bei all der Kälte wohl heiß machen, wenn man zufällig Stuart heißt.". Der Sprecher deutete auf das Gerüst, neben dem er stand.

„Nein, nein," unterbrach ihn eine gutmüthige Stimme, „der arme Herr nimmt heute Abschied; er darf seine Kinder und Freunde noch einmal sehen und da blickt er hinaus, ob sie nicht kommen."

„Ihr gehört, wie es scheint, selbst zu den Freunden des armen Herrn? Wollt Ihr nicht auch hinauf, Sir?"

fragte es spöttisch aus der Mitte, daß ein Gelächter unter der Menge entstand.

„Ja, schickt ihn hinauf!“ riefen Andere und es entstand ein Gedränge durch ihr Bemühen, den mitleidigen Sprecher ausfindig zu machen. Aber auch er stand, wie sich zeigte, nicht vereinzelt. „Schämt euch, Gentlemen,“ sagte ein kräftiger Mann mit sonorer Stimme, indem er sich vor den Angegriffenen stellte und ihn mit seinen breiten Schultern deckte; „das ist ein Recht, das jeder gemeine Verbrecher am Tag vor der Hinrichtung besitzt. Ich denke doch, ihr wollt Richter und nicht Mörder sein.“

Die Worte weckten Beifallsrufe umher, während Andere erbittert Anschuldigungen von Verrath an der Sache des Volks gegen den Mann ausstießen. Man sah deutlich, daß die Menge in zwei Parteien gespalten war, die sich fast feindselig gegenüberstanden.

„So ist's recht!“ schrie eine lustige Stimme. „Heizt euch bei der Kälte ein bischen mit den Fäusten ein!“ Aber andere Rufe übertönten ihn im Augenblick. „Platz, Platz!“ ging es durch die ausweichende Menge, denn ein Wagen rollte heran und drängte sich langsam bis an das Portal des Palastes durch. Die Vorhänge waren an den Scheiben der Kutsche herabgelassen, nur auf der linken Seite bogen ein paar kleine Hände sie neugierig zurück und zwei helle Kinderaugen blickten verwundert auf die zusammengedrängten Köpfe hinaus.

Ein Gemurmel lief durch die Menge. „Das sind die Ersten,“ hieß es. — „Es sind seine Jüngsten.“ — „Hätten wir den Aeltesten nur auch!“ — „Der sitzt warm in Frankreich.“ — „Die armen Dinger! Seht, die kleine Prinzessin hat Thränen in den Augen." — „Wer ist Prinzessin? Elisabeth Stuart heißt sie und wird wahrscheinlich Nätherin werden." — „Dann soll sie meiner Tochter den Hut aufputzen, man muß etwas für die Armen thun." — „Man sollte die Brut im Nest zertreten, daß sie nicht Schaden thut, wenn sie größer wird."

Die Wechselreden hörten jetzt auf und alle Augen richteten sich erwartungsvoll auf die Fenster, hinter denen sich vorhin der verurtheilte König gezeigt, ob seine Kinder, die vor dem Portal ausgestiegen und auf der Treppe verschwunden waren, dort mit ihm erscheinen würden. Es waren nur die beiden Jüngsten, die zwölfjährige Prinzessin Elisabeth und der kaum achtjährige Herzog von Gloster, für deren Erziehung das Parlament Sorge zu tragen beschlossen hatte. Aber so ungeduldig die Menge hinaufblickte, es kam nichts zum Vorschein und das Warten begann der Mehrzahl lang zu werden.

„Wir stehen hier eigentlich wie die Narren." — „Eine heillose Kälte!" — Der Sturm nimmt zu, es gibt einen bösen Nachmittag." — „Auf dem schwarzen Gerüst liegt der Schnee schon wie ein Leichentuch." — „Ich gehe nach Hause — ich auch — man kann ja wiederkommen." — „Ich möchte sehen, wer sonst noch zum Stuart kommt." — „Vielleicht ein Seelsorger, sonst Niemand. Kommt!"

Die Menge lockerte sich; einige gingen, andere blieben noch. Der Schnee fing an dichter zu fallen, daß man bald nur noch auf wenige Schritte deutlich zu sehen vermochte, und der Wind pfiff über die Themse herauf Klagelieder um die Kanten und Dächer von Whitehall. Nur die Arbeiter zimmerten emsig an ihrem Gebäude fort und die

Hammerschläge tönten geisterhaft aus dem weißen Flocken=
gestöber hervor.

Demselben tanzenden Spiel der Flocken sahen auch
brüben in dem weit zerstreuten Stadtviertel von St. Giles
vier Augen zu. Sie blickten mit verschiedenem Ausbruck
burch die Fenster des Gartenhäuschens in's Freie hinaus.
Taylor saß nachbenklich in der Nische; wie die weißen
Flocken da draußen, schwankten bunt durch einander gewirrt
alte und neue Gebanken ihm vorüber, so daß er, obwohl
er starr in den Garten hinausschaute, nicht einmal die drei
Männer bemerkte, welche die Wegpforte geöffnet und durch
das Gestöber auf das Haus zukamen.

Edwine dagegen war bei ihrem Anblick lautlos zu=
sammengefahren. Sie hatte schon lange tiefer im Zimmer
hinter Jeremy gestanden und, von ihm unbeachtet, mit ängst=
lich gespannter Erwartung nach dem Weg hinuntergeblickt.
Ab und zu warf sie einen Blick auf die gleichmäßig tickende
Pendeluhr, die bereits die elfte Morgenstunde überschritten;
bann irrten ihre Augen wieder unruhig in die alte Nichtung
zurück. Nur hin und wieder, wenn sie tiefer gesenkt Taylors
Stirn und Haar streiften, ruhten sie kurze Weile auch auf
ihm und ein wehmüthiges Lächeln flog um den ernsten,
stillen Mund der jungen Frau.

Sie war fast schöner als je, wie sie heute so bastand.
Ein langes, schweres Kleid von schwarzer Seide umfloß ihre
hohe Gestalt, auf welches das gelöste Haar hinten herabfiel.
Sie sah jetzt bewegungslos die fremben Männer durch den
Garten heraufkommen; erst als sie das Haus fast erreicht,
wendete sie sich, die Hand auf das heftig pochende Herz
gelegt, in den Hintergrund des Zimmers.

Nun fuhr auch Taylor aus seinem Brüten auf. „Wer klopfte da?" fragte er, sich verwirrt umschauend.

„Ich weiß es nicht, Jeremy," antwortete unbefangen die junge Frau, die im Winkel beschäftigt schien. Er stand auf, trat auf den Flur und öffnete die Hausthür. Der Wind schlug ihm einen Flockenschwall entgegen; zugleich traten drei Männer mit beschneiten Mänteln herein.

„Jeremy Taylor, Sir?" fragte der Erste, unter dessen geöffnetem Ueberwurf, wie er den Schnee abstäubte, das Kleid eines niederen Offiziers sichtbar ward. Der Angeredete bejahte, und jener zog ein mit großem Staatssiegel geschlossenes Couvert hervor.

„Eine Bewilligung des Parlaments von England, Sir," fuhr er fort, „für Jeremy Taylor und seine Ehefrau, auf den Wunsch Carl Stuarts ausgestellt, daß dieselben heute als am Nachmittag des 29. Januar um drei Uhr in Whitehall Zutritt zu ihm erhalten."

Er zog seinen Mantel wieder zu, während Taylor, das Dokument verwundert in der Hand haltend, ihn sprachlos anblickte. „Für mich?" fragte er endlich ungewiß, da der Mann sich zum Gehen wandte; „ich begreife nicht — es muß ein Irrthum —"

„Seid Ihr Jeremy Taylor, Sir?" — „Ja." — „Und habt Ihr als Geistlicher der ehemaligen bischöflichen Kirche angehört?" — „Ja, Sir." — „Carl Stuart wünscht und es ist ihm durch Parlamentsbeschluß verstattet worden, seinen letzten Willen in die Hände eines solchen niederzulegen." — „Aber meine Frau —" — „Das ist nicht meine Sache, Sir. Das Parlament besiehlt Euch, um die bestimmte Zeit sich dem Wunsche Carl Stuarts gemäß in Whitehall einzufinden. Die Herren sind Zeugen, daß ich meinen Auftrag erfüllt."

Er grüßte kurz und die Männer gingen. Taylor starrte wortlos auf den erbrochenen, mit der Unterschrift Cromwells versehenen Brief, der dasselbe aussprach, was der Bote mündlich hinzugefügt. Er schüttelte den Kopf und trat wieder zu Edwine in's Zimmer.

„Was wollten die Fremden, Jeremy?" fragte diese, ohne aufzublicken. Er reichte ihr den Befehl. — „Seltsame Zeit," setzte er gedankenvoll hinzu:

Edwine nahm zögernd den Brief und überflog ihn hastig. Sie bemühte sich, einen verwunderten Ausdruck in ihre Züge zu legen, als sie fragte: „Auch ich — was bedeutet das?" Aber ihre Augen wichen den seinen aus, die wie Verständniß bei ihr suchend auf sie gerichtet waren.

„Es muß ein Irrthum sein — ich will nicht gehen — wozu?" sagte sie zaudernd mit leiser Stimme. Er blickte sie kopfnickend an. „Gewiß," versetzte er, „aber das Parlament ist jetzt die von Gott gesetzte Obrigkeit, und wir müssen gehorchen, auch wo wir den Irrthum erkennen."

Sie antwortete nichts; er ging einigemal im Zimmer auf und ab, endlich blieb er stehen. „Es ist ein schwerer Gang," sagte er ernst; dann fügte er auf die Uhr blickend bei: „Zwei Stunden noch, ich will auf mein Zimmer gehen und mich vorbereiten."

In der Thür wendete er sich noch einmal um. „Hast Du Deinen Bruder schon gesehen?" fragte er. „Ich möchte seine Meinung hören, was er darüber denkt."

Sie erwiderte schnell: „Er ruht noch, er arbeitet immer bis gegen Morgen." Dann horchte sie, wie Taylor nachdenk=

lich die Treppe langsam hinaufstieg. Als sie das Schließen der Thür seines Arbeitszimmers vernommen, ging sie geräuschlos an den Flurschrank, zog ein zusammengelegtes Packet mit Kleidungsstücken hervor und pochte leise an die Kammer neben dem Vorplatz.

„Ich bin es, Carl," · flüsterte sie. Ein Riegel ward drinnen vorgeschoben, während zugleich eine Stimme von innen fragte: „Ist Alles bereit?" Edwine bejahte ernst, trat ein und riegelte die Thür wieder hinter sich zu.

Taylor glaubte kaum eine halbe Stunde verflossen, als er von seinem Papiere, auf das er hin und wieder wie zum Anhaltspunkt einige Worte hingeworfen, aufblickte und sich besann. Zu seiner Ueberraschung sah er, daß der Zeiger zwei Uhr bereits ziemlich überschritten. Er stand, leise etwas vor sich hinredend, eilig auf, legte ein geistliches Gewand an, über das er einen langen faltigen Mantel warf und ging hinunter. Edwine wartete schon angekleidet drunten. Sie trug ebenfalls einen langen, dunkeln Ueberwurf über dem seidenen Kleide; von dem dicht anschließenden Hute, der ihr Gesicht zweckmäßig gegen die Unbill des Wetters schützte, fiel ein schwarzer, halb durchsichtiger Schleier herab. Als Taylor am Zimmer, in das sie vorhin eingetreten, vorüber kam, klopfte er an die Thür. Er erhielt keine Antwort, aber Edwine trat schnell aus der Wohnstube hervor.

„Ist Dein Bruder noch nicht wach?" fragte er zerstreut. — „Ich glaube nicht," versetzte sie, „doch komm', es ist Zeit." Sie zog ihn von der Thür fort. — „Ich hätte gern mit ihm gesprochen," sagte Taylor nachdenklich, „und ihn gefragt, ob ich wohl in solcher Weise mit dem Könige —"

Aber Edwine hatte bereits die Hausthür geöffnet und

ein schneidender Windzug unterbrach ihn. „Das ist ja ein schlimmes Wetter!" fuhr er aufblickend fort, „man sieht kaum vor sich."

Edwine nahm seinen Arm und sie gingen durch den Garten. Der Schnee lag noch nicht hoch, denn der Wind strich heftig über den Boden und häufte ihn am Gesträuch und den Wegrändern zusammen; indeß die Spuren der Männer, welche die Botschaft gebracht, waren schon völlig verweht. Nur eine von ihnen schien erhalten, wenn es eine solche war. Es konnte auch Täuschung sein, denn es war nur wie ein schattenhafter Eindruck auf der Oberfläche und gehörte der Größe nach auch kaum einem männlichen Fuße an. Nur fielen Taylor, der die Augen gegen den Wind zu Boden geschlagen hatte, unwillkürlich die Fußstapfen ein, die er an jenem Abend in der feuchten Erde bemerkt hatte, als er nach Hause gelangt, Edwinens Bruder zuerst antraf.

„Ist Carl etwa schon ausgegangen?" fragte er verwundert, allein Edwine mußte die Frage in dem Pfeifen des Windes überhört haben, denn sie erwiderte nichts und zog nur den Schleier dichter gegen die wirbelnden Flocken in's Gesicht. Auch Taylor wiederholte die Frage nicht. Andere Gedanken beschäftigten ihn, und er redete, wie er es schon oben auf seinem Zimmer gethan, als ob er memorire, leise vor sich hin.

So kamen sie durch St. Martinslane auf den Platz von Charing Croß. Die Menge hatte sich größtentheils verlaufen und nur einige Gruppen standen noch hie und da, denn der Schnee begann fußhoch den Boden zu bedecken. Taylor verfolgte mechanisch den Weg; mit der näher rücken= den Stunde beschäftigt, gab er auf nichts, das ihn umgab,

mehr Acht. Sogar die räthselvolle Frage, weßhalb der un=
glückliche König ihn und seine Frau zu sich beschieden, ver=
schwand ihm unter dem ernsten Gedanken, daß er berufen
sei, die letzten irdischen Bekenntnisse des dem Tode Ueber=
lieferten zu vernehmen und ihm den Trost und die Ver=
gebung der Kirche dafür zu spenden. Der geistliche Beruf,
an dessen Ausübung er lang verhindert gewesen, kam in
alter Fülle über ihn und ließ ihm alles Andere, das ver=
gänglich und Erbengut hieß, gering und werthlos erscheinen.

Edwine hatte auf dem freien Platze, wo der Wind hie
und da Schneeberge zusammengehäuft hatte, seinen Arm
verlassen und schritt hinter ihm. Der Weg schien völlig
menschenleer, da man in dem Gestöber kaum drei Schritte
vor sich sah; nur zuweilen klang ein Ruf aus dem Flocken=
gewirr hervor, ohne daß man den Rufenden gewahrte. Sie
kamen jetzt an der südlichen Ecke des Palastes von St. James
vorüber, wo ein heftiger Windstoß Taylor einen Augenblick
am Weitergehen hinderte und ihn, um Luft zu schöpfen,
zwang, sich umzuwenden. Nun erst bemerkte er, daß Edwine
sich nicht mehr hinter ihm befand; sie mußte durch etwas
aufgehalten sein und ihn nicht wieder haben finden können.
So rief er laut mehrmals ihren Namen, den der Sturm
verklingend zurücktrug. Dann antwortete ihre Stimme,
d. h. der Wind übertäubte den Schall so, daß er sie nicht
erkannt hätte, wenn nicht zugleich ihre dunkle Gestalt von
St. James her aus dem Gestöber aufgetaucht wäre. Sie
sprang hastig durch den tiefen Schnee auf ihn zu und faßte
fest seinen Arm; mit der andern Hand zog sie den flattern=
den Schleier dichter über ihr Gesicht.

Nun schritten sie schräg hinüber auf Whitehall zu.

Nur Wenige, an denen sie unmittelbar vorüberkamen, gewahrten sie und gaben kaum darauf Acht. Am Portal stand ein Posten, welchem Taylor den Parlamentsbrief überreichte. Die Wache rief ihren Offizier, der das Document und die beiden Personen mit flüchtigem Blicke musterte und sie weiter gehen hieß. So gelangten sie die breite Freitreppe hinauf; man wies sie in einen geräumigen Vorsaal, durch den der Weg in die Gemächer des Königs führte.

Es war ein hohes, mit schwerer Pracht ausgestattetes Zimmer, das ehemals andere Gäste gesehen hatte, deren Kleidung mehr mit seinem Aussehen übereingestimmt. Jetzt diente es als Wachtstube für die Cromwell'schen Soldaten, denen die Bewachung des Gefangenen oblag. Sie standen an den Fenstern oder lagen zerstreut auf den reichen Bänken an den Wänden; hin und wieder hörte man einen leise genäselten Psalm summen, andere sprachen mit eifrigen Gesten.

Der wachthabende Offizier saß in einer Fensternische allein und las. Er hatte ein freundliches, fast trauriges Gesicht und bekümmerte sich wenig um das Treiben der Andern. Nur wenn ihr Gespräch zu laut wurde oder ein roher Scherz über den Gefangenen ein Gelächter erregte, hob er mißbilligend den Kopf und verwies den Sprecher auf ein paar Minuten mit seinen ernsten, ausdrucksvollen Augen zur Ruhe. Er stand jetzt artig auf, wie er eine Dame eintreten sah, und verbeugte sich. Taylor reichte ihm den Erlaubnißschein.

„Ihr werdet erwartet,“ sagte der Cornet. Er gab das Papier zurück. „Verzeiht,“ fügte er zögernd hinzu, „daß meine Pflicht mir die Unart auferlegt, Eure Frau zu bitten —“

Die junge Frau schien zu errathen, was er sagen wollte; sie schlug unbefangen ihren Schleier auf den Hut zurück. „Es ist nur um der Soldaten willen," sagte der Offizier entschuldigend, indem er mit den Augen flüchtig über das enthüllte Gesicht hinstreifte. Dann flog ein wehmüthiges Lächeln um seine Lippen. — „Ich begreife," murmelte er leise. „Der Form ist Genüge gethan." Er half ihr eilig den Schleier wieder herabziehen, dann bot er ihr mit einer noch tieferen Verbeugung als bei ihrem Eintritt den Arm.

„Seine Maj—;" er verschluckte hastig die letzten Sylben und warf einen unruhigen Blick auf die murmelnden Gruppen, die scharf auf sie hinstarrten — „Karl Stuart," fuhr er mit erhobener Stimme fort, „erwartet Euch zuerst, Frau. Verzeiht, Sir."

Er grüßte Taylor höflich und schritt mit ihr durch die flüsternden Soldaten auf eine kleine Thüre zu, welche durch ein zweites Vorzimmer in das des Königs führte. Nach einigen Sekunden kam er zurück und trat zu Taylor, den er höflich aufforderte, neben ihm in der Nische Platz zu nehmen.

Dieser folgte der Einladung und blickte in Gedanken vertieft zum Fenster hinaus. Der junge Cornet war zart= fühlend genug, keine Unterredung mit ihm zu beginnen, und begnügte sich hin und wieder auf eine Frage Taylors in freundlicher Weise Antwort zu ertheilen.

„Meine Frau bleibt lange fort," sagte der letztere endlich. „Es muß wohl vier Uhr sein."

„Und doch ist die Zeit kurz für solchen Abschied," er= wiederte der Officier traurig.

„Für solchen Abschied?“ wiederholte Taylor verwundert. „Ich verstehe nicht, was Ihr —“

„Was ich auf den ersten Blick verstanden,“ flüsterte der Cornet. „Ich bin seit drei Wochen in diesem traurigen Amt und sehe den Gefangenen täglich stundenlang, so daß ich diese Züge überall wiederfinden würde, wo nur ein Tropfen seines Blutes fließt. Ich versichere Euch, die kleine Prinzessin Elisabeth, die heute Morgen von ihm Abschied nahm, hätte ich nicht so sicher als seine Tochter —“

„Jeremy Taylor!“ — Der Gerufene, der dem Sprecher starr und ausdruckslos in’s Gesicht geblickt hatte, fuhr zusammen und erhob sich. Die kleine Thür hatte sich wieder geöffnet und Edwine kam zurück; hinter ihr rief ein schwarzgekleideter Bedienter den Namen des Geistlichen in den Vorsaal.

„Willst Du zurückgehen, Edwine?“ fragte Taylor, als er, vom Offizier begleitet, an der jungen Frau vorüber kam; „ich bleibe vielleicht lange.“

„Es thut mir leid, Sir,“ bemerkte der Cornet artig, „aber Eure Frau würde den Posten nicht allein passiren. Es ist Vorschrift, daß Ihr den Palast zusammen verlasset, wie Ihr gekommen. Ich werde Mylady bis zu Eurer Rückkunft unter meinem Schutz —“ Der Bediente unterbrach ihn, indem er noch einmal auffordernd „Jeremy Taylor!“ in den Saal rief. Der Gerufene leistete jetzt eilig Folge, während der Offizier die Frau an den Sitz geleitete, den Jener inne gehabt. Er selbst rückte etwas weiter weg und beobachtete dasselbe zartfühlende Stillschweigen wie vorher. Die Soldaten warfen nur neugierige Blicke auf die junge Dame und sprachen eifrig leise unter einander. Auch die

Entfernteren traten jetzt hinzu und nahmen an der Unter=
redung Theil, die mit häufigem Hindeuten auf die Fenster=
nische geführt wurde.

Der Cornet blickte ab und zu, wenn ein lauteres Wort
fiel, erzürnt in die Höhe; Edwine achtete nicht darauf. Sie
hatte den Schleier halb zurückgeschlagen und saß abgewendet
zum Fenster hinausschauend. Der Schnee begann weniger
dicht zu fallen, so daß manchmal die Umrisse des düstern
Gerüstes sichtbar wurden, an dem die Zimmerleute mit
schneebedeckten Kleidern noch immer wie weiße Gespenster
forthämmerten. Auch vereinzelte Zuschauer standen wieder
umher.

Zuweilen schlug der Offizier flüchtig die Augen nach
ihr auf und seufzte leise, wenn er ihr an die nassen Scheiben
gepreßtes Gesicht überglitt. Dann öffnete sich die vordere
Thür und ein Soldat trat militärisch mit einer Meldung
an ihn heran. Der Cornet warf noch einen eiligen Blick
durch den Saal. „Ich komme gleich zurück," sagte er mit
einer Verbeugung, welche die, der sie galt, ebenso wenig
bemerkte, als sie die Worte hörte und verließ mit dem Boten
das Zimmer.

Der Schneefall nahm langsam, aber entschieden ab;
immer deutlicher trat das unheimliche Gerüst vor den Augen
der jungen Frau hervor. Plötzlich wandte sie sich, aus
ihrem Sinnen auffahrend, um. Sie mochte denken, der
Offizier habe ihre Schultern berührt. „Laß Dein Gesicht
doch einmal ganz sehen!" sagte eine rauhe Stimme hinter ihr.

Sie machte eine heftige Kopfbewegung beim Umdrehen,
daß der lose Schleier ihr wieder auf die Brust herunterfiel.
Ihr Blick streifte nur ruhig den leeren Platz, auf dem der

Offizier gesessen; hinter ihr hatten sich unbemerkt die Sol=
daten zusammengedrängt, und eine freche Hand streckte sich
nach dem Schleier aus und drohte, fast ihr Gesicht streifend,
ihn wegzureißen.

„Was wollt ihr?" sagte sie, sich ungestüm erhebend,
daß die Angreifer einen Augenblick scheu vor der stolz auf=
gerichteten Gestalt zurückwichen. Aber die hinter ihnen
Stehenden drängten sie wieder vor. „Reiß ihr den Sünden=
plunder ab, Barnabas!" rief eine näselnde Stimme. „Es
ist nicht richtig mit ihr!"

„Wo ist euer Offizier? Ruft ihn, ich will ihn sprechen!"
stieß die Frau hervor, die immer noch etwas zögernden
Hände der Vordersten von sich abwehrend. Aber nun faßte
einer Muth und packte sie mit plumper Faust an der Schul=
ter, während ein Anderer abermals nach dem Schleier griff.
Allein im selben Augenblick flogen beide Angreifer, mit
kräftiger Hand weggeschleudert, zur Seite.

„Das ist keine Frau!" rief Einer aus der Menge, als
die Thür wieder aufging und der Cornet eintrat. Er eilte
erschrocken auf die Wehrlose zu und stellte sich schützend vor
sie. „Was thut ihr? Seid ihr rasend?" schrie er den Ver=
dutzten entgegen.

„Wir sind keine Tyrannenfreunde," erwiderte eine
grollende Stimme aus der Gruppe. — „Und keine Ver=
räther," setzte eine andere hinzu. — „Nieder mit den Stuarts!
Dieß ist ein Stuart!" schrieen mehrere, kühner gemacht.

Der Cornet hatte seinen Degen gezogen und den Arm
schützend um die Angegriffene gelegt. „Fürchtet nichts,
Frau," flüsterte er, „und verzeiht, was ich thun muß, um
Euch vor weiterer Antastung zu bewahren."

Er schlug schnell mit der Linken den Schleier von ihrem stolz aber ruhig um sich blickenden Gesicht zurück. „Ihr habt recht gesehen, wie ich es auf den ersten Blick erkannt," sagte er dann verächtlich; „es ist eine Stuart, aber keine, die jemals Ansprüche auf die Krone erheben wird, die dort" — er deutete durch das Fenster — „morgen fallen soll. Es ist nur eine Tochter, die ihren Vater, den sie vielleicht im Leben kaum gesehen, noch einmal vor dem Tode begrüßt."

Es dämmerte schon am grauen Himmel, nur der Schnee, der draußen dicht angehäuft lag, erhellte noch, die kargen Strahlen zurückwerfend, das Zimmer. Die Soldaten wichen murrend einen Schritt zurück, ob vor dem bleichen Frauengesicht, aus dem die dunkeln Augen muthig über sie hinfunkelten, ob vor den Worten, dem Ansehen, dem gezogenen Degen des Offiziers — es erschien zweifelhaft. Zugleich öffnete sich die kleine Thür und Taylor trat ein. Er ging mit gehobener Stirn, doch wie im Traum. Thränen rannen ihm über die blassen Wangen auf das lange Priestergewand herab; er bemerkte nicht die Aufregung im Saal, noch was nm ihn vorging: Er breitete unbewußt die Hände über der Menge aus, die höhnisch lachte, aber ihm doch unwillkürlich auswich.

Der Cornet faßte hastig seinen Arm und legte den der jungen Frau hinein. „Eilet!" sagte er unruhig und drängte sie zur Thür, wo er ihnen nachsah, wie die Frau den Geistlichen, der mit allen seinen Gedanken noch in dem Gemach, das er eben verlassen hatte, zu weilen schien, schnell mit sich die Treppe hinunterriß.

Die Soldaten waren indessen nur einen Moment durch

die Schnelligkeit des Vorgangs stutzig geworden. Hinter den Abgehenden erhob sich das Getümmel im Saal von Neuem.

„Und ich sage euch, es war doch keine Frau!" schrie der vorhin fast zu Boden Geschleuderte laut. „Laßt uns hinaus, es ist Verrath im Spiel!"

Sie drängten den Cornet gewaltsam von der Thür, indem sie ihn mit gezogenen Waffen bedrohten. „Wollt ihr eine Frau um ihres Vaters Schuld ermorden?" rief er zurücktaumelnd. Aber ein wildes Geschrei antwortete ihm. „Es ist keine Frau — es ist ein Mann — der junge Carl Stuart ist's — meldet es Cromwell — laßt uns die Brut zertreten!"

Sie stürmten die Treppe hinunter. „Haltet sie fest! Haltet den Stuart fest!" schrie Einer, sich aus dem aufge= schlagenen Fenster hinunterbeugend. Die Arbeiter auf dem Gerüst hörten den Ruf und sprangen in den Schnee hinab. Ein wirres Durcheinanderfragen erhob sich. „Wohin? Haltet ihn! Wo ist er?"

„Als Frau verkleidet! Sie verkleiden sich immer, die Stuarts! Ihnen nach! Schnell!" — „Hierher! Hierher!" schrie es aus einer Seitengasse, die St. James gegenüber auf die Themse zuführte. „Hier sind sie! Haltet sie!"

Die Verfolgten schritten eilig durch den Schnee am Ende der Straße. Taylor folgte besinnungslos, von seiner Begleiterin fortgerissen; er dachte nichts mehr, er fühlte nur eine ungeheure Gefahr, die um sie her drohte und ließ sich mechanisch mitziehen. Ein dumpfes Getöse kam vor ihnen herauf, aber man sah durch die Dämmerung nicht den An= laß. Nur der Wind pfiff ihnen schneidend entgegen und raubte den Athem, daß sie keuchend inne hielten. Näher und näher kamen die Verfolger. — „Nur zehn Schritte noch!" schrie eine verzweifelte Stimme Taylor zu, „Du mußt — Du mußt — ich kann allein den Strom nicht bändigen!"

Vor ihren Füßen schäumte, in rastlosen Strudeln sich überstürzend, der unheimlich graue, hochgeschwollene Fluß. Aber Taylor konnte nicht mehr; er wankte, Alles kreiste um ihn her und er griff betäubt mit den Händen wie nach einem Stützpunkt in die Luft.

„Um eine Sekunde zu spät!" schrie es neben ihm auf. Dann stand er allein und seine Begleiterin sprang mit einem gewaltigen Sprunge vom steinernen Uferdamm in einen Nachen hinab und verschwand so plötzlich den Augen der Verfolger, deren vorderste im selben Moment auf Taylor zustürzten. Der Nachen war festgebunden und die Stricke widerstanden dem heftigen Ruck, mit dem die Finger sie loszureißen versuchten. „Verloren!" sagte eine dumpfe Stimme. Die Hände sanken muthlos nieder und die Augen richteten sich nach der Böschung in die Höh', über der in der nächsten Sekunde die Köpfe der Suchenden erscheinen mußten.

Doch es kam Keiner, nur ein lautes Jubelgeschrei antwortete dem Ausdruck düsterer Verzweiflung. „Wir haben ihn — haltet ihn!" gellte es plötzlich stromauf, und die Menge wandte sich hastig und stürzte seitwärts den Uferdamm entlang, der an die Gärten von Whitehall zurückführte. Kaum zehn Schritte vor den jauchzenden Verfolgern eilte eine hohe dunkle Frauengestalt an der Böschung hinauf. Sie schien zusammen zu brechen und raffte sich wieder auf und hielt wieder; von ihrem unbedeckten Haupt flatterte

das lange schwarze Haar zurück, das bleiche Gesicht mit
den dunklen Augen, die sie manchmal auf die Nachstürzen=
den wendete, als messe sie den Abstand, der sich mehr und
mehr verringerte, verrieth ihren Ursprung. Plötzlich stand
sie mit ausgebreiteten Händen still. Sie hatte stromab einen
Schatten bemerkt, der durch die Dämmerung in den Fluß
hinausschoß. „Hieher!" rief sie, den Sturm übertönend,
„wenn ihr Karl Stuart sucht!"

Taylor hatte betäubt, sinnlos gestanden; bei der Stimme
fuhr er auf. Er sah, wie die Menge tobend auf das Weib
zustürzte, er sah, wie sie die Hände über dem Haupt zu=
sammenfaltete und mit einem letzten, tiefen, todestraurigen
Blick der Liebe seine Augen suchte — dann blitzte es be=
geistert in den ihren auf und mit verhallendem Rufe wie:
„Mutter!" kam es stromab, und die dunkle Gestalt, von
zwanzig ausgestreckten Armen fast schon erreicht, verschwand
in den grauen Wogen der Themse. Blitzschnell trug der
reißende Fluß sie hinab; sie tauchte noch einmal mit dem
blassen Gesicht aus dem düstern Wasser auf, und noch ein=
mal vor den Füßen Jeremy's, der mit starren Augen be=
wußtlos hinabsah. Dann packte der Wirbel sie und riß sie
dem Kahne nach, der unbeachtet im Dunkel verschwunden
war. Die Menge starrte lautlos auf die Stelle, wo ihr
Opfer durch freiwilligen Untergang entkommen.

„Geht nach Haus!" unterbrach eine dumpfe Stimme,
in der sich Haß und Bewunderung mischten, die tiefe Stille.
„Die Tyrannenbrut hat sich selbst vernichtet!"

———————

König Karl II. hielt inne. Er hatte die letzten Minuten
hindurch mit geschlossenen Lidern gesprochen, als ob er ein

Bild vor seine Augen zurückbeschwöre. Die schöne Anna Gwyn neigte sich mit bleichem Gesicht über ihn und strich mit zitternder Hand kalte perlende Tropfen von seiner Stirn. Todtenstille lag über dem Gemach und den trüb herabbrennenden Kerzen, unter denen die Cavaliere sich scheu und lautlos anblickend, saßen. Nur das leise Schluchzen des alten Mannes ging durch's Zimmer. Er war langsam von seinem Sitz zu Boden gesunken und lehnte, neben dem Erzähler knieend, regungslos die müde Stirn an die Polster.

Draußen flammte eine leuchtende Rakete auf und warf ihren bläulichen Schein über die stummen Gesichter. Der König sprang rasch empor und trat ans Fenster. Der letzte Schimmer des Feuerstrahls zitterte über der dunkeln Themsefläche.

„Arme Edwine, gute Nacht!“ flüsterte der König traurig. Dann fuhr er mit der weißen Hand über die Augen und trat an den Tisch zurück.

„Der König ist genug gefeiert,“ sagte er bewegt; „ich lade euch ein, Mylords, dieses Glas auf einen alten Freund zu leeren — auf den Bischof Jeremy Taylor, Kanzler unserer Universität zu Dublin!“

Die Cavaliere sprangen mit lautem Beifallsruf auf und stießen hellklingend die Gläser zusammen. Karl beugte sich nieder und richtete liebreich das Haupt des Alten empor, dem er sein eigenes Glas, das er halb geleert, darreichte. Der neue Pair wandte mit irrem Blick den Kopf und streckte die Hand nach dem königlichen Glase aus; doch ehe er es erreicht, fiel die Hand müde zurück und er legte das Gesicht darauf wie zuvor und weinte bitterlich.

Valenzia Gradonigo.

„Fermatevi la barchetta!" — es war ein kräftig aus=
gestoßener Schifferruf, der aus einer eleganten Gondel tönte,
welche in schnellem Fluge durch den Canal grande hinab=
schoß. Das kleine Fahrzeug, dem die Warnung galt, war
nur von zwei Personen besetzt, die sich in gleicher Weise
träumerisch ihren Gedanken hinzugeben schienen. Träge, mit
halb gegen die einfallende Märzsonne geschlossenen Libern
ruderte der Bootsmann den Kahn in die Richtung der La=
gunen, während sein einziger Passagier lässig ausgestreckt
lag und mit offenen Augen in den wolkenlosen, tiefblauen
Himmel, der sich über Venedig breitete, hinaufblickte. Man
sah, Boot und Miethsherr — denn die Einfachheit des
Ersteren verrieth sogleich, daß es keine vornehme, herrschaft=
liche Barcarole sei — beide hatten keine Eile und trieben
behaglich auf dem leise spielenden Wasser hin.

Auf den Ruf fuhr der Schiffer empor und lenkte mit
geschicktem Ruck den Nachen aus dem Fahrwasser der be=
brohlichen ungleich größeren Gondel. Diese schoß, tüchtig
gerudert, vorüber, als ein zweiter Ausruf aus ihr ertönte,
der den jungen Mann in der gemietheten Barke bewog,
ebenfalls den Kopf zu erheben. Er mochte seine Gedanken

erst sammeln, denn einen Augenblick sah er ungewiß in das Gesicht, das sich aus der innehaltenden Gondel zu ihm herüberbog. Es war das eines ebenfalls jungen, reichgekleideten Mannes, mit regelmäßig schönen, etwas vornehm selbstbewußten Zügen. Stolz lag in den siegesgewissen dunkeln Augen und auf der weißen Stirn, auf die leicht gelocktes schwarzes Haar herabfiel. Der Nobile, der reiche Patriziersohn war in jedem Zuge der Erscheinung unverkennbar. Er hatte mit starker Hand das kleine Fahrzeug gefaßt und hielt es, daß die Barken jetzt mit der Langseite nebeneinander lagen.

„Antonio Foscarini," sagte der Andere zerstreut, „wahrhaftig, seit wann bist Du aus Cypern zurück? Ich hörte —"

Doch der Angeredete unterbrach ihn lachend. „Man sagte mir in Cypern, mein Freund Leonardo sei Träumer geworden und schwebe in beständiger Lebensgefahr. Deßhalb nahm ich ein Schiff und kam in diese grausame Republik, die sich so wenig um ihre liebenswürdigsten Geister bekümmert, zurück. Du scheinst nicht Eile zu haben; wann hätte ein Poet Eile? Laß dieß abscheuliche Fahrzeug und komm' zu mir. Wir wollen in die Lagunen fahren und plaudern."

Es lag in den Worten wie in der Einladung ein wenig Gönnerhaftes, das nicht beleidigend gemeint war und dem Sprecher wohl selbst kaum zum Bewußtsein kam. Er streckte jetzt die Hand aus und drückte herzlich Leonardo's Rechte, welcher der Aufforderung folgend in die prächtige Gondel hinüberstieg. Antonio warf ein Geldstück über den Rand des Nachens vor die Füße des Miethsschiffers. „Du kannst fahren," setzte er hinzu, allein Leonardo wandte sich mit einer gewissen Aengstlichkeit um und sagte:

„Nein, bleibt. Ihr könnt uns folgen, bis ich Euch rufe."

Er drehte den Kopf und fuhr fort: „Ich bedarf seiner später, Antonio."

„Ich bin müssig und fahre Dich, wohin Du willst," fiel dieser ein, jedoch der Freund schüttelte die nachdenkliche Stirn.

„Dahin nicht, wohin ich will," entgegnete er lächelnd, „oder vielmehr, ich kann Dein Anerbieten nicht annehmen. Doch vor der Hand fahre ich mit Dir. Der Süden hat Dein Wesen verändert; Du bist männlicher, bist schöner geworden, Antonio. Ich werde ein Jubellied den Töchtern Venedigs dichten, wie ich einen Klagegesang für sie schrieb, als Du fortreistest."

Er setzte sich neben den Nobile auf die sammetüber= zogene Ruhebank; ein leiser Anflug von Bitterkeit lag in den hellen, geistvollen Augen, mit denen er das reiche Fahr= zeug und die Prachtgewänder des Freundes überflog. Viel= leicht auch in seinen Worten — sein eigener Anzug stach, trotzdem daß die äußerste Sorgsamkeit auf Farbenwahl und Kleidsamkeit verwendet erschien, ungünstig, fast ärmlich da= gegen ab. Doch dieser Ausdruck verschwand schnell und machte einer rothen Färbung, die an seinem edelgeformten, blassen Gesichte emporstieg, Platz.

„Als ob Du Dich nicht verändert hättest, mein Löwe," lachte sein von Geburt und Glück mehr begünstigter Ge= fährte, dessen Miene die Befriedigung über die absichtslose Schmeichelei Leonardo's nicht ganz verhehlen konnte. — „Zwar ist's eigentlich keine Veränderung zu nennen, wenn

aus einem Träumer ein Schwärmer, aus einem Schweig=
samen ein Geheimnißkrämer wird, daß man seinen Kopf
dem hohen Rath in die Denunzie segrete werfen sollte —
oder" — er blitzte seinen verstummten Genossen mit for=
schenden Augen an — „vielleicht besser noch sein Herz;
denn ich möchte ein Schiff meines Vaters wetten, daß es
noch immer die blonden Locken sind, die solche Zerstörung
im Hirn und Schönheitssinn meines Freundes hervorge=
bracht haben. Aber ich glaube weit eher, daß Dein ver=
sprochenes Jubellied sich in einen Hymnus auf jene ver=
wandeln wird.

> Wie purpurne Floden
> Um Vergessirn,
> Um ihre Stirn
> Wallen die goldenen Locken.

Nicht wahr? Verzeih', Du weißt, ich mache nur schlechte
Gelegenheitsverse und die Abscheulichkeit des Gegenstandes
benimmt mir jeden Rest dichterischen Vermögens."

Er sprudelte es gutlaunig, übermüthig heraus, ohne
zu beachten, daß die Gesichtsfarbe Leonardo's allmälig in
flammende Röthe überging. Flüchtig hatten die Mundwinkel
des Letzteren bei dem Spotte des Nobile sich zusammen=
gepreßt, doch nun brachen sie in fröhliches Gelächter aus.

„Auch Poet ist Don Antonio in der heißeren Sonne
geworden," rief er, „und das Einzige, was ihm fehlt,
bleibt das Verständniß dieser Sonne, wenn ihre Strahlen=
wellen sich um ein weißes Mädchenantlitz legen. O Sohn
der Nacht, möge nie der Tag erscheinen, an dem Dein Herz
an solchen goldenen Banden angekettet liegt und nach Be=
freiung schmachtet."

Er apostrophirte mit den letzten Worten in komischer Emphase den jungen Patrizier. „Es würde immer Schwerter geben und einen Alexander, der sie führen könnte, um einen solchen zu durchhauen," erwiderte dieser, mit der Hand an den Edelsteingriff seines zierlichen Degens gleitend. „Doch ohne Scherz," fügte er bei, wie er gewahrte, daß die Miene des Freundes einen ernsthaften und verletzten Ausdruck an= genommen, „ich begreife nicht, wie ein Venetianer, ein Dichter, wie Du, das blonde Haar der nordischen Barbaren preisen kannst. Besäße ich eine Tochter, die ein böser Geist in der Geburtsstunde so entstellt hätte, ich würde sie in's Kloster schicken oder bei Strafe ewigen Kerkers ihr gebieten, ihr Haupt zu verhüllen bis an den Todestag. Und lieben ein blondhaariges, schwaches Weib — denn schwach sind sie alle, nur in den schwarzen Locken liegt Kraft und Muth und Leidenschaft der Liebe — verließe ich sie nicht am ersten Tag, am zweiten hätte sie mich um ein Hinderniß, um ein Nichts, um ein Wort ihres Vaters vergessen und verlassen." Er hatte sich mehr und mehr in Eifer geredet, eine seltsame, fast dem Haß ähnliche Abneigung gegen das „blonde Haar", von dem er sprach, leuchteten hindurch. Leise murmelte er noch hinzu: „Ich hab' es einmal erprobt —", aber er brach den Satz ab, denn er war betroffen von dem schwärmerischen Glanz, der ihm aus den Augen des Freundes entgegen= strahlte. Traurig und doch wunderbar frohlockend hefteten sie sich in die seinen und wie mit abwesenden, träumerischen Lippen sprach Leonardo dazu:

„Du hast recht und doch irrte sich noch Keiner wie Du. Einer vielleicht — aber wenn er's that, so war der Irr=

thum das Paradies, und es wäre besser, am Grund dieses Wassers zu liegen, als die Wahrheit zu erfahren."

Er hatte die Hand über die Flut ausgestreckt, ein plötzlicher zitternder Schauer durchfuhr ihn, daß er heftig zusammenzuckte. Die Sonne war verschwunden und der Schatten eines hochstöckigen düstern Palastes fiel über die Gondel. Die Felsgrundmauern des Gebäudes tauchten in den Kanal hinab und das bewegte Wasser zerschellte mit geheimnißvollem Murmeln an den Quadern.

Antonio sah die Veränderung in dem Gesicht seines Gefährten, doch zugleich blickte er empor und sprang rasch von seinem Sitz auf. Auf der gewaltigen Marmorbrüstung des Palastes, die über den Kanal hinausging, stand ein hochaufgereckter Greis mit weißem Barte, der ihm bis auf die goldenen Prunkketten der Brust niederfiel. Sein Gesicht war herb, fast düster, wie aus dem grauen Gestein des Hauses, vor dem er stand, gemeißelt. Unbeweglich lagen die Augen unter den dunkel gebliebenen dichten Brauen, durchdringend und kalt wie der Schatten des Palastes. Er blickte auf die Gondel, welche an diesem vorbeiglitt, hinunter. Der junge Nobile hatte sich mit dem Federhut auf dem Scheitel kerzengrad aufgerichtet, und der Greis nickte unmerkbar mit dem Kopf. Auch Leonardo schaute zum Palast empor, nur ruhten seine Augen höher auf demselben, wo ein grüner Blumenflor aus geöffnetem Fenster herabnickte. Zwei blasse Rosen drängten sich aus der Mitte desselben hervor, daran hing das Auge des Jünglings. Jetzt streifte ihn der Blick des Genossen; „Leonardo, Träumer, siehst Du nicht?" flüsterte dieser hastig.

„Was? Was gibt's? Was soll ich sehen?“ fuhr der Gerufene erschrocken zusammen.

„Den Senator Francesco Grabonigo aus dem hohen Rath der Drei,“ flüsterte Foscarini eilfertig. „Den Hut ab, Freund, wenn Du nicht wünschst, daß Dein Name heute Nacht in den Löwenrachen spaziert.“

Die Augen Leonardo's senkten sich, indem seine Hand mechanisch an die Schläfe hinauffuhr und die Bedeckung von seinem Scheitel herabriß. Doch keine Mienenveränderung in dem Gesicht des Senators der Republik erwiderte den Gruß des jungen Bürgers. Hastig glitt der Blick des Letzteren zur Seite auf die selbstbewußt emporgerichtete Gestalt seines Gefährten, und einen Moment schlug es ihm wieder wie Flammen, dießmal aber mit glühender Schamröthe in die Wangen, als er sein demüthig abgezogenes Baret mit dem stolzen Hut des gleichgestellten Edelmannes verglich. Nur eine Sekunde, dann leuchteten seine hellen Augen von einem anderen Gedanken verklärt auf. Wie Triumph und Mitleid zugleich lag es in ihnen, wie sie noch einen letzten Blick auf die stillen Rosen des Palastfensters zurückwarfen und dann kühn und fröhlich in das Antlitz des Patriziers hinabwanderten. Schnell flog die Gondel fort, noch einige Schläge und sie hatte die Lagunen erreicht. Im bläulichen Sonnenschimmer hob sich das Lido am jenseitigen Rand, lachende Eilande, eben mit frischem Grün überkleidet, tauchten aus der seichten Flut.

„Presto! Presto!“ rief Leonardo durch die hohle Hand dem Schiffer der von ihm gemietheten Barke zu, der, ungern seiner Trägheit entsagend, mühsam der schneller geruderten Gondel nachgefolgt war. Nun kam er eiliger heran.

„Was willst Du? Was gibt's?“ fragte Antonio verwundert.

„Blonde Locken, Freund,“ erwiderte Leonardo fröhlich. „Bei Deiner Abneigung gegen diesen Schmuck, die Du vorhin so energisch ausgesprochen, brauche ich Dich nicht zu bitten, mein Geheimniß zu bewahren und meine Spur nicht zu verfolgen; mein Weg geht dorthin.“

Er wies auf eine der grünen Inseln, die von links aus den Lagunen herübergrüßten und sprang gewandt in den herangekommenen Nachen.

„Nimm Dich in Acht, blonde Locken bringen Gefahr,“ sagte Antonio ernster, als er sonst gesprochen. „Ich weiß nicht, was mir rathen will, nicht von Dir zu gehen, denn ich liebe Dich — mit meinem Herzen liebe ich Dich, Leonardo.“

Er sprach es offen und warm und ergriff zum Abschied die Hand des Freundes. Doch dieser lachte und entgegnete:

„Nun bin ich der Spötter, Antonio. Die Sonne ist das Leben und so lange sie mich beglänzt, kann mich nichts bedrohen. Außerdem da Dir die blonden Locken keine Gefahr bringen, warum sollten sie es mir? Leb' wohl und“ — die Barken hatten sich schon von einander entfernt und er rief es hinüber — „nimm meinen Dank, daß Du mir Gelegenheit verschafft, den großmächtigen Herrn Grabonigo in tiefster Ehrfurcht zu begrüßen. Addio — avanti!“

Das Letzte galt dem Schiffer, der an dem Ton, mit dem es gesagt wurde, merkte, daß es gerathen sei, rüstiger als zuvor seine Pflicht zu erfüllen. Ein kühlender Luftzug kam über die Lagunen, buntbewimpelte Barken durchkreuzten in allen Richtungen das beglänzte Gewässer. Antonio blickte dem immer kleiner verschwimmenden Fahrzeug des Freundes noch eine Weile nach, seine Stirn hatte sich umwölkt, seine Lippen sprachen halblaut vor sich hin.

„Per Bacco!" sagten sie, „er ist doch vielleicht der Glücklichere, wenn ich ihm auch sein Glück nicht neide. Es ist abscheulich, im Frühling allein zu sein, zumal wenn Andere zu Zweien sind, und ich möchte fast mich zu dem ersten besten Landgänschen in den Miethkahn setzen und über Küchenkräuter und Waibelämmer mit ihr zu schwatzen, als in meinen einsamen Palast zurückfahren."

Er hatte, während er es murmelte, den Blick auf einen kleinen Nachen gewandt, der ebenfalls in der Richtung, die Leonardo eingeschlagen, an ihm vorüberfuhr. Es saß ein Landmädchen darin, das ihm zu seinem Gedankengang Anlaß gegeben. In der kleidsamen Tracht der Landbewohne= rinnen der Umgegend saß sie, den von weißfaltigem Tuch fast ganz eingehüllten Kopf vorgebeugt, daß man kaum etwas mehr als die Nasenspitze und ein Paar rosige, zierlich geschweifte Lippen gewahrte.

„Eine venetianische Bäuerin ist eine Fürstin gegen jede Edelfrau dieses barbarischen Nordens mit seinen blonden Haaren," murmelte Antonio. Unwillkürlich richtete er sich ein wenig empor, um die Aufmerksamkeit der jungen Land= schönen auf sich zu ziehen, doch diese war eigensinnig und verrückte den verschleierten Kopf nicht um Zollbreite. Trotz= dem hatte er Gelegenheit genug, was sich von ihr gewahren ließ, zu mustern, denn in demselben Augenblick schnitt eine mit schwarzem Tuch verhängte Gondel durch ihr Fahrwasser und zwang die Barke zu einem momentanen Aufenthalt. Es war eine scheinbar absichtslose Bewegung, mit der plötz=

lich unter dem Mäntelchen des jungen Weibes eine Hand hervortauchte und ebenso schnell, nachdem sie etwas an ihrer Kopfbedeckung, so daß derselbe noch dichter verhüllt wurde, geordnet hatte, wieder verschwand. Doch der flüchtige Zeitpunkt reichte hin, ein paar feine, blendenbweiße Finger zu zeigen, die unter dem großen Umschlagetuch überraschten. Neugierig blickte Antonio auf die Stelle, wo jene sich wieder vermummt hatten, doch zugleich ließ die schwarze Gondel die Bahn frei und der Fährmann der kleinen Barke, der bei ihrem Erscheinen ehrerbietig den Krämpenhut abgezogen, setzte seinen Kahn wieder in Bewegung, so daß er sich rasch nach links hinauf von der müßigen Gondel Foscarini's entfernte. Dieser blickte noch eine Weile dem schwarzverhüllten Fahrzeuge nach, das seinen Lauf gegen das Lido verfolgte und dann in weitem Bogen ebenfalls zur linken Hand ablenkte. Nachdenklich wandte er endlich die Augen und traf die seines Gondoliers, der den Blick als eine Aufforderung zum Sprechen deuten mochte, denn er nickte mit dem Kopf und sagte leise: „Ja, Herr, es war Einer drin, ich sah ein Gesicht, als sie an der Barchetta vorüberging. Sie wär' bald damit zusammengestoßen; cospetto, ich hätt' nicht in dem Nachen sitzen mögen, wenn er nur ihren Rand geschrammt hätte."

„Was zum Teufel suchen sie hier im Sonnenschein auf den Lagunen?" brummte der Nobile. „Sonst pflegt der hohe Rath seine Expeditionen doch im Dunkel anzustellen, daß man ihren Sarg nicht sieht."

Der Gondolier blickte sich besorgt um und zuckte die Achseln. Er ruderte stumm weiter, Antonio brütete vor sich hin, dann drehte er den Kopf mit einem kurzen: „Nach

Hause!" und die Gondel lenkte in den Kanal der Giu-
becca ein.

Die Märzsonne stand noch so ·hoch, wie die absinkende
Mittagszeit es verstattete. Die neunzehnte Stunde ging
zu Ende; vom Markusthurm, der sich riesig in die blaue
Luft aufreckte, hallten sieben Schläge weit herüber. Ein
gleichförmiges dumpfes Geräusch kam vom Lido und ging
summend über die Lagunen. Es war die Brandung der
anschwellenden Meerflut, die es verursachte; aber es schien,
als komme es aus dem Grunde der Kanäle selbst herauf
und ein träumerisches Gemüth mochte Stimmen aus der
Tiefe in ihm vernehmen. Fernab, gedankenvoll über den
Rand der Barke geneigt, welche jetzt zwischen grünen Ei-
landen hinschwamm, lag Leonardo. Der Nachen näherte
sich einer der Inseln, auf die Jener vorhin gedeutet, und
stieß an's Land. Der Jüngling erhob sich und warf, das
Auge mit der Hand schattend, noch einen Blick auf die
Wasserfläche zurück, dann sprang er auf den weichen Ufer-
sand. Er mußte vorher Abrede mit dem Schiffer getroffen
haben, denn dieser stieß sogleich wieder ab und umruderte
das kleine Eiland, auf dessen östlicher Seite er die Barchetta landete und sich auf ihrem Boden behaglicher Siesta
hingab.

Die Vegetation der Insel war spärlich. Aus dem
grünen Rasenteppich stiegen auf der Höhe einige von Pi-
nien überragte Zwergcypressen, ein schmales Olivenwäldchen
zog sich bis an den Strand hinab. Unter seinem Schatten
stand Leonardo und harrte. Sein Auge haftete auf dem
bunten, fernen Gondelgewimmel, das sich vor der Stadt
bewegte. Manchmal löste sich eine von denselben ab, und

das Herz des Jünglings schlug heftiger. Doch immer wieder war es Täuschung und der dunkle Punkt, den sein Blick verzehrte, lenkte im Bogen an die Häuser zurück. Seufzend trat der junge Poet endlich tiefer in das Wäldchen und streckte sich auf das weiche, schattige Moos.

Er hätte noch einige Sekunden warten müssen, um zu sehen, daß dießmal wirklich ein Fahrzeug die Richtung auf ihn zu einhielt. Rasch vergrößerte es sich und steuerte gerade auf die Insel zu. Es war der Miethkahn mit der jungen Bäuerin, die Antonio's Aufmerksamkeit erregt. Auch ihr Fährmann entfernte sich, als sie kaum den Strand berührt. Schmunzelnd betrachtete er das Goldstück, das wieder die feine weiße Hand, auf der Foscarini's Augen verwundert geruht, ihm gereicht; aber er warf keinen Blick der Neugier zurück und schien, sich ebenfalls der Ruhe hingebend, nicht einmal die Anwesenheit seines Kollegen zu bemerken.

Die Angekommene schaute erwartungsvoll am Ufer umher, ein leichter Ausdruck von Reizbarkeit kennzeichnete die schönen Lippen, als sie nichts gewahrte. Alles umher war still und einsam, und ihre Hände kamen jetzt unbekümmert hervor und entfernten mit hastigem Griff die weiße Kopfhülle, unter der wie eine Sonne üppig entfesseltes, goldblondes Haar hervorquoll. Fast stand dasselbe im Widerspruch zu den dunkeln Augen und Brauen und dem antikgeschnittenen Profil, doch es umfloß mit seltsamer Lieblichkeit die wunderbare griechische Schönheit des Gesichtes, daß es wie eine von der Hand Palmavecchio's mit Farben bekleidete Venus gemahnte. In erster Lenzesblüthe stand das entschleierte Bild, voller künstlerischer Gegensätze, doch einer den Reiz des andern erhöhend. Vornehm, beinahe kühl erschienen die Züge, aber die Lippen lachten wie Rosen, die der Sonne entgegenblühen, und die schwärmerischen Augen sprachen aristokratischer Kälte Hohn.

Nun trat die junge Edeldame ebenfalls in den Schatten der Oliven. Nach einigen Schritten gewahrte sie den Ruhenden, der nichts von ihrer Annäherung bemerkte. Er hatte die Hand über die Stirn gelegt und schien zu schlafen; Neugier und Aerger kämpften bei dem Anblick auf dem Gesicht des Mädchens. Vorsichtig schlich sie heran und betrachtete das edle und ausdrucksvolle Antlitz des Jünglings. „Leonardo," sagte sie dann plötzlich und er fuhr erschreckt auf.

Der Ruf klang fast hart und gebieterisch und er blickte sie verwirrt und schüchtern an. Die Sehnsucht und das Bangen seines Auges mochten ihren Unmuth besänftigen, denn sie setzte weicher, zärtlicher hinzu:

„Was träumt mein Dichter?"

Sein Blick antwortete, aber seine Zunge stammelte nur: „Signora — ich —"

Sie fiel ihm in's Wort: „Klingt Dir der Name Valenzia so schlecht, daß Du ihn verachtest?"

„Ich wagte nicht — Valenzia." Er sprach es zögernd, wonnestrahlend und wiederholte noch einmal leise mit zitternden Lippen: „Valenzia."

Sie lächelte. „Du verehrst mich nicht, wie der Dichter von Ferrara, sonst wärst Du kühn wie er und Deine Dichtung freier."

Es lag etwas Kühles, Anfröstelndes in dem Vergleich, etwas wie ein Schatten, der hereinfiel. Doch er fühlte ihn nicht, die Sonne der Liebe übergoß ihn mit süßlicher Glut.

„Was Tasso wagen durfte bei Leonore, darf ich es vor Valenzia?" fragte er mit leuchtenden Augen.

Sie erwiderte: „In Versen," aber sie duldete, daß er ihre Hand erfaßte. „Wäre ich sonst hiehergekommen — freilich, erwartet wurde ich nicht," fügte sie nachdrücklich hinzu.

Sie hatte sich auf eine Rasenerhöhung gesetzt, er stand neben ihr und tastete mit zaghaftem Finger über ihre reichen Locken.

„Lieber für Euch gingen durch meine Seele, Valenzia," flüsterte er, „harret und Euer Ruhm soll die Sommernächte Venedigs durchtönen; Tasso's Gesang soll auf den Lippen verstummen, daß sie Eure Schönheit jubeln, Valenzia."

Sie blickte dankbar freudig zu ihm auf, ihr Auge ermuthigte ihn, die Hand fester auf das schöne Haar zu pressen, aus dem es ihn mit berauschendem Duft anwehte. Sie wollte etwas sprechen und zögerte; dann sagte sie schnell und lachend:

„Wirst Du mich mit dem blonden Haar besingen, Leonardo, daß Dein Freund Antonio Foscarini so sehr verabscheut, oder leihst Du mir die schwarzen Locken meiner italienischen Schwestern, die er liebt?"

Sie bewegte wie absichtslos den Kopf, daß seine Hand herabglitt und sah ihm erwartungsvoll in's Gesicht.

„Antonio ist ein Narr," stieß er leidenschaftlich aus, „dunkle Locken sind wie Wettergewölk, Eure Sonne verzehrt sie in Nebel, Valenzia."

„Und doch verdunkeln Wolken sie oft," bemerkte diese nachsinnend. Bei seinen ersten Worten hatten ihre Mundwinkel sich zusammengezogen und der Nachsatz vermochte kaum ihre Falten auszuglätten. „Antonio Foscarini ist der schönste und vornehmste junge Edelmann Venedigs," fuhr sie mit nachdrücklicher Betonung fort.

Allein er hörte nicht auf das, was sie sprach, und strebte nicht, ihre Worte zu deuten. Er hatte Muth gefaßt, den Muth, die Verwegenheit des Trunkenen; von seinen Lippen floßen zärtlich stürmische Rhythmen der Begeisterung, des Glückes. Sie saß wie lauschend vorgebeugt, die Augen zu Boden gewandt. „Seit wann stehst Du in seiner Gunst?" sagte sie plötzlich.

Er verstand die Frage nicht und sah sie befremdet an. „In wessen Gunst?" wiederholte er.

Valenzia zuckte ungeduldig mit den Brauen.

„Ich wüßte keinen andern Edelmann Venedigs, der ein Talent aus niederem Stande so hoch schätzen würde, um es seines Umgangs zu würdigen, als Antonio, als Foscarini," fügte sie bei. „Vergiß es nicht, Leonardo, Du zeigst Dich Deines Glückes unwerth, wenn Du ihn schmähst."

Einen Moment ruhte sein Blick starr auf den schönen Lippen, die es gesprochen, Glut stieg ihm in die Schläfe, allmälig ward der Ausdruck seiner Züge irr und seltsam. „Valenzia," sagte er zitternd, „was liegt mir an allen Fürsten der Welt bei Dir! Dein Herz ist die Gunst, die mich hebt, die meine Seele beflügelt — Deine Liebe ist mein Edelwappen, das ich mit unsterblichen Klängen vergelten will. Du allein bist Wärme, Licht und Schönheit meines Lebens, das letzte Wort Deiner Lippen, der letzte Strahl Deiner Augen wäre Dämmerung meines Tags, und mir bliebe nichts als die Nacht, das Grab, die Verzweiflung."

Er streckte den Arm aus und schlang ihn feurig um den Nacken des unentschlossen zaubernden Mädchens. Ein verzaubernder Strahl seiner Augen fiel in die ihren und hielt sie, daß seine Lippen sich auf ihr regungsloses Antlitz niederzubeugen vermochten. Er streifte ihre Wangen, sein heißer Athem erreichte ihre Lippen — plötzlich machte sie sich mit einer heftigen Bewegung frei und stand auf.

„Ich sagte, Du sollest kühn sein, nicht anmaßend," sagte sie zürnend, „in der Dichtung, nicht in der Wirklichkeit. Du vergißt Dich jetzt, wie Du es Foscarini gegenüber gethan. Hochmuth, der verzeihlicher war, hat Tasso's Leben vergällt — hüte Dich, Du bist nicht Tasso, zum Mindesten jetzt nicht."

Sie wandte sich rasch dem Ufer zu und klatschte in die Hände. Wie sie sich noch einmal umwandte, traf sie das irre Auge Leonardo's, der auf dem Fleck festgebannt stehen geblieben. Er stand wie betäubt, vernichtet, ein unheilbarer, namenloser Schmerz starrte aus seinem Blick. Sie erblaßte, wie sie ihn gewahrte und trat wieder auf den jungen Mann zu.

„Leonardo," sagte sie mit veränderter Stimme, freundlich seine Hand fassend, „Du verkanntest mich. Daß ich hieher gekommen, ist es nicht Beweis, daß ich Dich schätze? Sonderling Du, wenn Du es immer noch nicht glaubst, nimm dieß Zeichen, dessen sich keiner der stolzesten Edelleute Venedigs bis heute rühmen kann." Sie beugte sich hastig vorwärts und streifte mit den Lippen flüchtig seine Stirn. „Es sei der Lohn für Deine Absicht," fuhr sie fort, wie er mit qualvoll bitterer Wonne die niedergepreßten Lider zu ihr aufschlug. „Muth, mein Dichter, erzwinge

die Huldigung der Welt und Valenzia's Lohn wird er=
höht sein."

Ihre Barchetta war auf das Signal herangekommen
und harrte am Ufer. Valenzia schritt auf sie zu, der
Jüngling schwankte hinter ihr drein. Seine Gestalt hatte
alle Entschlossenheit, alle feste Haltung, sein Gesicht fast die
frühere Schönheit verloren, scheu und ungewandt bewegte
er sich der jungen Patrizierin nach. Angstvoll öffnete er
die Lippen und schloß sie, endlich brachte er stotternd eine
Frage hervor:

„Wann sehe ich Euch wieder, Valenzia?"

Sie stand schon im Kahn, der Schiffer hielt das Ge=
sicht abgewandt und schien nichts von der Anwesenheit eines
Dritten zu bemerken. Valenzia hob nachdenklich das Auge
zum Himmel, an dem ein schmaler Silberstreif das wieder=
beginnende Mondlicht andeutete.

„Wenn die Sichel ganz zur Scheibe geworden," sagte
sie, die Hand ihm entgegenstreckend, „hier, um dieselbe
Stunde, auf gleicher Stelle, und ich hoffe, Dich erwartungs=
voller zu finden, Leonardo."

Der Jüngling lächelte schmerzlich. „Meine Ruhe ist
vorüber, die rothen Rosen haben sie an sich genommen."

„Hüte Dich, zu oft nach ihnen emporzusehen, damit
es nicht auffällt," fuhr sie schnell fort, „und dann hoffe
ich bei meiner Wiederkunft einen Beweis Deines Verspre=
chens vorzufinden. Geleitete Antonio Dich nicht heute?
Mich däuchte, ich kreuzte seine Gondel — er könnte mit
Dir kommen, da er Deine Dichtung schätzt, wie ich, und sie
beurtheilen. Ein Weib hört liebevoller, aber ein Mann
sieht schärfer. Freilich mein Haar würde ihm den Genuß

verbittern, doch ich werde es verhüllen, ich werde es künstlich verbergen, daß er —"

Sie brach plötzlich ab, es war, als ob sie andeuten
wollte, in welcher Weise sie das Gesagte auszuführen beabsichtige, so hastig flog ihre Hand empor und zog die weiße
Kopfhülle bis tief über die Augen nieder. Wie ein dunkler
Schatten schoß von der Seite die schwarze Gondel vorüber,
welche bereits vorhin ihren Nachen einen Augenblick ge-
hemmt. Sie kam, schnell gerudert, zwischen den Inseln
durch, so daß man sie nicht früher gewahren konnte. Doch
kaum hatte der Fährmann hastig die Mütze wieder vom
Kopf gerissen, so schwamm sie schon in der Ferne, eilig der
Stadt zu.

Leonardo hatte, in trübes Brüten versunken, nichts
davon bemerkt, desto mehr sprach sich in dem Wesen des
Mädchens eine plötzliche, furchtsame Hast aus. Sie rief
noch einmal rückgewendet: „Leb' wohl," und winkte ihrem
Fährmann, der mit kräftigen Schlägen das leichte Fahrzeug
über die spiegelnde Wasserfläche hintrieb. Unbeweglich blieb
der Jüngling am Ufer stehen und starrte ihm nach. Klein
und kleiner ward es und tauchte in den Schwarm der
übrigen in den Lagunen sich tummelnden Gondeln. Doch
sein Auge verlor es nicht in ihrer Mitte, bis es als ein
dunkles Pünktchen an der Einfahrt eines Kanals hinter
Häusern verschwand. Da brach ein unhemmbarer bitterer
Thränenstrom aus seinen Augen, er wandte sich und warf
sich schluchzend auf den Rasen unter den Oliven zu Boden.

Es war eine schmälere mit dem Canal grande parallel
laufende Wasserstraße, in welcher die Barchetta einbog. An
einer allgemeinen Landungstreppe, inmitten vieler anderer

Miethfahrzeuge legte der Schiffer bei und begrüßte respekt:
voll das aussteigende Landmädchen. Hurtig sprang Va=
lenzia die breiten Stufen hinan und eilte durch ein schmales,
kaum das Begegnen zweier Menschen verstattendes Gäßchen,
bis sie an die Rückseite eines düsterhohen Steingebäudes
gelangte, durch dessen einsame Hinterthür sie eintrat.

Einige Minuten später verschwand eine der beiden blaß=
rothen Rosen aus dem grünen Blumenflor des Fensters im
Palast Grabonigo und die übriggebliebene schaute vereinsamt
auf den buntbelebten Canal grande herab.

Allmälig sank die Sonne tiefer und das sonnenglän=
zende Gestade des Lido färbte sich grau. Abendrauch wallte
von den Dächern Chiozza's und umwob mit nebelndem
Schleier die Meeresferne, eine Gondel nach der andern ver=
schwand von dem dämmernden Spiegel der Lagunen. Leo=
nardo's Schiffer, der noch immer in der Barke am Insel=
strand harrte, hatte schon manches Zeichen gegeben, den
Jüngling an seine Anwesenheit zu erinnern. Ungeduldig
stand er nun auf und trat in das Wäldchen, wo jener
seit Stunden auf den Boden hingestreckt seinen Platz nicht
verlassen.

„Es wird spät, Signor, und die Ebbe nimmt zu,"
sagte er. Leonardo hob den Kopf und blickte den Sprecher
starr an, dann richtete er sich mechanisch auf, ging an's
Ufer hinab und bestieg den Nachen. Der Schiffer arbeitete
mühsam gegen die ebbende Flut, Niemand sprach ein Wort.
Die Dunkelheit ward tiefer, langsam nahm sie wieder ab
und die schmale Mondsichel warf blasses, ungewisses Licht
über das Gewässer. Es war einsam still, nur aus der
Ferne tönte noch ab und zu ein Ruderschlag. Jetzt hinter

der Barchetta! Ein Schatten kam heran und wich wieder zurück. Der Fährmann richtete seine Augen fest hinüber:

„Da sind sie wieder," murmelte er, „wen mögen die heute auf den Lagunen suchen?" Er sprach es laut genug, daß Leonardo es zu hören vermochte, aber dieser gab, den Blick starr auf die silberne Himmelssichel geheftet, nicht Acht. Die Barke näherte sich der Stadt, hinter ihr im Dunkel schlug ein anderes Ruder ein und hielt sich stets in gleichmäßiger Entfernung. Sie fuhren bereits an schmalen Kanälen, die zwischen hohen Gebäuden einmündeten, vorüber; «dove Signor?» brach der Schiffer einhaltend noch einmal das Stillschweigen.

Der Jüngling fuhr auf und sah ihn traumvergessen an. „Wohin?" wiederholte er klanglos — „hinunter — wohin Du willst — nur fort aus dieser Qual." Er besann sich, heftig mit der Hand über die fiebernde Stirn gleitend, „dort — dort," deutete er, „die Kälte ist überall gleich."

Der Gondolier schüttelte den Kopf zu den verworrenen Worten und lenkte den Kahn in die bezeichnete Richtung, einem schmalen Kanale zu, an dessen Treppe er anlegte. Leonardo faßte seine Börse und wollte ein Geldstück hervornehmen. Doch mit einem plötzlichen Ruck warf er ihren ganzen Inhalt vor die Füße des Schiffers.

„Der Todtenfährmann will gut bezahlt sein," murmelte er bitter; „gib mir die Hoffnung wieder, mit der ich zu Dir kam." Er schwankte die Stufen hinauf, der Schiffer rief in klangvollstem Ton freudig sein: «Felicissima notte, signore!»

«Via, Via!» tönte es hinter ihm auf dem Wasser. Er

wandte sich schnell und bewegte eilfertig seine Barke zur Seite, an der eine schwarze Gondel vorüber an die Treppe flog. Eine untersetzte, in einen dunkeln Mantel verhüllte Gestalt sprang heraus und eilte die Stufen empor. Sie horchte einen Augenblick durch die Stille, bis verhallende Fußtritte aus einem schmalen Seitengäßchen an ihr Ohr schlugen, dann eilte sie rasch in dasselbe hinein.

Leonardo wanderte gedankenlos fort. In den engen Straßen Venedigs war es finster, kaum hie und da fiel das Licht eines Hauses heraus. Nur auf den breiteren Kanälen lag der bleiche Mondenschimmer und ringelte zerfließende Silberkreise in das Gewässer. Allmälig ging der Jüngling schneller, als ob er ein Ziel vor Augen habe. Er kreuzte die belebte Rialtobrücke und wandte sich wieder an das stille Ufer des Canal grande hinab. Er blickte sich nicht um, sein Auge suchte vorauf, bis es einen hellen Lichtschein gefunden, der aus dem obern Stockwerk eines düsteren Palastes herabkam. Wie ein feuriger Stern spiegelte er aus dem schwarzen Gewässer des Kanals herauf. Daneben zitterte der Mondenglanz, unheimliche Zerrbilder tauchten geisterhaft empor und zerrannen. Finster stiegen die Felsenmauern des alten Gebäudes gegenüber in die murmelnde Flut; es war, als ob ihr verschwommenes Abbild schwanke und zu brechen drohe. Der Jüngling starrte empor und hinab, er hatte die Brust gegen die kühle Nachtluft entblößt und sprach laut mit zuckenden Lippen.

„Wann stürzt ihr," stöhnte er, „wann steigt ein neues Venedig aus eurem Schutt? Wann darf der Geist sich neben die Geburt stellen? Wann bricht der dumpfe Kerker, in den ihr die Begeisterung, die Schönheit, die Liebe gebannt? O auch sie, auch die Liebe muß sterben in eurer Hand."

Er lachte bitter und gell auf. „Wann? Wenn die Sichel da drunten zur Scheibe geworden — und dann?"

„Dann wirst Du sie nicht mehr sehen und keine Rosen mehr aus dem Fenster Dich rufen!" sagte eine gedämpfte Stimme hinter ihm.

Leonardo hatte sich bei dem Beginn der Worte gewendet, den Schluß vernahm er nicht mehr. Es blitzte vor seinen Augen auf, zugleich ein Reflex des Mondes und des Lichtes, das einsam aus dem Palastfenster herabglänzte, und traf seine Brust. Er taumelte und brach in die Kniee; ein Blutquell stürzte dicht unter dem Herzen hervor.

„Hab' Dank," stammelte er, „meine Qual zerrinnt mit ihm —"

Ein höhnisches Gelächter übertäubte die matten Worte, zwei kraftvolle Arme umfaßten seinen widerstandslosen Leib und hoben ihn. Dann platschte das Wasser des Canal grande auf, die Mondeskreise schwankten weit auseinander und die Wellen schlugen dumpfmurmelnd an den Quadern des Palazzo Grabonigo empor, als raunten sie schaurige Botschaft in seine dunkeln Kerkerverließe hinab und weiter zu dem einsamen Lichtgestirn in die Höhe.

Geräuschlos durch die düstere Seitengasse flog ein dunkler Schatten und es war wieder lautlos still am Gestade des Wassers.

Nur von drüben, schräg hinüber, wo sich eine Landungstreppe befand, kam ein Aufschrei.

„Es ist Jemand ins Wasser gestürzt," rief eine Stimme und mehrere Nachen stießen zugleich ab und glitten über die Fläche. „Hier — hier!" tönte es abwechselnd, doch ein Fluch über die Dunkelheit verhallte hinterdrein.

„Ich hab' ihn," rief endlich ein Schiffer, der am Meisten nach links hinaufgefahren, „ihr seid Dummköpfe, die Ebbe mußte ihn mit hinunterreißen. Teufel, der ist schwer," fügte er ächzend hinzu, „er ist betrunken und rührt sich nicht."

Er zog den Körper keuchend in die Barke und ruderte, von den Andern umdrängt, an's Land. Weiber kamen mit Windlichtern, „ach, der feine Herr, er ist ertrunken," jammerten sie.

„Er ist ermordet," schrie eine aus dem Haufen sich vorbeugend, hier ist Blut, seht her."

Sie griff mit der Hand an die Brust des Jünglings und riß das Gewand auseinander.

„Seht ihr, hier ist der Dolchstich," rief sie, „eilt euch, verfolgt den Mörder!"

Die Männer zuckten kopfschüttelnd die Achsel, Frauen wehklagten; die Nachricht lief durch die Umgegend und zog immer neue Schaaren herbei.

„Er ist gewiß aus Eifersucht getödtet, der schöne, junge Mann," schluchzte ein bildschönes junges Weib, das zärtlich die Stirn und Schläfe Leonardo's zwischen den Händen hielt. Sie jubelte auf: „Er ist noch nicht todt, er athmet noch — holt den Arzt, schnell, schnell!"

Der Jüngling öffnete langsam, geisterhaft die Lider und sah umher. „Antonio," hauchte er.

„Es ist sein Mörder, es ist der Name seines Mörders — hört — still!" riefen die Umstehenden leidenschaftlich.

Doch der Sterbende schüttelte mit letzter, gewaltsamer

Anstrengung seinen Kopf. „Nein," stammelte er, „holt ihn — Foscarini — Antonio — Foscarini —"

Sein Auge verlor den Rest des Glanzes und sein Haupt fiel schwer zurück; er war todt.

Die Menge umher schrie wirr durcheinander. „Den Arzt — zur Polizei — kündet es dem Rath, dem Senator Gradonigo hier — lauft zum Palazzo Foscarini — Antonio Foscarini —"

Der letzte Ruf verbreitete sich durch alle Gassen, über die Canäle. Ein Menschentrupp kehrte vom Palast der Foscarini zurück; seine Nachricht, daß Don Antonio sich nicht dort befinde, weckte neues Wehgeheul, das sich noch vermehrte, als ein Arzt hinzukam und den Tod des Ermordeten konstatirte. Die Volksmasse tobte und schrie nach Gerechtigkeit, dann ward es plötzlich still, denn eine Gondel flog blitzschnell mit Fackeln erleuchtet durch den Kanal heran und Rufe liefen ihr voraus: „Er kommt — er kommt! Hier ist Antonio Foscarini!"

Der junge Edelmann sprang, bevor das Boot zu landen vermochte, an's Ufer und stürzte die Treppe hinauf. „Wer ist's? Weßhalb ruft man mich?" fragte er.

Die Menge wich stumm auseinander, und Antonio fuhr entsetzt zurück. Dann brachen seine Kniee vor der Leiche zu Boden.

„O Leonardo," stieß er schluchzend aus, „das haben die blonden Locken gethan!"

Er bedeckte seine Augen mit den Händen, wie er sie zurückzog, war sein Gesicht mit Thränen überströmt. Zärtlich beugte er sich über den Todten uub küßte die erkaltete Stirn.

„Armer Freund, wäre ich bei Dir geblieben," klagte er liebevoll — „mußte ich Dich darum heute in Jugend= fülle und Schönheit lassen, daß verruchter Dolch des Mör= ders Deinen Weg zum Glücke kreuze."

Ein Gemurmel durchlief den Volkshaufen: „Es ist ein Nobile, dießmal wird der Rath Ernst mit der Untersuchung machen." — Doch der Patrizier wandte sich mit blitzenden Augen um und sprach:

„Nein, kein Edelmann war er, ihrer hätte Venedig Viele zu verlieren, doch Keinen mehr wie ihn. Aber er besaß mehr Adel, als Geburt zu geben vermag, sein Geist war höher als der Rang der Republik, ein Dichter eures Volks war er, dessen Gesänge von tausend Lippen klingen sollten und Venedigs Ruhm liegt hier mit ihm ermordet."

Er sprach es leidenschaftlich heftiger aus, als er wohl bei Lebzeiten des Gepriesenen es je gedacht und gesagt haben würde. Doch der Schmerz und der Tod sind beredt im Lob und scheinen die Abgründe des Lebens mit schneller Vergessenheit auszufüllen. In der Menge dagegen erregten die Worte des Edelmannes, die er ohne Rücksicht auf seine Standesgenossen ausgestoßen, verdoppelte Sympathie für den Todten und den Lebendigen.

„Rache, Rache, sucht den Mörder, zerreißt ihn — bringt ihn nicht vor Gericht; sie lassen ihn entwischen, wenn es ein Patrizier ist — schleppt ihn vor Antonio — Antonio soll ihn richten, der Freund des Volkes — evviva An= tonio!" heulte der empörte Volkshaufe.

Allein plötzlich ward es grabesstill rund umher, ein flammenderer Fackelglanz als zuvor fiel über die ängstlich auseinander drängenden Köpfe, und eine harte, befehlende

Stimme sagte in dem Rücken des unerwartet von der Volksgunst Emporgehobenen:

„Was bedeutet dieser nächtliche Aufruhr, Don Antonio Foscarini?"

Der Angeredete fuhr unter dem Klang der Stimme auf und wandte sich um. Hochaufgerichtet stand die imposante Gestalt des Greises vor ihm, die am Nachmittag von der Marmorbrüstung auf die Gondel der beiden Freunde herabgesehen. Sein weißer Bart glänzte im Widerschein der zahlreichen Fackeln, welche bewaffnete, im Halbkreis um ihn geschaarte Diener trugen. Dieselben schweren Prunk= ketten blitzten auf seiner Brust, ein reiches, pelzverbrämtes Hausgewand fiel, fast wie ein fürstlicher Mantel nach= schleppend, über die Füße auf den Boden. Nur seine Züge erschienen noch herber in der Nähe, seine Brauen noch finsterer zusammengerunzelt, als wenige Stunden vorher. Sie hefteten ihren durchbringenden Blick auf den jungen Edelmann, der in der lautlos verstummten Menge allein seine Fassung bewahrt hatte, und suchten vergeblich die Augen desselben zu Boden zu zwingen. Doch dieser richtete sie furchtlos und ruhig in das drohende Antlitz und ent= gegnete nach einem Gruß, der zwischen Höflichkeit und Ehr= furcht die Mitte hielt, mit fester Stimme:

„Es bedeutet, daß in den Straßen der Stadt, die der Obhut und Weisheit des hohen Rathes anvertraut sind, Niemand mehr gesichert ist, daß er nicht von Mörderhand getroffen wird, Monsignore Cesare Grabonigo."

Er trat mit einer schnellen Bewegung seitwärts und enthüllte dem Fackelglanz das bleiche Angesicht und die blutbedeckte Brust Leonardo's, über welche das Auge des Senators mit einem kalten Blick hinstreifte.

„Und darum schmäht Ihr den Adel unserer erlauchten Republik und reizt mit hirnlosen Lobsprüchen des Todten die Menge gegen ihre Herren, die keine Schuld an seinem Verderben tragen?" fragte dieser streng.

Antonio senkte jetzt unschlüssig die Augen; „er war mein Freund," erwiderte er weniger sicher als zuvor.

„Um so schlimmer," fiel der Greis mit harter Entschiedenheit ein, „daß Ihr, der einzige Erbe eines der ersten Häuser der Republik, Euren Adel zu niederem Umgang herabwürdigt und sinnbethört die Institutionen unseres Staates um den Tod eines Menschen stört, der in nächtlichem Raufhandel, vielleicht mit Recht, erstochen worden. Denn die göttliche Vorsicht läßt kein Unrecht zu, ob es dem Kurzsichtigen auch so erscheint."

Ein leises Murren des Unwillens, wie das Gemurmel der dunkeln Wellen des Canals, denen ihre Beute entrissen, durchlief die seitabgewichene Menge, doch eine Kopfbewegung des gefürchteten, allmächtigen Triumvirn erstickte den Ausbruch im Keim. Einige Sekunden ruhten seine Augen noch auf dem verstummten Edelmann, der verwirrt sein Gesicht unter dem Tadel gebeugt hatte, dann fügte er weniger streng, von der Unterwürfigkeit des jungen Patriziers besänftigt, hinzu:

„Doch um Euretwillen werde ich dem Vorfall besondere Aufmerksamkeit schenken, Signor Antonio. Folgt mir, wenn es Euch gefällt, mir das Nähere sogleich zu berichten, in meine Wohnung. Auch den Leichnam laßt dorthin tragen, daß ein Protokoll darüber aufgenommen werde. Ihr sollt befriedigt sein, Signor. Folgt mir!"

Er wandte sich und schritt zurück; zwei Fackelträger legten den Todten auf eine herbeigeschaffte Bahre und trugen ihn. Hinterdrein wogte, ungewiß, ob es Freude oder Zorn ausdrücken solle, das Volk. Einzelne, kühnere Stimmen ließen sich nach dem Abgang des Senators vernehmen und gossen ihren Verdacht aus. "Es ist ihm doch nicht ernst, es ist ihnen nie ernst; man hat schon Manchen so gefunden, mit demselben Dolchstich in der Brust, und der Rath hat den Thäter nie entdeckt." Doch die Nachbarn der Sprechenden fielen nicht ein und suchten furchtsam aus ihrer Nähe zu entkommen. Wie Blei lastete die Gegenwart des allmächtigen Mitherrschers der Republik auf ihren Zungen, und nur Wenige wagten es, in die weit geöffnete Halle des Palastes, auf welcher die Leiche von den Trägern niedergelassen wurde, mit einzutreten. Auch Antonio folgte stumm und erwiderte nichts auf die gezischelten Vorwürfe, die um ihn her ertönten. "Er war so muthig vorhin, aber er hat auch Furcht — er ist ein Edelmann; sie sind Alle gleich und halten Alle zusammen — wer hätte nicht Furcht, wenn er jeden Augenblick erwarten muß, daß ihm ein Dolch —"

"Still — still — wenn ihr euren Kopf lieb habt, mit den Denunzie segrete ist nicht zu spaßen und unter den Bleidächern soll es heiß sein," raunte eine warnende Stimme dazwischen — "laßt ihn, er ist doch immer der Beste, der menschenfreundlichste Edelmann in Venedig."

Gehobenen Kopfes trat der, dem die Reden galten, in die weite, von Marmorsäulen getragene Vorhalle und stellte sich zu Häupten der auf einen Steinsitz niedergelassenen

Bahre. Der Senator hatte einem Lakaien Befehl ertheilt, und dieser flog die breite Treppe im Hintergrunde hinauf. Die qualmenden Fackeln beleuchteten mit rothem Licht das ruhevolle Gesicht des Todten und zitterten über dem ver= schiedenartigen Ausdruck der lautlos umher harrenden Köpfe des Volks. .Es war ein seltsam schauerliches Bild, das ohne Erklärung den Eindruck gemacht hätte, als ständen die beiden einsam an der Leiche aufgereckten Gestalten sich wie Kläger und Beklagter gegenüber.

Es war nur der Schein — Jedermann wußte, daß es sich anders verhielt, daß dieser der Kläger war und jener der Richter, nicht der Beschuldigte. Und gut, daß man es wußte, man hätte sonst irren können. Seitdem sie die Halle betreten und die Bahre vor die Füße des Greises nieder= gelassen, lag etwas minder Bestimmtes, fast Scheues in seinen Augen. Er zwang sie sichtlich mit Gewalt auf den blutigen Körper vor sich hinab und hob sie rasch wieder empor und wenn sie unstät umherschweifend dem Blick An= tonio's begegneten, wichen sie langsam zur Seite.

Mehrere Fußtritte kamen jetzt über die Treppe und eine Anzahl schwarzgekleideter Männer trat in den Fackel= kreis. Hinter ihnen tauchten aus dem Halbdunkel neugierig furchtsame Gesichter, Mädchen mit größtentheils vom Fazziolo verhüllten Köpfen auf, die von den Stufen aus über die Schultern der Umstehenden wegzublicken trachteten. Die herannahenden Männer in ihren langen faltigen Roben boten einen fast gleichen Ausdruck. Verdorrte, leidenschafts= los starre Züge sahen aus den halbabgesunkenen mönchs= artigen Kapuzen hervor, fahl und undurchbringlich wie das Geheimniß, das sich hinter ihrer gelben Stirn und den glanzlos verschleierten Augen barg. Es waren die stummen Zähne des verhängnißvollen Löwenrachens, der bei Nacht aus hastiger, verläumderischer oder betrogener, ehrlicher oder rachebrütender Hand die „Denunzie segrete", die „heimlichen Angaben", verschlang. Schweigsam zermalmten sie seine ungeheure Nahrung und tasteten suchend aus der Fülle das Bedeutungsvolle heraus, das berufen war, auf dem schwarzverhüllten Justiztisch des hohen Rathes der Drei zu erscheinen. Und unabwendbar, wenn es dort als gefährlich erfunden, verwandelte es seinen Inhalt und traf als Gift, als Dolch, als jäher Tod den Erkorenen.

Schweigsam, wie die unburchbringliche Mauer, die mit dem letzten Athemzug zwischen das Wissen der Menschheit tritt, reihten sich die dunklen Gestalten, mit ängstlicher Scheu von der Menge betrachtet, zur Rechten des Senators auf. Nur Einer, der Vorderste von ihnen, bot etwas Abweichendes, für den schärferen Beobachter vielleicht etwas sehr Verschiedenes dar. Nicht in der den kräftigen, untersetzten Körper umschließenden Kleidung und der Bedeckung des Hinterkopfs. Der Unterschied lag in den Gebärden, im Mienenspiel, in allen eigentlichsten Faktoren der Individualität. Die Farbe des stark vorgebauten Gesichts glich derjenigen seiner Genossen und erregte dennoch einen anderen Eindruck. Thatkraft und eigene wilde Entschlossenheit stand darin verzeichnet, die auffällig von dem willenlosen Ausbruck der Uebrigen abstach. Die funkelnden Augen liefen rastlos behend in den Höhlen; sie wechselten gleich dem Blick des Fabelthiers, dessen Tod die Sage nur durch seinen eigenen Anblick im Spiegel bewirken läßt. Stolz wie die glatte Stirn über ihnen, und wieder unterwürfig, wie Schlangen heraufkrie chend, stechend und mit unheimlichem Zauberstern verstrickend, sich nur gleich bleibend in dem unausgesetzten, forschenden Strahl, der tausend Dinge mit der Schnelle des Blitzes zu verknüpfen schien, ohne daß die Züge einen ihrer haftenden Gedanken verriethen. Alle Fähigkeiten, zum Vortheil und zum Nachtheil, lagen in dem Gesichte vereint, mehr Bedeutung, als in irgend einem Derer, welche die Halle füllten, die beiden vornehmen Nobili nicht ausgenommen. Es hätte vielleicht sogar mehr Schönheit in dem römisch-strengen Profil gelegen, wenn nicht ein orientalischer Zug von Weichlichkeit um den bartlosen Mund ihm einen sinnlichen Ausdruck geliehen, der einen eigenthümlichen, abstoßenden Schimmer über das Ganze ausgoß.

Er trat mit einer tiefen Verbeugung gegen den abgewandten Triumvirn heran. „Serenita haben mich rufen lassen," sagte er mit klangvollem Organ.

Gradonigo schrak leise bei der Anrede zusammen und machte eine heranwinkende Handbewegung, auf die Jener den Platz zu seiner Linken einnahm.

„Es ist ein Mord geschehen, Riccardo," erwiederte er, „Don Antonio Foscarini verlangt von Euch den Mörder seines Freundes."

Der, den er Riccardo genannt, machte eine leichte grüßende Kopfverneigung gegen den jungen Edelmann.

„Es gibt Gerichte in Venedig," antwortete er kalt; „ich vermag nicht für das Leben und die Handlungen jedes Einzelnen einzustehen."

Antonio zuckte ungeduldig mit den Brauen und öffnete die Lippen, doch der Senator kam ihm zuvor.

„Ihr mißversteht mich, Riccardo. Don Antonio bittet,

daß Ihr der Untersuchung Euren Scharfsinn zuwendet, und es ist mein Wille, daß dem Wunsch meines eblen, jungen Freundes gewillfahrt werde."

Foscarini blickte verwundert bei der letzten mit Nachdruck betonten Bezeichnung zu dem Greise auf. Auch Riccarbo's Auge richtete sich ihm mit fragendem Erstaunen zu, eine Sekunde blitzte es wie lauernd argwöhnisch darin, dann lenkte es geschmeidig und zuvorkommender auf den Patrizier ab.

„Ich bin bereit, Signor," sagte er artig, „und stehe mit meiner schwachen Kraft zu Euren Diensten. Untersuchen wir!"

Er trat näher an die Bahre und legte seine Rechte fest auf das Haar des Tobten. Das Volk überwand seine Zaghaftigkeit und drängte aufmerksam dichter herzu. „Sie werben ihn untersuchen — seht, wie das Blut fließt — die Wunde bricht wieder auf," flüsterten halb vernehmliche Stimmen.

Einen Augenblick schien es, als ob Riccarbo von dem begonnenen Vorhaben abstehen wolle. Seine Hand zuckte heftig empor und sein Gesicht hob sich zornfunkelnd in die Richtung, aus der die Worte gekommen.

„Das Volk!" sagte er herrisch den Dienern zuwinkend, „schließt die Pforten!"

Allein der oberste Gebieter verneinte mit einer Kopfbewegung den Befehl und sie hielten in ihrem Versuch, die murrende Menge auszutreiben, inne. Riccarbo preßte die Zähne auf die Lippen; „was ist Euch über den Tobten bekannt, Signor?" fragte er kurz gegen Antonio gewendet.

Dieser brängte die Antwort in wenig Sätzen zusammen und berichtete nur ausführlicher über den Verlauf des letzten Tages. Die Weiber aus der Maſſe ſchluchzten laut, je näher er dem Ende und dem Moment kam, wo er ſich von dem Freunde getrennt. Kalt wie prüfende Richter hörten der Senator und Riccardo. Nun ſprach Antonio von den blonden Locken, die nach ſeiner Muthmaßung das Verderben des jungen Dichters beſchworen. Ein erſtickter Schrei kam aus dem Dunkel, doch dießmal nicht aus der Menge, ſondern es klang verhallend wie von dem Hintergrund der Treppe herüber. Allein die allgemeine Aufregung übertönte ihn, und Niemand ſchien ihn beſonders zu bemerken. Wenigſtens verrieth keine Miene Grabonigo's, daß er es gethan; nur in der Tiefe der über den Todten gebeugten Augen Riccardo's blitzte es haſtig und erloſch, und er hob ſie unbefangen wieder zu dem verſtummten Edelmann empor und ſagte:

„Ihr habt vergeſſen, uns den Namen zu nennen, Signor."

„Leonardo Tarone —"

Dießmal wiederholte ſich der ſchmerzliche Schrei ſo laut, daß unwillkürlich alle Blicke ſich in die Richtung deſſelben wandten. Auch die Brauen Grabonigo's zogen ſich ſinſter zuſammen und folgten den übrigen Augen.

„Was gibt es?" fragte er ſtreng.

Um die dämoniſchen Mundwinkel Riccardo's zuckte ein ſchneller Kampf, dann trat er von der Bahre zurück und ging eilig auf die Treppe zu.

„Irgend ein ſchwaches Mädchen vermag den Anblick des Blutes nicht zu ertragen," ſagte er laut; „warum hat die Neugier die Weiber gereizt, herabzukommen?"

Er ſchritt auf die an der Bruſt einer Gefährtin halb ohnmächtig Zuſammengeſunkene zu und faßte ihren Arm.

„Geht hinauf in Eure Kammer," fügte er rauh bei, „dieß ist kein Schauspiel für Euch."

Die Angeredete hob verwirrt den Kopf, der Fackelglanz fiel über ihr feines, todtenbleiches Antlitz, das von einem unter dem Kinn verknüpften Schleier sorgsam umrahmt war. „Unverschämter, was wagt Ihr?" stieß sie, den Arm heftig der Hand Riccardo's entziehend, aus, die ihn noch immer mit sanftem Druck gefaßt hielt.

Dieser sprang gewandt mit einer demüthigen Verbeugung zurück. Erstaunen, Schreck und Ehrerbietung malten und vertheilten sich meisterhaft in seinem Gesicht.

„Donna Valenzia," stammelte er überrascht, „Eure Gnade verzeihe meiner Unwürdigkeit, die nicht zu muthmaßen vermochte, meine Herrin hier anzutreffen."

Sie winkte ihm mit der Hand und wandte sich schwankend gegen die Treppe, doch als ob er sich beeile, seinen Irrthum mit verdoppeltem Eifer auszugleichen, fiel er, den Raum nach der Bahre mit einer geschickten Körperbewegung frei machend, ein:

„Wenn es Euer Interesse erregt, Madonna, oder zieht Ihr vor, den Anblick zu meiden?"

Valenzia hatte schon einen Schritt empor gethan, die eigenthümliche Betonung der letzten Worte Riccardo's hielt sie an. Es durchschauerte ihren Leib, doch sie wandte zögernd den Kopf —

„Valenzia," sprach die klangvolle Stimme Grabonigo's jetzt durch die Halle; „tritt herzu, Tochter; es ist gut, wenn Venedigs Jugend sich an den Anblick des Todes gewöhnt, der unvermeidlich ist."

Zitternd gehorchte sie. Mit dem Rest ihrer Kraft schritt

sie auf den Vater zu und stellte sich zu Häupten der Bahre. Ihr Auge wagte nicht, auf den Todten niederzustreifen, den sie vor wenig Stunden in der Verzweiflung des vollen Lebens verlassen; ihr war, als ob argwöhnische Gesichter von allen Seiten sie umlauerten, als ob selbst die Blicke Foscarini's forschend in ihre Seele hinabzudringen suchten. Seine Nähe goß Befangenheit noch über den Schmerz um den, den sie nicht geliebt; mit dem ihre jugendliche Sehnsucht in die Gefilde der Dichtung hinausgeirrt war aus den kalten Prunkgemächern ihres Vaters; von dem sein Freund sprach, daß er um blonder Locken willen den Tod gefunden, blonde Locken, die Jener verabscheute, gegen die er als Kläger auftrat. Und immer durchbohrender erschienen ihr die Augen Antonio's, des Mannes, von dem sie am Wenigsten gewünscht, daß sein Blick je mit Zorn oder Abneigung auf ihr ruhe; dessen Verachtung sie — sie wußte selbst nicht weßhalb — vor Allem fürchtete, mehr als die Strenge ihres Vaters, als die Augen Riccardo's, die sie von Jugend auf mit unheimlichem Schauer erfüllt, mehr als den Tod, wie er kalt und regungslos auf der Bahre vor ihr lag. Verstummt die junge Lippe, die so flehend sehnsüchtig sich zu ihr geneigt und mit den Rhythmen der Liebe sie umtönt, während ihr aus ihnen poesieverklärt nur das schöne adelige Antlitz aufstieg, das jetzt neben ihr stand und mit leuchtenden Sternen in ihr scheues, bangdurchbebtes Auge hinabstrahlte.

Es war ein Meer durcheinander wogender Gedanken und Gefühle, das mit Betäubung ihre Sinne, ihre Stirn umzog, auf der sich eisig glänzende Perlen bildeten. Vor ihrem Auge verschleierte sich die majestätisch aufgereckte Gestalt des Vaters, der gleichgültig auf die Ergebnisse der

Untersuchung seiner Un'ergebenen herabsah, mehr und mehr. Ihr war, als zucke der Leichnam unter den Händen Riccardo's, als wolle er ihn Lügen strafen, wie dieser jetzt die blutige Hand aufhob und vernehmlich sagte:

„Der Stoß hat sicher getroffen, er muß fast auf der Stelle getödtet sein."

Sie fühlte ihre Kehle zusammengeschnürt und wollte aufschreien, doch sie konnte nicht. Irr lief ihr Blick auf den Senator, der sich gemessen abwandte und erwiederte:

„Es ist gut, Riccardo, ich danke Euch. Bringt die Leiche fort, laßt sie ausstellen und beginnt Eure Forschung."

War es die Fackelbeleuchtung der grellen, unheimlichen Szene — der Blick, mit dem Riccardo die Mahnung Grabonigo's beantwortete, durchzuckte Valenzia mit so namenlos wildem Schauder, daß sie jetzt wirklich, die Liber krampfhaft zuschließend, aufschrie. Ihr Körper drehte sich taumelnd, und sie wäre mit vorgestreckten Armen über die Bahre gestürzt, wenn nicht Antonio, dessen Augen seit einigen Minuten ihr Gesicht nicht verlassen, mit starker Hand ihren kraftlosen Leib aufgefangen.

„Ihr trautet der holden Weiblichkeit Eurer Tochter zu viel zu, Don Cesare, als Ihr dieß Bild des Schreckens vor ihre Augen rieft," sagte der Nobile, mit ritterlicher Anmuth die Bewußtlose stützend. Doch der Greis fiel ihm streng in's Wort:

„Ich beurtheile, was erforderlich ist und was meiner Tochter ziemt, Signor."

Allein seine Augen ruhten nicht mit ungünstigem Ausdruck auf dem schönen Doppelbilde der Jugend, das der

Zufall in seltsamer Fügung vereint. Der Unwille seiner Züge zerrann, und er fügte milder, fast besorgt hinzu:

„Valenzia, besinne Dich, Dein Wohl bekümmert mich, Tochter."

Das Mädchen schlug die Augen auf und starrte den Sprecher an. „Die schwarze Gondel," stammelte sie verwirrt.

Sie schrak wieder bei dem lauten Ruf Riccardo's zusammen, der den im Hintergrund aneinander gedrängten Zofen zuwinkte.

„Kommt hieher, schnell, eure Gebieterin redet irre!"

Er machte selbst eine hülfbereite Bewegung auf die junge Edeldame zu. „Nein, nein," stieß diese schaudernd aus, indem sie sich enger und angstvoll an die Brust Antonio's drängte, der, taub für alles um ihn her Vorgehende, in ihre Augen versunken war, „nicht Du, Deine Hände sind blutig."

Riccardo warf dem Patrizier einen Blick tödtlichen Hasses zu, den dieser nicht wahrnahm. Eine flüchtige Blässe hatte Grabonigo's Antlitz überflogen, er trat auf die Tochter zu und sagte fast bittend: „Valenzia, Deine Zofen erwarten Dich, geh' und beruhige Deine Phantasie."

Aber sie hörte nicht; wie der verfolgte Flüchtling ein geweihtes Götterbild, umfaßte sie die schützenden Arme, die sich um sie gebreitet.

„Geleitet sie hinauf, Don Antonio," flüsterte der Greis. „Der Anblick hat ihr Gemüth erregt, Ihr hattet Recht — entzieht dem Volk dieß sonderbare Schauspiel, ich will Euch dankbar sein."

Der junge Edelmann beugte sich träumerisch lächelnd über das liebliche Angesicht, das bei ihm Schutz gesucht.

„Kommt, Madonna — kommt, Valenzia," setzte er leise hinzu, „ich will Euch führen."

Bei dem Klange ihres Namens schlug das Mädchen zutrauensvoll die Augen auf, und ein traumhaftes Lächeln erheiterte zauberisch ihre Züge. Sie hing sich fest an seinen Arm und folgte ihm willig die Treppe hinauf. Durch weite, von zahllosen Kerzen erhellte Prachtsäle schritten sie; Grabonigo geleitete sie, bis der Nobile seine holde Bürde auf ein mit orientalischem Reichthum ausgestattetes Ruhelager niederließ und sich mit einer artigen Verbeugung zurück= ziehen wollte. Doch Valenzia ließ seinen Arm nicht frei.

„Bleibt, laßt mich nicht allein hier," flehte sie leise, unruhige Blicke um sich werfend.

Grabonigo's Auge suchte vergeblich das ihre.

„Meine Tochter hat recht," fügte er nach kurzem Be= sinnen bei, „seib unser Gast heut', Don Antonio, und, wenn es Euch gefällt, seib es oft, seib der Freund meines Hauses."

Foscarini verbeugte sich dankbar zustimmend. „Heute Abend ruft mich ernstere Pflicht, der Gast des Todes zu sein," erwiederte er ernst, „Fröhlichkeit würde meiner Miene übel anstehen, und Trauer Eure Güte mit Undank lohnen. Verzeiht Signor, der Freund hat ältere Rechte, und Sig= nora Valenzia wird der Ruhe bedürfen."

Er nahm mit edlem Anstand von der Tochter Abschied, der Vater gab ihm das Geleite bis an die Thür des Ge= maches.

„Der Name der Foscarini dient dem Stolz unserer Republik," sagte er wohlwollend, die Hand auf den Arm des jungen Mannes legend, „es hat mich erfreut zu ge=

wahren, wie sein Erbe des Geschlechtes guten Klang erhält. Vergeßt nicht, daß ich Euch zu Dank verpflichtet bin, Don Antonio."

Dieser stammelte einige verwirrte Worte, welche die Hoffnung ausdrückten, daß er am andern Morgen erwünschte Kunde über den Zustand Signora Valenzia's einziehen werde, und entfernte sich mit ehrerbietigem Gruß. Der Senator blickte ihm gedankenvoll nach, wie er die erleuchtete Treppe hinabstieg. Auf der Mitte derselben begegnete ihm Riccardo. der ohne Gruß an ihm vorüberschritt und, sich ebenfalls hinter ihm umwendend, ihn mit finsterem Blick verfolgte.

„Riccardo," rief es von oben. Er fuhr zusammen und eilte empor. Trotz der äußeren Etikette, mit der er sich dem Herrn näherte, lag ein Zug anmaßender Vertraulich=keit in seinem Gesicht, wie er erwartungsvoll vor den Trium=virn hintrat. Er machte eine fragende Gestikulation die Treppe hinunter, und es flammte in seinen Augen auf, wie Gradonigo sagte:

„Ihr werdet den jungen Edelmann nicht vergessen?"

Der Gefragte nickte hastig mit dem Kopfe.

Der Andere fuhr ruhig fort:

„Er ist ein Freund meines Hauses, Ihr bürgt mir mit Eurem Kopf für seine Sicherheit. Geht."

Er wandte sich kurz um und schloß hinter sich die Thür. Riccardo blieb an der Schwelle stehen, starre Ueber=raschung und Ingrimm kämpften auf seinem Gesicht. Er murmelte dumpfe Laute zwischen den auf die Lippen gepreß=ten, weißen Zähnen.

„Ich bin ein Hund, und Du lohnst mich wie einen

Hund," knirschte er, „aber hüte Dich vor meinem Gebiß, stolzer Narr."

Der Zug thierischer Wildheit, der flüchtig seine Züge entstellt hatte, verflog langsam wieder, und er bückte sich an die Schlüsselöffnung der Thür und starrte in's Innere des Gemaches.

„Valenzia," flüsterte er, und hielt erschrocken inne, als könne die Gerufene den Laut vernehmen. Er lauschte; von drinnen klang ihre Stimme, er konnte die Worte nicht ver= stehen, aber er sog die Töne mit weit geöffneten Lippen ein. Allmälig verhallten sie und das schwärmerische Feuer seiner Augen erlosch. Er zog die Hände, die er über das Gesicht zusammengelegt, zurück und betrachtete sie.

„Sie sagt, sie seien blutig," murmelte er, „ich muß einen Purpur darum thun, daß sie es nicht mehr gewahrt." Und er stand entschlossen auf und trat in den dunklen Kor= ridor, der sich links von der Treppe in die Tiefe des Palastes hinab verlor.

Drunten in der Vorhalle ordnete Antonio die Fort= schaffung der Leiche an. Dieselbe ward in das Gebäude gebracht, in welchem Unbekannte, die ein plötzlicher Todes= fall an öffentlichem Ort betroffen, ausgestellt wurden, um ihre Beziehungen zu ermitteln. In diesem Fall gab es keine, der Todte war arm und namenlos, und Niemand nahm an ihm Antheil, als der vornehme Freund und Gön= ner, der den Leichenwärtern die Mittel für ein ehrenvolles Begräbniß einhändigte und durch seine Anwesenheit den Hauptanlaß zu dem gedrängten Volksgeleit abgeben mochte. Der unerwartete Tod, der aus dem Dunkel hervorsprang und seine Beute packte, war nichts seltenes aus alter Zeit

in der Lagunenstadt, die mehr als andere Gelegenheit der
Rache, und ihre Opfer dem Tageslicht zu entziehen, darbot.
Das Verschwinden eines Menschen erregte keine außerge=
wöhnliche Sensation, zumal wenn derselbe von unbedeuten=
der Herkunft war, und Freunde und Verwandte nicht die
Mittel besaßen, eine erfolgreiche Nachforschung zu veran=
lassen. Doch häufig auch dann, wenn umfassende Anstalten
der Behörden getroffen wurden, den Urheber des Verbrechens
zu entdecken, blieben diese resultatlos, und die Polizei sprach
mit höflichem Bedauern dem Drängenden ihr Unvermögen
aus, etwas in der Sache auszurichten. Vorzüglich Fremden
gegenüber, und nur durch das Volk lief ein dunkles, sprüch=
wörtliches Gerede, daß der Löwenrachen sich wieder einmal
aufgethan und Einen verschlungen.

Einen geheimnißvoll beängstigenden Anblick bot dieser
Löwenrachen dar. Wie ein geöffnetes Grab starrte der auf=
gerissene Marmorschlund von der Wand des Dogenpalastes
in das Gewühl des Lebens hinaus; lachend schritt Mancher
an ihm vorüber, dessen Verderben schon in seiner Tiefe
keimte und ihn mit unentrinnbaren Ranken umstrickte.

Jetzt bewegte sich der Fackelzug, der die Bahre umgab,
an ihm vorbei. Stumm wanderte Antonio hinterdrein, er
glaubte dessen zu gedenken, dem er die letzte Ehre erweisen
wollte; doch immer wieder ertappte er sich darauf, daß seine
Gedanken seitab schweiften und auf anderen Bahnen um=
herirrten. Ein anderer Kopf mit lebendiger Wirkung tauchte
neben dem des todten Freundes auf und ließ sich nicht
verscheuchen. Er schien sich als Ersatz an die Stelle des
Ermordeten drängen zu wollen; Antonio zürnte mit sich
selbst, daß der Gram um den Geschiedenen nicht stark ge=

nug war, die liebliche Lockung des Neuen, kaum Gesehenen stumm zu machen. Er rief sich die Hoffnungsfreundlichkeit Leonardo's zurück, als er ihn zum letzten Mal erblickt, er malte sich den Jammer der blonden Locken, um die er ihn verspottet, wenn die erschütterde Kunde an ihr Ohr bringen würde, aber er vermochte kein anderes Bild vor seine Seele zu zaubern, als das durch den plötzlichen Anblick des Todes mit Grausen erfüllte Antlitz Valenzia's, deſſen Allgegenwart ihn beirrte, wohin er sah. Stumm mit innerer, unfeier= licher Haſt beendigte er die traurige Ceremonie. Er be= schönigte sie vor sich selbſt damit, daß er einen letzten Ab= schiedskuß auf die kalte Stirn des Freundes drückte und begab sich, ihn in den Händen bezahlter Wärter zurück= laſſend, fort. Die Menge, die ihn zuerſt mit stürmischen Beifallsrufen empfangen, zerſtreute sich schweigsam. Sie empfand, daß sein Wesen seit seiner Rückkunft aus dem Palaſte Grabonigo's sich verändert hatte; der Abstand zwi= schen dem Nobile und dem Volk trat wieder hervor, den das erste gemeinsame Entsetzen verwischt. Planlos, von seinen bisherigen Begleitern verlaſſen, durchirrte er die Gaſſen. Tiefe Stille herrschte schon überall, hallenden Schrittes durchmaß er die Bogengänge des Markusplatzes. Und wieder zurück über die Rialtobrücke und am einsamen Ufer des Canal grande entlang, bis er dem finstern Ge= bäude gegenüberstand, deſſen Inneres er vorhin verlaſſen. Nur von oben wie ein Stern fiel ein Lichtschein in das dunkle Waſſer hinab und zerfloß mit dem geisterhaften Reflex der schmalen Mondsichel, deren Spiegelung er jetzt erreicht.

Dumpfe, geheimnißvolle Kunde murrten die Wellen

noch immer an die Quadern des alten, starken Felsenge=
mäuers. Anklagend trugen sie ihre rastlos erneute Botschaft
an das Ohr des Mannes, dessen mächtiger Hand das Wohl
der erlauchten Republik anvertraut war. Er schritt allein,
in tiefe Gedanken versunken durch die jetzt matt erleuchteten
Prunksäle auf und nieder. Manchmal war es, als kämen
die anschuldigenden, Gerechtigkeit fordernden Wellenstimmen
an ihn heran. Dann blieb er stehen, seine Hand hob sich
gebieterisch abweisend, seine Lippe murmelte: „Ich that's
— wer verlangt Rechenschaft von meinem Thun als ich
selbst?" — und die Stimmen zogen verhallend weiter, in
den düsteren Corridor hinüber und in das enge Gemach,
wo an trüb flatternder Lampe eine wachsbleiche Stirn
dumpfbrütend über zerstreuten, dichtbeschriebenen Papieren
saß. Alte Chroniken lagen geöffnet auf dem Tisch; auf
einem länglich geschnittenen Blatt standen die Dogen ver=
zeichnet, welche die erlauchte Republik, seitdem sie aus Sumpf
und Meerestiefe emporgestiegen, mit dem fürstlichen Purpur
bekleidet. Der Mann vor ihm sann und rechnete; ab und
zu warf er eine Ziffer auf das Papier — plötzlich kamen
die Stimmen aus dem Wasser, er lauschte, wie gespenstige
Schatten trieben sie über seine Stirn, von welcher der
Schweiß brach, aber seine Zähne setzten ihre Rechnung fort:
„Siebenzehn Jahre, seitdem er zum ersten Mal den Bucen=
taur bestieg — es ist die Grenze menschlicher Natur und
der erlauchten Fürsten dieser Republik. Wen nimmt es
Wunder, wenn ein Greis seine Schuld bezahlt — wäre er
jung —"

Er sah sich um, ihm war, als ob etwas auf ihn zu=
geschwebt und ihn frostig überweht, doch die murrenden

Stimmen waren schon weiter geeilt. Sie schwangen sich in die Höhe, über breite Stufen wieder wälzten sie ihr Gemurmel und huschten über die Schwelle in das stille Gemach, aus dem der einsame Lichtschimmer in das Gewässer hinabfiel. Halb entkleidet, die entblößten Schultern blond überwallt, lag das Kind Gradonigo's und träumte. Die Müdigkeit hatte sie überrascht, und Valenzia lächelte im Traum und sagte mit glücklichen Lippen: „Antonio." Da kamen die Stimmen und krochen an ihrer Brust empor, bis schwerer zu athmen begann; das Mädchen schlug die Lider besinnend auf, Kälte durchschauerte ihre weißen Glieder, die sie hastig in weichem Pelz verbarg. Ihr Blick fiel auf eine einsame, blaßrothe Rose, welche sie, ehe der Schlaf sie übermannt, vor sich auf den Tisch gestellt. Lose Blätter mit Versen bedeckt lagen davor; die Kerze hatte sich in den Thränen gespiegelt, die auf der Schrift glänzten, dann waren die Blätter der Rose darauf gefallen und hatten die Thränen unter ihrem Duft begraben. Valenzia schrie verstört auf, „todt — auf Nimmerwieder todt," stöhnte sie. „Todt — und weßhalb?" murmelten die Stimmen — „wir fordern Rache, Glück um Glück und Blut um Blut."

Die Zofen eilten auf den Jammerlaut der Gebieterin herbei und führten die ängstlich um sich Blickende in's Schlafgemach, wo sie das lockige Haar furchtsam in seidenen Kissen vergrub. Dann erlosch der Stern drunten im Canal grande, nur der Mond zog seine schwankenden Kreise über das Gewässer und die Stimmen der Tiefe woben ihr Vergeltung forderndes Gespinnst bis zum Morgen um den Palast des Senators der Republik.

Dann kam glanzesreich die Märzsonne Venedigs und

verscheuchte das gespenstige Treiben der Nacht. Sie traf schon bei ihrem Aufgange das erwartungsvolle Antlitz Antonio's, der im Frühlicht vom Lager gesprungen und die Erinnerung des vorhergehenden Tages wie ein schreckenvolles Traumbild abgeschüttelt hatte, aus dem ihm nur die lieblichen Augen Valenzia's glückverheißend nachstrahlten. Fröhlich betrat er um die Mittagsstunde den Palast Gradonigo's und ließ sich bei dem Senator melden, der ihn mit sichtlichem Wohlwollen empfing. Allein seine Gedanken waren nicht bei dem Gespräch, das die gestrigen Ereignisse behandelte. Zerstreut antwortete er und stimmte dem Greise willig in Allem bei, sogar als dieser mit bedeutungsvollem Ernst auf das System ablenkte, dem Venedig und die stolzen Patrizier der Republik ihre Größe verdankt. Der Triumvir warf einen forschenden Blick in das Gesicht des jungen Edelmanns, von dem das Gerede behauptete, daß er der strengen aristokratischen Staatsgliederung abgeneigt sei und dadurch sich eine bedenkliche Gunst des niederen Volkes erworben, und er sprach von der Nothwendigkeit ihrer Aufrechterhaltung, der er sein Lebenlang unerbittlich jede Rücksicht geopfert und ferner zu opfern bereit sei. Doch Antonio, der Brausekopf Venedigs, wie die Stadt ihn hieß, lächelte nur dazu und sagte: „Gewiß, Ihr habt recht, Monsignore, solche Gestalten erschafft nur der Adel — in Italien, wo die Natur aus Milde und Glut gemischt ihn um jede Stirne gießt — ganz recht."

Seine Augen verließen die Thür nicht, auf welche leise Schritte zutönten. Befriedigt leuchtete es in dem Falkenauge des Greises. Das Haupt nach venetianischer Sitte verschleiert, trat Valenzia anmuthig ein. Auch auf ihrem

Angesicht hatte der Schlaf das Gedächtniß, die Spuren der Nacht verwischt, vergessen vor der Zauberkraft des Lebens, von Liebe und Freundschaft lag der einsame Tod auf der Bahre. Vergessen war das niedere Volk in den Hütten der Inselstadt, dem er angehört hatte. Jugend, Geist und Schönheit hatte das Schicksal ihm in die Wiege gelegt, aber nur Schein war die Gabe; denn es vergaß den Hauch darüber zu streifen, der jenem in den Augen der Zeit, wie aller, erst Werth verlieh, und seine Gunst ward zum Verderben des Empfängers. Ein ungefüger Stein im stolzen Prachtbau der Republik hatte aus seinem niederen Platz emporgestrebt und war mit Blut zurückgekittet. Nichts weiter, und über dem wiederhergestellten Gleichmaß des bunten Parketbodens blühten Schönheit, Geist und Jugend weiter, die das Glück liebreicher bedacht, denen es das blitzende Diadem des Vorrechts, sich ihrer bedienen zu dürfen, um die edelgeborene Stirn gewunden.

Freilich verstand der ritterliche Edelmann gewandter, grazienvoller seine Huldigung darzubringen als der schüchterne Poet, dem nur die Zunge zu Gebot stand, es am Tage vorher vermocht. Männliche Schönheit schien in ihm ihren Gipfel erreicht zu haben, in weisem Gleichgewicht hatte die sorgfältig bildende Hand der Natur ihre Gaben abgewogen und Alles, wie der Lichtschein einer Aureole, umgoß der Name Foscarini mit blendendem Strahl. Manchem Fürsten des Auslandes stellte er sich an Reichthum gleich, sein Alter begann mit den abenteuerlichen Gründern der Republik und öffnete ihm die Bahn bis zum Höhepunkt ihrer Macht.

Nicht als ob Antonio dieß Alles nicht selbst gewußt.

Doch er dachte nie daran, es erhöhte ihm den Reiz des Lebens nicht. Er war viel gereist, trotz seiner Jugend, und hatte die Fremde mit der Heimath zu vergleichen gelernt. Unumwunden, ohne Scheu sprach er seine Ansichten, Lob wie Tadel, aus und zog die Augen der Menge wie die Beobachtung der argwöhnischen Staatslenker auf sich, die unter seinem sorglosen Aeußern verborgene, weitreichende Pläne vermutheten. Doch die rastlose Forschung ihrer Späher blieb vergeblich, weil nichts zu ergründen war. Umsonst suchten sie die Liebe auszunützen, mit welcher der junge Edelmann flüchtig tändelte. Antonio liebte Frauenschönheit und Wein, er berauschte sich in Kunst und Poesie, doch ihre Grazie blieb seine Führerin, wohin er schritt. Hochherzig, freimüthig und freigebig, mit fröhlichem Leichtsinn der Jugend das Leben durchmessend, besaß er keine Feinde, kaum einmal Neider, welche das ruhelose Mißtrauen der Häupter der Republik für ihre eigene Mißgunst genährt und verwerthet hätten. Antonio Foscarini war der Stolz Venedigs und manche heimliche Hoffnung, die sich von der Gegenwart seufzend abgewandt, rankte sich an der Zukunft seines reiferen Alters auf. Auch manches eble Frauenauge war auf ihn gerichtet und kreuzte die Wege, die er zu gehen pflegte, und der hochfahrendste Patrizier der Lagunenstadt blickte mit gespannter, freudiger Theilnahme auf die Aufmerksamkeit, die der junge, ritterliche Nobile bei festlichen Zusammenkünften seinen Töchtern erwies.

Es konnte vielleicht dem Stolze des mächtigen Senators eben so sehr schmeicheln, die Zukunft Venedigs an sein Haus zu knüpfen, als der junge Edelmann sich durch die Gunst desselben ausgezeichnet und geehrt fühlen durfte.

Einen Augenblick waren die Traditionen seines Geschlechtes in Foscarini's Gedächtniß verlöscht worden, er gefiel sich darin und fand es schön, von dem Jubel des Volkes getragen zu werden, wenn er sich zeigte, doch ihm hatte nie ein hochfahrendes Ziel, das er zu erreichen strebte, vor der Seele geschwebt und seine Tage waren planlos hingeflossen, flüchtigen Antrieben geweiht, die nur Leere und volleres Verlangen hinterließen. Jetzt war ihm plötzlich, als ob er aus der Irre sich zurecht gefunden, als ob die Augen Valenzia's ihm den lange vergeblich gesuchten Weg zum Glücke gedeutet. Und er schlug ihn mit aller Energie, aller Leidenschaft seines Gemüthes ein. Er sah seine Sehnsucht wiederleuchten aus den schönen Augen, in die er die seinen immer glühender hinabtauchte. Immer verzehrender, je öfter das vornehme Ceremoniell der edlen Kreise Venedigs ihn an den Abstand mahnte, der zwischen der Erreichung solcher Liebesgunst und der schnellen Gewährung bestand, an die jugendliche Abenteuer ihn gewöhnt hatten. Der Anlaß, der ihn in das Haus Gradonigo's geführt, war vergessen; wie ein Traum stieg Antonio bald unter diesem, bald unter jenem Vorwand die hohe Freitreppe des Senatorenpalastes täglich hinauf und hinab. Dann kam ein Tag, wo der letzte Vorwand so durchsichtig für alle Augen geworden, daß es lächerlich erschien, sich in seinen leichten Schleier länger zu hüllen, und der Senator verlobte mit feierlicher Würde vor den edelsten Zeugen der Republik seine Tochter dem Erben des Hauses Foscarini.

Wie die Frühlingssonne strahlte das Glück aus den Augen Valenzia's. Auf Antonio's Drängen war die Frist der Vermählung kurz gestellt; die Sitte erlaubte den Liebenden selten einen unbewachten Moment, und er fand die Geliebte fast nie anders als im Kreis ihrer Gesellschafsterinnen, daß er ihr kaum ein unbelauschtes Wort zuzuflüstern vermochte. Beinahe war es auch, als ob Valenzia selbst sich davor scheue. Sie erschien niemals anders, als wie er sie am ersten Tage gesehen, das Haupt dicht vom seidenen Fazziolo umschleiert, wie die Edeldamen Venedigs sich in der Gondel und auf den Straßen zu zeigen pflegten. Alle Bitten Antonio's, wenn er sie einmal allein traf, sich ihm zu enthüllen, verweigerte sie als unziemlich. Ihre Augen blickten ihn unruhig an und Röthe überflog ihr Gesicht, als ob er ein unstatthaftes Ansinnen an sie gestellt, daß er selbst an der Berechtigung seines Verlangens irre ward und ihrer Weigerung zaghaft nachgab. Sein früherer Muth, sein kühnes Wesen war umgewandelt, lag gebändigt in dem Strahl ihrer Augen, mit dem sie seiner Gebuld das Schönste verhieß. Endlich schmeichelte sie ihm das Versprechen ab, vor der Hochzeit, der Erfüllung aller Wünsche, nicht mehr in sie zu bringen. Ihre Blicke fielen zündend in die seinen, er zählte die Tage an seinen Fingern, bedeckte ihre feinen Hände mit heißen Küssen und stürzte, seiner Leidenschaft nicht mehr mächtig, davon.

Unruhvoll trieb es ihn in der Gondel, auf den Straßen umher, wenn er nicht bei ihr war. Seltsame Gerüchte von einer langsam schleichenden Erkrankung des Hauptes der Republik, die man dem Volk sorgfältig verheimliche, liefen umher, doch Antonio hatte kein Ohr, keine Gedanken dafür. Er sah die Sonne aufgehen und sehnte sich nach ihrem Niedergang; schlaflos durchwachte er die Nacht, bis der ersehnte Tag mit gleicher Erwartungsqual zurückkam. Mit

leidenschaftlichem Ungestüm begann er die Zurüstungen zu
dem festlichen Tage. Aller Reichthum, den Venedig barg,
strömte zu orientalischer Pracht in den Palast Foscarini
zusammen, bis eine gewaltige Summe nach der andern selbst
die krösusartigen Schätze des jungen Patriziers zu erschöpfen
begann. Doch er erreichte seinen Zweck und täuschte die
Stunden mit dem goldenen Regen, den er ausstreute. Das
Kostbarste, das die Lagunenstadt bot, wollte er sein nennen,
bis er plötzlich, als der reichste Juwelier des Markusplatzes
ihm ein weißes Perlenband antrug, bei dessen ungeheurem
Preis stutzend die Erschöpfung seiner für den Augenblick
verwendbaren Kräfte empfand. Lächelnd legte der Händler
den werthvollen Schmuck in das Kästchen zurück und Antonio entfernte sich verdrossen und begann wieder seine
Arbeit, die Tage, die Stunden zu zählen. Im Palast
Grabonigo mochte gleiche Aufregung herrschen, aber züchtige
Hülle verbarg sie auf den Wangen Valenzia's, geheime,
ernste Gedanken verdrängten sie von der schwersinnenden
Stirn des Senators. Weit über Mitternacht hinaus fiel
der einsame Lichtschein aus dem innersten Gemach desselben
auf den Canal grande hinaus; oft graute der neue Tag,
wenn Riccardo unhörbaren Schrittes von dort in den Corridor hinüberglitt. Kalt und unbeweglich wie immer, war
sein Gesicht, so lang er dem Triumvirn gegenüber saß. Sie
sprachen leise, beinahe flüsternd, als fürchteten sie die dicken
Wände des alten Palastes.

„Er wird den Bucentaur nicht mehr besteigen," murmelte Riccardo dumpf, und, gleichwie Antonio, zählte er
langsam an den Fingern — „neununddreißig Tage noch
bis zum Feste der Himmelfahrt und was dann?"

Unruhig bewegte Grabonigo den Kopf, es war als scheue er sich den lauernden Augen seines Dieners zu begegnen. „Was kommen mag," versetzte er abweichend, „der Tag der Verbindung meines Hauses mit dem der Foscarini steht vor der Thür; vereinigt bieten wir jeder Zukunft Trotz." Und auch der Greis rechnete: „übermorgen, der Tag ist wichtiger," setzte er leise hinzu.

Ein fast unmerkliches Achselzucken Riccardo's antwortete, aber es entging ihm nicht. „Was habt Ihr?" fragte der Senator heftig.

Der Gefragte erwiederte: „Nichts." Er wich wie unschlüssig den forschenden Blicken Grabonigo's aus: „Ich wollte, der Tag wäre vorüber," fügte er nachdenklich bei.

Er stand auf, der Triumvir hielt ihn erbleichend. Seine Lippen kämpften: „Was besorgt Ihr, Riccardo?" stieß er düster aus.

Dieser schlug bedeutungsvoll die Augen empor. „Ihr habt mir befohlen, über Don Antonio Foscarini zu wachen, Monsignore, doch in sein Innerstes vermag ich nicht einzubringen und kann den Tag nicht vor dem Abend preisen."

Er verbeugte sich tief und ging. Grabonigo schaute ihm brütend nach. „Was meinte er?" murmelte er an's Fenster tretend, durch das schon der blasse Tagesschein herabfiel. „Er haßt meinen Eidam," setzte er sinnend hinzu, „weil er seinen Einfluß bei mir zu beeinträchtigen droht; es ist gut, es ist mir lieber, als wenn meine Vertrauten sich lieben."

Langsam entkleidete er sich. „Der Doge stirbt," fuhr er mit sich selbst redend fort, „der Fürstenstuhl wird leer stehen. Wenn ein Doge erkrankt, so erholt er sich nicht wieder. Die Sage spricht, eine dunkle Hand liegt über ihm —"

Er fuhr auf und schrak zusammen. „Wessen Hand?" murmelte er, sich auf sein Lager streckend. Dann fiel der Schlaf bleiern auf seine überwachten Augen.

Doch der Andere, der von ihm gegangen, fand den Schlaf noch nicht. Hinter der Thür brach seine starke Haltung zusammen, er schleppte sich über den Flur in sein düster erleuchtetes Gemach. Nun stand auch er am Fenster und starrte in die Nacht hinaus. „Uebermorgen," hauchte er und ein Schauer durchlief seine Glieder. Hastig trat er an den Schreibtisch zurück, ergriff eine Feder und warf einige Zeilen auf ein Blatt. Er überlas, was er geschrieben und zerriß es wieder mit zitternden Händen, und griff auf's Neue zur Feder. Endlich schien er befriedigt, ein dämonischer Ausdruck erhellte seine Züge. „Man soll den Tag nicht vor dem Abend loben," murmelte er, „Du wirst's verstehen lernen, Gradonigo." Er faltete das Blatt, verschloß es und steckte es ein. Dann eilte er, von innerer Ruhelosigkeit getrieben, aus dem Hause in die allmälig erwachende Stadt hinaus. Er hatte ein Geheimfach geöffnet und eine schwere Rolle an sich genommen, über die Rialtobrücke eilte er auf den Markusplatz zu. Dort trat er in den reichsten Juwelierladen, der sich eben öffnete, und fragte nach Schmuckgegenständen. Doch er verwarf Alles, was der Händler ihm vorwies, bis dieser zögernd ein Perlenband von ungeheurem Werthe aus einem Kästchen zog. Riccardo betrachtete es mit prüfenden Augen und fragte nach dem Preis, den der Goldschmied nur um das Staunen des schlichtgekleideten Kunden zu erregen, nannte, indem er hinzusetzte, daß Don Antonio Foscarini bereits vor einigen Tagen von dem Ankauf desselben abgestanden. Allein zu seinem Staunen legte jener ohne etwas zu erwiedern, eine Rolle Gold auf den Tisch, nahm den Schmuck und entfernte sich.

Ruhelos wie Riccardo durchwanderte Antonio die Stadt. Der Tag wollte kein Ende nehmen, so eifrig er sich die Stunden wegzutäuschen versuchte. Endlich beschloß er, an das Lido hinüberzufahren und an der Meeresbrandung das Abendlicht zu erwarten. Er hatte den Fuß schon in seine Gondel gesetzt, als ein Lazarone mit abgezogener Mütze an ihn heran eilte und ihm einen aufschriftslosen Brief übergab. Antonio wollte ihm eine Belohnung reichen; „von wem?" fragte er. Doch der Bringer lehnte sie ab. „Ich bin schon bezahlt," antwortete er gegen die Gewohnheit seiner Klasse, „und darf von Euch nichts nehmen." Sein Benehmen fiel dem jungen Edelmann auf, allein bevor er noch einmal zu fragen vermochte, war der Bote verschwunden.

„Irgend eine Bittschrift," murmelte Foscarini, das Blatt gleichgültig einsteckend. Seine Gedanken nahmen eine andere Richtung durch die Glockenschläge, die dicht neben ihm vom Thurme ertönten. Er zählte sie — „Neun," sagte er leise, „siebenzehn Stunden noch — eine Ewigkeit." Seufzend warf er sich auf die Ruhebank der Gondel; „fahr schnell," befahl er seinem Gondolier, und das elegante Fahrzeug flog über die Lagunen. Er war hier nicht gefahren seit dem Märztage, an welchem er den unglücklichen Leonardo begleitet, unwillkürlich kam ihm das freudestrahlende Antlitz des Freundes in's Gedächtniß, wie er es zuletzt hier gesehen. „Auch er schien auf dem Gipfel des Glückes —

armer Leonardo, die blonden Locken brachten das Verderben,"
sagte er für sich. Trübe Gedanken wollten ihn plötzlich
umdrängen, er wußte nicht wie. Gewaltsam suchte er sie
abzulenken, sie kamen zurück. Endlich griff er hastig in
seine Tasche und faßte das Blatt, das er völlig vergessen.
„Die Orthographie meines Bittstellers soll mich erheitern,"
lachte er, den Brief erbrechend. Er überflog ihn, die Hand=
schrift war ihm fremd, fast schien sie absichtlich verstellt zu sein.

„Ein Freund an Don Antonio Foscarini," murmelte
er verwundert, dann las er gespannt weiter:

„Mit Bedauern sieht der Schreibende den edelsten
Patrizier unserer erlauchten Republik in arglistige Netze ge=
lockt. Die Warnung kommt in letzter Stunde, morgen wäre
es zu spät. Wenn Don Antonio zu wissen verlangt, wer
seine Verlobte und das Geschlecht ist, mit dem er sich zu
verbinden im Begriff steht, so erfahre er, daß Valenzia
Gradonigo die Geliebte Leonardo Tarone's war und daß
ihr Vater den Mord desselben veranlaßt. Hat sie dieß Ge=
heimniß, um das sie weiß, Don Antonio mitgetheilt? Hat
sie ihm offenbart, woher der Schmuck stammt, den sie morgen
tragen wird? Don Antonio hüte sich; wenn er einen Be=
weis der Falschheit begehrt, so möge er ihn morgen in dem
sehen, was er verabscheut, und ihm bisher eben so vorsichtig
mit dem Schleier verborgen, als Untreue und Verbrechen
mit erheuchelter Zärtlichkeit."

Antonio las und las wieder. Seine Zähne preßten
sich auf die Unterlippe, daß helles Blut hervorsprang. Lang=
sam faltete er das Papier und verbarg es an der Brust.
„Es ist Lüge," sagte er dumpf, „wäre es Wahrheit —
wäre Eins Wahrheit —"

Er starrte in die Abendglut hinaus, seine Finger ballten sich krampfhaft zusammen. „Warum hat sie sich geweigert, sich dem Bräutigam zu entschleiern? Warum ward sie ohnmächtig an der Leiche?" Er preßte stöhnend die Faust auf die Brust: „Es ist Lüge, ich werde es morgen sehen und den Schurken finden, der mir den Glanz des Himmels mit Sünde verdächtigt."

„Nach Hause!" stieß er, sich plötzlich umdrehend, heftig aus, und der Gondolier schrak auf und peitschte das Wasser, daß der Nachen wie ein Pfeil auf den Markusplatz zuflog.

Es war ein Ereigniß, das Venedig für den folgenden Tag bevorstand. Ein wichtiges Blatt des goldenen Buches, in welchem die stolzen Nobili der Republik verzeichnet standen, schien mit der Verbindung der Häuser Gradonigo und Foscarini zu beginnen; mit geheimer Besorgniß mochte Mancher die anschwellende Macht, die aus dieser Verschwägerung hervorgehen mußte, erwägen. Aeußerlich aber rüstete die Aristokratie der Lagunenstadt sich zur glänzenden Theilnahme an der Freudenfeier. Aller Reichthum des Handels, der die Schätze Indiens und der Levante dem Abendlande übermachte, trat zu Tage; am Ueppigsten und Blendendsten naturgemäß in dem Hause des mächtigen Senators, dem zweitgewaltigen Haupte der weitgebietenden Republik. Nach fester Etiquette, wie bei fürstlicher Vermählung, war jeder Moment der Feierlichkeit normirt und zu öffentlicher Kunde gebracht. Venedig wußte, daß mit dem Schlage der dreizehnten Stunde Donna Valenzia Gradonigo von der Freitreppe des väterlichen Palastes in die Gondel hinabsteigen würde, und harrte vom Beginn der Morgenfrühe, beide Seiten des Canal grande dicht umlagernd. Schon stundenlang vorher belebte sich das breite Gewässer mit andern Fahrzeugen als sonst. Wie riesige Goldfalter schwebten die Gondeln des Adels heran und reihten sich wartend vor dem Palast Gradonigo auf, dessen Marmortreppe mit violettem Sammet überkleidet war. Davor lag eine breite, galeerenartig gebaute Gondel, unbedeckt. Aus der Ferne erschien sie wie ein flachgeöffneter Tulpenkelch, aus welchem goldene Staubfäden heraufstiegen. Blaßrother Sammet überzog die Bänke und Wände, selbst den Boden, und schlug sich in faltigen Draperien über die Außenseite bis an den Wasserspiegel hinab. Aus seiner Mitte erhob sich ein goldener Thronsitz, über dem massive Elfenbeinsäulen einen blauen Baldachin wölbten, gleich der Frühlingsfarbe des venetianischen Himmels. Zwölf Bootsleute in reicher Kleidung harrten mit rothen Rudern auf den Bänken und ließen sich von dem umherdrängenden Volke begaffen.

Schon lange stand Valenzia droben bereit und wartete der festgesetzten Stunde. Sie hielt unschlüssig ein weißes Halsgeschmeide in Händen, dessen Perlen im Sonnenglanz ein magisch-sanftes Licht ausbreiteten. Der Senator betrachtete es neben ihr.

„Die Perlen wiegen eine Insel des adriatischen Meeres auf," murmelte er, „nur ein Fürst vermag solche Gabe zu spenden und seinen Namen zu verbergen. Du mußt es umlegen, Valenzia; es kann der Doge allein sein, der seine Abwesenheit von Deinem Festtage durch dieß Zeichen seiner Gunst vergilt."

Er befestigte das Geschmeide an dem Nacken des ungern gehorchenden Mädchens. Eine Glocke in der Nähe ließ einen einzigen hellen Schlag durch die sonnige Aprilluft

ertönen, und von ihrem Vater geleitet erschien Valenzia auf
der obersten Stufe der Freitreppe. Wie eine weiße Lilie
hob sich ihre schlanke Gestalt von dem dunklen Samme:.
Persischer Atlas umfloß ihren Leib, von dem dichtverhüllten
Haupte fiel nach allen Seiten wie weißes Gewölk der
Schleier darüber. Sie trug keinen Schmuck als das kost=
bare Perlenband; wie dieß glänzte die Perle der Töchter
Venedigs durch die Abwesenheit jedes funkelnden Zierats.
Desto prunkender waren die Dienerinnen gekleidet, welche
die langnachwallende Schleppe ihres Gewandes hielten. Lang=
sam stieg Valenzia die Treppe hinab und ließ sich auf den
Thronsitz der bräutlichen Gondel nieder. Grabonigo blieb
neben ihr stehen; er gab ein Zeichen, und die rothen Ruder
schlugen in's Wasser. Lautlos folgten die übrigen Fahr=
zeuge, der Zug bewegte sich gemessen und feierlich den
Canal hinauf, unter der Rialtobrücke durch; als er in die
Nähe der Kirche Santa Maria della Salute gelangte, die
sich mit ihrem Hauptportal ebenfalls dem Canal zu öffnete,
kam ihm ein ähnlicher Zug von der anderen Seite entgegen.
An der Spitze desselben befand sich die Gondel Antonio
Foscarini's. Der junge Edelmann saß gleichfalls allein
auf erhöhtem Sitz, er war einfach in dunkelfarbigen Sammet
gekleidet, alle Prachtentfaltung, wie drüben, auf seine Um=
gebung zerstreut. Er war sehr blaß, und seine Augen, seit=
dem der andere Zug sich gezeigt, starr auf ihn geheftet.
Langsam näherten sich nun die Hochzeitsgondeln einander.
Die Ruderer erhielten geschickt den gleichen Zwischenraum
aufrecht, so daß beide Schiffe im nämlichen Moment unter
dem Kirchenportal zusammentrafen. Im selben Augenblicke
erhob Antonio sich gewandt, sprang an's Land und trat

mit tiefer Verneigung in die Gondel Valenzia's hinüber.
Er bot ihr die Spitze der Hand und führte sie in die weit
geöffnete Thür der Kirche, an der farbig gekleidete Brüder=
schaften mit brennenden Kerzen auf hohen, silbernen Leuch=
tern Spalier bildeten. Ein dichtes Gedränge der ihre
Herren anlandenden und wieder abstoßenden Fahrzeuge ent=
stand hinter ihnen an der verhältnißmäßig schmalen Treppe.
Durch hohe farbige Glasfenster fiel ein geheimnißvoll=däm=
merndes Licht in den kühlen Kirchraum, dessen orientalisch
schlanke Säulen wie Blumenstiele sich zu den Gewölken
aufbogen, von dem Mosaik auf Goldgrund wie sonnbe=
glänzter Sternenhimmel ernst und glühend herabsah. Von
den Wänden blickten Meisterwerke der neu erwachten ita=
lienischen Kunst; die Verlobten schritten allein auf den
prangenden Altar im Hintergrunde zu, vor dem der Bi=
schof in würdevoller Ruhe wartete. Ein sonderbarer Schauer
überlief Valenzia bei dem Eintritt in den dämmernd=kühlen
Raum; sie schmiegte unvermerkt den Arm leise an den
ihres Führers.

„Ihr seid so blaß, Antonio," flüsterte sie. Er be=
schleunigte stumm die Schritte, ihre Stimme wiederholte
mit bangem Tone noch einmal die fragenden Worte:
„Warum schweigt Ihr? Habt Ihr kein Wort der Liebe für
mich?" setzte sie ängstlich hinzu.

Seine Augen ruhten forschend auf dem Schleier, der
ihr Haupt umgab. „Ich dachte meines Freundes Leonardo,
Madonna," versetzte er langsam, „und bedaure, daß er
meinem festlichen Geleite fehlt."

Valenzia erbleichte. „Ein trauriger Gedanke in dieser
Stunde," stammelte sie. Antonio machte eine kalte Ver=

beugung und führte sie, seine Hand aus der ihren lösend, vor den Altar. Hinter ihnen füllte der Raum sich mit den Zeugen der Vermählung. Gradonigo stand zur Linken seiner Tochter, in ihren langen, dunkelrothen Schleppkleidern umschlossen die vornehmsten Patrizier das bräutliche Paar. Abseits, einsam, in reichem, aber schwarzem Gewande lehnte Riccardo halb verborgen an einem Pfeiler. Wilde Unruhe zitterte über sein sonst unbewegtes Gesicht, seine Augen ringelten sich wie Schlangen um jede Regung Antonio's. Düster funkelten sie, nur manchmal zuckte es flüchtig in ihnen auf, wenn sie das Perlengeschmeide der Braut und das Antlitz Antonio's, das ihm an Weiße glich, überflogen. Die Ceremonie begann; Riccardo hatte die Hand unter seinem Kleide verborgen, ihre Nägel gruben sich in seine nackte Brust. Vorgebeugt lauschte er; eintönig summten die Worte des Geistlichen über die lautlose Menge hin. Der Bischof gehörte selbst dem alten Adel Venedigs an, und der Glanz der mächtigen Republik stieg aus seiner Rede auf. Sie war weniger kirchlich als historisch, oft schien es fast, als wolle der Glanz, die Verheißung des christlichen Himmels vor dem üppigen Reichthum und der Weltmacht verblassen, zu der sich die Pfahlbauten der Flüchtlinge des Rialto emporhoben. Und aus dem Grau der Vorgeschichte herüber klangen von Anbeginn vernehmlich die Namen Gradonigo und Foscarini. Mächtig ertönten sie über den Erdball; die Seeräuber erzitterten vor ihnen am Rande der libyschen Wüste, der Feind der Christenheit erbebte in seiner Moschee in Konstantinopel. Mit ihrem Ruhm war die Vergangenheit erfüllt, nun reichten die letzten Sprossen der erlauchten Geschlechter zur neuen, blütenreichen Zukunft sich

die Hand. — Feierlich nahm der Bischof das goldene Ge=
fäß vom Altar, auf dem die schlichten Reife lagen; die letzte
entscheidende Frage schwebte auf seinen Lippen. An dem
Pfeiler keuchte die Brust Riccardo's, sein Auge war stier,
er machte eine sinnlose Bewegung, als ob er hervorstürzen
und aufschreien wolle. Doch plötzlich fiel er tiefaufathmend
an die Säule zurück, und der wilde Krampf seiner Züge
glich sich beruhigt aus. Der junge Edelmann vor dem
Altar hatte die Hand erhoben und eine abwehrende Be=
wegung gegen den Ring des Bischofs gemacht.

„Hochehrwürdiger Herr," sagte er laut mit erzwungen
fester Stimme, „verstattet, daß auch ich vor Euch noch eine
Frage an meine reichgeschmückte Braut stelle, damit nicht
etwa die Heiligkeit Eures Segens durch einen Irrthum
entweiht werde."

Starres Erstaunen bemächtigte sich aller Anwesenden,
der Geistliche suchte nach einem Worte der Erwiederung,
doch Antonio wandte sich schnell an die zitternde Valenzia
und fuhr in demselben Tone fort:

„Ich ersuche Euch, Madonna, wie der Bräutigam es
geziemend begehren darf, mir mitzutheilen, woher Euch dieß
Perlenband geworden, von dem ich weiß, daß der reichste
Juwelier Venedigs es bis vorgestern den Fürsten Italiens
vergeblich angetragen."

Gradonigo runzelte finster die Stirn. „Wenn mein
Eidam so genau den Werth eines Schmuckes zu bestimmen
weiß, so sollte es ihm nicht Mühe kosten, den erlauchten
Fürsten zu errathen, von welchem derselbe stammt," ver=
setzte er rasch. Allein Valenzia fiel ihm unter der Beäng=

stigung der forschend auf sie gerichteten Augen des Geliebten in's Wort:

„Ich kenne den Geber nicht, Antonio," flüsterte sie verwirrt, „doch wenn es Euch mißfällt, verzeiht, daß ich es umgelegt, ich dachte heimlich, es komme von Euch."

· Sie zerrte mit ängstlich hastigem Ruck an dem Geschmeide. „Ihr hört's, Monsignore, es scheint, Ihr täuschtet Euch, wie ich mich täuschte," fuhr Antonio mit eisiger Stimme fort, „erlaubt, Madonna, daß ich Euch helfe und sehe, ob vielleicht noch andrer Schmuck unter dem Schleier verborgen ist, den Ihr mir bisher verheimlicht!"

Er streckte blitzschnell die Hand aus und faßte das seidene Gewebe, das den Scheitel seiner Braut überfloß. Ein Schrei der Entrüstung von den Lippen des Senators vermischte sich mit einem bangen Klageruf Valenzia's, doch mit einem Ruck entfernte Antonio ungestüm den Schleier, unter dem das blonde Haar gelöst hervorquoll. Im selben Moment zerriß das Geschmeide unter den krampfhaften Fingern Valenzia's, wie Thränen rollten die Perlen Indiens über den Atlas herab und sprangen mit unheimlichem Knistern über das Mosaikgestein des Bodens. — „Leonardo!" schrie Antonio wild auf. Einen Augenblick stand er noch wie versteinert vor der wunderbaren Schönheit des Mädchens, das selbst einem Marmorbilde glich und langsam, wie vom Leben verlassen, zur Erde sank. Es zuckte in ihm, als wolle er hinzuspringen und sie halten, dann machte er eine schaudernde Bewegung des Abscheus gegen sie und stöhnte dumpf: „Du wolltest mich umstricken, wie Du ihn gestochen, Schlange — hinweg mit Dir!"

Und sie zurückstoßend, stürzte er besinnungslos durch die starre Menge in's Freie hinaus.

Noch eine Stunde später lagen die unschätzbaren Perlen zerstreut auf dem Mosaikboden der veröbeten Kirche. Niemand wagte sie aufzuheben, starrer Schreck lastete auf allen Gemüthern. Jäh stieg die Todfeindschaft der Geschlechter Grabonigo und Foscarini aus dem alten Abgrund empor und lag verderbenbrütend über der Lagunenstadt, wie der dunkle Himmel, der plötzlich trüb umzogen und drohende, wetterleuchtende Blitze entsandte.

Bald strömte dichter, wolkenbruchartiger Regen herab und verwandelte das heitere Aussehen der Inselstadt in düstere Melancholie. Von den Canälen, den Lagunen verschwanden die Barken, nur eine einzige Gondel flatterte gespenstisch weiß über die sturmbewegte Wasserfläche. Wie ein Raubvogel schoß sie hierhin und dorthin; die Wellen schlugen über ihren Rand, in gewaltigen Stößen packte der Wind die Segel und bog oft das schmale Schiff fast auf die zornige Flut nieder. Doch der darin saß, achtete nicht der Gefahr, in welcher er schwebte. Es war Antonio Foscarini. Allein, mit entblößtem Haupt, stand er aufrecht am Steuer; der Regen troff von seinem sturmzerwühlten Haar über sein rothbrennendes Antlitz. Er sprach laut wie ein Irrsinniger und schrie gegen die Wellen auf. Wilde, sprühende Rachegedanken stießen seine verzerrten Lippen aus. Die falben Blitze umknisterten ihn, der Donner brüllte, daß er laut aufjauchzte und die geballte Faust zum Himmel reckte. Dann stöhnte er plötzlich dumpf: „Wie schön war sie," und er rief den Namen „Valenzia" über die brausenben Wogen und kauerte sich auf den Boden des Fahrzeugs zusammen und schluchzte.

So tobte er mit südlichem Ungestüm den Kampf seines Innern aus, bis die frühere Dämmerung kam. Allmälig ward er ruhiger, ernster, dunkle Gedanken sammelten sich auf seiner Stirn. Mit fester Hand lenkte er den Kahn in die Stadt zurück, aber er vermied den Canal grande und schlug auf einem Nebenweg die Richtung nach seinem Palaste ein.

Unheimlichen Gegensatz zu dem Glanze, den er am Morgen ausgestrahlt, bot der Palast Grabonigo's. Nur ein Zimmer war matt erleuchtet, dort stand der Senator über ein Ruhelager gebeugt, auf dem Valenzia noch immer in ihrem bräutlichen Schmuck regungslos lag. Weiß wie der Atlaß ihres Kleides war ihr Gesicht, nur leises Heben und Senken der Brust verrieth, daß sie lebte. Ein anfragendes Geräusch ertönte von der Schwelle.

„Komm'," sagte der Triumvir, ohne den Kopf zu wenden, und Riccardo trat ein. Auch seine Züge waren noch bleicher als gewöhnlich, mit ängstlichem Triumph liefen seine Augen über die ausgestreckte Gestalt Valenzia's.

„Lebt sie?" fragte er mit unceremonieller leidenschaftlicher Hast.

Der Senator richtete sich imposant auf und blickte den Diener stolz an. Dann versetzte er kalt: „Ich danke Euch, Riccardo; ein Zufall hat meine Tochter betroffen, sie wird sich erholen."

Er machte eine verabschiedende Handbewegung. „Ich bedarf Eurer nicht." Riccardo zog sich widerwillig zurück, doch das Auge des Greises ruhte prüfend auf seinem Ge=

sicht. Als Jener die Thür fast erreicht, winkte er noch einmal kurz.

„Ich habe Euch nichts zu sagen, Riccardo," murmelte er dumpf, „allein ich sagte Euch vor Zeiten etwas. Ihr könnt es vergessen."

Der Angeredete blickte ihn halb fragend an; Gradonigo hob langsam deutend die Hand und sagte: „Dort, an der Treppe."

Es funkelte in Riccardo's Augen, sein Arm machte eine hastige Gestikulation. Der nächtige Himmel zertheilte sich jäh und übergoß den haßverzerrten Ausdruck seiner Miene mit bläulich zuckender Flamme, daß der Senator selbst um einen Schritt zurückwich.

„Nein, nicht so, Riccardo," stieß er haftig aus, „man wüßte den Thäter, und es wäre keine Rache," setzte er brütend hinzu. „Vor der Welt als Richter —"

Krachend brach der Donner herab und übertäubte seine Worte. Valenzia bewegte sich unruhig und schlug die Augen auf.

„Ich verlasse mich auf Euch, Riccardo," fügte der Senator, seinen Wink erneuernd, leiser bei. Doch er mußte denselben wiederholen, ehe der Vertraute ihn wahrnahm, und seinen glühenden Blick von Valenzia abwendend mit einer Verbeugung das Gemach verließ.

Sinnend blieb der Greis stehen, bis die irren Augen Valenzia's in die seinen fielen. Sie bedeckte jammernd das Gesicht mit den Händen, leise glitt er über ihr verwirrtes Haar. „Begib Dich in Dein Gemach, Du bedarfst der Ruhe, mein Kind," sagte er fast weich, „und überlaß es mir, Dich zu rächen."

. Valenzia sprang mit zitternden Gliedern auf. „Rächen, Vater?“ stammelte sie, ihn starr anblickend, „Du hast recht, Leonardo ist gerächt.“

Eine Wolke zog über die Stirn des Senators. „Du sprichst irre, Valenzia,“ erwiderte er streng, „geh. Geh, mein Kind,“ fügte er zärtlicher bei, „jede Sühne soll Dir werden, die Du verlangen kannst. Dich trifft keine Schande; in meinen Augen, in denen Venedigs ist Deine Vermäh=lung vollzogen und Deine Ehre erheischt nur, daß Du Wittwe seist. Schlafe bis dahin und überlaß Deinem Vater die Sorge, er wird Dich wecken, wenn es Zeit ist.“

Er küßte ihre Stirn und rief nach den Dienerinnen.

Valenzia schaute ihn noch immer wie geistesabwesend an und murmelte nur tonlos das Wort „Wittwe“ nach, als suche sie die Bedeutung desselben zu begreifen. Dann schwankte sie von den Zofen gehalten aus dem Zimmer und die Treppe hinauf in das Gemach, wo einst die blassen Rosen geblüht hatten.

Dennoch fand sie eher Schlaf, als das bleiche Gesicht, das einsam im Korridor unter ihr die Nacht verwachte. „Es wäre keine Rache — Du hast recht,“ murmelten Riccardo's Lippen ab und zu, [„für Dich nicht und nicht für mich.“ Seltsame Schriftwerke lagen auf dem Tisch des Zimmers aufgeschlagen; der Bewohner desselben ging brütend daran auf und ab. Manchmal blieb er stehen und beugte sich lesend über ein Blatt, halblaut betonte er die Worte zwischen den Zähnen. Es war ein medizinisches Werk, aus dem er las, in wunderlich abstrusem Gelehrten=latein verfaßt.

„Zittern der Hände, Neigung zum Erbrechen, ein lang=

sames Hinschwinden der Kräfte wie von Schwäche des Alters. Hört der schädliche Einfluß nicht auf, oder wird er nicht durch eine günstige siberische Konstellation paralysirt, so beginnen Lähmungen der Glieder und Athemnoth. Was als Schlaf erscheint ist Ohnmacht, das Augenlicht erlischt und das Herz stockt."

Ein teuflisches Lachen umzuckte die Mundwinkel des Lesenden. „Es ist gut, daß Deine übrigen Angaben nicht so kindisch sind, als Dein Planetenglaube, alter Charlatan," murmelte er. Seine Hand streckte sich aus und hob ein kleines Flakon aus geschliffenem, venetianischem Krystall von einem verborgenen Fach. „Wie die alten Ammen=märchen, die man uns als Kind erzählt, lügen," fuhr er, die darin enthaltene ockergelbe Flüssigkeit betrachtend, fort, „die Fabel meint, ein Tropfen Gift zersprenge Dich und das Sprüchwort lallt es närrisch nach. Sie glaubt noch andere Dinge, die alte, greisenhafte Mutter der Thorheit und warnt, Dein Pfeil fliege auf den Schützen zurück —"

Er schauderte leise zusammen, obwohl er lachte und beugte sich hastig wieder auf das Buch und las weiter.

„Fabelst Du auch von der bösen Zahl und gönnst keinem das Leben über die siebente Woche hinaus?" Er rechnete — „es ist gut, wir können so lange warten," setzte er befriedigend hinzu. Sein Auge irrte suchend an den düstern Wänden umher. „Warten," wiederholte er, „doch nicht müßig gehen — der Alte will es so, er sagt, es wäre sonst keine Rache. Wer Eidam zu werden strebt, muß gute Morgengabe bringen und dienstfertig sein."

Er ergriff ein leeres Blatt. „Wie schwach ist der Stolzeste," murmelte er, „ein Federzug wirft ihn um. Der

Erste that seine Wirkung und hatte wider das Mächtigste die Leidenschaft, zu kämpfen; dies besitzt den Zorn, die Eitelkeit und Machtgelüst zu Bundesgenossen und sollte sie verfehlen? Meine Jahre wären vergeblich gewesen, wenn ich mich irrte."

Er dachte nach, dann schrieb seine Hand in denselben Zügen wie achtundvierzig Stunden zuvor auf das Papier:

„Erduldet Don Antonio gelassen die Schmach, die ihm angethan? Hat er kein Herz für das Volk, das ihn liebt, und unter der Willkühr der Gewaltherrschaft seufzt? Hat er keinen Blick für die Zeit, die Umstände, die Gunst des Moments? Besitzt er keine Freunde drinnen und draußen, die bereit sind, für ihn und das Wohl der Republik Gut und Blut zu wagen? Die Glieder sind da, doch es fehlt das Haupt. Tausendfaches Echo zeigt sich, sobald die erste Stimme ertönt. Don Antonio möge erwägen, doch über der Prüfung nicht das Handeln versäumen. Todfeindschaft muß nach altem Brauch die Geschlechter Gradonigo und Foscarini trennen. Kommt die Energie Don Antonio's nicht zuvor, so stürzt die Rachsucht Donna Valenzia's ihn in's Verderben.

„Ein Freund für viele, dessen Scharfblick und Anhäng= lichkeit die frühere Warnung bewährt hat."

Befriedigt legte der Schreiber die Feder zur Seite und überlas die Zeilen. Das Gewitter hatte ausgetobt, nur die hohen Wellen, die der Sturm erregt hatte, wogten noch fort und brandeten dunkle Gedanken in die Träume der Schläfer murrend an den Palästen Gradonigo und Fos= carini empor. —

Langsam näherte der April sich jetzt seinem Ende. Die

Farbenpracht des italienischen Frühlings lag voll über Venedig ausgegossen, ringsum standen die unbewohnten Inseln in üppiges Grün gekleidet und stiegen wie Zaubereilande aus den spiegelnden Lagunen auf. Doch es war, als ob das bunte Leben sich in diesem blühenden Meeresgarten nicht so regsam zeige wie sonst. Weniger Frohsinn schien die Straßen zu erheitern, weniger Gesang ertönte aus den Barken über die sonnige Wasserfläche. Nur Abends belebten sich die abgelegenen Canäle, und hie und da ließ sich einer der gebräuchlichen Wechselgesänge vernehmen. Allein meistens leiser und beinahe wie vorsichtiger als früher. Dieselben alten Melodieen waren es, doch die üblichen Rhythmen zu Ehren der Befreier Jerusalems erklangen nur selten aus ihnen. Andere Worte waren ihnen untergelegt, die den Glanz der alten Republik und ihrer einstigen Volksherrschaft priesen; häufig verstummten sie, wenn ein fremder Nachen durch die Dämmerung daherglitt, und begannen erst wieder, wenn sein Ruderschlag in der Ferne verhallte. In Gruppen gesellt, stand die niedere Bevölkerung Venedigs des Tags und pflog eifrige Gespräche. Manchmal erhob sich ein plötzlicher, unerklärlicher Jubel, und Alles stürzte hastig in die Richtung, woher er scholl. Dann zog Antonio Foscarini von einem Schwarm junger Edelleute umgeben durch die Straßen, und eine unabsehbare, sich immer mehr vergrößernde Volksmenge gab ihm das Geleit. Wie ein Magnet erfaßte jeden Begegnenden der Zug, daß er sich ihm anschloß. Mißbilligend nur schüttelten die alten Patrizier die Köpfe und blickten zweifelnd hinterdrein auf die hohe Gestalt Antonio's, der, wie von fürstlicher Trabantenschaar umringt, in der Mitte schritt. Er lächelte freundlich und sprach mit

Jedem, der ihn anredete. Sein Auge war schärfer in jedes Gesicht gerichtet als früher, seine Haltung vornehm und herablassend zugleich. Seit Wochen war der Palast Foscarini geöffnet und bot Jedem gastliche Tafel dar. Personen jeden Standes und Ranges verkehrten darin. Fremdartig gekleidete Leute, deren Tracht auf den Orient hinwies, gingen aus und ein. Doch nirgends zeigte sich Heimlichkeit, bis in die späteste Nacht erglänzten alle Fenster des Palastes von Kerzen, und ausgelassener Jubel tönte herab. Argwöhnisch richtete der hohe Rath sein Augenmerk auf die verschwenderischen Zusammenkünste, allein seine zahlreichen Spione vermochten nichts Mißtrauenerweckendes zu berichten, wo schon die unbeschränkte Theilnahme den Verdacht erlahmen ließ.

Er will sich und die Gefahr, in die er sich gestürzt, betäuben, meinten die Einen; er will sich zu Grunde richten, die Andern. Tiefblickende dachten heimlich, er strebt nach Gunst, und fragten sich mißtrauisch: zu welchem Ziel?

Den eifrigsten Verkehr unterhielt Antonio mit den Führern der fremden Handelsfahrzeuge, die in dem Hafen der Lagunenstadt lagen. Es konnte nicht auffällig erscheinen, daß diese die genossene Bewirthung zu vergelten strebten, und daß bald ein Festmahl an Bord das andere drängte. Was die allgemeine Theilnahme daran erhöhte, war, daß jeder Zuschauer, der sich in der Nähe befand, nach Maßgabe seines Standes und seiner Bedeutung in den versammelten Kreis hinzugezogen ward. Zu jeder Stunde erschien Antonio gleicherweise lebensfroh, freigebig nnd sorglos. Kein Schatten düsterer Erinnerung trübte jemals seine anmuthiglachende Stirn. Wie man stets in Venedig geneigt war,

Vergleiche mit den alten Republiken des Mittelmeers auf=
zusuchen, verglichen die Freunde des Hauses Foscarini ihn
bald mit Alcibiades, bald heimlich im Vertrauen engerer
Kreise mit Brutus; während der regierende Adel sich arg=
wöhnisch den Namen Catilina zuraunte. Doch andere, drän=
gendere Sorgen mischten sich in diese. Es war kein Ge=
heimniß mehr, daß die Erkrankung des Dogen von Tag zu
Tage zu=, seine Kräfte in gleichem Maße abnahmen. Das
Zittern der Hände machte seine Unterschriften fast unlesbar;
man flüsterte, daß er halb gelähmt, sein Augenlicht beinahe
erloschen sei. Der That nach war die Ausübung seiner
fürstlichen Rechte vor der Hand auf den Aeltesten aus dem
hohen Rath der Drei, den Senator Gradonigo, überge=
gangen, aber ungewisse Zweifel über die Zukunft, wer nach
dem Dogen den Purpur tragen werde, beherrschten die
Gemüther des Adels. Ein tiefer, unheilbarer Riß hatte
die Spalten des goldenen Buches durchzogen, und wenn
auch äußerlich Niemand die Ehrfurcht gegen die gesetzliche
Behörde zu verletzen wagte, so ging doch ein sonderbarer
Geist der Unruhe durch die Stadt, der seine Stunde zu
erharren schien.

Inmitten dieses heimlichen Wogens unter der Ober=
fläche stand nur Gradonigo kalt und unbeweglich wie immer.
Wie seine Zunge keinem Worte über das Ereigniß in der
Kirche Santa Maria della Salute Laut gegeben, verrieth
auch sein Gesicht keinen Eindruck, den jenes auf seine Seele
gemacht. Nur überwacht waren seine Züge, sein Wesen
noch verschlossener, abweisender als vordem. Er hörte die
Warnungen der ihm befreundeten Patrizier an und dankte
ihnen ruhig, ohne darauf zu erwidern. Jeder Morgen fand

ihn noch wach, rastlos gingen die Boten zwischen ihm und dem Dogenpalast hin und her. Manchmal, wenn Riccardo in der Nacht von ihm aufbrach, um in den Corridor hinüber zu gehen, richtete der Greis nur fragend die Augen auf ihn. „Bald,“ erwiderte dieser kurz, „mein Garn ist lang, aber hält sicher,“ und Grabonigo lächelte eisig und sagte: „Zählt auf jeden Lohn, den Ihr wollt, doch seid umsichtig, Riccardo, daß Euer Netz nicht reißt und uns selbst umschlingt.“

Flüsternd entgegnete der Vertraute: „In vierzehn Tagen, Monsignore.“ Er hielt einen Augenblick inne und setzte noch leiser hinzu: „Der Purpur vermag, wozu der Senator nicht die Kraft besitzt.“

Der Triumvir stammelte eine unverständliche Frage.

„Ihr sagt, daß Ihr auf mich zählt,“ hauchte Riccardo, „so baut auf mein Wort, daß der Doge sich so wenig mehr dem adriatischen Meer vermählen wird, wie Eure Tochter Don Antonio Foscarini.“

Die Brauen Grabonigo's runzelten sich bei dem Namen, doch sein Gesicht war bleich wie der Tod.

„Es ist das Alter, das ihn abfordert,“ murmelte er.

Riccardo lächelte dämonisch: „Ich vollziehe Eure Wünsche, Monsignore, ob Ihr sie auch nicht aussprecht; von dem Purpur werde ich meinen Lohn verlangen.“

Er verbeugte sich und ging. Der Senator starrte ihm nach, dann trat er auf die Marmorbrüstung des Palastes hinaus und beugte sich auf die unruhig murmelnden Wasser nieder, bis der falbe Frühlichtschein seine hohe Gestalt geisterhaft von dem Gemäuer abhob.

Kein Auge hatte Donna Valenzia seit dem verhängnißvollen Morgen gesehen. Man sagte, sie bereite sich vor, in ein Kloster zu treten; Einige behaupteten mit, Andere gegen ihren Willen. Nur der Vater sah sie, der sie selten aufsuchte. Aber sie stand oft plötzlich, wie lauschend, hinter ihm, wenn er ihre Anwesenheit nicht vermuthete. Leise, wortlos ging sie durch die Gemächer, nur ihre Augen suchten unruhvoll umher, etwas ängstlich Spähendes lag in Allem, was sie that. Häufig traf sie Riccardo bei ihrem Vater, allein sie vermied ihn nicht scheu wie früher, es war, als dränge es sie sorgsam in seine Nähe. Dann, wenn der Name Antonio fiel, horchte sie zitternd auf; ihr Gesicht verrieth, daß sie jedes Wort, das sich daran knüpfte, ihrer Brust einprägte. Riccardo berichtete in ihrer Gegenwart über die Erfolge seiner Pläne. Anfänglich war er bei ihrem Erscheinen verstummt, doch Grabonigo hieß ihn fortfahren. „Laßt auch meine Tochter vernehmen, welchen Dank Ihr Euch um sie erwerbt," sagte er und Riccardo heftete seine glühenden Blicke auf das schöne Weib, in dem eine vollständige Aenderung vorgegangen zu sein schien, und entwickelte die Absichten, die er in Bezug auf Foscarini gefaßt. Bald war Valenzia regelmäßig zugegen, sobald Riccardo mit neuer Kunde eintraf. Der Senator bemerkte freudig die rege Theilnahme, welche sie dem bereiteten Verderben ihres früheren Verlobten schenkte; ein schwindelndes Gefühl des Entzückens überkam Riccardo, der sie gierig an jedem Worte seiner Lippen hängen sah. Die Leidenschaft verblendete seine Augen, wie Nebel war ihm der Ausdruck des Abscheu's, mit dem sie ihn an der Leiche Leonardo's von sich gestoßen, zerronnen. Dem Ziele, welchem alle Spannung seines Geistes entgegenjagte und das immer in verschwommener unerreichbarer Ferne vor ihm blieb, glaubte er sich nahe gerückt. So verdoppelte er seine Anstrengungen, je mehr es ihm gelang, Valenzia's Interesse dadurch an sich zu fesseln, ihr Herbeikommen zu veranlassen, und fast mehr als dem Senator legte er ihr umständliche Rechenschaft seiner Schritte ab, da die Ausführlichkeit ihm ein längeres Verweilen in ihrer Nähe ermöglichte. Dankend nahm Valenzia seine Worte entgegen; alle Energie ihres Lebens schien sich auf die Erreichung des Zweckes, den er für sie erstrebte, concentrirt zu haben. Wenn Riccardo geendet, verließ sie das Gemach ihres Vaters und man erblickte sie den Tag hindurch nicht wieder.

Eines Morgens kehrte sie eiliger in ihr Zimmer zurück als sonst. Noch blasser als gewöhnlich waren ihre Züge, ihr Körper zitterte, auf und ab ging sie und sann. Hastig schrieb sie einige Zeilen auf ein Blatt und zerriß es wieder. Ihre Unruhe stieg immer mehr, endlich kam ihr ein Gedanke. Sie zog vergilbte, mit Versen bedeckte Blätter aus einem Schubfach und suchte eifrig darin; dann wählte sie eines derselben und begab sich in ihr Schlafgemach. Nach wenigen Minuten kam die junge Bäuerin zurück, die vor etwa zwei Monaten Antonio's flüchtige Aufmerksamkeit in dem Miethkahn erregt hatte. Lauschend spähte sie aus der Thür und schlüpfte die Treppe hinunter, durch eine Seitenthür auf die Straße. Sie blickte sich ungewiß um, welche Richtung sie einschlagen solle, endlich ging sie auf's Gerathewohl durch die Stadt, bis sie an eine einsame Stelle des Hafens gelangte, wo Schiffer der Länge nach auf die Bank ihrer Gondel hingestreckt sich sonniger Siesta hingaben. Auf einen derselben schritt Valenzia zu.

„Kennt Ihr Don Antonio Foscarini?" fragte sie.

Der Angeredete fuhr bei dem Namen auf und griff respektvoll an die Mütze. Als er die Fragestellerin in's Auge faßte, änderte sich sein Benehmen und er antwortete kordial:

„Ich glaube, daß ich meinen Kopf kenne; solltest Du ihn auch kennen, piccola, würden mir Deine hübschen Augen leid thun. 'S ist besser für Männer mit ihm umzugehen, als für Jungfern; die Ehrwürdigen von der Maria d'la Salute wissen ein heilsames Lied davon."

Valenzia's Lippen zitterten, doch sie brachte mühsam eine Frage hervor. Der Gondoliere wiederholte sie lachend:

„Von wem? Mußt weitab bei Deinen Truthühnern gesessen haben, Schatz, daß Du nicht von der hochmüthigen Senatorenjungfer gehört hast, die den Antonio besitzen wollt'. Aber er stieß sie noch vor'm Allerheiligsten zurück wie eine vorjährige Orange. Warum? Sie war keine mehr."

Es übergoß Valenzia's Gesicht wie mit dunklem Blut.

„Das ist schändlich," stieß sie achtlos heraus, „hat er, hat Foscarini es gesagt?"

Doch der Schiffer mißverstand sie und lachte wieder. „Gewiß ist's schändlich, carinetta, aber 's kommt vor. Ich glaub' nicht, daß der Antonio darüber spricht, allein alle Welt weiß es, denn sie sitzt in ihrem Jungferngemach und brütet Tag und Nacht, wie sie ihm vergelten will, daß er ihren Schimpf an den Tag gebracht. Aber erst müßte sie mit ihrer Sippe über unsere Häupter," setzte er, seine geballten Hände ausstreckend, gewichtig hinzu. Valenzia's Herz klopfte hörbar. „Ihr solltet das nicht sagen," versetzte sie rasch, „ein Mädchen, das einmal geliebt hat, kann nicht vergessen. Es wird sicherlich eher bedacht sein, den Geliebten zu retten, wenn ihm etwas droht."

Der Gondoliere blickte ihr gutmüthig in's Gesicht. „Du redest von Dir, bella benignita, und eurem Schlag," erwiderte er welterfahren, „aber die Großen sind vorsichtig und die Grabonigi vor Allem haben noch nie etwas vergessen."

Valenzia fiel ihm schnell in's Wort. „Kennt Ihr Don Antonio — ich meine, seht ihr ihn zuweilen?"

Der Gefragte warf sich in die Brust. „Er hat schon mit mir gesprochen," entgegnete er, „jeden Abend in der Dämmerung kommt er hieher und geht am Ufer auf und ab, wenn wir singen."

Ein freudiger Laut kam über Valenzia's Lippen. „Also singt Ihr selbst den Tasso?" fragte sie weiter.

„Antonio sagt, ich sei der beste Sänger," antwortete der Gondoliere stolz; „freilich den Tasso singen wir in letzter Zeit nicht mehr, Antonio hört lieber andere Dinge."

Er brach bedeutungsvoll ab und blickte auf ein Blatt, das Valenzia hervorgezogen. „Wollt Ihr heute Abend, wenn Foscarini hieher kommt, dieß singen, aber deutlich, daß er es versteht?" sagte sie hastig, ihm das Papier mit einem Goldstück in die Hand drückend. Der Schiffer starrte sie groß an und griff plötzlich an die Mütze. „Ja, Signorina," stammelte er überrascht.

„Vergeßt es nicht, wenn Ihr ein Freund Antonio Foscarini's seid," sagte sie, sich abwendend. Sie sprach den Namen Antonio so schmerzlich, daß Jener ihr antwortlos nachsah. Allein nach einigen Schritten kam sie nochmals zurück. Sie blickte dem Gondoliere eine Sekunde zögernd in das treuherzige Gesicht, dann flüsterte sie eilig:

„Und wenn er Euch fragen sollte, wie Ihr zu dem Liede gekommen, so sagt, verstoßene Liebe sei nicht todt und wache —“

Sie schluchzte heftig und eilte fort. Verwundert blieb der Gondoliere zurück und überlas nachdenklich die Zeilen in seiner Hand. Dazwischen betrachtete er kopfschüttelnd das Goldstück. Er prägte die erhaltenen Verse, wieder auf die Bank gestreckt, halblaut seinem Gedächtniß ein, dann summte er sie nach der Melodie der Stanzen des befreiten Jerusalems, der sie sich anpaßten, leise vor sich hin.

Es war eine wenig rege Zeit für die Miethschiffer, vorzüglich für diejenigen, welche ihre Dienste zu Lustfahrten auf den Lagunen ausboten. Venedig schien in diesem Jahr und seit Wochen immer mehr die Frühlingsfeier braußen zu vergessen. Es war, als ob Jeder sich seinem Hause möglichst nahe zu halten suchte und sich nur gezwungen weiter davon entfernte. Der Verkehr überhaupt schlich träge, die Stadt bot ein müdes, greisenhaftes Aussehen, als ob ihre Lebenskräfte mit denen ihres siechen Oberhauptes hinschwänden. Auch die Schiffer der Gegend, welche Valenzia aufgesucht, hatten heute keine andere Beschäftigung, als die Sonne zu betrachten und an ihrem langsamen Fortschritt die Stunden abzuzählen, der sie sich mit jener, dem Nordländer unbegreiflichen Gemüthsruhe lautlos hingaben. Kaum ein Wort unterbrach hie und da die nachmittägige Stille; die breite Wasserfläche lag spiegelnd ringsumher, allmälig ward sie grauer und die Dämmerung brach herein. Aus der Ferne erklang ab und zu ein leiser Gesang und erstarb

wieder; auch die Luft zum Singen hatte Venedig in letzter
Zeit verloren. Endlich mit dem Schatten des Abends belebte sich die Gegend. Ruderschläge ertönten und Gondeln
nahten heran. Die meisten blieben vom Ufer entfernt, nur
eine landete, und eine männliche Gestalt, in einen dunkeln
Mantel gehüllt, sprang an's Gestade. Es war Antonio
Foscarini, der in tiefes Nachdenken versunken einsam am
Wasserrand auf und nieder schritt. Er mußte es lieben,
daß Gesang seine Gedanken auf diesem Gang, den er all-
abendlich machte, begleitete, denn bei seinem Erscheinen erhoben die Schiffer ein Wechsellied, das eintönig, melancholisch in die Dämmerung hinausklang. Es sang den Beginn
von Venedigs Ruhm und pries die goldenen Tage seiner
Freiheit. Wie eine Klage ohne Trauer verbreitete es sich
seltsam ergreifend über den stillen Spiegel. Manchmal stand
Antonio lauschend und sprach die Worte, die nach der Wiederkehr und dem Bringer jener Zeit fragten, leise nach. Dann
setzte er schweigend seine Wanderung fort. Nun verstummten
die Töne eine Weile; plötzlich begann eine sonore Stimme,
die bisher geschwiegen:

> „Nach Deinen Fenstern schau' ich, wenn der Tag
> Mit Gold des Ostens graue Nebel säumet;
> Nach Deines Vaters stolzem Marmordach,
> Zu dem vergeblich sich die Woge bäumet.
> Mich halten Nachts die rothen Rosen wach,
> D'rin meine Liebe und mein Leben träumet,
> D'raus Deine gold'nen Locken niederwinken,
> Bis Thränenthau die müden Wimpern trinken.“

Antonio stutzte plötzlich und fuhr aus seinem Sinnen
empor. Er machte einen unwillkürlichen Schritt auf den
Sänger zu und murmelte: „Leonardo — ich kenne das

Lieb, er hat es mir gezeigt, als er es gedichtet." Doch
er hielt inne und horchte auf, denn der Gondoliere, der
gewartet zu haben schien, daß eine andre Stimme ihm ant=
worte, begann wieder:

> „O glaube nicht, daß ich den Hohn der Welt,
> Die finstern Brauen Deines Vaters scheue.
> Nicht wie die Flut, die ewig steigt und fällt,
> Unwandelbar ist meines Herzens Treue.
> Dein Zürnen ist's, das seine Sehnsucht schwellt,
> Das süßen Traum vergällt mit bitt'rer Reue —
> Und kann die Lippe Kunde Dir nicht bringen,
> In meinen Tönen soll es Dich umklingen."

Träumerisch hielt es den Fuß des Lauschers gebannt.
Wehmuthsvoll drang es in die Ferne, in die Welt hinaus
und schien wie bittend zurückzukommen und sich mit schmei=
chelndem Geflüster emporzuschwingen. Jeder andere Gesang
war verstummt, nur die zitternden Klänge vibrirten noch
über das schweigsame Gewässer.

„Valenzia," sagte Antonio leise, „es war an sie ge=
richtet. Heute klingt es, als riefe spät erwachendes Echo
es mir von ihren Lippen zurück." Er wiederholte den
Namen noch einmal weich, fast zärtlich und seufzte. „Glück=
lich Unglücklicher, Du überlebst den Tod, der Dir drohte,
als Du die weichen Reime fügtest, und Niemand warnte
Dich."

Er schauerte zusammen, der Sänger erhob zum dritten
Mal die Stimme. Allein sie klang verändert, fast wie
Frauenstimme, die Antwort gab, und unruhig und hastig.
Ein leiser Abendwind kräuselte den Spiegel der Lagunen
und trug die ängstlich anschwellenden Töne deutlicher noch
als zuvor an das Ohr Antonio's. Mit anderer Spannung

als den vorherigen Stanzen lauschte derselbe der jetzigen, die ihm fremd war:

> „Laß ab, laß ab und blicke um Dich her!
> Zu Hohes will Dein kühner Arm erringen.
> Vertraue nicht dem sich'ren Muth zu sehr,
> Hör' meine Worte, die Dir Warnung bringen:
> Schon unter Deinen Füßen grollt das Meer,
> Die Tiefe rauscht empor, Dich zu verschlingen,
> Ich sehe dunkle Schatten Dich umschleichen —
> Hab Acht, entflieh, bevor sie Dich erreichen —"

Antonio hatte immer sorgsamer Acht gegeben. Er lächelt, allein er blickte sich trotzdem bei dem vorletzten Verse unwillkürlich um.

„Das ist eine Warnung," murmelte er, „doch woher kommt sie mit den Worten Leonardo's? Bringt der Tod sie mir herauf?"

Er wandte sich schnell auf den jetzt verstummenden Gondoliere zu. „Was für ein Lied war's, das Du heute sangst, Freund?" fragte er.

Der Schiffer sprang, wie überrascht, mit respektvoll= vertraulichem Gruß auf. „Ich hab' es heute zum ersten Mal gesungen, Signor Antonio," antwortete er.

„Und woher lernst Du noch neue Lieder, Alter?" fragte dieser lächelnd weiter. „Solltest Du Dir in Deinen verständigen Tagen noch einen schwarzäugigen Schatz vom Lido gefischt haben, der Dich zum Gimpel macht und pfeifen läßt?"

„Perbacco, fast habt Ihr's errathen, Signor," brach der Gondoliere treuherzig aus, „sie sah just aus wie eine von den Dirnen von Malamocco, die mir die Verse da heute Morgen gebracht. Nur hat sie nicht nach mir gefragt, sondern nach Euch, und unter dem weißen Kopftuch war's eine Signora, denn sie hat mir ein Goldstück gegeben, wenn ich Euch die Verse am Abend singen wollte."

Er hielt inne und schien über etwas nachzudenken, während Antonio, wie von einem plötzlichen Traum erfaßt, an ihm vorüber in die dunkle Ferne starrte.

„Und dann hat sie hinzugesetzt," fuhr er fort: „Und wenn er Euch fragen sollte, wie Ihr zu dem Liede gekommen, so sagt, verstoßene Liebe sei nicht todt und wache — da hat sie geweint und ist eilig fortgegangen, Signor."

Der junge Edelmann hatte stumm sein Gesicht mit dem Mantel bedeckt. Er stand unbeweglich, nur seine Brust athmete heftig. Plötzlich kam ein erstickter, schluchzender Laut aus seiner Kehle, eine volle Börse klirrte vor die Füße des erstaunten Gondoliered und mit raschem Sprunge war der Patrizier in dem Fahrzeuge, das ihn gebracht, verschwunden. Die Ruder schlugen ein, die andern Gondeln, welche sich in der Entfernung gehalten, kamen herzu, und fragende Stimmen ertönten. Dann erscholl die Antonio Foscarini's dazwischen:

„Nein, nicht zu mir, nicht nach Hause. Die Nacht ist mild, wir wollen an's Lido hinüber fahren und die braven Fischer von Palästrina und Malamocco besuchen."

So ruhig er es sprach, schienen seine Anordnungen unbedingten Gehorsam zu beanspruchen und zu finden. Seine Gondel wandte sich vorauf, und die andern folgten hinterdrein, auf das Lido zu, von dem die Brandung des adriatischen Meeres leise durch die beginnende Nacht herübertönte.

Mit dem anbrechenden Morgen durchliefen seltsame

Gerüchte Venedig. In erster Frühe wogte die Menge an dem Palast Foscarini vorüber und starrte hinauf. Offen ging die Kunde von Mund zu Mund, daß Räuber die Abwesenheit des Besitzers benutzt und um Mitternacht in den Palast eingebrochen. Die Frechheit setzte in Erstaunen, doch hin und wieder schüttelte Einer bedenklich den Kopf über die Erzählung der Dienerschaft, daß nichts von Kostbarkeiten entwendet worden, obwohl die Diebe, wie an den gewaltsam eröffneten Thüren zu gewahren, bis zum Schlafgemach Don Antonio's vorgedrungen. Alle warteten gespannt, daß dieser selbst, über dessen Verbleib man nichts wußte, zurückkomme. Endlich ward der Wunsch der ungeduldig harrenden Menge erfüllt. Wie ein Schwarm von Seevögeln tauchten dunkle Punkte sich vom Lido nähernd auf. Bald vergrößerten sie sich zu zahlreichen Fahrzeugen, venetianische Gondeln vorauf, hinter ihnen kleine, leichtbewegliche Barken, in denen halbnackte, abenteuerliche Gestalten mit kühnen, seegebräunten Gesichtern saßen. An der Spitze ruderte die Gondel Antonio Foscarini's; auf seinen Wink lenkte sie in den Canal grande ein und der Zug bewegte sich an dem Palast Grabonigo vorüber. Der junge Edelmann stand stolz aufgerichtet in seinem Schiff, sein Gesicht leuchtete triumphirend, als es die Reihe seines Gefolges überflog. Plötzlich kam ihm eine Erinnerung, und er schlug die Augen zu dem oberen Stockwerk des Senatorenpalastes auf. Zwei rothe Rosen winkten hell aus grünem Blattgewinde eines offenen Fensters herab; es war, als ob ein goldener Schimmer dahinter aufglänze und verschwinde. Ein schwermüthiger Zug umschattete Antonio's Stirn; er legte die Hand auf's Herz und nickte leise mit dem Kopf. Da löste sich eine von den Rosen und senkte sich weit ausgeblättert, von der Luft getragen herunter. Hastig streckte er die Hand aus und ergriff sie, bevor sie das Wasser berührte. Der Zug ging weiter, er verbarg die Blume unbemerkt an seiner Brust. Vor seiner Wohnung empfing ihn die Nachricht von dem Einbruch der Nacht. Träumerisch, geschlossenen Auges hörte er die verschiebenenen Berichte an. Manchmal fragte er gedankenlos nach dem eben Vernommenen, seine Umgebung betrachtete ihn verwundert. Endlich fuhr er auf und gab seinem Bootsmann ein Zeichen.

„Zum Palast des Senators Grabonigo!" befahl er laut. Seine Freunde umbrängten ihn erstaunt. „Ich muß Rechenschaft von dem hohen Rath Venedigs verlangen," wiederholte er, verwirrt den Kopf abwendend. Die Menge jubelte zu den Worten, auf Blitzesflügeln durchlief die Kunde die Stadt. Nur seine Freunde waren erschreckt. „Du baust zu kühn auf den beweglichen Sinn des Volkes," flüsterte ihm die ängstliche Stimme eines Verwandten in's Ohr. Doch Antonios Finger schlossen sich krampfhaft um die Rose an seinem Herzen. „Ich muß," sagte er abweisend, „ich baue auf nichts als mein Recht, will nichts — nichts, als sie wiedersehen," setzte er leise für sich hinzu. Widerstrebend gehorchten seine Begleiter, und der Zug bewegte sich zurück. Balb erreichte er den Palast des Senators; die Botschaft seines Kommens mußte auch hieher vorausgeeilt sein, denn wie die Gondel die Freitreppe berührte, erschien Grabonigo auf der obersten Stufe derselben. Er war in volle Amtstracht gekleidet, der Scharlachtalar umfloß ihn und bedeckte wie ein Teppich den Boden um seine

Füße. Unbewegt, einer Bildsäule ähnlich stand er und erwartete den Edelmann, der seine Gondel verließ.

„Bleibt zurück," gebot Antonio, und die übrigen Fahrzeuge schlossen einen Halbkreis um die Treppe. Er selbst stieg, das Federbaret auf dem Haupte, die Stufen empor. Er schien fast vergessen zu haben, welcher Zweck ihn hiehergeführt, denn sein Auge suchte in der Höhe; erst die scharfe Stimme des Greises rief ihn zum Bewußtsein.

„Warum bringt Ihr in mein Haus, Don Antonio Foscarini?" fragte sie gebieterisch.

Vor dem schneidenden Klang der Worte fand der junge Nobile seine Sicherheit wieder. „Man ist in mein Haus gedrungen, Senatore," erwiederte er ruhig, „die Gesetze Venedigs verbieten die Selbsthülfe, ich suche mein Recht bei Euch."

Die Brauen Grabonigo's zogen sich finster zusammen.

„Ihr fordert Recht, es wird Euch werden, wie jedem Andern," versetzte er kalt. „Doch mit welchem Recht kommt Ihr zu mir, Rechenschaft zu fordern?"

Es lag Verachtung in dem eisigstolzen Ton, mit dem die Worte gesprochen wurden, die dem Edelmann das heiße Blut wallend in die Schläfe trieben. „Ihr vertretet die Stelle des erlauchten Oberhauptes der Republik," sagte er hastig, „jedes Kind Venedigs weiß, daß der Löwenrachen Alles kennt, was die Sonne nicht gewahrt, und ich selbst habe vor wenig Monden erfahren, daß Don Cesare Grabonigo den Urheber der geheimsten Verbrechen, wenn nicht zu nennen, doch zu verschweigen weiß."

Er sprach es stolz und die Hand wie herausfordernd an den Degen gelegt. Der Senator erbleichte geisterhaft.

— „Wagst Du es, frecher Knabe, die Empörung vor das Angesicht des Rathes der Republik zu tragen?" stieß er mit zornbebender Stimme aus. Plötzlich verwandelten sich seine Züge; ein schriller Ton klang aus dem Innern des Palastes, die Gestalt des Greises reckte sich gigantisch auf, er streckte den Arm aus und legte ihn auf die Schulter des Edelmanns und rief:

„Im Namen der Republik verhafte ich Dich, Antonio Foscarini, auf Hochverrath!"

Die mächtige Stimme des Alten rollte wie Donner über den breiten Canal, ein erstickter Ruf Antonio's, ein Schrei des Entsetzens aus den Gondeln drunten antwortete ihr. Doch im nächsten Augenblick war die Marmortreppe mit Bewaffneten bedeckt, die aus dem Innern des Palastes hervordrangen, und Antonio nach Kurzem Widerstand überwältigt. Allein seine Freunde säumten nicht, mit lauten Rufen: „Nieder mit dem Tyrannen, helft Antonio, dem Freunde des Volkes!" ermunterten sie die anstürmende Menge. Einen Augenblick schien es, als ob ein wilder Kampf sich entspinnen solle, da breitete der greise Triumvir gebieterisch die Hand gegen die Angreifer hinab und rief:

„Im Namen der Republik sichere ich Straflosigkeit Jedem, der sein Schwert einsteckt. Ihr schließt, der Rath Venedigs wachte über euch. Er hörte und sah Alles, doch er wartete, bis die rechte Stunde gekommen. Wollt ihr Sclaven sein? Wollt ihr der Herrschaft des Meeres entsagen? Mit dem Gaukelworte der Freiheit täuschte der Rebell eure bethörten Sinne, um euch zu Bettlern zu machen. Euren alten Feinden, den Fürsten des Festlands, bot er die Hand, die Feinde der Christenheit rüsten ihre Galeeren sein Werk zu vollenden —"

Wildes vielstimmiges Geschrei unterbrach ihn. „Beweise — wir wollen Beweise!" tönte es von den aufrührerischen Lippen. Der Senator gebot majestätisch Schweigen:

„Jeden Beweis, den ihr verlangt, wird der Richtspruch des hohen Rathes euch darlegen — nicht der Senat, die Republik spricht sein Urtheil."

Er hielt einen Moment inne, dann erhob er feierlich die Hand und deutete auf ein hohes Gebäude, das vom Rand des Canal grande über niedere Dächer wegschaute:

„Dorthin blickt," fuhr er mit machtvoll gesammelter Stimme fort, „dort stirbt der Doge Venedigs, und Antonio Foscarini hat ihn vergiftet!"

Wie ein Donnerschlag fiel das letzte Wort unter die tobende Menge. Entsetzt, betäubt flogen alle Augen herum und maßen den Dogenpalast; von den Thürmen begannen die Glocken zu wimmern, unheimliche Angst erfaßte die Versammelten und senkte ihre kampfbereiten Schwerter zu Boden. Umsonst feuerten die Freunde Foscarini's an, das eine Wort des Senators hatte alle Hände gelähmt, die uralte, geheimnißvolle Furcht vor dem entsetzlichen Tribunal der Republik bemächtigte sich dumpf und drohend aller Gemüther. Immer lauter heulten die Glocken, schnellgeruderte Galeeren mit Bewaffneten tauchten in der Ferne auf. Alles wies darauf hin, daß der Senat auf etwas Außerordentliches seit längerer Zeit vorbereitet gewesen und seine Maßregeln getroffen. Die Anhänger Foscarini's waren in der Stadt zerstreut, ihnen fehlte die Leitung, das entmuthigte Volk floh in allen Richtungen. Die Freunde Antonio's sahen, daß Alles verloren sei, und den Zusicherungen des Triumvirs nicht trauend, ergriffen sie ebenfalls in haftiger Eile die Flucht und suchten das schutzbietende Festland zu erreichen.

Die Sache Foscarini's war verloren, durch seine eigene Tollkühnheit, wie Jeder sagte. Wenige wußten, was er beabsichtigt, Niemand begriff den wahnsinnigen Vorsatz, mit dem er sich selbst den Händen seines Todfeindes überliefert. „Er hatte zu sehr auf den beweglichen Sinn des Volkes gebaut," raunte achselzuckend Mancher, der dem Volke angehörte, das ihn im Stich gelassen. Niemand glaubte den Anschuldigungen, die gegen ihn ausgesprochen, vorzüglich nicht der letzten. Aber sie hatten ihre augenblickliche Wirkung gethan. Die Empörung war mit fester Hand zurückgebändigt, bevor ihre Brandung die alten Grundvesten der Republik zu überfluten vermochte, und Jeder wußte, daß dieselbe Hand nicht innehalten werde, ehe das Werk Antonio's in dem Leben seines Urhebers erstickt sei.

Der Senator ging schweigend neben dem Gefangenen, der sich festen Schrittes von der Freitreppe in die Halle des Palastes führen ließ, die er vor wenig Monaten so oft mit anderen Gefühlen betreten. Die Erinnerung überkam Antonio, wie er sie zum ersten Mal gesehen. Der blutige Leichnam seines Freundes stieg wieder vor ihm auf, das bleiche Antlitz Valenzia's daneben — er stieß einen Schrei aus und suchte die gefesselten Arme zu heben — da stand es wieder, nur die gelösten blonden Haare, die ihm damals verborgen gewesen, fielen verwirrt um die Schläfe. Aber marmorweiß, wie damals, war es; unbeweglich stand es an die Säule gelehnt, ein ungeheurer

Kampf verzerrte beängstigend seinen lieblichen Ausdruck. Plötzlich schien sich der Kampf zu lösen, und Valenzia stürzte auf den Gefangenen zu.

„Habt ihr ihn," rief sie enthusiastisch, „rächt mich, gebt ihn mir, daß ich ihn mit den Armen ersticke!" Sie machte eine drohende Bewegung gegen Antonio — „Rache, ja Rache!" murmelte sie noch einmal klanglos, dann brach sie mit einem unheimlich düsteren Gelächter, wie leblos auf den Boden zusammen.

Riccardo, der mit den Söldnern hinausgetreten und die Gefangennahme Foscarini's geleitet hatte, eilte auf sie zu und hob sie vom Boden. Das Auge Gradonigo's ruhte wohlgefällig auf ihr. „Bringt sie hinauf, Riccardo," sagte er, „ich treffe Fürsorge, daß ihr Alles wird, was sie zu fordern vermag. Ihr habt wiederum meinen Dank verdient, berechnet, wie hoch ich in Eurer Schuld stehe." Er ertheilte Befehle für die Abführung Foscarini's, der noch auf demselben Fleck stand, wo Valenzia ihm erschienen. Mit blödem, entgeistetem Antlitz starrte er in die Richtung, aus der ihre Worte erklungen. Es stieg irrsinnig in seinen Augen auf: „Lüge, Lüge, Alles, das ganze Leben," murmelte er dumpf. Dann rasselten seine Ketten, wie er plötzlich gewaltsam in die Brust griff und die rothe, halbverwelkte Rose hervorriß. Heftig preßte er sie noch einmal an seinen Mund und sog mit geschlossenen Augen ihren Duft ein; dann warf er sie mit gellem Hohngelächter zu Boden und zertrat sie mit dem Fuß. Doch im selben Augenblick schwankte seine hohe Gestalt und er fiel besinnungslos rückwärts in die Arme der Wächter, die ihn auf die Anordnung des Senators schnell in den Kerkerverließ des Palastes hinabtrugen. Gradonigo folgte ihnen und verschloß mit eigener Hand die schwere Eisenthür, die dumpf= krachend zufiel. Darauf begab er sich eilig in seine Ge= mächer zurück. „Der hohe Rath wird sogleich erscheinen," meldete ein Bote, der ihn droben erwartete, und ungedul= dig harrend schritt der Triumvir in dem hallenden Saal auf und ab.

Als Antonio zur Besinnung gelangte, befand er sich in einem engen, fast lichtlosen Gemach, in das nur hoch oben ein bleicher, verschleierter Schein hereinbrach. Er tastete mit der Hand um sich; die Wände waren feucht, ab und zu fiel ein rieselnder Tropfen hörbar zu Boden. Sonst war es todtenstille um ihn her, nur an einer Seite ging ein einförmiges Gemurmel fort. Es waren die Wellen des Canal grande, die ihm von der Außenwelt er= zählten.

Eine Weile horchte er gedankenlos mit fiebernder Stirn, allmälig kam ihm das Gedächtniß zurück. Er fuhr entsetzt auf und schlug mit seinem Kopf gegen die Wände; dann wimmerte er schluchzend: „durch sie — durch sie," und kauerte sich, kalt überschauert, auf den feuchten Boden und barg das thränenüberströmte Antlitz in den Händen.

Sonnenüberglänzt, sommerheiß lag Venedig draußen. Es war der Vorabend des festlichsten Tages, den die Lagu= nenstadt besaß, des Himmelfahrtstages, an dem die stolze Republik feierlich durch die Hand ihres Dogen ihre Ver= mählung mit dem Meer bestätigte. Rege Zurüstungen aller Klassen, prunkvoll dem heiligen Ceremoniell beizu= wohnen, belebten sonst die Stadt; heute war Alles wie jeder Zukunftsfreude erstorben. Venedig schien wie ein

weiter Friedhof, an dessen Grabsteinen unbewegliche, erzge=
kleidete Statuen Wache hielten. An jeder Straßenecke fun=
kelten Hellebarden im Sonnenlicht, das Zusammenstehen
von mehr als drei Personen war durch öffentlichen Aus=
ruf verboten. Die Umgebung des Palastes Grabonigo, in
welchem der hohe Rath bereits seit Stunden versammelt
saß, starrte von Waffen. Wer in der letzten Zeit Verdacht
auf sich gelenkt zu haben glaubte, war entflohen; die es
nicht vermochten, erharrten in banger Befürchtung die Nacht.
Ein förmliches Spalier von Bewaffneten war zwischen dem
Dogenpalast und dem des Senators gebildet, durch das
rastlos Boten auf und ab eilten. Der Senat schien, von
geheimnißvollen Umständen gedrängt, mit ungewöhnlicher
Schnelligkeit zu verfahren. Kunde drang nach Außen, daß
der Löwenrachen eine ungeheure Flut von Anschuldigungen
über Foscarini ausgeschüttet, deren geringste hinreichend
sei, ihm wegen Rebellion und Verraths der Republik den
Prozeß zu machen. Gesindel aller Art mit zweideutigem
Gesicht, verkommene Tagdiebe aus den Fischerorten des
Lido, wo Antonio die letzte Nacht verweilt, wurden in den
Sitzungssaal des Raths eskortirt und kamen mit schaden=
frohen Mienen zurück. Der Tag sank; schon mit dem Be=
ginn der Dämmerung drang das Gerücht von neu statt=
findenden Verhaftungen erschreckend in die Häuser. Der
Senat hatte sich aufgelöst, doch der hohe Rath sollte be=
schlossen haben, den Morgen zu erwarten und die Nacht
mit Urtheilssprüchen zu füllen. Niemand wußte genau,
was vorging, um so größer war die Beängstigung.

Nur droben in dem Gemach, das über dem düsteren
Saal der Triumvirn lag, war alle Angst verschwunden.

Wie eine in's Leben zurückgerufene Leiche schritt das Kind Gradonigo's dort auf und ab. Valenzia's Auge war fest, ihre Hand zitterte nicht bei dem was sie that; ihr allein schien die Zeit zu schleichen, die den Andern wie auf flammenden Hufen entrann. Eiseskalt, wie erstarrt war ihr Körper, alles Leben war in ihre Stirn zusammengedrängt und verrieth ihr waches Bewußtsein. Langsam kam ein Gedanke nach dem andern, und sie zwang ihn in seine Ordnung: klar, unabänderlich und fertig lag das Kommende vor ihr, und sie harrte geduldig. Endlich brach die Dämmerung herein, und Valenzia kleidete sich in ein graues Gewand, das der Farbe des sinkenden Tages entsprach. Es war eine Nonnenrobe, die bis an den dunklen Schleier hinaufstieg und ihren Körper faltig umschloß. Sorgsam befestigte sie die lange Schleppe des Kleides, damit es ihre Bewegungen nicht hemmte. Ein bleiches Lächeln spielte um ihre Lippen: „Zu anderem Zweck, mein Vater, als Du gemeint — vielleicht zu demselben." Sie befestigte ein breites, weißes Kreuz auf der Brust und füllte ihre Tasche mit Goldstücken, die sie vorsichtig in ein seidenes Tuch band, um ihr Klirren zu verhindern. Dann warf sie noch einen letzten Blick auf die einsame Rose am Fenster und verließ, den Schleier dicht über das Antlitz geschlagen, das Gemach. Sie stieg die Treppe hinunter, wer ihr begegnete wich ihr ehrerbietig aus und bekreuzte sich. Doch gab Niemand weiter auf sie Acht; Jeder lag seinen eigenen Gedanken ob, das Erscheinen frommer Schwestern bei ungewöhnlichen Ereignissen, die einen trüben Ausgang zu nehmen drohten, war aus alter Zeit gebräuchlich, und der religiöse Geist der Zeit drängte selbst die rohe Soldateska, ihren Saum zu küssen und sie um ihre Fürsprache zu bitten.

Drunten wandte Valenzia sich von dem Flur ab und durchschritt die leeren Gemächer des Palastes. Es war fast lichtlos darin; durch die Zimmerreihe tastete sie sich an eine Nebenthüre des Saales, in welchem die Triumvirn saßen. Eine schmale Oeffnung verstattete ihr undeutlich zu gewahren, was vorging. Das weite Gemach war düster erleuchtet; der Rath umgab einen schwarzverhängten Tisch, auf dem eine rothe Urne stand. Gerade vor ihr an einem Nebentisch saß das blaße Gesicht Riccardo's: manchmal beugte es sich nieder und die Hand darunter machte ein schnelles Zeichen auf das Blatt, das vor ihr lag. Ihren Vater sah Valenzia nicht, sie vernahm nur seine gedämpfte Stimme. Dazwischen erklangen die der beiden andern Triumvirn. Sie nannten viele Namen, manche, die Valenzia als diejenigen vornehmer, junger Edelleute kannte; die meisten waren ihr fremd. Nach jedem Namen trat einen Augenblick Stille ein, die erst wieder durch den Klang von Kugeln, die in der Urne aufschlugen, unterbrochen wurde. Dann sprach Grabonigo „schwarz", oder „weiß", fast immer das Erstere, und ein anderer Name ward genannt. Nur der Foscarini's befand sich nicht darunter. Oft begann ein Name ähnlich, und Valenzia preßte das Ohr fester an die Thür. Endlich ward er genannt, doch nicht in der Weise wie die frühern. Die Reden wurden noch leiser als zuvor geführt, daß sie die Lauscherin nur mit Mühe verstand.

„Es wäre besser, ihn mit schnell wirkendem Gift fort=

zuräumen," sagte eine fremde Stimme, „die Erregbarkeit des Volkes ist bei öffentlichem Gericht zu fürchten."

Grabonigo unterbrach ihn: „Die Ehre meines Hauses ist öffentlich beschimpft und muß vor den Augen Venedigs gerächt werden. Meine Tochter kann es begehren, wie ich."

Doch der dritte Triumvir fiel ihm ebenfalls ruhig in's Wort: „Ihr vergeßt, Don Cesare, daß das Wohl der Republik nicht um die Wünsche eines Mädchens fragt. Zudem seid Ihr Vater, und Eurem Auge ist die Schärfe geraubt. Ich glaube nicht, daß Eure Tochter so gewaltsam nach dem Blute ihres früheren Verlobten begehrt, als Ihr annehmt."

Grabonigo's Lippen mußten vor Erregung zittern.

„Wer gibt Euch das Recht, Monsignore, den Schimpf solcher Anschuldigung auf meine Tochter zu laden?" stieß er heftig aus.

„Ich habe Niemand angeschuldigt," entgegnete der Gefragte kalt, „ich sage nur, Antonio Foscarini war heute Nacht gewarnt, und es wußte Niemand um den von uns gefaßten Anschlag als wir und Eure Tochter, der Ihr denselben, wie Ihr erklärt habt, mitgetheilt. Meine Nachforschung hat ermittelt, wie die Warnung an ihn ergangen, daß sie ihm am Abend vorher in einem Liede zugekommen, das eine als Bäuerin verkleidete Signora einem Sänger in den Lagunen übermacht. Ich habe nicht angeklagt, allein ich stimme dem Antrag über den Tod Foscarini's bei und füge meinen Wunsch hinzu, daß er noch in dieser Nacht in vergiftetem Nachttrunk sein Urtheil empfange."

Eine Pause trat ein; Valenzia hörte die Brust ihres

Vaters keuchen. Dann erwiberte er mit gewaltsam zurück=
gepreßter Stimme:

„Meine Tochter soll sterben, wie die andern, wenn
Ihr recht habt, Don Urbano. Bringt mir Beweis, doch
sonst verlange ich Genugthuung von Euch vor dem Senat.“

Der eisige Ton der Worte durchschauerte Valenzia,
obwohl ihre Lippen ruhig lächelten. Der Klang dreier
zugleich fallenber Kugeln unterbrach die plötzliche Stille
des Saals.

„Ich füge mich dem Spruche des Rathes,“ sagte nach
einigen Sekunden Grabonigo bumpf, „er stirbt durch Wein,
den Ihr ihm zur Nacht reichen laßt, Riccarbo. Die
Schlüssel des Kerkers liegen in meinem Schlafgemach, zu
Häupten des Betts. Laßt ihn geöffnet und Wachen davor,
die Bericht erstatten.“

Valenzia stieß einen leisen Freubenschrei aus und
wollte sich in das angebeutete Zimmer begeben, doch zugleich
ertönten Schritte gegen die Thür, und sie vermochte sich
kaum in einen Winkel zu Boben zu kauern, als diese sich
bereits öffnete unb Riccarbo hervortrat. „Es ist keine
Zeit zu versäumen,“ hatte eine Stimme nach der Grabo=
nigo’s gesagt und der Schriftführer mit einer Verbeugung
seinen Sitz verlassen. Er kam dicht an Valenzia vorüber,
sein Fuß berührte fast ihr Kleib. Im Dunkel tastete er
sich durch das Zimmer unb murmelte halblaute Worte.
Hinter ihm erhob sich die ungeahnte Lauscherin und folgte
lautlos. Ihr Kopf glühte plötzlich, die frühere Besonnen=
heit hatte sie verlassen, und namenlose Angst durchkreuzte
mit sinnlosen Entwürfen ihr Gehirn. „Wenn ich ihn töb=
tete,“ stöhnte es tonlos in ihrer Brust; sie betastete ohne

Besinnung ihren Körper, aber sie fand keine Waffe. Vor ihr klirrten die Schlüssel im Dunkel; Riccardo hatte sie tastend erreicht und begab sich auf einem andern Weg in die Vorhalle.

„Die stolzen Narren ahnen nicht, daß sie der Spielball meiner Hände sind," murmelte er, „daß ich sie dem siechen Leib im Herzogspalast nachsenden könnte." Er hielt einen Augenblick mit Fuß und Zunge inne. „Der Verrath haßt das Werkzeug und fürchtet es," fuhr er fort, „ich traue dem kalten Greise nicht, sein Auge blickt zu freundlich — wenn ich auch verrathen und er ein größerer Meister wäre, als ich gedacht? Wer traut dem Andern unter diesem Dach?" Er lachte höhnisch auf. „Wer würde glauben, daß Alles das Werk eines Menschen sei, der die Gedanken der Klugen lenkt wie Puppenfäden? Valenzia — Valenzia —" ächzte er in wilder Leidenschaft auf — „um Dich, um Dich."

Die Gerufene klammerte die Hände krampfhaft um einen Tisch, ihren verrätherischen Athem zu ersticken. Sie blieb noch stehen, als Riccardo sich entfernt hatte, endlich folgte sie ihm nach. Draußen ertheilte er Befehle und händigte die Schlüssel dem Gefängnißwärter aus. Valenzia prägte sich jedes Wort ein und wartete, bis er in den Rathssaal zurückkehrte. Nach einer Weile kam der Kerkermeister, der ihm gefolgt, wieder herab; er trug einen mit Wein gefüllten Pokal auf einer Platte, Valenzia trat muthig an ihn hinan.

„Laßt mich den Segen über den letzten Trunk eines Unglücklichen sprechen," sagte sie mit fester Stimme. Der Träger bekreuzte sich bei ihrem Anblick und bot ihr die

Platte bar. „Nein, nicht hier," fuhr sie sicher fort, „die Nähe der Schwerter würden ihn entweihen, führt mich an einen stilleren Ort."

Der Wärter machte ein dummes, demuthsvoll-gläubiges Gesicht.

„Ertheilt auch mir etwas von seiner Kraft, ehrwürdige Frau," erwiderte er, „ich bin ein armer Mann, der dessen bedarf." Er hieß sie folgen und schloß die Thür zu dem Gang, der in's unterirdische Geschoß hinabführte, auf. Kalte, widrige Luft kam ihnen entgegen; der Wärter schritt mit einer trüben Lampe voran. Plötzlich faßte die Nonne seine Schulter. „Ihr seid arm, aber fromm," sagte sie; „den Frommen kann es nicht schlecht ergehen."

Er seufzte: „Ich würde die Messe öfter besuchen, wenn mein unchristlicher Dienst es erlaubte."

Valenzia fiel schnell ein: „Die Kirche begnügt sich mit dem guten Willen und hilft Euch, wenn Ihr bereit seid, ihr zu helfen." Sie zog eine Handvoll Goldstücke hervor, auf die Jener dummverdutzt hinstarrte.

„Die Kirche setzt Alles daran, daß ein Sünder nicht ohne ihre heilige Tröstung sterbe," fuhr sie eilig fort, „nehmt den Lohn und laßt mich dem Gefangenen den Kelch bringen. Ich ertheile Euch Absolution für die That, die Ihr begehen wolltet. Ihr standet im Begriff, einen Mord auf Eure Seele zu laden, denn dieser Wein ist ver=giftet."

Der Kerkermeister machte eine Bewegung des Ent=setzens, während er gierig die funkelnden Dublonen in seiner Hand betrachtete. „Wie soll ich Euch danken, hochwürdige Frau?" stammelte er.

„Kommt um Mitternacht, wenn die Unruhe des Hauses sich gelegt hat und holt mich zurück; ich werde langer Sammlung zum Gebet bedürfen," erwiderte Valenzia, „und geleitet mich still hinaus, wie es nach heiliger Handlung geziemt."

Sie nahm das Licht aus seiner Hand und trat in den Kerker, den er aufgeschlossen, ein. In der Thür wandte sie den Kopf. Sie glaubte ein leises, spöttisches Lachen in der Richtung zu vernehmen, in welcher der Wärter sich entfernte, doch der Anblick, der sich ihr darbot, lenkte schnell ihre Gedanken ab.

Vor ihr auf dem nassen Boden ausgestreckt lag Antonio und schlief. Seine Züge waren bleich, aber ruhig, fast glücklich. Er träumte, seine Lippe bewegte sich und sagte lächelnd mit unendlich zärtlichem Klang: „Valenzia." Dann verfinsterte sich plötzlich seine Stirn, seine Brust begann zu keuchen und er wiederholte den Namen hart und verächtlich mit zusammengepreßten Lippen. Valenzia, die ihn, Alles umher vergessend, mit strahlenden Blicken betrachtet hatte, stieß einen traurigen Schrei aus, und der Schläfer erwachte. Er sprang auf und fuhr, von dem Licht geblendet zurück. „Was willst Du? Kommt ihr, mich zu ermorden?" fragte er verwirrt.

Der Nonne versagte die Stimme. „Eine Schwester kommt, Euch Hülfe zu bringen, Antonio," hauchte sie. Der Edelmann stutzte, seine Augen suchten die verhüllte Gestalt zu durchbohren. „Hat meine Hand nicht schon einmal den Schleier von diesem Haupt gerissen?" stieß er heftig aus, indem er den Arm ausstreckte und mit raschem Griff die Hülle von der Stirn des zitternden Weibes fortzog. „Da

— bist Du's wieder, blonde Schlange," schrie er auf, wie das goldene Haar vor ihm aufglänzte. Sein Auge irrte umher — „und bringst mir Wein," fuhr er hastig fort, „und glaubst, ich sei zum britten Mal ein Wahnsinniger, ben Pokal an die Lippen zu setzen, ben Du vergiftet hast?"

Valenzia hatte beide Hände auf ihre keuchende Brust gepreßt. „Antonio," stammelte sie.

Ein seltsamer schmerzensmatter Zug flog über sein Gesicht. „Nein," begann er langsam mit trauriger Stimme wieder, „Du willst mir Gutes bringen, ich will boch trin= ken. Ich bin burstig und müde und möchte das Herz stillen —"

Er bückte sich und nahm haftig den Becher von der Erde. „Antonio," schrie Valenzia entsetzt, ihm den Trunk von den Lippen entreißend, „der Wein ist vergiftet!"

Er lächelte bitter: „Warum mußt Du es mir sagen? Du konntest mich trinken lassen, wie einst, wenn Du mir bas Glas botest, bas Deine Lippen genetzt, Valenzia. Was mußtest Du bas giftigere Wort noch bazu schütten?"

Er hielt schluchzend inne. „Ich bin nicht Antonio Foscarini mehr," flüsterte er schmerzlich, „ich war es noch, als schon die Hand der Schergen auf meiner Schulter lag — eine Rose traf mich in's Herz — da war ich's nicht mehr. Valenzia — warum hast Du den Becher mir nicht kredenzt, ehe Deine Lippe sagte, wer mich verrieth!"

Es kam wie ein wilder Aufschrei namenloser Verzweif= lung aus seiner Brust, Valenzia's Kniee brachen unter bem bitteren Jammer, der sie überflutete. „Ich liebe Dich ja, Antonio," stotterte sie, kraftlos seine Schultern wie eine Stütze umfassend, „und liebte Dich, als Deine Hand mich von sich stieß und mich beschimpfte. Mit den Zügen des Hasses hat meine Liebe über Dir gewacht — mein Mund war klug und falsch und rief: Rache! doch alles Blut meines Herzens jauchzte bei Deinem Anblick und rauschte: Liebe — Liebe — — Ist's denn Rache, Antonio, daß ich komme, um Dich zu retten?"

Er hatte sich zu Boden geworfen und bedeckte stumm ihre Hände mit Küssen. Hastig, mit glänzenden Augen fuhr sie fort: „Du bist verurtheilt und solltest durch den Wein sterben, den man Dir reichte. Aber ich habe den Kerkermeister bestochen und Dir selbst den Becher gebracht und um Mitternacht bist Du gerettet und befreit."

Er hörte nicht, er schlug nur die Blicke zu ihr auf.

„Warum?" sagte er zitternd, „Du liebst mich, Du warst nicht falsch — die Welt ist ein Gefängniß ohne Dich." Besinnend hob er die Stirn: „Nein, es ist doch nicht Alles verloren," setzte er stolz hinzu, „meine Freunde werden diese Riegel sprengen und mit dem Schwert werde ich Dich von Deinem Vater fordern."

Valenzia lächelte traurig. „Deine Freunde waren feig und sind geflohn. Du bist ganz allein, Du hast Niemanden als mich."

Der Gefangene ließ starr die gehobenen Arme sinken. „Gib mir den Becher, Valenzia," sagte er langsam, „ich will trinken."

Sie hielt sanft seine Hand. „Nicht ohne mich," erwiederte sie liebreich, „und nicht, so lange ich Dir bleibe. Du hörtest mich nicht; um Mitternacht öffnet sich Dir der Kerker und Du wirst fliehen —"

„Mit Dir," fiel Antonio heftig ein, „ja, mit Dir an

das Ende der Welt, auf unentdeckte, glücklichere Inseln als diese, wo kein Verrath im Dunkeln schleicht, wo nur die Liebe wacht — komm' schnell, komm'!"

Antonio umfaßte Valenzia besinnungslos und zog sie gegen die Thür; doch sie hatte ihre Ruhe und Ueberlegung wieder gefunden und drängte sich abwehrend an ihn. „Nein," versetzte sie ernst, „nur Einer kann von hier gehen, nur in dieser Tracht —" sie streifte deutend über ihr Gewand — „im Dunkel der Nacht wird es den Wärter täuschen, daß Du die Straße erreichst —"

Antonio starrrte sie an. „Und Du?" stotterte er.

„Ich bleibe hier, bis man die Täuschung entdeckt —"

„Und der kalte Zorn Deines Vaters, die Nachsucht sich auf Dich entladet. Du denkst von mir, wie Du meine Freunde genannt, feig und erbärmlich, wenn Du glaubst —"

Doch Valenzia fiel ihm weinend zu Füßen. „Flieh, Antonio, rette Dich für mich, für uns. Du wirst die Muthlosen sammeln, an ihrer Spitze wirst Du zurückkehren und mich finden, wohin ihr Zorn mich verbergen mag. Wir sind Beide verloren, wenn Du nicht gehst. Für das Letzte bleibt mir das Letzte," — sie zog ein Krystallfläschchen hervor und füllte es aus dem Pokal — „der Trunk, der für Dich bestimmt war; er wird süß schmecken, wenn ich denke, daß er Dich tödten sollte und ich ihn abgewandt. Doch nein," setzte sie schnell hinzu, als sie gewahrte, daß seine Stirn sich wieder verdüsterte, „ich werde seiner nicht bedürfen. Du wirst kommen und wir auf dieser Insel glücklich sein, wo wir uns geliebt, verloren und wieder= gefunden. Eile, eh' der Augenblick uns überrascht, uns täuscht die Zeit!"

Er kämpfte. „Und kann nur Einer fliehen?" stöhnte er in ungeheurem Schmerz. Sie nickte, indem sie die Hand an ihr Gewand legte. „Wende Deine Augen," bat sie mädchenhaft.

Von seinen Gedanken überwältigt, gehorchte er. Brütend stand er wie betäubt; plötzlich fuhr er auf und wandte sich. „Es wäre ehrlos, ich bleibe," rief er.

Valenzia stieß ein doppelten Schrei des Entsetzens und der Scham aus. Sie hatte ihre Verhüllung abgelegt, und stand mit entblößten Schultern, auf die das volle Haar niederfloß. Doch die Angst überwog. „Du tödtest uns, Antonio," flehte sie.

Allein er achtete nicht auf den Sinn ihrer Worte, wie Nebel zerrann die Gegenwart, die Gefahr um ihn, und er sah nur sie in ihrer entfesselten Schönheit. Trunken umschlang er sie mit den Armen und küßte ihr Haar, ihren Nacken; mit Küssen erstickte er die bange Angst auf ihren Lippen. „Was droht der Tod nach solchem Augenblick," stammelte er. „Laß sie kommen, sie finden keine Sehnsucht mehr, die sie nehmen könnten."

„Valenzia's Glieder zitterten, ihre Brust wogte, mit glühenden Augen der Liebe erwiederte sie seine Umarmung. Noch einmal entrang sie sich seinen ungestümen Armen und sagte feierlich: „Schwöre mir, daß Du Dich retten willst für uns!"

„Ja, ich schwöre," antwortete er besinnungslos und küßte sie, und das blonde Haar an seiner Brust verbergend, sank sie ihm lautlos in die Arme zurück.

Droben saß der hohe Rath noch immer in dem düsteren Saal. Eintönig fielen die Kugeln fort in die Urne; in dem Senatorenpalast hatten athemlose Boten den Senat versammelt und eilten zwischen beiden Orten hin und her. Ein neues Ereigniß mußte hinzukommen; gewichtig bedeutungsvoller Ernst lag auf allen Gesichtern. Die Triumvirn beriethen jetzt allein, selbst der Protokollführer war entlassen. Vor der Thür des Saals erwartete ihn der Gefangenwärter, der ihn bei Seite nahm und eifrig mit ihm sprach. Bei den ersten Worten desselben stieß Riccardo einen unwillkührlichen Laut aus, dann hörte er schweigend zu, bis jener geredet.

„Es ist gut, wir wollen die Heiligkeit erproben und sehen, ob wir ihrer Gnade auch theilhaftig werden," sagte er, „ruft mich." Der Kerkermeister lachte verschmitzt und ging; Riccardo begab sich, anscheinend gelassen, in den Corridor hinüber. In seinem Gemach schritt er hin und wieder; er zwang sich zur Ruhe, doch die Aufregung flammte in seinen Augen und stieg mit jeder Minute. Er häufte mit zitternder Hand Kleinodien von ungeheurem Werth, die in den Geheimfächern verborgen lagen, zusammen und steckte sie mit einigen Rollen gemünzten Goldes zu sich. Die übrigen schob er verächtlich zurück. „Sie würden nur beschweren," murmelte er; „der Zufall ist ein größerer Gönner als eine Berechnung. Wie unmächtig war mein Thun ohne ihn; mein Werk ist nutzlos gethan, und ich lasse es Andern. Ich brach den Felsen zusammen, um den Edelstein in seinem Innern zu fassen — nun rollt er von selbst vor meine Füße und ich brauche mich nur zu bücken und ihn aufzuheben."

Seine Brauen runzelten sich einen Moment finster in einander. „Wenn sie stark wäre und trotzte," stöhnte er mit gepreßten Zähnen. Doch er lachte sogleich spöttisch auf: „Ein Mädchen ist nie stark — sie muß, sie wird —"

Er fuhr empor, drei dumpfe Schläge kamen aus dem Dunkel und verkündeten die Mitternacht. Riccardo warf einen langen, schwarzen Mantel um die Schultern und eilte hinab. Drunten traf er den Gefangenwärter, der bereits im Begriff stand, sich die Treppe hinauf zu begeben. Er warf einen prüfenden Blick umher auf die schläfrig aus= gestreckten Wachen, die in der Vorhalle zerstreut lagen. „Dämpft Euer Licht," flüsterte er, „daß Niemand die allzu eifrige Schwester gewahrt, wenn ich sie dem hohen Rath bringe. In welches Verließ habt Ihr sie gebracht? Ich hoffe, Ihr seid galant gewesen und habt nicht den schlimmsten ausgesucht."

Sie hatten den nach unten führenden Gang betreten, der Kerkermeister blickte den Fragesteller verwundert an. „Wohin?" antwortete er lachend, „ich habe sie mit dem Todeskandidaten zusammengesperrt, wohin sie wollte."

Ein gräßlicher Fluch entrang sich Riccardo's Lippen. Er taumelte gegen die Wand — „zu ihm, zu Foscarini?" stotterte er, von leichenhafter Blässe überströmt.

Der Wärter nickte phlegmatisch. „Entwischen können sie zusammen so wenig wie er allein."

Riccardo lehnte noch mit ächzender Brust an dem Ge= mäuer, nur seine Augen funkelten mit thierischer Wildheit über das Gesicht des Wächters. „Dein Kopf soll mir da= für bezahlen," knirschte er dumpf zwischen den Zähnen. In den listigen Augen des Bedrohten blitzte es höhnisch auf, er wog eine Sekunde die schweren Schlüssel in der Hand und hob sie halb im Rücken Riccardo's in die Höhe.

„Oeffne, laß die Nonne hervor und entferne Dich!“ herrschte dieser, in einen unbeleuchteten Winkel zurücktretend.

Der Kerkermeister gehorchte langsam; die Thür krachte und die Nonne, die bereits gewartet zu haben schien, trat eilig hervor. Sie drückte schweigend, ohne den über das Gesicht gezogenen Schleier zu heben, wiederum einige Goldstücke in die Hand des Oeffnenden; im Hintergrunde der feuchten Zelle lag der Gefangene mit gekreuzten Händen vor dem Kreuz, das jene getragen, auf den Knieen. Dann klirrte das Schloß zu, und der Wärter ging mit gesenktem Kopf zögernd voran. Die Nonne folgte ihm einige Schritte, als eine Hand von hinten ihre Schulter berührte. Sie wandte sich um, es war fast lichtlos in dem Gang, undeutlich nur war die dunkle Gestalt Riccardo’s zu erkennen.

„Schöne Nonne,“ flüsterte er, „ich kenne Dich, Du wolltest Deinem Feinde Trost bringen und bedarfst selbst der Hülfe. Entflieh mit mir, Valenzia, ich liebe Dich mehr als zehn Antonio’s vermöchten. Ich habe geschwiegen bis heute und die Verachtung erdulbet, mit der Dein stolzer Blick den Diener Deines Vaters zurückstieß, aber seine Hand hat Leonardo getödtet, weil er es gewagt hatte, Dich zu berühren; der Schimpf, den Antonio Dir angethan, ist sein Werk, durch mich stirbt Venedigs Doge, weil ich den Hermelin um Deine Schultern werfen wollte. Kein Fürst der Erde hat für seine Geliebte gethan, was ich für Dich vollbracht. Alles ist zur Flucht bereit — hier erwartet Dich der Tod. Dein Vater hat dem Rath geschworen, Dein Leben nicht zu achten, wenn der Beweis in seinen Händen ist, daß Du Foscarini gewarnt —“

Die Nonne hatte bis jetzt regungslos gestanden, ein

Schrei, der Riccardo stutzen ließ, ertönte bei den letzten Worten unter dem Schleier. Hastig die Hand nach demselben ausstreckend, riß er ihn fort, und das bleiche Antlitz Antonio's erschien geisterhaft über dem Nonnengewand.

„Verruchter!" stieß der Edelmann mit zornfunkelnden Augen aus und hob die wehrlose, geballte Hand. Doch Riccardo parirte gewandt den Schlag und umklammerte ihn. Dann rief er den Wärter, der zaudernd herbeikam und ihm half, den ringenden Antonio zu überwältigen. Der Kerkermeister sperrte eine andere Zelle auf und schob ihn hinein. „Es war ein Irrthum," bemerkte er, Riccardo hämisch angrinsend; — „hat der feine Herr sich etwas abgekühlt, Signore?"

Er bückte sich und hob einige Juwelen vom Boden, die jenem bei dem Kampf aus der Tasche geglitten.

„Das wäre, wenn ich mich recht darauf verstehe, Unterhalt für ein genügsames Leben," murmelte er, die Edelsteine betrachtend, gierig zwischen den Zähnen, allein Riccardo riß sie ihm ungestüm aus den Fingern.

„Du wirst nicht viel mehr bedürfen, verrätherischer Schurke," knirschte er; „zurück zu ihr, und öffne!" befahl er herrisch.

Der Wärter wog einen Augenblick seine Kraft gegen die der vor ihm befindlichen, gedrungenen Gestalt ab, deren Stärke er eben bewundert hatte, dann kam er, scheinbar demüthig, dem Befehl nach. Er ging an den Kerker zurück und öffnete die Thür, auf deren Schwelle Valenzia, die ängstlich dem Kampfe gelauscht, bleich und zitternd in den Kleidern Antonio's stand. Riccardo stürzte ihr besinnungslos entgegen; Valenzia stieß bei seinem Anblick einen Schrei aus und wollte zurückweichen. „Du —" stammelte sie, „Du, Entsetzlicher?" Doch im selben Augenblicke packte die Faust des Wärters sie und schleuderte sie wie eine Feder in den Gang hinaus. Riccardo drehte sich wuthschnaubend um; er fühlte, daß die knarrende Thür seine Schulter berührte. Zugleich erhielt er einen Stoß, dem seine Kraft trotzte, instinktiv warf er sich mit seiner ganzen Stärke herum. Ein heiseres Hohngelächter ertönte vor ihm; „Du wirst keinen um seinen Kopf mehr bringen und Deine Schätze nicht mit Dir verfaulen," grinste das tückische Gesicht des Kerkermeisters, der seine riesige Brust gegen die Thür stemmte und sie mit dumpfem Krachen in's Schloß preßte. Dann kreischte der Riegel, die Felsen= mauern erstickten den wilden Verzweiflungsschrei des neuen Gefangenen, der irrsinnig wider die regungslosen Eichen= balken der Thür antobte, und die Schlüssel klirrten den düsteren Gang hinauf.

Valenzia war, ohne den seltsamen Zwischenfall zu be= greifen, mit rascher Geistesgegenwart davon geeilt. Alles war finster um sie her, sie rief laut Antonio, bis seine Stimme ihr schwach zurücktönte. Endlich hatte sie den Kerker gefunden, in dem er auf's Neue gefangen war; ihre feinen Hände zerrten mit der Kraft des Wahnsinns an dem schweren, verrosteten Eisenriegel, der von Außen die Thür schloß. Nun kam das flackernde Licht aus der Ferne wie= der durch den Gang heran. Der Wärter beschleunigte seine Schritte: „Still, mach' kein Geräusch, mein Täubchen, ich will Dir helfen," raunte er. Sein Auge hatte wieder den dumm zutraulichen Ausdruck angenommen, den es vorher besessen, als er die Nonne hinunter geleitet. Er öffnete leicht die Thür: „Kommt heraus, Herr, und folgt mir," sagte er leise.

Antonio trat in seiner Verkleidung hervor, über Valenzia's Antlitz flog ein hastiger Freudenstrahl. Sie drückte dem Wächter den Rest des Goldes, das sie bei sich führte, in die Hand. „Du sollst dreifachen Lohn erhalten, wenn wir gerettet sind," flüsterte sie.

Seine wildbärtigen häßlichen Lippen verzogen sich lachend.

„Kommt nur, kommt nur, wir sind gleich am Ziel," ermahnte er. Valenzia faßte Antonio's Hand und sie folgten ihm stumm. Ein verworrenes Summen drang ihnen aus der Oberwelt entgegen und ward immer lauter, je mehr sie sich der Außenthür näherten. Wimmernd und schrill, wie ein Durcheinanderheulen vieler Glocken klang es, mit vollem Gewoge brach es herein, wie der Wärter die schwere Thür aufriß. Er schloß sie sorgsam wieder ab und spähte listig umher. Die Wachen in der Vorhalle standen aus dem Schlaf geschreckt mit verstörten Gesichtern, ein Bote stürzte athemlos herein und rief, die Treppe hinaufeilend: „Die Republik ist verwaist, Venedigs Doge ist todt!"

„Und hier ist sein Mörder!" kreischte der Kerkermeister mit widrig gellender Stimme, indem er den Arm des sich in's Dunkel zurückziehenden Edelmanns faßte und ihn in den Lichtkreis hervorschleuderte. „Bindet ihn und seine Gehülfin, die ihn befreien wollte, und bringt sie vor den hohen Rath! Meine Umsicht hat die Republik gerettet — ihr werdet nicht vergessen, meine Treue zu loben!"

Valenzia's Kraft brach, Antonio fing die Zusammen=

finkende in den Armen auf. „Es war ein kurzer Hoffnungsstrahl, jetzt gilt's das Letzte," flüsterte er. „Muth, mein Weib, sie können unsere Liebe nicht mehr trennen; sei stark, wie es Dir und mir gebührt."

Valenzia schlug mit bleichen Lächeln die Augen auf, ihre Hand streckte sich mechanisch aus. „Da," sagte sie hastig, „trink', dann bleiben wir vereint."

Antonio zauberte. „Es ist noch nicht Alles verloren," murmelte er, aber sie setzte schnell das Glas, das sie in ihrem Gewande verborgen gehabt, an die Lippen und leerte es zur Hälfte. Nun griff er siebernd darnach. „Gib," sagte er, seine Augen fest in die ihren heftend, „der Tod wird süß in Deiner Hand."

Er trank den Rest und ließ das Glas fallen, das klirrend am Boden zerbrach. Dann wies er majestätisch die verdutzten Schergen zurück, die sich um ihn gesammelt. „Wir können den letzten Gang allein thun," sagte er stolz und faßte Valenzia's Hand; — „seid unbesorgt, wir entrinnen euch nicht mehr."

Der Gefangenwärter hatte aufmerksam an der Thür, die zu den Verließen hinabführte, gehorcht; jetzt drehte er sich befriedigt um und trieb die Bewaffneten an. „Eilt euch, der hohe Rath hat andere Dinge zu thun, als auf euch zu warten." Die Söldner, welche im ersten Augenblick halb von Staunen, halb von Mitleid überwältigt zauberten, nahmen die Gefangenen in die Mitte und eskortirten sie die Treppe hinauf. Antonio hatte Valenzia mit dem Arm umschlungen und führte sie; ihr Schritt begann matt zu werden, „laß Deine Hand nicht von mir," bat sie mit schwacher Stimme. Der Kerkermeister stieg mit bos=

haft-gierigem Ausdruck neben ihnen hinan. Im Vorsaal ließ er dem Senator melden, daß eine Nonne versucht habe, den ihm anvertrauten Gefangenen zu befreien und daß dieselbe, durch seine Klugheit und Unbestechlichkeit i'ns Netz gelockt, ihr Urtheil erwarte. Das erste Morgengrauen brach durch die Scheiben und warf einen blassen Schimmer über Valenzia's ruhig müdes Antlitz, das sie, auf eine Ruhebank hingesunken, an die Brust ihres Geliebten schmiegte. Er hielt sie fest umschlossen — „wie ist Dir, Valenzia?" stammelte er mit schwerer Zunge.

Sie lächelte noch einmal: „Mir ist wohl, so süß, wie mir's vorhin in Deinen Armen war. Nur dunkel wird's und Deine lieben Augen fallen mir zu."

„Antonio —," hauchte sie kaum hörbar, ihr Kopf fiel schwer und langsam an ihm nieder, bis er an seinem Herzen ruhte — ein irrer, leiser Schmerzenslaut starb auf seiner Lippe — drinnen im Saal ertönten laute Stimmen, die Thür öffnete sich weit, und die Triumvirn erschienen auf der Schwelle.

„Wer es sei, Don Urbano, das Gesetz fällt auf ihr Haupt und tödtet," sagte Grabonigo mit fester Stimme, „doch auch für diesen neuen Argwohn werdet ihr mir genug thun. Wo ist die Verbrecherin?"

Die Söldner wichen deutend zurück, der Senator schritt auf die Nonne zu; fremde Züge blickten ihm im halben Morgenlicht unter dem zerrissenen Schleier entgegen, und über das harte Gesicht des Greises flog es mit blitzartiger Freude. Dann stieß er einen jähen Schrei aus, der sterbende Antonio richtete sich mühevoll auf und mit geisterbleicher Miene das Antlitz der todten Valenzia enthüllend, sagte er langsam mit brechender Zunge:

„Das Gesetz trifft nur die Lebenden, Cesare Grabonigo — die Liebe ist stärker als der Haß — für uns kommt es zu spät. Euer Gift war gut, ich komme nach, Valenzia," stöhnte er, und den todten Körper mit letzter Kraft wie zum Schutz umfassend, fiel seine Stirn leblos auf die blonden Locken, die ihn geliebt und getödtet.

Ein kaltes Lächeln spielte um die Lippen des Senators Urbano. „Das Verbrechen ist gestraft," sagte er gemessen, „die Republik fragt nicht nach dem Wie?"

Grabonigo wandte sich um, seine Augen irrten wie wahnsinnig in das Gesicht des Sprechers. „Nicht ich, Ihr habt sie gemordet," lallte er, besinnungslos mit den Händen in die Luft greifend — „gebt mir ein Schwert — ich will mich rächen — Rache —"

Hastig stürzte er auf einen der Söldner zu. „Er ist kindisch geworden," rief Urbano gebieterisch, „nehmt ihn gefangen, ich befehle es im Namen der Republik!"

„Im Namen der Republik," tönte eine laute Stimme die Worte durch die auffliegende Thür zurück — „der Senat erwählt Cesare Grabonigo zum Dogen Venedigs!"

Don Urbano fuhr wie geblendet mit der Hand über die Augen. Entsetzt hielten die Söldner den erhobenen Arm inne, der Bote that umhersuchend einen Schritt vorwärts und bog knieend das entblößte Haupt vor dem fürstlichen Greise zur Erde, der starr um sich blickend mit einem Schrei an der Leiche seiner Tochter zusammenbrach.

— — — — — — — — — — — — — — — —

. Und höher stieg die Sonne des Himmelfahrtstages,

eine ungeheure Volksmenge umlagerte den Canal grande. Ihr verworrenes Gesumme verhallte mit dem Gemurmel der Wogen an den feuchten Wänden des Kerkers, wider die ein bleiches, verzweifelndes Haupt mit irrsinnigem, ungehörtem Geschrei matt und matter erlahmend stieß, bis es erschöpft und verröchelnd auf den modernden Boden niederstürzte, auf dem seine Hände in wahnwitzigem Anfall Juwelen und Dublonen wie Kiesel umhergestreut hatten. Hoch darüber, gegen das friedvolle Blau des Himmels, nickte aus dem offenen Fenster eine einsame, rothe Rose.

Erwartungsvoll hingen alle Augen an der hohen Freitreppe des Palastes Gradonigo. Der gestrige Tag lag wie ein Jahrhundert hinter dem beweglichen Volke Venedigs. Glockengeläute überschüttete wie mit tönendem Goldregen alle Dächer; eine reichgeschmückte Gondel nach der andern drängte sich heran und reihte sich zu langem, endlosem Zuge auf.

Drinnen hüllten Edelknaben den neuen Herzog in den goldenen Talar, sie warfen den Hermelinmantel um seine Schulter und bekleideten sein Haupt mit der goldenen phrygischen Mütze. Er ließ es unbewegt geschehen, sein Auge ruhte starr und glanzlos auf dem Purpurteppich, der einen Katafalk umhüllend düster prächtig durch die offene Thür des Nebengemaches hereinschaute. Wie schlafbefangen lagen Valenzia und Antonio ruhig darauf; entschlummernd schienen sie sich das Antlitz zugewendet zu haben, ein Lächeln wie im Traum die todten Züge zu beleben. Lange starrte der Greis schweigsam in die stillen Gesichter: „Wo ist Riccardo?" fragte er endlich wie erwachend.

Niemand antwortete, bis er die Frage wiederholte.

„Er ist verschwunden, man hat ihn nicht mehr seit dieser Nacht gesehen," versetzte zögernd ein Diener.

„Die Republik setzt einen Preis auf seinen Kopf," antwortete der Doge. „Sucht ihn und bringt ihn vor mich, lebendig oder todt!"

Der Palast erbebte, dumpfe Kanonenschläge dröhnten vom Markusplatz herüber. Eine Galeere, ganz wie aus Gold gebildet, flog an die Freitreppe, auf welcher der neue Doge erschien. Pagen trugen seine langen Schleppe; sicheren Schrittes stieg er hinab und setzte sich auf den Thron des Bucentaur. Kein Zug in dem harten Gesicht des Dogen Grabonigo erweckte dem murmelnden Volk andere Hoffnungen, als es sie auf den Senator gesetzt. Nur sein Haar hatte sich verändert und drängte sich wie Silber unter dem goldenen Fürstenhute hervor.

Lauter donnerten die Kanonen, die rothen Ruder des Bucentaur schlugen ein. Langsam bewegte der endlose Zug, der ihm folgte, sich den Canal hinab, über die spiegelnden Lagunen, durch die schmale Einfahrt des Lido hinaus in die wogende Adria. Weithin leuchtend erglänzte das Goldschiff auf ihrem Rücken, bis das Land wie ein Strich verschwand. Da umringten die Gondeln den Bucentaur, alle Häupter entblößten sich; langsam erhob sich die hochragende Gestalt des Greises von dem Throne. Er streifte den goldenen Reif vom Finger und ihn in die aufrauschende Flut hinabwerfend rief er mit fester, weitschallender Stimme:

„Dieß ist der Festtag der Republik — ich vermähle sie dem Meere!"

Das Buch Ruth.

Drüben glänzte das Hochgebirg in der Abendsonne und
der Blick der Veranda öffnete sich gerade darauf hinaus
über den kleinen spiegelnden Teich, in dem man tief unten
die Wipfel der Buchen und Eichen sich leise bewegen sah;
dann durch die sorgsam unterhaltene Lichtung dahinter, und
es sah täuschend aus, als ob die ersten Berge fast bis an
das hochgelbe, wogende Kornfeld heranträten. Sie zeichneten
sich scharf in der reinen Spätsommerluft vom Himmel ab;
erst runde walbige Hügelkuppen im Vorgrunde, über die
sich farbigere Felsmassen emporgelagert hatten.

Die junge Dame auf der Veranda des Herrenhauses
schob das weitausgezogene Fernrohr zusammen, mit dem
sie eine Zeitlang aufmerksam nach dem Gebirge hinüber=
geblickt hatte.

„Es sieht so klar und freundlich jetzt aus," sagte sie,
„daß man gar nicht an das viele Elend glauben kann,
welches es angerichtet. Woher kommt denn eigentlich plötz=
lich so viel Wasser, Adelheid?"

Man sah auf den ersten Blick, daß die Angeredete die
Schwester der Fragestellerin sein mußte. Es waren die=
selben Gesichtszüge, dieselben Augen, dasselbe schlichte schöne

Haar, das, in der Mitte gescheitelt, glatt an den Schläfen herablag. Nur mochte sie um eine Reihe von Jahren älter sein, als die letztere, vielleicht um zehn, und ebenso um eine Reihe von Erfahrungen, die freilich auf dem ruhigen, noch immer schönen Antlitz keine Spuren hinterlassen hatten, ihm aber doch einen bestimmten Ausdruck liehen, der es merklich von dem jugendlich anmuthigen, kaum achtzehnjährigen Gesicht der Anderen unterschied.

Sie hielt das Kaffeegeschirr in der Hand, das sie, nachdem sie Blumenvase und Teleskop herabgenommen, auf dem Tische mit einer fast ein wenig pedantischen Sorgfalt ordnete.

„Es fehlt einer von den neuen, silbernen Theelöffeln, Marie," sagte sie, ohne auf die Frage der Schwester zu achten. „Hast Du ihn etwa gehabt?"

Das hübsche Köpfchen, das sie Marie genannt, antwortete achtlos: „Ja, ich glaube; zanke nur wenigstens nicht mit dem Mädchen darum. Aber sag' mir, woher kommt das Wasser, Adelheid?"

Das ruhige Gesicht zog sich doch in ein paar schelmische Falten, wie es lächelnd aufblickte und in das andere sah, das ihm wie sein eigenes Spiegelbild aus früheren Tagen entgegenschauen mochte. Dann erwiderte es mit erzwungenem Ernst: „Das Wasser kommt aus dem Brunnen, liebes Kind, das Marthe in die Küche trägt und in einen Kessel schüttet, den sie über das Feuer hängt, um es wieder abzunehmen, wenn es heiß ist, und es hereinzubringen und hier auf das Kohlenbecken zu stellen, wo es in Ewigkeit stehen könnte, ohne daß irgend Jemand von uns es als Kaffee trinken könnte, wenn ich es nicht in die Kanne schüttete und nachher in die Tasse gösse und es gerade unter Dein Näschen setzte, damit Du die Lippen nur aufzumachen brauchst, um es weiter zu befördern. Willst Du aber über sonstige Wasser etwas wissen, so stehen sie nicht unter meiner Oberherrlich= keit und Du mußt August darnach fragen oder —"

Das angeredete Näschen hatte sich schon etwas spöttisch gerümpft, schien indeß doch für vortheilhaft zu halten, die weitläufige und ein wenig anzügliche Auseinandersetzung schweigsam aufzunehmen. Aber das Schlußwort änderte sichtlich ihre Geduld, denn sie blickte mit erkünstelter Ver= wunderung auf und wiederholte: „Oder?"

Es war, als sollte die Illustration zu der theoretischen Beschreibung ihr auf dem Fuß folgen, denn die sauberge= kleidete Hausmagd trat geräuschlos durch den großen Garten= saal auf die Veranda hinaus und setzte den dampfenden Messingkessel behutsam auf das Becken.

„Noch einen Löffel und des Herrn große Tasse, Käthe," sagte Adelheid. Das Mädchen wendete sich zum Gehen. — „Nein, warte noch; nimm den Schlüssel und bringe ein paar Dutzend von dem frischgebackenen Zwieback mit; der Herr Verwalter von Walbau kommt und der Herr ißt sie auch gern, so lange sie neu sind."

Nun waren ihre schmalen weißen Finger sehr geschickt, die Metamorphose des Wassers auszuführen. Aber das schmollende Näschen war nicht gewillt, sich nochmals ohne Antwort abspeisen zu lassen. Sie machte allerdings ein ganz gleichgiltiges Gesicht dazu.

„Du sagtest vorhin, ich müsse August nach dem Ge= birgswasser fragen, oder? Oder was?"

Oder wen? wäre vielleicht richtiger gewesen, wenn die

Lippen getreu den Gedanken rapportirt hätten, der den Satz vollendete. Auch Adelheid mochte etwas Aehnliches denken, denn man sah, daß es sie Mühe kostete, wie sie, jetzt sich erinnernd, ernsthaft antwortete:

„Oder — irgend einen Andern, dem du so viel Vertrauen schenkst, anzunehmen, daß er dir Auskunft darüber geben könne. Du bist heute ja ungeheuer wißbegierig, Kind."

Marie wendete sich hastig ab und trat an den Rand der breiten, mit duftenden Orangen besetzten Steintreppe, die hinunter in den Garten führte.

Sie klatschte freudig in die Hände. — „Da sind sie: Bruder August — und auch der Herr Verwalter von Walbau," setzte sie etwas zögernd hinzu. „Ich glaube wenigstens, daß er es ist."

„Dann wird er es auch wohl sein, zumal August sagte, daß er ihn mitbringen würde," erwiderte freundlich lächelnd die ältere Schwester. „In solchen Dingen verlasse ich mich ganz auf Deine Augen, Mariechen."

Diese drehte sich noch immer nicht um, sondern blickte rechts an dem Teich vorbei auf die dicht neben ihm hinlaufende Landstraße, auf der jetzt eine dichte Staubwolke in die Höhe zu wirbeln begann. Dann kamen zwei Pferde hastig wie im Wettrennen durch sie her.

„Nur hier herüber, Freund August!" rief der Vordere von ihnen, ein hübscher, etwa dreißigjähriger Mann, „so sparen wir uns den Umweg. Nimm dich zusammen, Bläß!"

„Und können unserm Pferde die Beine brechen und uns den Hals," lachte der Andere, etwas ältere, der um einige Schritte hinter ihm geritten war, jetzt aber, da der erstere sein Pferd zusammennahm, an ihm vorüber schoß.

— „Spare deine Künste, bis wir zu Hause sind; es bringt nichts ein und besten Falls verdirbst du mir meinen Rasen."

Damit ritt er, jetzt ziemlich weit voraus, auf den ungefähr hundert Schritte weiter unten befindlichen, offenstehenden Thorweg zu, den er gerade erreichte, als sein Gefährte in hohem Bogen über den Graben und die niedrige Verzäunung, welche den Garten von der Straße trennte, wegsetzte. Dann ritten beide im Galopp, der eine über den Rasen, der andere auf dem geebneten Kieswege auf die Veranda zu.

Sie hatten es beide nicht gehört, daß der gewagte Sprung seinem Unternehmer doch etwas eingebracht. „Bravo!" hatten ganz leise die Lippen auf der Steintreppe gesagt, freilich nicht so leise, daß Adelheid, die unvermerkt geräuschlos hinter sie getreten war, es nicht vernommen und lächelnd mit dem Kopf genickt hätte. Nun waren beide Reiter zugleich am Fuß der Treppe zusammengetroffen und der Jüngere begrüßte im Augenblick, wo er die Zügel anzog und sein schnaubendes Pferd auf dem Fleck parirte, höflich die Damen mit gelüftetem Hut.

„Bravo, Herr Mellnitz," wiederholte zum Gegengruß die Jüngere und ihre Augen leuchteten noch immer vor Vergnügen, wie damals, als sie es zuerst, wie sie glaubte, unbemerkt vor sich hingesprochen. — „Der Sprung war herrlich; so etwas lernt mein bequemer Bruder in Ewigkeit nicht."

Der, dem die letzten Worte galten, stieg gemächlich, als wollte er ihr hinsichtlich des gewählten Epithetons Recht geben, vom Pferde und warf die Zügel einem herbei eilenden Knechte zu. Dann lachte er fröhlich und sagte:

„Nein, gewiß nicht, weil er viel zu vernünftig dazu ist, mein romantisches Fräulein Schwester, um nichts und wieder nichts erst den Kopf zu riskiren und dann sein Pferd zu verderben, indem er's aus dem vollsten Galopp auf dem Fleck pariren läßt." .

Adelheid lächelte und legte beide Hände herzlich in die des Bruders, die er ihr zum Gruß entgegen streckte. — „Herr Mellnitz sah uns hier stehen und war so galant, uns auch ein Vergnügen bereiten zu wollen," sagte sie fast ein wenig boshaft. Dann setzte sie schnell hinzu: „Doch mein Kaffee ist fertig und hat schon auf die Herren gewartet."

Mellnitz war auch schon neben Marie die Treppe hinaufgestiegen und sie setzten sich um den Tisch, der rings von dem dichten Weinlaub der Veranda umrankt war. Im Garten draußen wurde gefragt, ob Herr Strehlenberg zurückgekommen sei? und der Knecht, der die Pferde fortführte, antwortete: „Ja." Gleich darauf trat mit einer höflichen Verbeugung ein junger Mann auf die Treppe.

Strehlenberg sprang auf. „Gut, daß Sie kommen, Herr Wilms," rief er, „ich hätte doch gleich nach Ihnen geschickt. Setzen Sie sich und trinken eine Tasse Kaffee mit uns; wie steht's mit dem Weizen?"

Der Ankömmling machte mehrere Verbeugungen vor den Damen, welche Adelheid freundlich erwiderte und einen Stuhl für ihn heranrückte. Dann nahm er etwas befangen, den Hut auf den Knieen, Platz. Es schien ihm bedeutend aus seiner Verlegenheit zu helfen, daß er auf eine Frage zu antworten hatte, denn er begann jetzt schnell:

„Der Weizen ist heute vollständig eingebracht, Herr Strehlenberg, und wir haben schon den Anfang mit einer

Gerstenkoppel gemacht. Sie liegen am Waldsaum etwas tiefer und das Korn ist deßhalb noch ein wenig feucht vom Regen, aber das Gebirg verspricht uns anhaltend gutes Wetter heute Abend; so wird es morgen schon gehen."

Er hatte nun die erste Schüchternheit überwunden und zeigte sich als ein umsichtiger, verständiger Mann und tüchtiger Verwalter des großen Strehlenberg'schen Gutes. Der Besitzer war einen Tag bei seinem Freunde gewesen, der die nahegelegene Herrschaft und Schloß Waldau verwaltete und erfuhr manches Neue, das sich zugetragen. Er wußte, daß im Gebirg Hochwasser eingetreten, aber dieß hatte in der letzten Nacht eine viel größere Ausdehnung angenommen, als man um diese Jahreszeit befürchten durfte. Ganze Thalsohlen, durch die sonst unbedeutende Bachrinnen zogen, standen unter Wasser und hatten eine große Zahl von Familien obdachlos gemacht, zum Theil ihre Behausungen vollständig zerstört. Sie zogen überall in der Umgegend umher und suchten ein augenblickliches Unterkommen. Der Verwalter war am Morgen selbst in eine der betroffenen Gegenden hinübergeritten und hatte eine Menge der Vertriebenen gesehen, die mit kärglich geretteter Habe zu ihren Verwandten auf den nächsten Dörfern flüchteten. Auch auf die Güter kamen sie und boten sich zum Taglohn an, wo sie für den Moment mit Hinblick auf die bevorstehende Ernte bereitwillig aufgenommen wurden. Das Strehlenberg'sche Gut lag schon weiter vom Gebirg entfernt und hieher hatte sich bis jetzt noch Keiner verirrt.

„Wir werden jedenfalls Sorge tragen, daß ein Unterkommen für sie im Dorf bereitgehalten wird, wenn es nöthig sein sollte," entgegnete Strehlenberg, als der Verwalter seine Nachrichten mitgetheilt hatte. „Du hast wohl auch etwas Vorrath an Kleidungsstücken oder Linnenzeug für den Nothfall, liebe Adelheid? Man kann nicht wissen, was erforderlich ist."

Das freundliche Gesicht blickte bejahend auf. „Siehst du wohl, August," sagte sie, „wie viel besser es bei solchen Gelegenheiten wäre, wenn du eine Frau hättest, die deinem Haushalt und Besitz vorstände? Ich kann wohl Manches thun, aber im Vergleich mit einer Frau, die deinen Namen trägt und mehr Respekt hat und außerdem von Jugend auf an die Landwirthschaft gewöhnt wäre, sehr wenig —"

Es lag schon ein klein bischen Altjüngferlichkeit in dem Grunde, weßhalb sie für ihren Bruder eine Hausfrau wünschenswerth hielt; ja auch in dem verständigen Ton, mit dem sie es that. Das Thema selbst aber mochte seit Jahren gar oft auf der Liste der häuslichen Reden gestanden haben und immer erfolglos von dem beschlußfähigen Theil zur Tagesordnung übergegangen sein, denn sie seufzte leise, wie er lachte.

„Ist meine Hausfrau wieder einmal auf dem Tapet? Ich habe ja eine, die besser ist als zehn, die ich bekommen könnte, und den möcht' ich sehen, der keinen Respekt vor ihr hätte und gleich mir nicht Alles thun müßte, wie sie es haben will."

Er hatte sie um den Leib gefaßt und küßte sie liebevoll auf die Stirn. — „Wenn du nur einmal thätest, wie ich wollte," sagte sie, „dann könntest du nachher so ungehorsam sein, wie du wolltest. Jung gefreit, hat Niemand gereut."

Das treuherzige Lachen erstarb ihm bei den letzten

Worten auf den Lippen, die sie selbst etwas unbedacht ausgesprochen zu haben schien, denn sie wandte sich hastig ab und war eifrig mit den Tassen beschäftigt, die ihr ganz gegen die Gewohnheit leise in den Händen klirrten. August blickte sie wehmüthig zärtlich an, dann sagte er viel weicher, als man seinem kräftigen, mannhaften Wesen zugetraut hätte:

„Um zu heirathen, liebe Schwester, weißt du, muß man ein Wesen finden, das man wirklich und für immer liebt, sonst bleibt man viel besser und viel glücklicher allein, und sollte es auch für's ganze Leben sein."

Sie erwiderte nichts; auch die beiden andern wurden still und blickten sich nur verstohlen ab und zu wie fragend in's Gesicht. Der Verwalter erhob sich, um einen Rundgang zu machen und der Herr trat mit ihm, noch über dieß und jenes redend, in den Garten. Es lag schweigend über den Zurückgebliebenen; die Magd kam und räumte die Tassen ab. Dann setzte Adelheid sich stumm in einen aus Birkenstäben gewundenen Sessel im Winkel der Veranda und blickte nach dem abendsonnenbeleuchteten Gebirg hinaus. Es hatte auch so manche Veränderung, so manche Stürme überdauert, die sie mit erlebt, und lag doch auch wieder eben so ruhig, so sommerheiter da, wie in den friedlichen Tagen ihrer Kindheit.

Ihre Hand lag unbewegt noch auf dem schwarzen, goldgeränderten Buch, das neben ihrem gewöhnlichen Sitz auf dem Fensterbord lehnte, als ihr Bruder wieder in die Veranda zurück trat. Draußen über Hof und Garten und weiter in die goldbestrahlten Felder hinaus lag träumerische, vorherbstliche Stille, nur die Heugrillen zirpten drunten auf dem Rasen und weiterhin lockten mit schwachem Ruf die Wachteln im Korn. Er blickte einen Augenblick auf das liebe, ruhige Gesicht seiner Schwester, dann setzte er sich gedankenvoll ebenfalls in eine Ecke und schaute in die Ferne hinaus.

Sie mochten, mit lang vergangenen Gedanken lebend, es nicht so empfinden, aber es waren zwei andere Personen da, die gern gesprochen hätten und das Drückende dieses Schweigens fühlten, das zu ihrem Innern nicht redete. Und wie es zu geschehen pflegt (und auch am besten ge= schieht), thaten sie, als ob sie nichts von dem, was vorge= fallen, bemerkt. Marie stand auf und trat zur Schwester an das offene Verandafenster hinan. Auch Mellnitz folgte ihr und sie blickten über die Schwester weg in die Gegend hinein.

„Ein schöner Abend," sagte er, „wir sollten eine Idylle haben, um ihn zu feiern, „Hermann und Dorothea" oder Voß's „Luise."

„Ich will sie holen, Herr Mellnitz; wollen Sie uns vorlesen?" rief Marie hastig; „ach ja, das wäre hübsch."

Sie ging auf die Thür zu, als Adelheid sich umwandte und ihn freundlich anblickte. „Sie haben Recht, Mellnitz," sagte sie, „es würde schön zu der Stimmung da braußen (und hier drinnen; sie sagte es nicht, doch es lag in ihren Augen) passen. Und das Lieblichste haben wir ja hier gleich zur Hand."

Sie nahm das Buch, auf dem ihre Hand gelegen hatte, von der Fensterbank und reichte es ihm hin.

Er schlug das Buch auf. „In der Bibel?" fragte er

etwas verlegen, die Blätter umwendend. Sie nickte mit dem Kopf: „Ich will's Ihnen aufschlagen; hier, das meine ich."

„Das Buch Ruth. Ich muß gestehen, es ist lange her, daß ich es gelesen," sagte er, „und ich erinnere mich kaum. Doch auf Ihre Empfehlung —"

Marie kam zurück und setzte sich merklich verstimmt auf einen Sessel. „Interessantes habe ich noch nie in der Bibel gefunden," sagte sie, „und wir wollen doch keine Erbauungsstunde halten."

„So hast du das Buch Ruth wohl noch nicht gelesen, liebe Schwester," entgegnete Adelheid sanft, „und du wirst anders urtheilen, wenn du urtheilen kannst. Bitte, Herr Mellnitz, lesen Sie; es ist nur kurz."

Marie lehnte sich unmuthig in ihren Sessel zurück. Die Abendsonne kam am Horizont unter dem Laub der Eichen und Buchen hervor und warf Streiflichter zwischen den Stämmen durch über die Rückwand der Veranda und das üppige grüne Weinlaub hin. Strehlenberg saß noch immer stumm zurückgelehnt auf der andern Seite und blickte nachdenklich hinaus. Er wandte jetzt wie Mellnitz zu lesen begann, den Kopf ein wenig um; dann strich er sich mit der Hand über die Stirn und hörte mit den Andern aufmerksam zu.

Mellnitz las mit ausdrucksvoller, klangreicher Stimme. Man hörte es, der Gegenstand und der Ton des Buches waren ihm fremd und er mußte sich erst mit ihm vertraut machen; aber dann ergriff auch ihn die einfache, seltsame Hoheit desselben und seine Stimme klang theilnehmend bewegt, wie er die tiefe, ewig menschliche Poesie der schlichten Erzählung vortrug. Es war, als ob sie heute geschehen wäre und geschehen könnte, und nur gleich fremdartigem, zauberischem Hauch lag es schon darüber wie die wehmüthige, tausendjährige Klage jenes duldungsstarken, wundersamen Volkes aus dem Morgenland, das noch immer suchend umherirrt und muthvoll und vertrauend bei dem alten Jehova ausharrt wie bei der darbenden Naemi ihre Schnur Ruth, die Moabitin.

„Es war aber um die Zeit, daß die Gerstenernte anging, da Naemi und ihre Schnur Ruth, die Moabitin, wieder kamen vom Moabiter Lande, gen Bethlehem.“

Es waren die letzten Worte des ersten Kapitels, und Mellnitz hielt einen Augenblick inne. Er hatte, obgleich er nicht von dem Buch aufgeblickt, doch bemerkt, daß Adelheid bei den Worten: „heißt mich nicht Naemi, sondern Mara; denn der Amächtige hat mich sehr betrübet,“ — die Hand langsam über die Augen gelegt hattte. Auch Marie sah es und blickte sie theilnehmend an und wandte dann wieder die Augen auf Mellnitz, der das folgende Kapitel eilig mit den Blicken überlief. Nur Strehlenberg schaute noch, auf seiner Seite allein sitzend, in die rosenrothen Abendwolken hinaus, die sich hoch über dem Gebirg jetzt weiter emporzackten, als wollten sie es fortsetzen und bis in den Himmel hineinbauen.

Doch nun plötzlich lenkte etwas Näheres seine Augen von den phantastischen Gebilden ab und zog sie auf die Erde herunter. Eine leichte Staubwolke erhob sich dicht unter seinem Verandafenster auf der Landstraße, dann tauchten zwei sonderbare Gestalten aus ihr hervor.

Ungewöhnlich mindestens waren sie. Die eine schritt gebückt am Wegesrand, auf einen Stock gelehnt, in wunder-

licher, fast possirlicher Tracht. Lange Bänder flatterten
hinter ihr zurück und verlängerten ihren unförmlichen Schatten,
der bald in den Seitengraben, bald über die gelbe Straße
hinab fiel, wenn sie ab und zu an den kleinen, hochbe=
packten Ziehwagen hinanhumpelte, den ihre Gefährtin lang=
sam in der Mitte des Weges dahinzog. Dann schlug sie
mit dem Stock bald an dieß, bald an das, um zu fühlen,
ob es noch fest liege, und rückte daran mit den langen,
knöchernen Fingern, und dann wanderte sie wieder, den
bebänderten schwarzgreisen Kopf vorübergebückt, am Weges=
rand nebenher.

Sie blickte jetzt auf und hob den Kopf gegen das
Herrenhaus: „Ist dieß das Dorf, Sarah," sagte sie mit
etwas zitternder, fremdklingender Stimme, „wo deine Muhme
wohnt?"

„Nein, Mutter," entgegnete die andere, „dort hinauf.
Die Sonne blendet deine Augen, Mutter; dieß ist ein
Schloß."

„Nein, Sarah, nicht die Sonne. Heiße mich Mara;
das Weinen hat sie blind gemacht, Sarah. Laß mich in
meinem Elend, Sarah, und gehe deiner Schwester nach,
die von uns gefallen und glücklich ist. Laß mich sterben,
Sarah."

„Was redest du, Mutter? Du weißt, wo du bleibst,
da bleibe auch ich, und wo du stirbst, da sterbe auch ich.
Dort liegen die Häuser, noch zehn Minuten."

Es war eine hohe, schlanke Gestalt, die es sprach, und
eine Stimme sanft und liebevoll und doch fest und ruhig
wie die dunklen Augen, welche die Entfernung bis zu den
am Waldrande auftauchenden Dächern des Gutsdorfes be=

maßen. Der Staub lag auf ihrem langen, schwarzen Haar und umwirbelte ihre dürftigen, aber ihre Glieder fast imposant umschließenden Gewänder, wie sie hoch aufgerichtet den Karren gleichmäßig mit den Händen nachzog, und unwillkürlich folgte ihr das Auge Strehlenbergs, bis sie an der Biegung des Weges verschwand. Und, war es Zufall, noch einmal las Mellnitz, der jetzt wieder begann, die Schlußworte aus dem ersten Kapitel:

„Es war aber um die Zeit, daß die Gerstenernte anging, da Naemi und ihre Schnur Ruth, die Moabitin, wieder kamen vom Moabiter Lande, gen Bethlehem."

Dann las er fort bis zum Ende. Es war schon dämmrig geworden, als er das Buch schloß; tiefer Abendfriede lag braußen über der Welt. Nur das Gebirg glänzte noch immer im goldenen Licht und schaute leuchtend und glückverheißend durch das Zwielicht herab, wie vom Berge Sinai das Auge Jehova's auf das unstäte, ausharrende Volk, das an Seinem Glauben hielt und Seine Gebote befolgte.

Abelheid brach zuerst das Schweigen; „Ja es ist ein wunderbares Volk, das in vielen Dingen auch uns Anderen, die wir nicht ganz solche Heiden wie mein Bruder sind, wohl zum Vorbild dienen könnte. Ist es nicht, als wäre das Büchlein heutigen Tages geschrieben? Ist diese Ruth nicht ganz dasselbe festbesonnene, unerschütterlich ihren Vorsatz verfolgende Wesen, wie wir sie aus den Zeiten des Mittelalters kennen, wo sie Haus und Hof, Habe und Wohlstand verließen, um ihrem Herzen nicht untreu zu werden? Wie wir sie in schönen Beispielen jetzt noch sehen? Es gibt kaum ein Volk, vor dem ich größere, herzlichere

Hochachtung empfinde, und kaum Leute, die ich tiefer miß=
achte, als jene, die es sich zum Lebensberuf gesetzt, es in
seinen Ansichten und Ueberzeugungungen wankend zu
machen. —"

Sie erröthete ein wenig, wie sie es mit einer bei ihr
ungewöhnlichen Erregtheit ausgesprochen, und blickte zu
ihrem Bruder hinüber, der ihr freundlich zunickte. Er
mochte es verstehen, aus welchem Quell bei ihr die heftige
Vertheidigung von Menschen entsprang, welche fähig waren
lieber das, was man gewöhnlich Glück nennt, aufzuopfern,
als dem Ideal, das sie gläubig tief im Herzen tragen, zu
entsagen. Dann aber lachte er gutmüthig auf und sagte:

„Mein Hausfrauchen drückt sich heut sehr energisch aus
und ich fürchte, sie würde mit unserm Herrn Pfarrer schlimm
in Konflikt gerathen, wenn sie uns, wie es den Anschein
hat, zum Glauben an den Herrn Zebaoth bekehren will."

Auch Adelheid lachte jetzt. „Du bist ein Spötter,
August," sagte sie, „der Lust daran findet, Einem die Worte
zu verdrehen, wenn er auch sehr gut weiß, was sie bedeuten
sollen."

Nur Marie machte noch ein bedenkliches Gesicht, das
sie gleich bei den Worten der Schwester angenommen.
„Ach nein," sagte sie, „es ist doch anders; möchten Sie
wohl mit Juden verkehren, Herr Mellnitz, oder gar" —
sie mußte unwillkürlich lachen, wie sie es sagte — „eine
Jüdin heirathen?"

Jetzt lachten Alle, auch Mellnitz. „Wenn sie blaue
Augen und blondes Haar hätte," entgegnete er, zuversicht=
lich gerade in Mariens Augen hineinsehend, „und wenn
sie außerdem —"

„Etwas verständiger und rorurtheilsfreier und für das gewöhnliche Leben brauchbarer wäre, als ein freilich noch sehr junges, aber sonst recht liebenswürdiges Mädchen meiner Bekanntschaft!“ rief Abelheid spöttisch dazwischen.

„Dann würde ich sie auch heirathen,“ fiel August lachend ihr in's Wort, indem er aufstand und die jüngere Schwester an beiden Schultern faßte: „das heißt wenn sie mir sonst gefiele, was damit allerdings noch lange nicht ausgemacht wäre.“

Der allgemeine Frohsinn war wieder hergestellt. Marie griff ein vorher gesprochenes Wort der Schwester auf und sagte, ihr Bruder sei ein ausgemachter Heide und so indifferent wie bequem und werde nie in den Himmel kommen, weder da droben noch auf Erden, was das Wichtigste sei. Und was sie beträfe, so wolle sie lieber Tag ein Tag aus Aehren auf dem Felde nachlesen, wie Ruth, als seine Frau sein, wenn's auch keine Männer sonst mehr auf Erden gäbe. Damit sprang sie lachend die Steintreppe hinab in den Garten.

Es schien ihr indeß doch nicht zu mißfallen, daß der so entschieden Abgewiesene ihr mit Abelheid und Herrn Mellnitz dahin folgte und daß er meinte, die warme Luft lade zu einem Dämmerungsspaziergang ein. Und noch weniger schien ihr zu mißfallen, daß er ihrer Schwester den Arm gab und rüstig mit ihr vorausschritt, und daß Herr Mellnitz als höflicher Gesellschafter dadurch in die Nothwendigkeit gerieth, ihr den seinigen anbieten zu müssen. Dann folgten sie ihnen langsam durch die gewundenen Parkgänge hinauf, am Teich vorüber und durch die kleine Gehegepforte in das Wäldchen — waren sie hier rechts ober links gegangen? Sie horchten einen Augenblick in die Bäume hinein, aber sie vernahmen weder Schritte noch Stimmen.

„Ich denke, sie müssen hier gegangen sein," sagte Mellniß, „oder was glauben Sie, Fräulein Marie? Welchen Weg sollen wir wählen?" — Sie antwortete etwas befangen, sie wisse es nicht, und ihre Lippen zitterten leise, wie er ihren Arm fester an den seinen zog und eilig auf's Gerathewohl durch die schon dunkelnden Laubgänge mit ihr hinabschritt. Die Wege spalteten sich nun mehr und mehr, doch sie hielten nirgends inne, sondern schlugen schweigend den ersten besten ein, tiefer in den Wald hinein. Es war feierlich kirchenstill darin, fern durch die Stämme vom Feldsaum nur fiel der letzte Schimmer der Abendröthe herein. Sie standen einen Augenblick still und blickten lautlos in ihn hinüber, dann sagte sie:

„Ich fürchte, wir sind doch irr gegangen, Mellniß, und finden sie nicht."

Sie wollte es sagen, aber die Stimme versagte ihr, daß sie es nur flüsterte.

„Irr gegangen? Nein grade recht gegangen sind wir," antwortete er — der Ton seiner Stimme klang sonderbar, daß sie die Augen zu ihm aufwenden mußte, — „glauben Sie es nicht, glaubst Du es nicht Marie?"

Der Abendschein lag hell auf ihrem stummen, lieblichen Gesicht, in das er fragend hineinschaute. Sie hatte zitternd seinen Arm losgelassen, aber schon lag er kühn wieder um ihren Nacken geschlungen und hielt ihr Köpfchen, das seinen Augen ausweichen wollte, ihm zugewendet. Dann sagte er leise: „Meine Marie!" und das Köpfchen ließ sich willig zurückbeugen und die rothen, halbgeöffneten Lippen erwiderten nichts, denn sie ließen sich stumm von den andern zuschließen, die sich schweigsam auf sie herab= neigten — — —

Ja, sie waren sehr irr gegangen, denn die andern schritten schon drüben jetzt weit am Holzsaum auf der ent= gegengesetzten Seite des Waldes. Doch auch jene sprachen von ihnen, und ohne zu wissen, was während ihres Redens geschah, behandelten sie es seltsamer Weise als völlig abge= machte Thatsache. Die Schwester schien das eingehendste Interesse an der besprochenen Sache zu nehmen, da sie stets wieder darauf zurückkam und nicht müde ward, zu wieder= holen, wie nothwendig für Mellnitz auf Waldau eine Frau und wie gut es sei, daß Marie selbst auf dem Lande erzogen und wie kein Mann ohne eine Frau glücklich zu sein vermöge.

August lächelte vergnügt in sich hinein, wie er sie bei der bekannten Schlußanwendung eingetroffen hörte, und küßte sie liebreich auf die Stirn.

„Mein liebes, gütiges, bedachtsames Schwesterchen," sagte er, „das fortwährend mit dem Vernunftpfunde der ganzen Familie wuchert und stets bemüht ist, alle glücklich und zufrieden zu machen, um — es dann in ihnen genüg= sam mit zu sein," setzte er mit weicher, inniger Stimme hinzu. „Hab' nur Geduld, mein Herz, ich bringe Dir schon noch eine Schwägerin und vielleicht zu Deinem Kummer, daß Du lieber gesehen, ich hätte es nicht gethan."

„Wenn Du sie bringst," sagte sie, „da wird es immer meine Schwester sein und wäre es eine Bettlerin von der Straße; was Du Deiner werth achtest, ist es meiner gewiß."

Sie bemerkte nicht, daß er sie einen Augenblick ver=

wundert angesehen; dann ging er mit ihr weiter. „Wohin wollen wir?" fragte sie.

Sie waren dem Hauptweg zu dem Dorf hinauf gefolgt und nachher hatte er unwillkürlich stets die nächsten Nebenpfade dorthin eingeschlagen. Es lag jetzt dicht vor ihnen mit abendlich rauchenden Schornsteinen; das Gelächter der unter den Linden spielenden Kinder drang bis zu ihnen herauf.

„Wir können ja durch's Dorf zurück gehen," sagte er. Er bemühte sich, einen möglichst gleichgiltigen Ausdruck in seine Stimme zu legen, doch es schien ihm selbst, als ob es nöthig sei, einen Grund dafür hinzuzufügen.

„Vielleicht erfahren wir auch etwas Näheres dort von den Ueberschwemmungen im Gebirg; ich weiß, einige von unsern Leuten haben dort hinüber Verwandte und Angehörige."

Der Fußweg mündete neben dem Garten eines behäbig aussehenden, reinlichen Bauernhauses, doch wider die abendliche Gewohnheit der Insassen waren die an der Thürwand des Hauses befestigten Holzbänke unbesetzt. Dagegen ertönten laute Stimmen den Weg herauf, der tiefer zwischen die Häuser hinein auf den freien Dorfplatz führte. Wie die beiden ihn entlang schritten, sahen sie schon von fern in der Dämmerung eine dunkle Gruppe neben den Linden versammelt. Ein paar Buben, die im Sande vor einem ebenfalls unbewohnt scheinenden Hause gespielt hatten, liefen mit den Mützen in der Hand behend ihnen vorauf, über den Platz und riefen: „der Herr kommt!"

Das laute Gespräch verstummte, als die beiden eintrafen, und machte nur einem unbestimmten Summen, das über der Gruppe lag, Raum, die ehrerbietig die Mützen vom Kopfe zog, während die Weiber, die am meisten erregt, und am zahlreichsten vertreten zu sein schienen, sich zusammenstellten und fingerdeutend mit einander flüsterten.

Sie bildeten einen Kreis um zwei weibliche Gestalten, von denen die ältere müd und erschöpft auf einer Rasenbank neben der Linde saß und die Augen theilnahmlos über die herumstehende zischende Menge hinirren ließ. Die andere stand aufrecht einige Schritte von ihr und redete gelassen, ohne sich um die Aeußerungen der Zuhörer zu bekümmern, mit mehreren Männern aus dem Dorfe, die sich gegenseitig verlegen anblickten und nur hie und da unschlüssig oder bedauernd die Achsel zuckten. Einer von ihnen trat jetzt auf Strehlenbergs Frage dienstfertig hervor und sagte, während er den Filzhut in der berben Ackerhand drehte:

„Sie sind aus dem Gebirg, Herr, von den Ueberschwemmten, und ihr Haus und Alles ist weggerissen, bis auf das, was sie da auf dem Karren haben. Und sie sagen, sie hätten eine Verwandte hier im Dorfe gehabt, aber die muß lange gestorben sein —"

„Und es ist nicht wahr; wir haben nie eine Jüdin hier gehabt, gnädiger Herr, und wir wollen keine hier haben. Und sie lügt und ist eine Judenbirn' und muß noch heute Abend wieder fort mit ihrer Bagage!" fielen die Weiber, die sich an den Sprechenden herangedrängt hatten, ein und die Buben schrieen es ihren Müttern nach: „Ja, hurrah, fort mit ihr!" — und riefen den Fremden Schimpfworte zu.

Es dunkelte schon stark unter den Bäumen, doch Strehlenberg erkannte auf den ersten Blick deutlich die hohe, ruhige Gestalt, der seine Augen durch den Wegstaub im Abendsonnenschein nachgefolgt waren. Er sagte: „Es ist gut, Holzmann!" — und trat, ohne auf die durcheinander redenden Weiber Acht zu geben, mit Adelheid auf die jetzt schweigsam dastehende Fremde zu. Er ertappte sich unwillkürlich dabei, daß er an seinen Hut griff, als sie, ohne ihre stolze Haltung zu verändern, sich zu ihm umwendete und ihn mit einer leisen Kopfneigung begrüßte. Dann blickte sie ihm mit den dunkeln Augen ruhig, erwartungsvoll in's Gesicht.

Doch er faßte sich schnell und nahm den freundlichen, aber bestimmten Ton an, in welchem er mit seinen Untergebenen verkehrte. — „Ihr seid bei dem Hochwasser verunglückt und habt nichts oder wenig gerettet?" sagte er.

„Dieß," erwiderte sie, auf den Karren deutend, „sonst nichts."

„Woher seid Ihr?"

„Aus dem Petersdorfer Thal."

„Habt Ihr dort sonst keine Angehörige?"

„Eine Schwester in Breslau, sonst keine."

„Und weßhalb seid Ihr nicht zu ihr um Hilfe gezogen?"

„Weil wir nicht wollten; die Mutter nicht und ich nicht."

Sie sagte es so fest und entschlossen, daß ihm die Frage auf den Lippen erstarb: „warum nicht?" Er setzte statt dessen schnell hinzu:

„Ihr seid Israeliten?"

„Ja."

„Und die Schwester?"

Sie schwieg und blickte ihn forschend an. „Sie ist es auch," sagte sie dann langsam.

Er empfand, daß er sie verletzt und daß sie feiner gehandelt, als er. Zum zweiten Mal fühlte er sich von der ruhigen Festigkeit ihres Wesens betroffen. — „Ihr hattet hier eine Verwandte?" fragte er.

„Unsere Muhme; wir haben nicht von ihrem Tode gehört."

„Und sie hieß?"

„Rebekka; ihr Mann war ein Christ. Er war Förster hier und hieß Wolfhart."

Die Weiber hatten sich neugierig herangedrängt und bis jetzt schweigsam zugehört. Nun fingen sie auf's Neue an zu schreien:

„Es ist nicht wahr, sie lügt — der rothe Wolf hatte keine Jüdin!"

Das Weib auf der Rasenbank richtete sich bei dem Geschrei mühsam in die Höhe.

„Sarah," sagte sie mit zitternder Stimme, „laß mich, Sarah. Zieh hinüber zur Recha, Sarah, die abgefallen ist von ihrem Gott und ihrer Ehre und reich und glücklich ist, Sarah."

„Arm und unglücklich, wie wir es nie werden können," erwiderte die Angeredete ruhig, indem sie die Alte, die auf den Stock gelehnt halb aufgerichtet neben der Bank stand, sanft auf dieselbe zurücksetzte. — „Ich bleibe, wo Du bleibst, und wohin Du gehst, gehe ich auch."

Strehlenberg blickte nachdenklich vor sich hin; er wußte nichts von der Sache, als daß der Förster etwa vor einem Jahr kurz nach seiner Frau gestorben war; doch Adelheid nahm jetzt das Wort und sagte bestimmt und zugleich so laut, daß die Umstehenden es hören mußten:

„Das Mädchen hat Recht, August, Wolfharts Frau war eine Israelitin und sie ist es bis zu ihrem Tode geblieben, über den ihr Mann so bekümmert war, daß er sich bald darauf auch hinlegte und starb, denn es war das glücklichste Ehepaar auf dem ganzen Gut. Ich war bei ihr, als sie auf dem Sterbebett lag, und sah, wie fromm und gefaßt sie Abschied nahm und wie ruhig sie auf Gott und seine Verheißung baute, als der kräftige Mann wie ein Kind neben ihr kniete und weinte. Uebrigens muß der Herr Pfarrer von Walbau es ebenfalls wissen."

Die Weiber blickten scheu auf das „gewichtige gnädige Fräulein," dem nicht leicht Jemand zu widersprechen wagte, und schwiegen. Auch das Judenmädchen blickte sie mit ernsten, dankbaren Augen an. Sie schien zu zögern, dann trat sie rasch auf Adelheid zu und sagte mit weit milderer Stimme als bisher:

„Sie sind gut, schöne Dame, und ich danke Ihnen für meine Mutter."

Sie wollte Adelheid's Hand fassen, um sie nach der Sitte des Landes zu küssen, aber diese zog sie bei der Berührung unwillkürlich hastig zurück. — „Sarah braucht nicht für die Wahrheit zu danken, alle sollen die Wahrheit sprechen, Juden und Christen," sagte sie schnell. Aber wie sie aufsah, gewahrte sie den Zug tiefer Kränkung, der über die Züge des Mädchens hinflog. Es war nur ein Augenblick und dann war er verschwunden und das schöne Gesicht war wieder eben so ruhig und gefaßt, wie zuvor. Doch es schnitt ihr durch's Herz, daß sie einer von ihr selbst als thöricht verurtheilten Regung nachgegeben, und das Einzige, was der Unglücklichen geblieben, das Gefühl ihrer menschlichen Gleichberechtignng vor ihren Widersacherinnen verletzt hatte. Sie erröthete hoch, dann ließ sie entschlossen ihres Bruders Arm fahren, trat auf das Mädchen zu und ergriff deren widerstandslose, herabhängende Hand.

„Sarah wird mit ihrer Mutter hier bleiben und Niemand wird sie verunglimpfen; ich verspreche es ihr," sagte sie mit fester Stimme, „und sollte Jemand sie kränken, so wird Sarah zu mir kommen, es mir zu sagen, und ich werde ihr helfen."

Sie hielt die kleine Hand des Mädchens jetzt freundlich in der ihrigen und fühlte, daß es zitternd durch den Körper desselben bis in die Fingerspitzen hinablief, obgleich sie eben so unbeweglich und gleichmüthig da zu stehen schien, wie immer. Auch das letzte Geflüster verstummte jetzt scheu unter den Weibern; August blickte dankbar auf seine Schwester, die, was Befehlen aus seinem Munde unmöglich gewesen wäre, mit ihrer Hand den Dorfbewohnern Achtung vor dem fremden Mädchen aufgezwungen. Doch er fühlte, daß er ihr nun seinerseits zu Hilfe kommen mußte.

„Seid Ihr an Arbeit gewöhnt, Sarah?" fragte er indem er ungewiß die feinen Hände, die nicht von Anstrengung sprachen, mit den Augen maß.

„Ich werde mich daran gewöhnen, wenn Sie mir Arbeit geben," entgegnete sie. „Wir hatten ein kleines Besitzthum, das ich mit der Magd in Ordnung erhielt und man kann sich an Alles gewöhnen, wenn man jung und kräftig ist."

August schaute fragend auf Adelheid: „Kannst Du im Hausdienst Jemanden verwenden, meine Liebe?"

Aber Sarah fiel ihm in's Wort: „Die Gerstenernte muß beginnen, lassen Sie mich mit den Mägden gehen und Feldarbeit verrichten; ich möchte am liebsten unter freiem Himmel sein."

Unwillkürlich schauten Bruder und Schwester sich lächelnd an; es war, als ob sich derselbe Gedanke ihnen aufbrängte. „Thut wie Ihr wollt, Sarah," versetzte der Erstere, „und was für heut Euer Unterkommen betrifft, so ist im Voraus dafür gesorgt. Ich werde Jemanden schicken, der euch —"

„Es ist schon Alles in Ordnung gebracht, Herr Strehlenberg," bemerkte, ihn unterbrechend, eine höfliche Stimme neben ihm.

„Ei, da sind Sie ja, Herr Wilms. Sie sind sicher immer zur Hand, wo man Sie nöthig haben könnte," sagte August.

„Das kleine Häuschen am Waldsaum, in dem der Forstgehilfe früher wohnte, steht leer und ich habe es in der Eile, so gut wie möglich, hergerichtet — wenn Sie es passend fänden —"

„Schön, sehr schön, lieber Herr Wilms; seien Sie dann so freundlich und besorgen auch, daß die Beiden dort untergebracht werden und wenn etwas Nöthiges fehlen sollte —"

„So lassen Sie es mir nur bald sagen," fiel Abelheid freundlich ein; „wir schaffen dann wohl vorderhand Abhilfe. Gute Nacht, Sarah; vergeßt Euren Kummer, gute Frau."

Das Mädchen eilte auf sie zu und küßte jetzt so schnell ihre Hand, daß sie es nicht hindern konnte. „Der Herr vergelte Ihnen Ihre That und segne Sie, daß Sie uns getröstet haben," sagte sie mit bewegter Stimme. Dann wandte sie sich mit leiser Verneigung zu Strehlenberg und sprach schlicht aber wohlklingend ihren Dank.

„Gute Nacht, Ruth," sagte August; „Sarah," ver=besserte er hastig. Er nahm den Arm der Schwester und schritt eilig, die Menge grüßend, fort. — „Sie kommen nachher wohl noch zu mir, Herr Wilms," rief er im Vor=übergehen dem jungen Manne zu, der schon beschäftigt war, durch einen Taglöhner den dürftigen Karren der Fremden fortschaffen zu lassen.

Der Mond war aufgegangen und versilberte die langen Spitzen der Gerstenähren, an denen dünne Thautröpfchen glänzten — so mochte es auch vor dreitausend Jahren ge=wesen sein, zur Zeit jener Idylle des heiligen Buches, die Mellnitz vorhin gelesen. Verändert sich denn etwas an den großen Zügen der Natur und der Menschheit? Wenig, so sehr es oft scheint, unendlich wenig — am Menschenherzen vielleicht nichts.

August hörte gedankenvoll zu, wie die Schwester in jenem weichen, leisen Ton, der uns leicht in solcher Abend=stimmung überkommt, davon sprach. Sie meinte, wie oft es im Leben geschehe, daß Menschen aus aufrichtigem Herzen ihre Ansichten aussprächen und doch später nicht genug Be=herrschung über sich besäßen, nach ihnen zu handeln und unwillkürlich widersinnig anerzogenen Vorurtheilen in ent=scheidenden Augenblick Raum gäben. Und wie man doch immer nur seiner eigenen Vernunft und seinem eigenen Herzen folgen müsse, wenn man sich von Selbstvorwürfen frei erhalten und wahrhaft glücklich werden wolle. Und wie das Herz, wenn es ein edles Herz sei, immer Recht habe und gar keinen Richter besitze, als sich selbst.

Es war ein liebes, herzerfreuendes Paar, wie es so geschwisterlich zusammen dahinging und er nur ab und zu als Antwort ihren Arm freundlich fester an sich drückte und ihr innig in die Augen blickte. So kamen sie in den Park und sahen schon über die Rotunde des mittleren Rasens von fern, daß zwei Gestalten oben auf der Treppe im Eingang der fast tageshell beleuchteten Veranda lehnten. Wie sie näher kamen, erkannten sie Mellnitz und Marie, die Arm in Arm standen und sie erwarteten, dann aber langsam in den Garten hinunter stiegen und auf sie zuschritten.

Marie ließ jetzt den Arm ihres Begleiters los und ging ihm zögernd voraus.

„Lieber Bruder," sagte sie, „ich habe dir etwas —" sie stockte und blickte sich nach Mellnitz um, der ebenfalls ein wenig zaudernd näher kam. — „Du mußt nicht böse werden, August — Herr Mellnitz — —"

Strehlenberg suchte ein verwundert fragendes Gesicht zu machen, aber über den verlegenen der beiden Andern vermochte er sich nicht zu halten und brach in ein fröhliches Gelächter aus.

„Na, da hätt' ich wohl mit dem Bösewerden etwas früher anfangen müssen!" rief er. „Doch das von Dir, Mariechen, ganz ohne alle Romantik und Schwärmerei ist mir unbegreiflich. Indeß, wenn Ihr es so wollt, geht's mich nicht an. Da — habt Euch, liebt Euch, prügelt Euch nicht — die Verlobungsrede könnt Ihr sparen."

Marie lachte und schwatzte in einem Athem. — „Also Ihr habt das schon früher gewußt? Denn wenn Du es gethan, hat Deine Schwester-Hausfrau es sicher auch, Ihr habt ja keine Geheimnisse, Ihr beiden; und wir haben selbst gar nichts davon geahnt bis heute Abend, Mellnitz und ich.“

Sie schlang ihren Arm wieder in den ihres Verlobten und lief scherzend mit ihm fort. Strehlenberg hatte sich unbemerkt davon gemacht, so ging Adelheid allein hinter dem glücklichen Paar auf die Veranda zu. Es war bei den Worten der Schwester wieder wie flüchtige Wehmuth über das liebe Gesicht hingeglitten.

„Gläser!“ rief August von der Veranda: „Gläser! Alles ist verschlossen, und gut Ding leidet keinen Aufschub.“

Sie ging schnell hinein und holte das Verlangte. Bald saßen sie alle um denselben Tisch, an dem sie am Nachmittag gesessen. Niemand, auch nicht die beiden weniger nah bei dem abendlichen Vorgang Betheiligten hatten ein Bedürfniß zu Abend zu essen; Niemand, auch jene beiden nicht, sehnte sich nach anderer Beleuchtung, als nach dem vollen, träumerischen Mondlicht, das schimmernd durch die Veranda und über die Gesichter hinfloß. Dann knallten die Korkstöpsel, daß es weit in den Garten hinabhallte, und die Gläser klirrten, freilich ohne hellen Klang, aber desto stärker zusammen: Auf die baldige Verwalterin von Schloß Waldau! — Und dann: Auf den Herrn Verwalter selbst! — und dann: Auf Beide zusammen und ihre Zukunft! — und dann: Auf eine baldige Hausfrau des Besitzers von Strehlenberg ebenfalls! — und dann: Auf seine jetzige, die so gut sei und doch selbst gern abgesetzt werden wolle! — Und dann kam Herr Wilms und wollte Bericht über das vortreffliche Unterkommen der Fremden abstatten und war sehr verwundert und mußte, obgleich er nie Wein trank, mittrinken. — Und dann auch: Auf Herrn Wilms, und daß er selbst bald ein Gut pachten könne, wiewohl er der allerbeste Verwalter sei und es sehr schmerzlich sein würde, ihn zu entbehren! — Und dann war Alles so fröhlich und ausgelassen, daß selbst Adelheid einen Scherz über den andern machte, — und dann schlug die Thurmuhr drüben auf Waldau auf einmal deutlich Mitternacht durch die lautlose Sommernachtstille herüber und alle meinten, sie müsse falsch gehen, da es unmöglich schon so spät sein könne. Herr Wilms erhob sich zuerst, da er um vier Uhr schon wieder auf der Waldkoppel bei der Gerstenernte sein wollte, — und dann erhob sich — sehr ungern — auch Herr Mellnitz und bezeichnete tausendmal die Minute, wann er morgen wieder da sein werde.

Und dann, als die Schwestern schon ihre Zimmerthür geschlossen hatten, wendete August sich nochmals um und ging den Weg zurück durch den Gartensaal, wo er die Thür wieder aufriegelte und am Verandafenster umhertastete, bis er ein schwarzes Buch gefunden, dessen Schnitt goldgelb im Mondschein blitzte, und leise die Thür wieder schloß und auf den Zehen über den Flur in sein Zimmer schlich.

Und dann dauerte es noch etwa ein Viertelstündchen und auch das Licht, das auf dem Tisch neben seinem Bette stand, erlosch und der Mond spielte lächelnd über den goldenen Schnitt des Buches, das aufgeschlagen daneben lag, und es war Alles still und sommerruhig über dem Gut und Herrenhause von Strehlenberg.

* * *

Später als sonst erwachte der thätige Gutsherr, kleidete sich rasch an und schritt durch den Garten auf den Wald zu.

Hinter dem Gehölze herrschte schon ein reges Leben; die langen Sensen blitzten gleichmäßig in weitgedehnter Reihe, wenn sie wie Silberspangen durch das blonde Boden= haar hinglitten, das sich unter ihnen neigte und langsam über sie hinab zur Erde sank. Doch es lag nicht lange, denn schon haschten kräftige Mädchenarme nach den Schwa= den und richteten sie wieder auf. So ging es vorwärts und allmälig sah es aus, als ob die emporgehockten Garben wie eine in Reih und Glied aufgestellte Armee erobernd gegen das durcheinander schwankende Aehrenheer vorrückten und immer siegreicher Schritt um Schritt die Wahlstatt für sich erkämpften.

Strehlenberg ließ zufrieden seine Augen über die un= ausgesetzte Thätigkeit hinfliegen. Nun richteten sie sich schär= fer auf einen dunkeln Punkt der weithin den Walbsaum begrenzenden Koppel, welcher an der äußersten Reihe der Arbeitenden gleichmäßig den Bewegungen des letzten Schnit= ters folgte. Es nahm ihn Wunder, nur eine Garben= binderin neben jenem zu sehen, da jede Sense sonst überall zwei vollauf beschäftigte und daß diese dennoch, wie man deutlich aus der Ferne gewahrte, keineswegs weiter als die übrigen hinter ihrem Vormanne zurückblieb. Wie er ver= wundert näher kam, erkannte er das fremde Mädchen vom gestrigen Abend. Sie trug dasselbe dunkle Kleid, das sie etwas aufgeschürzt hatte, und wand schweigsam die Schwaden hinter ihrem Schnitter zusammen, ohne Hast, aber in gleich= mäßig bedachter Thätigkeit, und ihre Garbe richtete sich be= ständig im selben Augenblick auf, wie die ihrer Genos= sinnen.

Herr Wilms, der anordnend auf der anderen Seite des Feldes gestanden, kam jetzt grüßend auf den Herrn zu.

„Ja, es ist wunderbar," sagte er, als er bemerkte, daß die Augen desselben nachdenklich auf der Fremden ruhten; „wie geschickt und ruhig das Mädchen die Sache angreift, daß sie fast mehr betreibt, als sonst die zwei andern. Und doch hat sie es nie früher gethan; denn heute Morgen, als sie kam, sah sie erst den Andern zu, um es zu lernen. Dann hat sie Alles gearbeitet und ist jetzt in erster Reihe."

Strehlenberg nickte mit dem Kopf. „Ein fester Wille vermag viel," sagte er, „und ist das Beste am Menschen. Geben Sie ihr, wenn sie so aushält, doppelten Taglohn, denn sie verdient ihn und der Arbeiter ist seines Lohnes werth."

Er stand noch und sah der hohen, schlanken Gestalt zu, die unverdrossen ihrer beschwerlichen Pflicht genügte und doch zugleich sorgsam darauf achtete, ihre schlichte Kleidung von jeder beschmutzenden Berührung mit dem morgenfeuchten Boden rein zu erhalten. Sie achtete nicht auf die Sprechenden und mochte sie in ihrer Geschäftigkeit wirklich kaum bemerken. Auch entfernten diese sich jetzt langsam den Waldsaum hinauf, bis wohin der Verwalter dem Herrn das Geleite gab. Dann trat der Letztere auf einem Nebenpfad wieder in das Gehölz und verschwand zwischen den Stämmen, während Herr Wilms zurückkam und hie und da mit den Arbeitern redend die Reihe hinunterschritt, bis an den äußersten Mähter hin.

„Er strengt sich heut ja außerordentlich an, Tam," sprach er den Schnitter an, der mit großen, ausholenden

Senſenhieben ſchweigſam in das Korn hineinfuhr; „wenn Er ſo aushält, will ich ein Wort bei dem Herrn einlegen, daß Er ſeinen vollen Taglohn wieder bekommt.“

Der Angeredete rückte nur, momentan innehaltend, an dem durchlöcherten, breitrandigen Strohhut und mähte, ohne Freude über das Gehörte kundzugeben, verdroſſen haſtig weiter. Die Garbenbinderinnen ſeines Nebenmannes dagegen pauſirten von ihrer Arbeit und blickten neugierig auf Herrn Wilms, der die Genoſſin Tams freundlich be= grüßte und deutlich, daß die Nächſten es verſtehen mußten, ſagte:

„Sie arbeiten zu angeſtrengt, Sarah; der Herr ſowohl wie ich haben es bemerkt. Gönnen Sie ſich Zeit, da Sie für zwei zu thun haben.“

Das Mädchen richtete ſich einen Augenblick auf und nickte mit dem Kopf. „Meine Kräfte reichen dazu aus,“ erwiderte ſie. Dann beugte ſie ſich nieder und hob gleich= mäßig die ſchnell zu ihren Füßen ſich häufenden Schwaden.

Herr Wilms hatte ſich bereits wieder etwas entfernt; jetzt drehte er noch den Kopf und rief:

„Sie und Ihre Mutter bedürfen wohl mancher Dinge, Sarah? Es iſt Lohnabend heute; kommen Sie doch auch, damit ich Ihnen Lohn vorausbezahle, wenn Sie es wünſchen.“

Sie nickte wiederum, dießmal indeß, ohne inne zu halten; auch er entfernte ſich langſam, wie er gekommen, und die Mädchen, die der Fremden am nächſten waren, fingen, wie er aus der Hörweite war, eifrig an zu ziſcheln und eiferſüchtige Blicke auf die Fremde zu werfen, die un= bekümmert und den halblaut geflüſterten Worten taub in ihrer Arbeit fortfuhr.

Strehlenberg hatte einen weiten Spaziergang gemacht und es war schon Mittagszeit, als er nach Hause zurück= kam. Er war den Wald hinauf bis an's Dorf gegangen, an der früheren Wohnung des Förstergehilfen vorüber. Diese hatte sich dem Aeußeren nach in einer Nacht auffallend verändert. Das Unkraut, das sich sonst verwiedernd bis an die Thür und unter die Holzbank vor dem Fenster gedrängt hatte, war verschwunden und ihm war, als sähen die Scheiben heller und freundlicher aus dem kleinen Häuschen hervor, als sonst. Die alte Hänna saß auf der Bank; sie trug einen grünen Augenschirm gegen das blendende Licht und nähte eifrig ein altes, aber aus beinahe feinem Stoff verfertigtes Kleid, das deutliche Beschädigungsspuren an sich trug. Sie stand auf, als er herankam, doch er nöthigte sie freundlich, sich wieder zu setzen und setzte sich neben sie, über dieß und das sie befragend. Er sagte auch, daß er ihre Tochter bereits gesehen und sie äußerst rüstig und ge= schickt gefunden und daß die Sache trefflich gehen werde. Die Alte blickte verständnißvoll zu ihm auf und nickte ernst mit dem Kopf.

„Ja, Sarah," sagte sie, „der Herr thue an ihr Barm= herzigkeit, wie sie es an mir gethan."

Nun fragte er sie noch Manches und erkundigte sich nach dem gestrigen Vorfall in ihrer Heimat. Sie war jetzt völlig ruhig und ihre krankhafte Erregung vom Abend vor= her war verschwunden. Sie erzählte ausführlich, wie sie bessere Tage gekannt, aber durch den Tod ihres Mannes in Bedrängniß gerathen, der ihr und ihren beiden Töchtern wenig mehr als ein kleines Häuschen und etwas Ackerland im Petersdorfer Thal hinterlassen. Und wie die Mädchen von Jugend auf sehr verschiedener Natur gewesen; Recha, die ältere, stets unschlüssig, zu Putz und Gemächlichkeit geneigt und veränderlich wie der Wind, und Sarah immer ruhig und besonnen, für alle bedacht schon als Kind. Wie sie dann mit ihr und einer alten Magd allein dort geblieben, trotzdem, daß die Schwester sich so oft bemüht, sie nach Breslau zu ziehen, und wie sie durch ihre Anstrengung sich anständig ernährt, nun aber, bis auf etwas Plunder, den Sarah gerettet, ganz verarmt seien. Sie selbst habe in der plötzlichen, nächtlichen Verwirrung die Besinnung so sehr verloren, daß sie sich nicht zu rühren vermocht und Sarah erst sie und dann die alte Magd auf den Schultern durch das schäumende, lärmende, unbegreiflich schnell gekommene Wasser auf das Berggelände hinaufgetragen. Sie habe auch Alles geordnet und in der Hast ein Unterkommen für die alte Magd besorgt und daran gedacht, hieher zu der Muhme zu ziehen und — fügte sie bewegt den Kopf schüttelnd hinzu — sie rede nicht mehr mit ihr darüber, denn sie sehe, jene sei unerschütterlich in ihrem Vorsatz, bei ihr zu bleiben und Noth und Entbehrung mit ihr zu theilen, wie bereinst mit Naemi ihre Schnur Ruth, die Moabitin.

Strehlenberg hatte aufmerksam zugehört; bei den letzten Worten hob er unwillkürlich hastig den Kopf empor und sah die Alte nachdenklich an. Sie bemerkte es nicht und er erkundigte sich noch aufstehend nach etwaigen augenblicklichen Bedürfnissen, die sie haben möchten. Die Alte lehnte es dankbar ab, da der Arbeitslohn ihrer Tochter hinreichen werde, anzuschaffen, was dringend erforderlich, und Strehlenberg verließ sie grüßend und schritt langsam nach dem Herrenhaus zurück.

Er ging denselben Weg, den er gekommen, am Wald=
saum hinunter. Dann trat er in's Innere des Gehölzes
und schritt zwischen den äußeren Stämmen an dem in An=
griff genommenen Gerstenfelde vorüber. Hier hatte sich das
Bild verändert; die Mitte desselben war leer und statt
dessen hatten die Arbeiter sich mit den Mägden und Frauen
an ihrem Ende auf dem Grasrain im Schatten gelagert
und waren beschäftigt, ihr Mittagsbrob, das die Weiber
aus ihren Körben packten, zu verzehren. Große Steinkrüge,
deren Inhalt gemeinschaftlich zu sein schien, standen neben
ihnen im Grase und gingen von Hand zu Hand. Dazu
klang fröhliches Geplauder und hin und wieder lautes Ge=
lächter herüber und Niemand bekümmerte sich um die dunkle
Gestalt, die etwa hundert Schritte von ihnen entfernt allein
am Holzrand saß und schweigend ein Stückchen Brob ver=
zehrte, das sie in der Linken hielt, während ihre Rechte be=
schäftigt war, Halme und kleine Insekten aus den tief=
schwarzen Brombeeren, die auf einem großen Geisblatt ge=
sammelt neben ihr lagen, auszusondern.

Die Augen Strehlenbergs blieben wieder anf ihr haf=
ten. Er stand ungesehen im Waldesschatten, doch er selbst
gewahrte Alles und seine Stirn runzelte sich merklich zu=
sammen, als er die Trennung der beiden ungleich belebten
Lagerplätze wahrnahm. Ja, einen Augenblick schien es so=
gar, als wollte er das Holz verlassen und hinaus in das
Feld treten, denn er bewegte den Fuß vorwärts, hielt ihn
indeß inne und betrachtete neugierig das einsame Mädchen,
welches jetzt mit langen Dornen das Geisblatt sorgsam zu=
sammensteckte und ohne etwas von seinem Inhalt zu ge=

nießen, dasselbe behutsam unter einem jungen Buchenschößling neben ihrem Sitz niederlegte.

Er stand unbeweglich und seine Augen ruhten auf ihr,
wie auf einem räthselhaften Bilde, auf dem man nach und
nach die tiefe Absicht des Künstlers ergründet. Er folgte
jeder ihrer Regungen, wie sie das schwarze Haar von den
Schläfen zurückstrich, wie sie aufstehend ihr schlichtes Kleid
ordnete — er sagte es sich nicht deutlich, aber er fühlte,
daß ein seltener Anstand in Allem lag, was sie that. Sie
ging jetzt langsam am Gehölzsaum auf und ab; manchmal
bückte sie sich nieder, um eine niedliche Herbstblume zu
pflücken, oder sie hob sich auf den Zehen zu den weißen
Malven empor, die sich an den Stauden hoch hinaufrankten.
Sein Auge wich nicht von der schlanken, hochaufgerichteten
Gestalt und er empfand wieder, es liege etwas Eigenthüm-
liches in ihr, etwas, das er bis heute kaum gekannt und
vielleicht noch nie gesehen.

Sie kam wieder mit dem wilden Blumenstrauß in der
Hand zurück und legte ihn neben die Brombeeren unter
den Busch. Auch die Andern hatten ihr Mittagsbrod verzehrt und fingen allmälig an, sich wieder an die Arbeit zu
machen. Ihr Vormann wanderte schon das Feld hinunter
und sie folgte ihm, ohne auf die Gruppe zu achten, die
hinter ihrem Rücken laut schwatzte und spöttisch lachend mit
den Fingern auf sie hindeutete. Es waren ein paar junge
Burschen und Dirnen, welche schon während des Essens die
Vereinsamte aufmerksam beobachtet hatten; nun zeigten die
Mädchen auf die Stelle hin, wo jene gesessen und schienen
die Burschen eifrig zu etwas anzuspornen. Diese zögerten
noch und flüsterten; endlich lief der Uebermüthigste von

ihnen eilig auf den Buchenschößling zu und hob das ge=
füllte Geisblatt und den Blumenstrauß lachend in die Höhe.

Strehlenbergs Stirn runzelte sich noch heftiger bei dem
Anblick und er machte wiederum eine ungestüme Bewegung,
aber wieder, wie von einem tieferen Gedanken beherrscht,
bezwang er sich, als er bemerkte, daß sich das fremde
Mädchen bei dem Geschrei der anderen umwendete und sah,
wie der Bursche unter dem Beifallsjubel der Dirnen lachend
die Blumen und Beeren um sich her in die Luft streute.
Es zuckte einen Augenblick bitter über das schöne, fremb=
artige Antlitz hin und ihre Lippen zitterten; dann wandte
sie sich gelassen um und schritt, ohne ein Wort zu sagen,
an ihre Arbeit zurück.

Sie stand dort nun wieder als ein dunkler Punkt am
Ende des Feldes, und das gleichmäßige Aufblitzen der
Sensen begann in der ganzen Reihe auf's Neue. Strehlen=
berg hatte noch so lange auf seinem Platz gewartet, bis er
gesehen, daß die Fremde ruhig und unermüdlich wie zuvor
ihre doppelte Arbeit verrichtete; dann zog er ein Taschen=
buch hervor, verzeichnete hastig mit finsterem Gesichtsaus=
druck ein paar Namen darin und kehrte unbemerkt durch
den Wald in das Herrenhaus zurück.

Er war sehr schweigsam und zerstreut während des
Mittagessens, das schon auf ihn wartete, und Adelheid
blickte ihn manchmal verwundert an. Marie dagegen lachte
und plauderte desto mehr und blickte ebenso wie ihr Bruder
jeden Augenblick auf die Uhr und sagte:

„Noch vier Stunden, August."

Er sah ihr fragend in's Gesicht. — „Nein, noch sechs,
Marie," erwiderte er gedankenvoll.

„Nein, vier Stunden; Mellnitz hat es gewiß versprochen und er wird doch nicht am ersten Tage sein Wort
brechen, August."

„Ja so, Mellnitz, ja wohl, Mellnitz," wiederholte er
zerstreut, und die Schwestern blickten ihn erstaunt an.

„Ist dir etwas, August?" fragte Adelheid theilnehmend.

„Mir? Nein! Weßhalb, liebe Schwester? Mir ist
gar nichts," entgegnete er wiederum, auf die Uhr blickend.
„Ja wohl, Mellnitz muß bald kommen."

Der Nachmittag war still; es mochte an der drückenden
Spätsommerluft liegen, jedes setzte sich ruhig in eine Ecke
der Veranda, um zu lesen. Adelheid suchte verwundert
auf der Fensterbank umher.

„Hast Du meine Bibel fortgenommen, Marie?"
fragte sie.

August erröthete. — „Ich glaube, ich habe sie gestern
Abend in Gedanken mit mir in mein Zimmer hinüber getragen," versetzte er schnell. „In der Champagnerlaune
thut man oft kuriose Dinge," fügte er lachend hinzu, während er aufstand und das Buch holte, das Adelheid schweigend in die Hand nahm und nur verstohlen einen forschenden
Blick über das immer noch etwas geröthete Gesicht ihres
Bruders hinwarf.

Dann saßen sie alle drei, dem Anschein nach, gleichmäßig in Lektüre vertieft. Nur ab und zu klang Mariens
helle Stimme wie eine Repetiruhr dazwischen: „Noch zwei
Stunden!" — und dann: „Noch eine!" — und dann war
ihre Ruhe und ihre Wißbegier hin und sie stand, unter
den Eingang der Veranda gelehnt, bis drüben auf der
Landstraße der Staub aufwirbelte.

„Seht ihr wohl," rief sie, „fünf, nein sechsundbreißig Minuten früher, als er versprochen; o, ich wußte es wohl!"

Und der Reiter kam, und das Kaffeegeschirr kam wie am Tage zuvor.

Allmälig kam auch die Dämmerung wieder, wie vor vierundzwanzig Stunden und gerade eben so licht wie gestern glänzte das Hochgebirg im Abendschein. Es mochte auch eine sichergehende Uhr sein, denn Strehlenberg hatte zuletzt auf die seine nicht mehr gesehen, sondern schweigsam die Sonnenstrahlen verfolgt, wie sie Schritt um Schritt die blaubuftigen Vorberge hinaufstiegen — langsam höher und höher, bis an den Grat des Gebirges hinan; nur die Sturmhaube, das hohe Rad und über ihnen allen die Schneekoppe lagen noch goldumglänzt. Er kontrollirte jetzt hastig seine Uhr mit der Sonne.

„Ich habe nur noch einen Gang zu besorgen," sagte er, „und komme gleich zurück."

Damit ging er, Adelheid freundlich zunickend, in den Garten hinab. Sie blickte ihm nach; in ihren Augen lag etwas, das vergeblich nach einer Deutung seines nachmittägigen Benehmens suchte. Die beiden Anderen bemerkten kaum, daß er verschwunden war, und hatten tausend zehnmal besprochene Dinge wieder zu besprechen und fanden sie bei jeder Wiederholung interessanter.

Strehlenberg schritt den Kiesweg hinunter und ebenfalls durch das Thor; dann bog er ein Stückchen rechts auf die Straße um das Herrenhaus und durch eine andere, größere Einfahrt in den eigentlichen Hofraum der Gutsgebäude ein. Die hohen Scheunen bildeten ein Viereck mit dem Herrenhaus; diesem gegenüber unter ein paar Ulmen lag ein kleineres, einstockiges Gebäude, vor dem bei seiner Ankunft eine ziemlich dichte Zahl von Taglöhnern und Mädchen versammelt stand. Wie er über den freien Platz auf sie zuschritt, trat Herr Wilms aus ihnen hervor und kam ihm in einiger Entfernung von den Leuten entgegen.

„Sind die Arbeiter von dem Gerstenfelde alle da?“ fragte Strehlenberg.

Der Verwalter bejahte. — „Sie sind schon zum größten Theil abgelohnt,“ erwiderte er. „Auch das fremde Mädchen hat sich auf meine Aufforderung eingefunden, aber sie will weder Lohn im Voraus, noch doppelten beziehen, da sie nicht mehr gethan zu haben behauptet, als die Andern. Statt dessen bittet sie: —“

Er hielt einen Augenblick inne; Strehlenberg sah rasch auf und wiederholte: „Was bittet sie?“

Herr Wilms lächelte. „Es ist bei uns eigentlich nicht gebräuchlich, so lange die Garben stehen,“ fuhr er fort, „aber ich habe geglaubt, es ihr, natürlich unter Vorbehalt Ihrer Genehmigung, bewilligen zu können, da sie sich bis jetzt in Allem fleißig und zuverlässig gezeigt hat. Sie möchte gerne die —“

„Nachgelassenen Aehren lesen dürfen“, unterbrach Strehlenberg ihn so schnell und mit so eigenthümlichem Tone, daß der Verwalter jetzt seinerseits verwundert und nur mit dem Kopf zustimmend zu ihm aufsah. — „Es ist gut,“ setzte jener dann hastig, als wollte er einen unwillkürlichen Eindruck verwischen, hinzu. „Sie haben ganz recht daran gethan, mein lieber Herr Wilms; wir werden schon Acht geben, daß kein Mißbrauch damit geschieht.“

Er ging nun mit seinem Begleiter auf die ehrerbietig

grüßende Versammlung zu und belobte diesen und jenen wegen seines Fleißes. Als er an dem fremden Mädchen vorüberkam, das, wie am Mittag, etwas abgesondert von den Andern an einem Ulmenstamm lehnte, hielt er inne und sagte, ohne den Ton, mit dem er die Uebrigen angeredet, zu verändern:

„Nun wie geht es Euch, Sarah? Seid Ihr sehr ermüdet?"

Sie verließ bei den Worten ihre zurückgelehnte Stellung und stand respektvoll, aber sicher, vor ihm. „Ich danke, gnädiger Herr," erwiderte sie, „ich bin kräftig und an Arbeit gewöhnt."

Seine Lippen zauberten etwas und schienen unschlüssig zu sein. Er wandte sich ab und sah im Kreise umher; dann drehte er sich plötzlich wieder um und fragte schnell:

„Wünscht Ihr etwas, Sarah, für Euch und Eure Mutter — oder habt Ihr Euch vielleicht über etwas zu beklagen?"

Das Auge des Mädchens blitzte flüchtig auf, aber es beruhigte sich sogleich und blickte ihn sicher und unbeirrt an:

„Nein, gnädiger Herr."

Es klang etwas wie stolze Verachtung durch die ruhig gesprochenen Worte, das ihm durch und durch ging. Er wußte selbst nicht warum, doch er fühlte sein Herz heftiger klopfen, wie er es vernommen, und zugleich zog sich seine Stirne noch unwilliger als am Mittag im Walde zusammen, wie er sich umwendete und jetzt mit sehr veränderter Stimme laut sagte:

„Taglöhner Franz Arp und die Töchter vom Taglöhner Martin!"

„Hier!" erwiderte die zuversichtliche Stimme eines jungen Burschen neben ihm, während die beiden aufgerufenen Mädchen, stumm an ihren Kleidern zupfend, in den freien Kreis hintraten, jedoch mehr verlegen als betroffen vor dem Herrn bastehend.

Dieser drängte wiederum sichtbar ein heftiges Wort zurück, das in ihm aufstieg. Es war, als ob die Ruhe des schönen Mädchengesichtes, das neben ihm stand, auch das seinige glättete, denn langsam zogen die Falten seiner Stirn sich auseinander und machten nur tiefem Ernst Platz, wie er sagte:

„Ihr drei seid von heute an nicht mehr bei mir beschäftigt und könnt gehen."

Ein leises Murmeln lief durch die Menge. Strehlenberg wendete sich um und setzte streng hinzu:

„Ihr wißt selbst weßhalb und seht, daß ich es erfahren, obgleich Niemand euch verklagt hat. Geht und hütet euch, ein andermal so boshaft zu sein, wie ihr es heute Mittag gewesen."

Die Umstehenden wurden todtenstill vor dem nachdrücklichen, unumstößlichen Ton, mit dem er gesprochen; nur die beiden Mädchen nahmen die Schürze vor's Gesicht und schluchzten und jammerten. Aber sie fühlten, daß Bitten für den Augenblick umsonst sei und zogen sich still hinter die Andern zurück. Der verabschiedete Bursche dagegen verließ mit trotzigem Gesicht den Kreis und murmelte, als er außer Hörweite des Herrn an seinen Freunden vorüberging, er wolle es der Judenbirne gedenken.

Sarah hatte sich nicht geregt, nur war sie sehr blaß und plötzlich wieder hochroth geworden, als sie die letzten

Worte Strehlenbergs vernommen, und ihrer gewaltigen Beherrschung zum Trotz zitterte ihr Körper einen Moment leise hin und her. Doch ihre niedergeschlagenen Augen richteten sich wieder stolz auf, als sie die Drohung des Burschen, die für ihr Ohr noch mitberechnet war, vernahm und sie sah schweigsam, wie Strehlenberg, nachdem er noch ein paar Worte mit Herrn Wilms gesprochen, wieder über den Hofplatz auf das Herrenhaus zuschritt. Dann kam der Letztere auf sie zu und sagte laut:

„Der Herr gibt seine Einwilligung zu dem, um was Sie vorhin gebeten, Sarah. Sie können morgen außer der Arbeitszeit beginnen."

Sie erwiderte: „Ich danke." Er trat näher an sie heran und fügte leiser hinzu: „Und seien Sie etwas auf Ihrer Hut, Sarah; das Volk hier ist vorurtheilsvoll und mißgünstig —"

Sie richtete sich bei dem letzten Wort hoch auf. — „Ich will keine Gunst!" entgegnete sie laut.

Herr Wilms wurde verlegen. — „Ich meine es ist träg," sagte er schnell, „und hegt leicht Groll gegen die, welche ihre Arbeit fleißig und unausgesetzt verrichten. Daher, wenn wieder Dinge wie heute sich ereignen sollten, ist es des Herrn Wunsch, daß Sie mir gleich Mittheilung davon machen und es nicht dem Zufall überlassen, ob sie bemerkt und geahndet werden."

Sie schwieg nachdenklich einen Augenblick. — „Wenn meine Mutter etwas betrifft, werde ich es Ihnen anzeigen," sagte sie dann.

Damit grüßte sie leicht und ging sorglos allein durch die Dämmerung über den Hofplatz auf die Landstraße hinab.

Der Verwalter sah ihr theilnahmsvoll nach, bis sie um die Ecke des Herrenhauses gebogen, und dann folgten ihr ein paar andere Augen, bis sie die Biegung der Landstraße erreicht. Nur sie blickte weder rechts noch links, sondern schritt gleichmäßig ohne Hast und ohne Zaudern vorwärts, im ärmlich schlichten Gewande, nicht wie eine Taglöhnerin, nein, vielmehr wie eine verkleidete, schicksalverschlagene, wie eine — —

„Stolze Fürstin des Morgenlandes," ergänzten murmelnd die Lippen, die zu den beiden Augen gehörten, welche sie an der diesseitigen Ecke des Herrenhauses empfingen und den Weg hinaufbegleiteten, bis die hohe Figur im Zwielicht verschwunden. Es waren die Augen Strehlenbergs, der, von der Wohnung des Verwalters zurückgekehrt, ein plötzliches, unwiderstehliches Interesse an dem Stand der Spalierbäume zwischen der Veranda und dem Thorwege genommen. Er zählte mit unermüdlicher Ausdauer die dicht an einander sich hervordrängenden Pfirsiche; erst alle zusammen und dann die bereits rothbackigen und gereiften, und dann, statt die letztere Summe von der ersten abzuziehen, die unreifen noch einmal von Anfang bis zu Ende. Als er so weit gelangt, blickte er auf die leere Landstraße hinaus und nach dem fast im Abendduft verschwimmenden Gebirg hinüber.

* *
*

Es war nicht am ersten Tag nach dem Erzählten, aber alle, die dazwischen lagen, waren in ziemlich gleicher Weise verflossen. Gleiche sonnige Spätsommertage — seit langen Jahren erinnerte sich Niemand so ununterbrochen schöner Erntezeit — und in erster Morgendämmerung und im letzten Abendgrauen durchwanderte Strehlenberg unermüdlich sein großes Besitzthum und sah zum Rechten.

Ganz gegen seine Gewohnheit indeß war es, daß er, vom Felde zurückgekehrt, sich meistens stundenlang still und gedankenvoll in seinen Winkel setzte und Marie und Mellnitz durchaus nicht mehr mit lachlustigen Reden und gutmüthig-spöttischen Scherzen verfolgte, wie es früher stets sein Lieblingsthema gewesen. Auch Abelheid empfand es. Er war nicht weniger freundlich und zärtlich gegen sie, aber er war es seltener und sie blickte ihn oft, wenn er so schweigsam dasaß, forschend an. Oefter als je aber suchte Abelheid das schwarze Buch auf ihrem Fensterbrett und fand es, nachdenklich den Kopf schüttelnd, an Stellen, wohin sie, welche die Ordnung selber war, es sicherlich nicht gelegt.

Nun standen die Felder fast leer. Es lag stiller über den Koppeln; das tägliche Gelächter und Geschrei war verstummt und nur die Rebhühner zogen in dichten Schaaren geräuschvoll von einer zur andern, oder die Wachtel strich einsam wehklagend über die gelben Stoppeln hin und suchte am Wegzaun und Dorn die abgestreiften Aehren des Erntewagens auf. Dazwischen scholl aus der Ferne das Gebrüll der Kühe und das dumpfere des Stieres von den Weidegründen herüber; sonst belebte fast nichts mehr die friedliche Landschaft, in welche der allmälig sich verfärbende Waldsaum verlassen und herbstlich hineinzuschauen begann.

Nur zwei Gestalten gewahrte man häufig in der veröbeten Gegend, nach wie vor. Die eine kam hochaufgerichtet den Fußsteig vom Dorf herunter und schritt langsam mit suchenden Augen über die Stoppelfelder hin. Stundenlang ging sie, hierhin und dorthin sich niederbeugend, auf

und ab, und die Augen der anderen Gestalt ruhten vom
Gehölz aus unverwandt auf ihr, bis sie in der Dämmerung,
die gefüllte Schürze sorgsam mit der Hand an die Brust
haltend, wieder denselben Weg zum Dörfchen hinaufschritt.
Hin und wieder betrat sie auch die Felder, auf denen noch
emporgehockte Garben standen, und die Augen verfolgten
sie dann mit besonderer Aufmerksamkeit. Ruhig, wie auf
den andern Feldern schritt sie darüber hin und sammelte
zwischen den Garben oder von den Zaunsträuchen die ver-
schleuderten Halme; nur einige Mal hatte sie plötzlich inne
gehalten und verwundert auf die ungewöhnlich dicht umher-
liegenden Aehren herabgesehen. Dann legte sie die Schürze
mit ihrem Inhalt sogar bei Seite und sammelte sie zu
einer vollständigen Garbe heran, die sie in eine jedesmal
bemerkliche Lücke der Hockenreihe einschob und gleichmäßig
ihre Arbeit fortsetzte. Mitunter traf sie dann auf ihrer
Rückkehr in dem Fußsteig Strehlenberg, der vom Herrenhause zu kommen schien, und sie einholend, langsam neben
ihr herschritt, im Anfang meistens freundlich nach ihrer
Mutter sich erkundigend, später aber in wechselseitigem Gespräch, wie es wohl selten mit einer Taglöhnerin geführt
worden. Denn das blieb sie nach wie vor, als ob es sich
von selbst verstände, obgleich die Art und Weise, mit der
sie auf seine Fragen Antwort gab, und die Kenntniß der
Gegenstände, die sie dabei an den Tag legte, noch mehr
von den übrigen Bewohnern des Dorfes abstach, als ihr feines,
vornehmes Aeußere von jener bäuerischem Wesen. Auch die
Mehrzahl der Dorfbewohner hatte indeß anders über sie
und ihre Mutter zu denken begonnen und es kam oft vor, wenn
Strehlenberg rechts nach den Häusern abbog, während sie

den Waldsaum noch weiter hinauf an das kleine Forst=
häuschen wanderte, daß die Bauern sich lobend über ihr
stilles, gesittetes Betragen, das nur mehr für eine Stadt=
mamsell als für eine Taglöhnerin passe, und über die
hübsche, reinliche Einrichtung ihrer kleinen Wohnung aus=
sprachen. Die beiden verabschiedeten Mädchen und Franz
Arp lebten still und zum Verdruß ihrer Eltern im Dorf
und Niemand hatte versucht, die fremden Zuzügler nach dem
warnenden Beispiel, das der Herr gegeben, wieder zu be=
schimpfen. Ja, sie hätten es wohl kaum vor den andern
jungen Burschen auszuführen gewagt, die sich allmälig dem
schönen fremden Mädchen zu nähern angefangen und von
ihr, wie alle, die mit ihr in Berührung kamen, freundlich
behandelt, aber auch eben so entschieden in ihren Versuchen
sich um ein Zeichen von Gunst bei ihr zu bewerben, zurück=
gewiesen wurden.

So kam der Tag des Erntefestes heran und Strehlen=
berg hatte gutmüthig und um ihnen nicht den Weg zur
Besserung abzuschneiden, verstattet, daß die Verabschiedeten
daran Theil nehmen dürften. Im Dorfe herrschte unter
den Mädchen rege Geschäftigkeit, ihren Tanzschmuck hervor=
zukramen und das Mangelnde zu ersetzen. Auch in das
Forsthaus kamen die jungen Burschen, um sich eines Tanzes
mit Sarah zu versichern; aber es gelang ihnen nicht und
erst die besonnenen Zureden des Herrn Wilms, daß sie
durch solche Abschließung die günstige Stimmung, die zu=
sehends im Dorfe über sie Platz zu gewinnen anfange, wieder
gefährden würde, bewogen die Fremde, ihr Erscheinen bei
dem Feste zu versprechen — insbesondere seine Andeutung,
daß leicht das Gerede entstehen könne, sie halte sich zu gut

und wollte höher hinaus, als die Uebrigen, die sie schleunig mit der Zusicherung ihres Kommens, doch ohne zu tanzen, weil sie es nicht vertrage, unterbrach. Dann begab sie sich, wie gewöhnlich, mit ihrer Schürze in's Feld hinaus.

Sie ging heute ungleichmäßiger als sonst, im Anfang heftiger, als ob sie vor etwas zu entrinnen beabsichtige, das ihr jetzt plötzlich nachfolgte und ihr das Blut in die Wangen trieb; dann allmälig verfiel sie in's Gegentheil und schritt langsamer denn je, und oft stille stehend und das träumerische Auge mit der Hand beschattend, den Waldrand entlang. Es lag wunderbare, schwermüthige Nachmittagsruhe über Feld und Wald; aus der Ferne hallte vom Waldsaum der heisere Schrei eines Habichts herüber; es überlief sie und sie stand unbeweglich auf der gelben Stoppel, die Schürze mit der Hand haltend. So stille war's, man hörte weithin jeden Laut durch die Felder; auf der Koppel, über die sie, dem Fußsteig wie gewöhnlich folgend, hergekommen, brüllten die Kühe und der große schwarzbraune Stier rasselte unruhig mit der schweren Eisenkette an seinem Pfahl hin und her. Sie fuhr jetzt plötzlich auf, denn sie glaubte noch ein anderes Geräusch zu vernehmen und wie sie sich umblickte, war es ihr, als ob sich eine Gestalt haftig über den Zaun in den Wald hineinschwänge. Aber ihre Augen waren von der Sonne geblendet und sie vermochte sich nicht zu sagen, was es gewesen oder ob sie sich nicht überhaupt getäuscht.

Es war auch zu weit auf der anderen Seite des Gehölzes, als daß der Mann, der, an einen Baumstamm zwischen dem Unterbusch gelehnt, seine Augen unverwandt auf der hohen, dunkeln Figur, die sich scharf von dem gelben Grunde abzeichnete, ruhen ließ, gehört hätte, wie die verbissenen, trotzigen Lippen jener Gestalt vor sich hin murmelten:

„Heute Abend wenigstens soll die Judenbirn' uns nicht in die Quere kommen!"

Dann war sie mit leisem, höhnischem Gelächter zwischen ben dunkelnden Stämmen verschwunden.

Die, über welche es gesprochen war, schritt noch immer auf dem einsamen Felde hin und her. Doch sie war weniger emsig als sonst und bückte sich seltener zur Erde. Es mochte barin liegen, daß nun eben die Aehrenlese sparsamer zu werden begann und daß Wachteln und Feldhühner das Einzige, was ihnen geblieben, eifriger vorwegsuchten, als in früheren Tagen. Dafür stand sie oft still und legte die freie Hand auf's Herz; ihr Wesen schien verändert gegen einst und es lag nicht so sicher in den schönen, dunkeln Augen, wie es sonst gethan. Dann fuhr sie plötzlich auf und schüttelte hastig das lange schwarze Haar von der Stirne zurück, als ob sie die Gedanken barunter mit fortschleubern wollte; die Stoppeln, über die ihr Fuß achtloser als sonst hinstrich, schienen zu seufzen und sie summte leise mit schwermüthiger Stimme bazu:

Herbstesgruß —
Die Blätter fallen;
Flatternd umwallen
Am Weg sie den Fuß.
Vergilbt und alt
Mein Herz ist weh —
Es rauscht durch den Wald:
Komm bald, komm bald —
Abe — —

Sie glitt noch einmal mit der Hand über die Stirn, dann als ob sie einen plötzlichen Entschluß gefaßt habe, richtete sie sich fest auf und schritt schnell und wie umgewandelt auf den Fußweg an dem Waldrund hinunter.

Ihre Bewegung war so unerwartet, daß der Mann, der noch immer an den Baum gelehnt stand, überrascht hinter denselben zurücktrat und sie unbemerkt dicht an sich vorübergehen ließ, auf das große Heckthor des Weidefeldes zu. Sie öffnete und schloß es hastig und schritt ebenso den schmalen Weg, der am Gehölzsaum hinführte, entlang. Sie ging so eilig, daß sie nichts davon gewahrte, wie der große Eichpfahl auf der Koppelhöhe leer stand und daß die Kühe, statt zerstreut umher zu weiden, in eine Ecke zusammen= getrieben waren, während der gewaltige Stier schnaubend und wuthbrüllend mit den Hörnern den Boden vor ihnen aufwühlte, daß faustgroße Steine wie Erbsen von seiner Stirn aufgeschleudert über das Feld hinflogen. Gesenkten Hauptes schritt sie den Fußsteig weiter, der jetzt vom Walde abbog und auf das freie Feld hinaufführte.

Plötzlich stand sie stille und blickte auf. Sie hörte Kettengeklirr und einen dumpfen, dröhnenden Fußtritt dicht vor sich — ihre Sinne waren noch mit anderen Gedanken erfüllt, daß sie nicht an die Wahrheit dessen, was sie sah, glaubte, sondern verwirrt den Kopf nach dem Eichpfahl hinter sich umwandte. Schon aber war die wüthend auf= brüllende Bestie mit gesenkten Hörnern und stieren, empor= glotzenden Augen kaum zwanzig Schritte von ihr entfernt.

Sie maß die Entfernung bis zum Waldrande; es war vielleicht eben so weit. Einen Augenblick machte sie eine hastige Bewegung dorthin; dann murmelte sie dumpf: „Es

ist auch so gut!" — und blieb, regungslos auf den heran=
nahenden Stier hinblickend, stehen.

Aber sie hatte es noch kaum gesprochen, als ein Arm
um ihren Leib lag und sie mit übernatürlicher Kraft mit
sich fortschleppte. Zugleich flog ein großer, geschickt gezielter
Stein zwischen die Hörner des Thieres, das einen Moment
stutzte und dann mit noch fürchterlicherem Gebrüll vorwärts
stürzte. Ein Graben und ein dichter, brombeerumrankter
Zaun dahinter trennten das Feld von dem Walde; bis
hieher hatte der starke Mann mit seiner Bürde, die ihm
wie gelähmt, nur mit hörbar klopfendem Herzen im Arm
lag, Vorsprung erlangt. Jetzt machte er einen Sprung, um
hinüber zu kommen. — „Halte Dich drüben, Ruth!" rief
er. Aber es gelang nur halb; das Mädchen erreichte den
Zaun und klammerte sich mit den Händen fest, während er
selbst mit den Füßen sich in dem Brombeergeflecht verwirrte
und mit dem Kopf nach vorn machtlos gegen die hintere
Wand des Grabens aufstürzte.

Es war ein Augenblick und dann hatte das Mädchen
ihn fast so leicht, wie er sie vorher getragen, zu sich auf
den sicheren Wall heraufgezogen, doch in demselben Moment
hatte auch der Stier ihn erreicht und geschlossenen Auges mit
einem seiner Hörner den linken Arm des Mannes getroffen.
Jetzt stand er wuthschnaubend mit weitaufgerissenen Nüstern
vor dem Hinderniß und stampfte mit den Hufen und schleu=
derte, mit den Hörnern den Boden aufwühlend, Steine,
wie der Mann vorhin sie zum Wurfgeschoß benützt, gleich
Kieseln umher.

Das Mädchen hatte ihren Retter vom Zaun herab auf
das weiche Waldmoos gezogen. Seine Kräfte waren von

der gewaltigen Anstrengung erschöpft; er athmete heftig, dabei floß Blut durch die zerrissene Kleidung seines Armes auf die Erde.

„Du hast mich gerettet, Ruth," sagte er leise, während sie den Rock von seinem Arm streifte und mit ihrer weißen Linnenschürze, die sie hastig in Stücke zerrissen, die stark blutende Wunde verband. Sie war todtbleich und zitterte, ihre Augen wichen unruhig den seinigen aus.

„Ich?" erwiderte sie tonlos. „Für wen fließt dieses Blut?"

Es klang fast bitter, schmerzlich bitter zwischen den verblaßten Lippen hervor. Doch er verstand es nicht und hob, um sie zu beruhigen, den verwundeten Arm empor.

„Es ist nichts, er ist nicht gebrochen!" lachte er freund= lich; „nur eine leichte Quetschung, weiter nichts."

Doch die Schmerzen, die ihm diese Bewegung verur= sachte, ließen sich nicht ganz beherrschen und sie nahm die= selben auf seinem Gesicht wahr.

„Ist ein Arzt in der Nähe?" fragte sie hastig.

Er entgegnete: „Nein!" — während er sichtlich müh= sam seinen Rock wieder anzog; „es seien vier Stunden bis Hirschberg und solche Kleinigkeiten heilten von selbst. Wie ist der verdammte Stier nur losgekommen?"

Sie antwortete nichts. Es blitzte jetzt plötzlich eine Erinnerung in ihr auf, die sich damit verknüpfte, aber sie unterdrückte sie und gab ihr keinen Ausdruck.

„Nochmals meinen Dank, Sarah, und auf Wieder= sehen," sagte er, sie fröhlich anblickend, während er ihr die Hand des nicht verwundeten Armes reichte. „Sie kommen doch heute Abend zum Erntefest?"

Sie entgegnete zögernd: „Ja!“ — und ihre Hand fiel wie leblos aus der seinen zurück.

„Erzählen Sie nichts von dem Unfall und lassen Sie ihn Geheimniß unter uns bleiben!“ rief er ihr noch zu, wie sie sich schon abgewandt. Sie nickte stumm mit dem Kopf und schritt eilig fort, so daß er nicht sah, wie ihr bei den Worten das Blut glühend in das blasse Gesicht zurückschoß. Dann gingen sie Beide, den Innenrand des Gehölzes verfolgend, durch die beginnende Dämmerung nach ihren Wohnungen auseinander.

Es dunkelte, als er an dem kleinen Teich vorüberkam und er hörte schon von Weitem aus den großen Kellerräumen des Herrenhauses, wo der Tanz bereits begonnen, Geigen und Flöten heraufschallen. Seine Wunde fing jetzt doch an heftig zu schmerzen, seitdem die Blutung stockte und er fühlte, daß er etwas zu fiebern begann. Wie er durch die Veranda in den Gartensaal schritt, stand Adelheid allein im Dämmerlicht und blickte hinaus. Ihr Gesicht schien ihm strenger als gewöhnlich; wenigstens war der milde Ausdruck, der sonst immer wie der Herbstsonnenschein auf den Feldern draußen über ihrem friedlichen Gesicht lag, verschwunden und ihre sanfte Stimme klang fast hart, als sie seinen Gruß mit einem kurzen: „Guten Abend, August!“ erwiderte. Doch war sein Kopf zu voll von durcheinander wogenden Gedanken, als daß er es sonderlich beachtet hätte. Dabei trieb ihn der Wunsch, die immer heftiger brennende Wunde zu kühlen und zur Ruhe zu gelangen, ohne daß etwas davon ruchbar würde. So fragte er nur noch schnell nach Mellnitz und Marie.

„Sie tanzen!“ war die eben so kurze Antwort, und

der Ton, mit dem sie gesprochen, klang wieder eben so ungewöhnlich, daß er noch einmal befremdet von der Thür zu ihr aufsah. Dann zuckte er, wie als Antwort auf eine Frage, die sich ihm aufgedrängt, die Achsel und sagte:

„Mir ist nicht ganz wohl, Adelheid, und ich will zu Bette gehen. Sag' den Leuten drunten, weßhalb ich nicht komme; vergiß es nicht. — Gute Nacht!"

Er drehte sich rasch um und ging auf sein Zimmer. Adelheid hatte sich bei diesen Worten ebenfalls umgewendet und, so weit die Dämmerung es verstattete, einen festen, forschenden Blick gerade in sein Gesicht geworfen. Sie stand nun allein und murmelte vor sich hin:

„Ja, damit auch sie es erfährt, weßhalb er nicht kommt." — Dann blickte sie wieder nachdenklich in's Zwielicht hinaus.

„Und doch, ich kann's nicht glauben," fuhr sie mit sich selbst redend fort. „August, der redliche, tieffühlende August — und sie erschien mir immer so ganz anders, wenn ich sie sah. Nein, die Mädchen müssen sich getäuscht haben oder verleumben die Fremde absichtlich, weil sie hübscher ist, als sie."

Sie brach ab, aber es kam in ihrer Brust nicht zur Ruhe. Von drunten tönten die Geigen und Flöten herauf. — „Ich will hinunter gehen," sagte sie leise. „Wenn sie dort ist, dann ist es Verleumdung, denn sonst würde er auch theilnehmen. Freilich anders als sonst ist er in den letzten Wochen — ganz anders — und dieß ungewöhnliche Ausbleiben in der Dämmerung — und dann — mit einer Juden — —"

Sie verschluckte das letzte, unwillkürlich herausgestoßene

Wort und erröthete über und über, als schämte sie sich vor sich selbst darüber, daß sie es gedacht.

„Nein,“ fügte sie milder hinzu, „ich glaube es nicht und will selbst nachsehen und genau Acht geben.“

Damit ging sie durch den Saal über den Flur und die breite Treppe in den großen, hellerleuchteten Milchkeller hinunter. Hier herrschte lautere Ausgelassenheit und Frohsinn. Auf den breiten Fliesensteinen des Bodens drehten und wirbelten sich die Burschen und Mägde so lustig, wie auf dem glattesten Tanzparquet eines städtischen Ballsaals. Von der Kellerdecke herab hing die riesige, bunte Erntekrone, mit Goldpapier, das in der Zugluft knisterte, umwunden und mit langen Bändern geschmückt, die fast bis auf die Köpfe der Tanzenden herunterflatterten. Alle Kornähren und Feldblumen waren darin vertreten; ebenso, nur mit weniger Aehren und desto dichterem, würzig duftendem Tannenreisig waren die Wände geschmückt.

Als Adelheid herabkam, tanzte Mellnitz lustig mit einer flinken, gewandten Bauerndirne und Marie mit einem flotten Burschen, der, den bebänderten Hut auf dem Kopf und den Arm in die Seite gestemmt, sie ausgelassen im Kreise umherwirbelte. Auch Adelheid konnte sich dem nicht entziehen, da ihr schon auf der letzten Stufe ein stämmiger, etwas älterer Bauer entgegen kam und mit einem respektvollen Kratzfuß sich die Ehre mit dem gnädigen Fräulein ausbat. Sie tanzte einigemal mit ihm herum, dann trat sie hinter die Reihe zurück und lehnte weitere Aufforderungen unter dem Vorwande, daß sie etwas Kopfschmerzen habe, freundlich ab.

Sie hatte schon eine geraume Zeit gestanden und mit

ben Augen umhergespäht, als die hohe, dunkle Gestalt, die sie vergeblich gesucht, langsam die Treppe herabkam. Es flog freudig über Adelheids Gesicht; dann verwandte sie den Blick nicht mehr von Sarah, die ruhig zu Diesem und Jenem herantrat, aber alle Versuche, sie zum Tanz zu bewegen, beharrlich mit der Antwort, daß sie nie tanze, zurückwies. Auch ihre Augen suchten in der Menge umher und richteten sich unruhig bald hier= bald dorthin. Sie glitten gleichgiltig an dem trotzigen Gesicht des jungen Burschen vorbei, der sie bei ihrem Eintreten mit erstaunter, ärgerlicher ·Miene angestarrt; auch verächtlich an den beiden Dirnen, die, mit dem Finger auf sie hindeutend, mit andern zischelten und in unverkennbarer Weise ihre Mißachtung an den Tag legten. Adelheid bemerkte Alles, da sie immer den Blicken der Fremden folgte; jetzt trafen sich plötzlich ihre Augen gegenseitig und die Letztere machte aus der Ferne eine respektvolle Verbeugung. Ihr Auge hatte so ruhig vor dem festen Blick Adelheids ausgeharrt, daß diese die ihrigen etwas verwirrt und erröthend abwandte. Dann trat sie auf die Fremde zu und sagte:

„Wie geht es Ihnen und Ihrer Mutter, Sarah? — Mein Bruder kommt leider nicht, da er krank ist," setzte sie mit möglichst gleichgiltiger Stimme hinzu.

Sie hatte „krank" gesagt, obwohl sie selbst nicht daran glaubte, und ihr Auge ruhte forschend auf dem schönen Antlitz vor ihr. Aber es veränderte sich nicht und blieb eben so ruhig, freilich ohne etwas zu erwidern, wie es gewesen. Nur zuletzt öffneten sich die Lippen und fragten ausdruckslos, wie um nur etwas zu sagen:

„Ist denn nach einem Arzt geschickt worden?"

Adelheid entgegnete rasch: „Nein." Sie fühlte sich verwirrt und beklommen mit dem doppelten Bewußtsein der Lüge und des Spionirens vor Sarah's würdevoller, sicherer Haltung, die von keinem Schuldbewußtsein sprach. Es war ihr, als ob ihr eine Last von der Seele genommen und doch zugleich, als ob eine andere fast noch drückendere darauf gewälzt würde; sie fühlte sich beängstigt in der Nähe des Mädchens, das ihr plötzlich weit reiner und besser schien, als sie selbst, und sie hätte ihre Hände gefaßt und sie um Verzeihung für ihren Verdacht gebeten, wenn nicht die Rück= sicht für jene selbst in dieser Umgebung sie davon zurück= gehalten. Sie ergriff hastig jetzt die Gelegenheit, daß Mellnitz dicht an ihr vorüber kam und forderte ihn selbst zum Tanz auf, obgleich sie es ihm vorhin schon abgeschlagen, und es war fast, als wollte sie gewaltsam sie bestürmende Gedanken verscheuchen, so eifrig tanzte sie jetzt bald mit Diesem, bald mit Jenem.

Allein sie sah es dennoch, daß Sarah gegen Mitter= nacht schweigsam den Keller verließ und die Treppe hinauf= stieg. Vom Tanzen und mannigfachen Gefühlen erregt, drängte sie sich durch die Menge hindurch und folgte ihr nach. Sie wollte sich von der peinlichen Last befreien, die den ganzen Abend drückend auf ihrer Brust gelegen, wollte offen und frei ihr Unrecht gestehen und das Mädchen um Vergebung bitten, deren ihr edles Herz für seine Ruhe be= durfte.

Oben auf dem Flur brannte nur eine trübe, fast er= löschende Lampe; die kühle Nachtluft zog durch die weit= geöffnete Hausthür über die Treppe bis in den erstickend heißen Kellerraum hinein. Es war ganz leer und einsam dort; Alles, was sich zu bewegen vermochte, war drunten versammelt und Sarah bereits aus dem Hause verschwunden. Erhitzt, wie sie war, eilte Adelheid durch die Thür auf den Hofplatz hinaus. Die Nacht .war dunkel und ihre Augen waren vom Lichte noch geblendet, so daß sie nichts um sich her zu erkennen vermochte. Sie tastete sich bis an die Land= straße hinunter und rief einige Mal: „Sarah!" aber es kam keine Antwort.

So kehrte sie in's Haus zurück. Als sie braußen an dem Schlafzimmerfenster ihres Bruders vorüberging. sah sie durch die geschlossenen Vorhänge, daß es schwach erleuchtet war. Sie horchte einen Augenblick; es war Alles darin ruhig und still.' Der Gedanke drängte sich ihr auf, hinein= zugehen und nachzusehen, wie er sich befinde; dann aber fürchtete sie, ihn im Schlafe zu stören und zugleich war etwas in ihr, das sich scheute, sich ihm mit dem Unrechts= bewußtsein, das sie auch ihm zugefügt, zu nahen. So eilte sie wieder in den Keller zurück, wo jetzt Mellnitz und Marie im Tanze dahinflogen und die Bauern jauchzend mit den Gläsern anstießen und das „herrschaftliche Brautpaar" leben ließen. Sie wußte, daß es ihr unmöglich war, Schlaf zu bekommen, und beschloß, mit den beiden Anderen, die jetzt nur noch zusammen tanzten, auszuharren; das hieß, nach der Glückseligkeit ihrer Gesichter, bis das Fest zu Ende sei. —

Von dem Allem hatte Strehlenberg nicht viel mehr vernommen. Er hatte sich gleich zu Bette begeben und kühlende Umschläge um den verwundeten Arm zu machen begonnen. Im Anfang hielten die Geigen und Clarinetten ihn wach, so daß er regelmäßig den Verband, sobald der= selbe zu erwarmen anfing, wechselte. Seine Gedanken schweiften weit umher, bald in sein hinter ihm liegendes Leben zurück, bald in die Zukunft hinaus, und seine Lippen lächelten, wenn er der letzteren gedachte, trotz den heftigen Schmerzen fröhlich vor sich hin. Zuletzt überkam es ihn mit fieberndem Halbschlaf und verworrene Traumbilder drängten sich ihm an der Seele vorüber. Er hörte noch deutlich die lustige Dorfmusik von unten heraaftönen, aber ihm war, als sei sie unendlich lieblich und melodisch geworden. Auch das Zimmer um ihn dehnte sich aus — dann stand er auf einer weiten Ebene und hielt ein kleines, schwarzes Büchlein in der Hand und von allen Seiten drängten schnaubende, furchtbare Ungeheuer auf ihn ein. Menschen befanden sich ebenfalls dazwischen, viele mit bekannten Gesichtern, wie Mellnitz und Marie, und schreiende, tobende Weiber. Vor ihnen Allen ging mit drohendem Antlitz der Pfarrer von Walbau und trieb ein paar kecke Dirnen an, ihm das Buch aus den Händen zu reißen. Sie zagten und zauderten, bis ein trotziger, finsterblickender Bursche auf ihn zusprang und darnach griff, aber er schlug ihn auf die Stirn, daß der Angreifende in den Boden sank und verschwand. Doch dann verwandelte die Musik sich in ein wildes, höllisches Gekreisch und alle stürzten auf ihn ein und verlangten das Buch von ihm, das er in Todesangst fest umklammert hielt und rief: „Nur mit meinem Leben!"

Dann plötzlich war wieder Alles um ihn verwandelt. Er fühlte einen heftigen Schmerz, aber zugleich wuchs das Buch ihm in der Hand empor, bis es größer und größer wurde und eine hohe Mädchengestalt annahm, mit langem, schwarzem Haar und feinen, blassen Zügen. Dieselbe beugte sich über ihn und hob ihn empor — jetzt schlug wieder die liebliche, sanfte Musik von vorhin an sein Ohr und dann linderte sich der Schmerz und es legte sich mild und wohl=thuend über die brennende Wunde. Die Angreifer alle waren verschwunden und er schwebte, von dem Arm seiner Retterin gehalten, fort — immer weiter — unendlich leicht und glücklich durch den Weltenraum schwebten sie fort; manchmal wußte er nicht, ob es Sterne oder die blitzenden Augen seiner Führerin waren, die in seine weitgeöffneten hineinleuchteten. Nur das wußte er, daß er glücklich war, unermeßlich glücklich, wie er es nie früher gewesen. Seine Lippen allein waren trocken und brannten und er sagte es ihr und sie griff mit der weißen Hand hinter sich nach der Sonne und führte einen glänzenden Becher an seine Lippen, aus dem er gierig trank und wieder ruhevoll zurücksank und murmelte:

„Es war aber um die Zeit, daß die Gerstenernte an=ging, da Naemi und ihre Schnur Ruth, die Moabitin, wieder kam vom Moabiter Lande gen Bethlehem.“

Er fühlte, daß der Arm, der ihn hielt, leise zuckte, wie er es sprach, und sich zurückziehen wollte, und auf ein=mal war es ihm, als müsse er ohne ihn rettungslos in den gähnenden Weltenraum hinabstürzen, so daß er ihn hastig mit der Hand umklammerte und ängstlich flüsterte:

„Verlaß mich nicht, Ruth; ich kann nicht ohne Dich leben!“

Dann neigte sich ein athemloses Antlitz über ihn — der Arm, der ihn stützte, zitterte noch heftiger — aber es kam näher und näher, bis es seine Lippen berührte — und dann fort durch den Weltenraum, durch die Ewigkeit —

unermeßlich selig. Nur wenn die Wunde auf's Neue zu
brennen begann, legte sie die Hand darauf und der Schmerz
wich wie von Geisterhauch verweht und wie Himmelskühle
wieder glitt es über seine verdorrten Lippen. Dann sah er
noch, daß es heller um ihn zu werden begann, als wenn
sie der fernen Sonne nah und näher schwebten, und fiel in
festen, ruhigen Schlaf.

* * *

Drunten verstummten die Geigen erst mit Tagesan=
bruch; doch kaum eine Viertelstunde nach ihrem Schweigen
war der Keller auch schon von dem letzten tanz= und bier=
seligen Gesicht geräumt und Alles wanderte auf dem nächsten
Wege durch die beginnende Morgendämmerung dem Dorfe
zu. Die Mägde auf dem Gut dagegen zogen es vor, ohne
zu schlafen, gleich ihre Arbeit anzufangen. Marie hatte sich
schleunig zu Bett begeben, Adelheid indeß ordnete mit halb=
geschlossenen Augen noch etwas an und sah den Mägden
einen Augenblick nach, die sich schwatzend über den Hof zer=
streuten. Dann schloß sie fröstelnd die Hausthür und schritt
über den stillen Flur zurück.

Sie hatte gerade ihr Zimmer erreicht und hielt schon
die Hand auf dem Drücker, als sie in dem entgegengesetzten
Korridor leise die Stubenthür ihres Bruders öffnen und
einen sachten Schritt den Gang heraufkommen hörte. Es
war noch zu dunkel, um in diesem selbst etwas unterscheiden
zu können — noch ein Augenblick, den Adelheid mit plötz=
lichem, angstvollen Herzklopfen erwartete, und die hohe Ge=
stalt des fremden Mädchens tauchte deutlich aus dem Zwie=
licht des Vorplatzes heraus. Sie ging geräuschlos, doch

unbefangen auf die Hausthür zu; dann blieb sie plötzlich stehen und sah sich etwas erschreckt um.

Adelheid hatte einen Schrei ausgestoßen und lehnte unbeweglich, sie mit den Augen messend, an dem Wandgetäfel des Korridors. Doch nun trat sie heftig auf die Fremde zu: Sie hob ihre zitternde Hand auf und deutete, keines Wortes mächtig, herrisch auf die Thür. Dann stieß sie mit vor Zorn und Verachtung stotternden Lippen hervor:

„Also doch! Alles Lüge — alles Heuchelei — aus meinen Augen — fort — für immer — Dirne — Du — —"

Das Mädchen hatte sich schnell gefaßt und bereits den Mund geöffnet. Doch plötzlich fuhr sie todtenbleich zusammen und preßte schaudernd die Hand auf's Herz. Sie wankte, als müsse sie fallen und griff mit der andern nach dem Pfosten der Thür; im nächsten Augenblick hob sie die Stirn, daß es schien, als ob sie um Haupteslänge emporgewachsen, so stolz richtete sie sich auf, faßte mit sicherer Hand die Thür und verließ, ohne ein Wort zu erwidern, das Haus.

Sie ging, ohne inne zu halten, über den Hof, die Landstraße hinauf. Als sie am Ende des Parks angelangt, bog sie links in den Fußsteig ein, der auf den Wald zuführte. Seine Wipfel lagen schon im Morgensonnenlicht, und wie sie ihn erreicht, floßen die ersten Strahlen um ihr noch immer todtbleiches, aber unbeweglich ruhiges Gesicht. Plötzlich kam etwas über sie; sie wandte die Augen in die blendenden Strahlen hinein: „Abendsonne — Morgensonne", murmelte sie dumpf; dann gewann die Erinnerung Macht über sie; ihr war, als ob die Baumwipfel, die leise im Morgenwind rauschten, die Melodie eines Liebes nachsumnten, daß sie gestern gesungen. Sie sang nicht, sondern sie sprach es mit tonloser Stimme vor sich hin:

Alles hin,
Woran gehängt sich,
Hoffend gedrängt sich
Im Frühling der Sinn.
Verwelkt — verdorrt —
Mein Herz ist weh —
Trüb klingt sein Wort:
Zieh fort — zieh fort —
Ade — — —

Sie wandte sich bei dem letzten Worte unwillkührlich um und blickte nach dem Giebel des Herrenhauses hinüber, der über den Park hin durch die Eichenkronen heraufragte. Dann winkte sie entschlossen mit der Hand und schritt sorglos über die Weidekoppel, auf der die Kühe und der noch immer gelöste Stier sie nur im Halbschlaf brummend betrachteten, nach dem Försterhäuschen hinauf.

Es war noch geschlossen und sie pochte an die Thür.

„Mutter, mach' auf!" rief sie mit ruhiger Stimme. Die Alte brinnen schlief nicht mehr, sondern bewegte sich schon in der Stube umher.

„Bist Du es, Sarah?" fragte sie, den Riegel zurückschiebend. „Nun, hat der Balsam seine Pflicht gethan?"

„Mehr als das," erwiderte das Mädchen bitter. Sie wollte es nicht, aber die Lippen erzwangen eigenmächtig den Ton, mit dem sie es sprach, und noch einmal drückte sie krampfhaft die Hand auf die Brust, als müsse sie ersticken, was wieder zu erwachen drohte.

Die Alte merkte nichts von Beidem. „Ja, ja," murmelte sie, während sie sich geschäftig ankleidete; — „er that es immer. Bei Deinem Vater und auch bei Dir, wie Du als kleines Kind vom Felsen gefallen warst und der Arzt Dich verloren gegeben —"

„Dann sei er verflucht, Mutter!"

Es war ein gewaltsamer, furchtbarer, unwiderstehlich aus der Brust sich hervorringender Verzweiflungsschrei, den die Lippen nicht beherrschen konnten, der Alles sagte, was seit Beginn des Tages in dem verschlossenen, tödtlich verwundeten Busen gewogt und sich verblutet hatte. Es war der Wahnsinnsschrei eines glühenden, dem Blute heißerer Sonne entsprungenen Weibes, mit dämonisch herausbrechender Leidenschaft, die alle Schranken des Willens und der Gewöhnung wie Halme vor sich niederwarf.

„Verflucht, daß er mich gerettet! — Und doch — o nein!" — und das Blut stürzte in die Wangen zurück und die Besinnung kam wieder — „nein, nicht verflucht, denn ich habe ihn auf sein Blut gelegt!"

Sie hob in wilder Erregung die gefalteten Hände gen Himmel.

Die Alte war zurückgewichen und starrte das wie Espenlaub zitternde Mädchen mit entsetzten Augen an.

„Sarah, mein Kind, was hast Du, Sarah?" rief sie angstvoll.

Diese richtete sich auf. — „Nichts, Mutter!" erwiderte sie ruhig, wie sonst; — „es ist vorbei; nur müssen wir fort, Mutter; frage nicht und laß' uns zusammennehmen, was uns gehörte, da wir hieherkamen. Wir müssen!"

Die Alte gehorchte willenlos. Sie fragte nur einmal, während Sarah mit sicheren Händen den Karren, mit dem sie gekommen, belud:

„Sarah, ich bin alt — wohin ziehen wir, Sarah?"

Und das Mädchen erwiderte gelassen: „Der Herr wird uns geben, daß wir Ruhe finden, Mutter. Aber wir bleiben zusammen und der Tod muß mich und Dich scheiden."

Dann war der Karren gepackt und sie standen vor der Thür, in welcher Sarah den Schlüssel umdrehte. Sie hob den Karren auf und schob ihn fort, durch einen Nebenweg an den letzten Häusern des Dorfes vorbei, in die Landstraße hinein. Nebenher am Wegesrand schritt gebückt, auf einen Stock gelehnt, die Alte; die langen Bänder flatterten hinter ihr zurück, während das Mädchen rüstig den Karren durch den Wegstaub hinzog, der ihre dürftigen Gewänder um= wirbelte und sich grau auf ihr schwarzes Haar herablegte, wie die Asche, mit der ihre heimathvertriebenen Vorfahren vor dreitausend Jahren schicksalsergeben ihr Haupt bedeckten.

* * *

Es war etwas früher, daß Strehlenberg von seiner langen Ruhe erwachte und traumverwirrt in die Höhe fuhr. Die Sonne blitzte durch die Vorhänge hell in sein Zimmer hinein und blendete seine Augen, vor denen noch immer nebelhaft verschwommene Bilder hin und her gaukelten. Dann blickte er auf seinen Arm, der mit einem duftenden Balsam von Kräutern umwunden, schmerzlos an seiner Seite lag. Er strich sich besinnend mit der Hand über die Stirn, aber eins drängte sich ihm vor Allem hervor und ließ ihm keine Ruhe: die Arme, auf denen er im Traum dahinge= schwebt. Er legte sich noch einmal mit geschlossenen Augen zurück — nun war's ihm wieder, als sehe er ihre Augen sternengleich, beseligend über sich leuchten, als beugten ihre Lippen sich zu ihm nieder — hastig sprang er auf, kleidete sich fast eben so schnell als gewöhnlich an und ging in den Gartensaal.

Marie schlief noch nach der spätnächtlichen Anstrengung und Adelheid saß allein am Fenster und blickte hinaus. Das Frühstück stand unberührt neben ihr auf dem Tisch; sie sah blaß und verweint aus, aber es lag etwas Ent=schlossenes in ihrem Gesicht, das sie ihm beim Eintreten zu=wendete und ernst seinen Gruß erwiderte.

Er hatte Hut und Stock in der Hand und ging an ihr vorüber auf die Veranda zu. „Willst Du nicht früh=stücken?" fragte sie.

„Wenn ich zurückkomme," antwortete er gedankenvoll; „ich will erst einen Morgenspaziergang machen."

Sie erhob sich aus ihrem Stuhl und trat ihm ent=gegen. — „August, wohin gehst Du?" fragte sie mit strengem Ton.

Es klang ihm so sonderbar befremdend, daß er sie groß anblickte. — „Wohin, liebe Schwester?" wiederholte er erstaunt. „Ich glaube, das ist meine Sache?"

„Nein, August, es ist auch meine und des Hauses und unser Aller Sache, daß Du seine Ehre und unsern guten Namen —"

Das schöne, ernste Gesicht vermochte sich nicht länger zu halten, sondern sie fing bitterlich an zu schluchzen und schlang ihm beide Arme um den Hals.

„August, lieber, theurer Bruder, laß das leichtfertige Mädchen gehen und laß es nicht ruchbar werden, daß sie bei Dir gewesen!"

Sie stockte abermals und blickte ihm flehentlich innig

in die Augen. Er schaute gerade in die ihren hinein. —
„Bei mir gewesen?" wiederholte er verwundert.

Sie schüttelte vorwurfsvoll den Kopf. — „Ich habe
es selbst gesehen, wie sie im Morgengrauen aus Deinem
Zimmer trat, August," versetzte sie wieder ernst.

Er ließ heftig ihre Arme, die sie noch immer um ihn
geschlungen hielt, los.

„Um Gotteswillen, wer — wen hast Du gesehen,
Schwester?" rief er athemlos.

„Wen? Die Fremde —"

„Die —?" Er sprach nicht aus, seine Lippen zitterten
so heftig, daß er sie nur erwartungsvoll stumm ansah.

„Nun, wenn Du es durchaus willst, Deine Jüdin —,"
sie stockte erröthend. „Die Sarah!" setzte sie schnell verächtlich hinzu.

Aber er hörte nicht auf den Ton; er fühlte sich wieder
von ihren Armen getragen dahinschweben; eine unnennbare
Seligkeit überkam ihn. Doch zugleich eine dunkle Angst;
wie er in das jetzt wieder so strenge gefaltete Gesicht seiner
Schwester blickte. — „Und was hast Du gethan, Adelheid?" fragte er hastig.

Sie sah ihn fest und entschlossen an. — „Ich habe
gethan, was mir um Deinet= und unser Aller willen ziemte,
August," sagte sie bestimmt. „Du hattest Dich und uns
vergessen und ich habe Sorge getragen, daß der Gegenstand, um den Du es gethan, entfernt wurde, wie er es
verdiente."

Es überlief ihn schaudernd und er blickte sie starr an.
Dann erwiderte er feierlich:

„Schwester, verhüte der Himmel, daß Deine Thorheit

eine furchtbare Schuld auf Dein und ruheloses Unglück auf mein Haupt geladen! Sarah ist das reinste, hochherzigste Mädchen, das ich kennen gelernt; ich beschwöre es und ich beschwöre, daß ich heute sie um ihre Hand gebeten hätte und daß ich es jetzt thun werde — wenn es nicht zu spät ist."

Er sprach die letzten Worte düster vor sich hin. Adelheid stand lautlos und blickte ihm starr nach, wie er eilig in den Garten hinabflog. Er wendete sich noch einmal um und rief:

„Laß schleunigst den Wagen zum Dorf hinauffahren und mich für alle Fälle erwarten!"

Dann war er schon zwischen den Bäumen, die den Teich umgeben, verschwunden.

Nie in seinem Leben war ihm der Fußsteig so lang erschienen als heute und doch war er nie so schnell zum Dorfe hinaufgekommen. Er dachte nichts; sein Auge hing nur an dem Dachfirste des kleinen Hüttchens am Waldrande; sein Herz schlug immer angstvoller, je näher er kam. Nun hatte er es erreicht und ein Blick von fern schon zeigte ihm, was er befürchtet — daß es leer war. Einen Augenblick mußte er inne halten, denn seine Brust schnürte sich fast schluchzend bei dem Anblick zusammen; dann eilte er weiter auf die letzten Häuser des Dorfes zu, wo der Wagen bereits wartete. Hastig richtete er ein paar Fragen an die Bewohner, die vor der Thür kopfschüttelnd, verwundert mit einander flüsterten, und hatte kaum ihre Antwort gehört, als er sich zu dem Kutscher auf den Vordersitz schwang, ihm die Zügel aus der Hand riß und staubwirbelnd die Landstraße nach Hirschberg zu hinaufjagte.

*　　*　　*

Die Mittagszeit war längst vorüber, doch weder Abel=
heid noch Marie hatten einen Bissen berührt. Sie saßen
in der Veranda; Marie hatte eine Arbeit auf dem Schooß
liegen, doch diese schritt wenig fort; sie schaute meistens
verstohlen auf die Schwester, die todtenbleich auf und ab
ging, sich wieder setzte und ruhelos aufsprang, um zum
Fenster hinauszublicken, wo sich nichts zeigte, nichts als
tiefer, sonniger Herbstesfriede über Wald und Feld. Hin
und wieder mochte das Schweigen zu drückend werden, denn
die Eine oder die Andere sprach ein gleichgiltiges Wort —
dann plötzlich horchten sie auf — war es das Rollen eines
fernen Wagens? Nein! — und sie trat unter den Eingang
der Veranda und blickte mit ängstlichen scheuen Augen auf
die Landstraße hinaus und Marie seufzte, und ihre Blicke,
die traurig auf der Schwester ruhten, sagten, daß sie selbst
so bang erwartungsvoll nie den Weg hinaufgesehen.

Doch nun fuhr Adelheid zusammen; es flog glühend
über ihr Antlitz und sie faltete heftig wie zum Dank die
Hände in einander. Dann preßte sie beide gewaltsam gegen
ihre Stirn und ging langsam die Treppe hinunter, auf den
Tisch und die beiden Gestalten zu, die Arm in Arm zwischen
den Bäumen heraufkamen. Hin und wieder war es, als
ob ihr die Füße versagten und sie verzögerte ihren Schritt
— nun war sie dicht an die Beiden herangekommen und
die hohe weibliche Gestalt vor ihr hielt ungewiß inne und
blickte ängstlich fragend auf sie und auf den Mann, der sie
führte und mit ernstem, unbewegtem Gesicht auf die Heran=
nahende hinsah. Aber nur einen Augenblick, denn dann
hatte diese die Beiden erreicht und stumm die Hand des
Mädchens erfaßt und war, ehe sie es verhindern konnte,

schluchzend in dem Wegstaub vor ihr auf die Kniee gesunken.

„Sarah — kannst Du mir verzeihen, Sarah!" stammelte
sie ängstlich, wie das Mädchen sie zitternd aufgehoben, aber
noch immer sie zaghaft mit den Augen messend, die sie
heute Morgen so stolz angeschaut, vor ihr stand. Doch dann
verstand sie schnell auch diese Scheu und fiel ihr liebreich
um den Hals und die beiden Gesichter von so verschiedener
Schönheit ruhten innig an einander.

Dann dauerte es nur kurz und ein Wagen rollte die
Landstraße herab und durch das Thor über den Kiesweg
und Strehlenberg eilte hinunter und hob eine alte Frau
vom Sitz, die sich mit stummen, freudeglänzenden Augen
zwischen die Andern hineinsetzte. Und wiederum nur kurz,
dann kam ein einzelner Hufschlag ganz denselben Weg hinter
dem Wagen drein — Marie hörte ihn zuerst — und Herr
Mellnitz sprang herab und war sehr erstaunt, und auch Herr
Wilms kam und war es ebenfalls. Und es war wohl eine
Stunde verflossen, ehe Alles besprochen und erzählt und
erklärt war. Strehlenbergs Arm schmerzte gar nicht mehr
und kein Gesicht sprach mehr von irgend welchem Schmerz.
Sarah bat so lange, bis Strehlenberg versprach, keine Untersuchung wegen des losgemachten Stieres und über die beiden
Mädchen anzustellen und Alles mit Vergessenheit zu bedecken.
Dann ging er hin und nahm das kleine schwarze Buch von
Adelheids Fensterbord und reichte es Mellnitz hin, der es
lächelnd aufschlug, ohne ein Wort zu sagen und zu lesen
begann. Und als er an die Stelle gekommen: „Es war
aber um die Zeit, daß die Gerstenernte anfing, da Naemi
und ihre Schnur Ruth, die Moabitin, wieder kamen vom

Moabiter Lande gen Bethlehem" — schlang Strehlenberg schweigend den Arm um Sarah und trat mit ihr an's Fenster und deutete auf die Landstraße hinaus. Dann blieben sie neben einander stehen und hörten zu bis zum Ende; ihre Augen stiegen von dem Wegstaub empor und ruhten träumerisch auf den goldenen Zacken des Hochgebirgs, das, vom Abendsonnenlicht beglänzt, auf sie herabblickte, leuchtend und glückverheißend — wie vor tausend, tausend Jahren dereinst der Libanon niedergeschaut haben mochte auf das Haus des Boas und der Ruth, „das da wuchs in Ephrata und gepriesen wurde zu Bethlehem."

Aus dem Heu.

Eine schläfrige Geschichte.

Am Wiesenrain
Lag ich allein
In Mittagglanz und Düften;
Es kreiste kühn
Hoch ob dem Grün
Der Falk in blauen Lüften.

Es haben dran
Im kühlen Tann
Zwei Täubchen sich geschnäbelt;
Und, meiner Treu,
Ich glaub', das Heu,
Es hat mich selbst benebelt.

Tausend und aber tausend Hummeln summten und surrten in dem blühenden Apfelbaum. Nebenan saßen die Fliegenschnäpper mit eingeschlagenen Flügeln schläfrig auf dem Stacket im Sonnenschein. Manchmal öffnete einer die Augen und flatterte behend über das Rasengras; aber eh’ die andern es bemerkten, war er schon wieder an denselben Platz zurückgekehrt und hockte in sich gekehrt da, ebenso unbeweglich und grau wie die alte Latte, auf welcher er saß.

Drüben in der Stadt, deren Thürme man vom Ende des Gartens über den Ligusterzaun gewahren konnte, war es bei den vornehmen Leuten jetzt vielleicht erst Mittagstunde; aber hier, wo man mit der Sonne lebte, war sie schon vorüber. Alles hatte sein Mahl zu sich genommen und ruhte von dieser Anstrengung aus. Die Hühner saßen unter’m Dachschatten auf den Stiegen und hatten die Köpfe in die Federn gesteckt; auch der gelbe Hofhund schlief in dem kleinen, veränderlichen Schatten seiner runden Hütte. Allmälig kam er wieder mit dem zottigen Kopf in die Sonne; legte ihn verdrossen im Halbschlaf auf die andere Seite und schüttelte die Fliegen von den Ohren. Dann rasselte die lange Kette auf den Steinen, und die Katze auf dem Ulmenast über ihm blinzelte mit den Augen herunter und nickte schnurrend wieder ein.

Nur die Hummeln blieben lebendig und summten gleichmäßig fort. Es waren auch Fliegen und grüngold= schillernde Käfer darunter, die sich eifrig an die Apfelblüthen hängten; ab und zu kam eine brummende Horniß, surrte um den Baum und zog in weitem Bogen wieder fort. Nur eine Fliege schien sich gar nicht um die Blüthen zu bekümmern, sondern allein um Tante Trinette's Nase. Es war ein winziges Ding mit fast durchsichtigen gelbvioletten Flügelchen und kam immer gerade so genau auf denselben Fleck zurück, wie die Fliegenschnäpper auf dem Holzstacket. Dieser Fleck aber war der Nasensattel von Tante Trinette. dicht unter der Stelle, wo die große Hornbrille von einem Auge zum andern ging. Immer wieder saß sie da, so oft Tante Trinette auch mit der Hand hinschlug und die Brille dabei verschob, so daß sie immer von Neuem in der illu= strirten Hauschronik den Satz aufsuchen mußte, den sie zu= letzt gelesen. Das war auch der Grund, weßhalb sie noch wachte, obgleich sie beinahe schon eine halbe Stunde in dem bequemen Gartenlehnstuhle saß; doch allmälig blätterte sie schneller, denn sie besah nur mehr die Bilder. Höchstens warf sie noch ab und zu einen Seitenblick auf die beiden Kinder neben sich, die zu ihren Füßen auf der Rasenbank saßen und mit ernsthaften Gesichtern ebenfalls in ein großes Buch mit großen, bunten Bildern blickten. Georg hatte es auf den Knieen liegen und den Arm um den Nacken der kleinen Willa gelegt, so daß ihr blondes Köpfchen fast an seines geschmiegt auf seiner Schulter lag. So lasen sie zusammen in dem großen Buch. Aber er las schneller als sie und wurde ungeduldig, wenn er mit dem Umschlagen warten mußte.

„Halt, Georg, ich hab's noch nicht," sagte sie. Dann deutete er ihr, während sie las, die Figuren und störte sie noch mehr. „Siehst du," sagte er, „sie schlafen alle, die Ritter und die Knappen und die Tauben auch."

Nun las auch die Kleine die letzten Worte auf der Seite laut, um ihm zu zeigen, daß sie nachgekommen. „Dornröschen aber lag in der Mitte auf einem Rosenbett —" und er schlug hastig das Blatt um. „Gib Acht, nun kommt der Prinz," sagte er jubelnd, und die Augen des Mädchens flogen erwartungsvoll über die inhaltreiche Seite hin.

Im selben Augenblick schlug auch Tante Trinette wieder nach der Fliege. Sie war schon ein wenig eingenickt, obgleich sie das Buch immer noch zwischen den Fingern hielt; aber die Hornbrille war ihr bereits bis auf die Nasenspitze gerutscht, und nun schlug sie grade darauf, so daß sie ganz herunter fiel, grade als Lesezeichen in das aufgeschlagene Buch hinein. Sie öffnete noch einmal die Augen; „macht nur keinen Lärm, Georg und Willa," sagte sie schläfrig. Dann murmelte sie noch: „verwünschte Fliege", legte das ältlich-freundliche Gesicht in den Stuhl zurück und hörte die Hummeln immer undeutlicher und immer leiser summen; und dann summten ihre Lippen selbst leise mit und sie saß eben so unbeweglich wie die Fliegenschnäpper und schlief eben so fest wie die Hühner und wie die Katze und wie der gelbe Hofhund, und unbeweglich auf der eroberten Nase saß die violette Fliege und schlief ebenfalls.

Der Gott des Schlafes lag unsichtbar über Allem; selbst die Glocken des Städtchens, die leise herüberklangen, bewegten sich wie im Traume. Nur den beiden Kindern konnte er nichts anhaben; sie waren ebenso gefeit gegen ihn, wie der Königssohn, mit dem sie durch den verzauberten Wald heraufkamen. Georgs Augen glänzten immer lebendiger; er flüsterte jetzt seine Erläuterungen, dafür aber gestikulirte er desto eifriger mit seinem freien Arm dazu. Der andere lag noch immer um die Locken seiner kleinen Freundin; auch sie hatte nun das Märchen zu Ende gelesen und blickte mit träumerischen Augen auf das große Schlußbild, wo der schlanke Königssohn Dornröschen küßte und sie die himmelblauen Augen weit aufschlug und all' die Ritter und Knappen verwundert sich zu bewegen anfingen. „Auch die Tauben," flüsterte Georg wieder, „siehst du, nun wachen auch die Tauben auf. Ich wollt', ich wär auch ein Prinz —"

„Ach," sagte die Kleine; „aber, Georg, wo mag das nur gewesen sein?"

„Drüben im Walde natürlich," antwortete er; „der ist so groß, daß noch kein Mensch ganz hindurch gekommen ist. Dahin möcht' ich einmal."

„Wir dürfen nicht allein," sagte Willa betrübt, aber ihre Augen strahlten; „die Tante hat's uns oft verboten."

„Die schläft," erwiderte Georg kurz. Sein Gesicht war aber doch nachdenklich; „nein, es geht nicht," setzte er ernst hinzu, „ich bin kein Königssohn."

Die Kleine nickte verständig. „Ach nein, das ist wahr," seufzte sie. Doch nun sprang Georg plötzlich mit leuchtenden Augen auf und faßte sie am Arm. „Vielleicht wissen es die Tauben," rief er, „die sind dabei gewesen."

„Pst," machte das Mädchen, denn Tante Trinette bewegte sich im Schlaf. Allein Georg zog sie schon mit sich fort und sie folgte ihm auf den Zehen. „Ja, die Tauben," wiederholte sie leise, und ihr Antlitz strahlte erwartungsvoll wie das seinige.

Nun gingen sie sachte Hand in Hand über den mittagheißen, schattenlosen Hofraum. Der Hund reckte die Ohren und hob mit halb geöffneten Augen den Kopf. „Sei still, Nero," sagte Georg, und er streckte sich schweigsam zurück. Auch die Katze miaute leise vom Baum. „Weck' die Tante nicht auf, Miezchen," flüsterte die Kleine, mit der Hand winkend und sie gingen weiter auf die Scheune zu, an deren weißer Kalkwand die hellrothen Pfirsich- und Aprikosenblüthen im Sonnenschein glänzten. Oben darüber war der Bodenraum und das frisch eingescheuerte Heu duftete durch die offene Lücke auf den Hofraum hinaus. Nebenan sprangen lange weiße Stäbe aus dem Dach hervor, auf denen verschlafene Tauben saßen — Turteltauben mit stattlichem Kragen, grünlichschillernde mit glänzendem Spiegel auf den Flügeln und Kreuztauben.

„Wir müssen hinaufgehen," sagte Georg. „Die weißen sind alle drinnen und die waren dabei; die andern wissen nichts davon.

„Ja wohl," antwortete Willa, „die im Schloß mit schliefen, waren alle weiß. Aber sind das auch dieselben, Georg?" setzte sie nachdenklich hinzu.

Er soh sie betroffen an, doch er faßte sich rasch und

sagte: „Sie wissen es doch, auch wenn sie es nicht sind; das erzählen sie sich alle unter einander."

„Aber wenn wir es nur verstehen."

„Du hast Recht," erwiderte er hastig. „Das hätte ich bald vergessen. Komm'."

Er zog sie mit sich um die Ecke, wo eine hohe Klee=koppel an die hintere Wand der Scheune stieß. Hier bückte er sich nieder und suchte eifrig. „Da ist eins für dich," sagte er dann und reichte dem Mädchen einen Stengel mit vierblättrigem Klee hinauf; wenn man das zwischen die Lippen nimmt, so versteht man Alles, was die Vögel mit einander reden."

Die Kleine klatschte freudig in die Hände und nahm sorgfältig das kostbare Blatt. „Woher weißt du das, Georg?" fragte sie.

„Es steht auch in dem Buch," erwiderte er; „ein Mann hat zwanzig Jahre so im Walde gelebt, und zuletzt wurde er so klug, daß er Alles wußte, was in der Welt geschah."

Das Mädchen wiegte unschlüssig mit dem Kopfe. „Aber das war auch wohl ein Königssohn?" fragte sie leise.

„Nein, nein," versetzte er, „das können alle; da ist auch eines für mich."

Er sprang eilig mit seinem Funde auf; doch Willa blickte ihn noch immer fragend an. „Hast du es denn schon versucht, Georg?" sagte sie endlich schüchtern.

„Ich hab' es ja gestern erst gelesen," antwortete er heftig; „aber wenn du es nicht glaubst, so bleib' hier, da gehe ich allein."

„Nein," sagte sie hastig und faßte seine Hand.

Nun gingen sie zurück und stiegen die schmale Treppe zum Boden hinauf. Hier war es, als ob sie auf eine frisch= gemähte Wiese träten, so war der Raum von Heuduft durchdrungen. Auch die weißen Tauben nebenan im Schlag, der durch ein Gitter abgetrennt war, schliefen meistens; nur ein paar girrten leise vor sich hin. „Hörst du's?" sagte Georg leise.

„Aber ich verstehe noch nichts," meinte sie.

„Sprich nicht so laut," flüsterte er, „sie dürfen nicht merken, daß wir hier sind, sonst erzählen sie sich nichts. Komm' hieher, daß sie uns nicht sehen."

Er führte sie an der Hand in eine Ecke des Bodens; da legten sie sich in's Heu und lauschten. Sie hielten sorgsam den Klee zwischen den Lippen; aber die Tauben waren jetzt still und regten sich nicht. Die Sonne fiel nur eben bis auf den Rand der Luke; davor lag das Heu ziemlich hoch geschichtet, so daß nur ein dämmerndes Licht in die Winkel hinabkam. Doch ein leiser Luftzug ging hindurch und verwehte etwas den süßen, betäubenden Ge= ruch des Grases.

Die Kinder hatten die Arme um einander geschlungen und lagen horchend Wange an Wange. Hinten raschelten die Mäuse im Heu, streckten ab und zu die Köpfe hervor und blickten mit neugierigen Augen auf sie hin. Endlich wurden sie dreister und huschten an den Beiden, die bewe= gungslos dalagen, mit possirlichen Geberden vorüber; ja Eine kam herauf, setzte sich dicht vor sie hin und putzte das Schnäuzchen.

„Es ist Niß Puk," wisperte Georg, aber das Mädchen hörte ihn nicht mehr. Ihre Augenlider waren allmälig heruntergesunken und sie lag mit geröthetem Gesichtchen ruhig athmend neben ihm. Er sah flüchtig auf sie nieder; dann legte er seinen Kopf noch fester an den ihrigen und heftete die Augen aufmerksam auf das Mäuschen, das immer dichter an ihn herankam und mit dem grauen Kopfe nickte.

Es dauerte eine ganze Weile, dann sah er deutlich, daß es keine Maus, sondern ein ganz kleines, winziges Menschengesicht war. Das holte aus einer schmalen Seitentasche ein fingerhutgroßes, kirschrothes Käppchen hervor und wisperte mit dünner, kaum vernehmlicher Stimme: „Ich bin Niß, Georg, kennst du mich nicht? Sieh' her, ich bin Niß Puk." Dabei stülpte es das Käppchen mit der grauen Pfote auf den Kopf; dann sah er nichts mehr als den rothen Fingerhut, der allein in der Luft zu schweben schien. Aber er hörte jede Bewegung, die der Däumling machte, und das Heu knisterte leise, wie das Käppchen immer näher an ihn herankam.

„Georg," sagte es nun wieder vernehmlich dicht vor ihm, „heut' ist der Tag, und wenn ihr uns helfen wollt, so kann es glücken; sonst muß das arme Mädchen wiederum ein Jahr warten, bis er zurückkommt."

„Wozu sollen wir dir helfen?" fragte der Knabe.

„Ihr müßt mit in den Wald kommen," antwortete Niß; „da werdet ihr es erfahren."

„Aber die Tante wird schelten," meinte Georg, „sie hat's uns verboten."

„Wir sind vor Sonnenuntergang wieder hier," sagte Niß hastig. „und ich schicke die Hummel, die summt ihr

ein Schlaflied, daß sie nicht aufwacht, bevor wir zurückkommen."

"Aber Willa wird müb' werden, sie kann nicht so weit
gehen."

"Dann setzen wir sie auf's Heupferd," flüsterte Niß;
"kommt, ihr müßt durchaus mit, die Wasserrose wird's euch
herrlich banken, wenn sie erst wieder reben kann. Doch
ihr bürft kein Wort sprechen, bis ich es euch sage, sonst ist
Alles vergebens unb kann schlimm für uns enben."

Das versprach Georg mit klopfenbem Herzen. "Komm',
Willa," sagte er unb nahm das Mäbchen an ber Hanb.
So kamen sie die Stiege hinunter unb huschten schnell über
ben Hof auf ben Wiesenfußsteig. Niß hüpfte freubig voran;
balb nahm er das Käppchen ab, balb setzte er es auf, daß
es komisch anzusehen war, wie jetzt ein Mäuschen, jetzt ein
rothes Fingerhütchen über ben Weg hintanzte. Eine Zeitlang ging ber Pfab gerabe auf ben blauen Walb zu; boch
bann hörte er plötzlich auf unb bas hohe Wiesengras stanb
ringsumher. Jeber Halm aber war für Niß wie ein Baumstamm, um ben er sich mühsam herumwinben mußte.
"Nimm mich auf, Georg," bat er enblich, "wir kommen
sonst nicht rechtzeitig an." Nun hob bieser ihn in die Höh'
unb setzte ihn auf ben breiten Ranb seines Strohhuts, auf
bem ber Kleine spazieren ging unb rechts unb links ihnen
ben Weg burch bas wogenbe Gras beutete. Georg unb
Willa gingen Hanb in Hanb; bie letztere blickte sich häufig
um nach ben Dächern bes Hofs, bie im Sonnenbuft hinter
ihnen verschwammen. Dann sprach Georg ihr Muth ein
unb wie wichtig es sei, daß sie nicht zögerten, unb sie
schritten weiter, bis sie auf bie rothübersäete Haibe kamen.

„Hier müssen wir halten," sagte Niß. „Hier wohnt die Eidechse." Dann sang er mit seinem feinen Stimmchen:

Ringelkränzchen,
Raschelschwänzchen,
Eidechslein,
Heb' die Bein'
Hinterdrein,
Komm' mit in den Wald hinein.

Und die Eidechse kam aus den Erikaglöckchen hervor und schwänzelte hinterdrein. „Nun gehen wir weiter und holen die Grille," sagte Niß. „Die wohnt den Sommer über drüben im Hageborn." So schritten sie auf den Busch zu, der einsam aus der Haide heraufragte. Es war ganz still darin, doch als Niß gesungen:

Grüne Grille,
Aus der grünen
Blätterrille
Zieh' mit ihnen;
Heb' die Bein'
Hinterdrein,
Komm' mit in den Wald hinein.

Da zirpte leise Antwort tief aus dem Busch, und als es ein Weilchen gedauert, kam die Bewohnerin zwischen den Blättern hervor und begrüßte die Gesellschaft zierlich mit den langen Fühlhörnern. Dann sagte Niß: „wir dürfen uns nicht aufhalten;" und der Zug ging weiter und die Grille sprang mit gewaltigen Sätzen von Bult zu Bult hinterdrein.

So kamen sie an's Ende der Haide, an den hohen Lehmabhang; da lag die blaue Schlange vor ihrer Thür und sonnte sich. Sie trug eine kleine goldene Krone auf

der Stirn und richtete sich zischend empor, als sie die Kin=
der gewahrte; doch dann sang Niß von Georgs Hut herab:

> Schlangenkönigin,
> Komm', wir ziehen hin.
> Ist an der Zeit;
> Bist du bereit?
> Wo ist dein
> Edelstein?
> Komm' mit in den Wald hinein.

Und die Schlange wurde plötzlich freundlich und begrüßte
Grille und Eidechse. „Das ist ärgerlich," sagte sie dann
schnell zu Niß, „ich habe meinen Stein grade gestern an
meine Muhme, die Kröte, geliehen; sie lebt im Unfrieden
mit dem Maulwurf."

„Wo wohnt die Kröte?" fragte Niß.

„Im Nachtschatten," erwieberte die Schlange; „ich zeig'
euch den Pfad, es ist kaum ein Umweg."

„Ja, denn den Stein müssen wir haben," sagte Niß,
und die Schlange ringelte sich vorauf und zeigte ihnen den
Weg. Erst führte er durch hohes, blühendes Kälberkraut
und breitblättrigen Lattig; dann kamen sie an dichten wil=
den Fingerhut mit langen violetten Glocken. Dort am Ende
stand der Nachtschatten. Rund umher war die Erde auf=
gewühlt und die Kröte saß aufmerksam zwischen den Wur=
zelstämmen und blickte mißtrauisch umher. Sie trug den
Stein der Schlange im zahnlosen Mund und leuchtete da=
mit nach allen Seiten schuhtief in die Erde hinunter, so
daß sie deutlich jede Bewegung des Maulwurfs gewahrte,
der unter ihr wühlte und die Wurzeln des Nachtschattens
umzustürzen suchte. „Was wollt ihr?" fragte sie mit giftig
funkelnden Augen, als sie die Herankommenden bemerkte.

„Es thut mir leid, Muhme," sagte die Schlange, „aber ich brauche heut' meinen Stein selbst und kann ihn dir erst morgen zurückgeben."

Die Kröte gab ihr mürrisch das Verlangte. „Ich wollt', ihr ertränkt alle auf eurer Fahrt," fauchte sie boshaft.

„Du bist ein plumpes, unbankbares Geschöpf," erwieberte die Schlange; „geh' in deine Gaisblattlaube, bis wir wiederkommen; da kann er dir nichts anhaben."

„Der und anhaben?" grinste die Getabelte höhnisch; „wenn er nur einmal heraufkäme, er sollte mich nicht wieber vergessen."

Die Schlange nickte verstimmt mit dem Kopf. „Hochmuth kommt vor dem Fall," versetzte sie nachdrücklich und ringelte sich weiter.

„Selbst ein hochmüthiges Sonnengelichter," knurrte die Kröte ihnen verbissen nach; aber die andern kümmerten sich nicht barum und schritten rüstig vorwärts. Die Schlange ging jetzt voran; sie hatte ben funkelnben Stein in die Krone gesetzt und leuchtete überall in die Erbe hinunter. Da sah man unter'm Weg Thiere aller Art emsig beschäftigt. Larven und Käfer wühlten durch die lockere Erbe; am eifrigsten waren die braunrothgestreiften Tobtengräber, die überall nach einer Beute umherspähten. Dazwischen glimmerten Gestein und Erze verschiebenster Art; manchmal bog ein silberheller Quell fast bis an die Oberfläche herauf und verschwand wieber in der Tiefe. Die Kinber schritten langsamer und betrachteten es mit staunenben Augen; boch Niß ermahnte sie, nicht zu zögern, da der Weg noch lang sei und sie noch das Glühwürmchen, die Fischotter und ben Specht abholen müßten. Die mittlere trafen sie zuerst, denn auf einmal rauschte ein Bach vor ihren Füßen. Er war seicht und rieselte über moosige Kiesel, so daß Willa nur eben ihr Röckchen aufzuheben brauchte; aber die Grille wäre doch darin ertrunken. Am Rande stand hoher, dichter Schilf; davor sang Niß:

> Fährmann hol' über,
> Müssen hinüber,
> Müssen gar schnell
> Ueber die Well'.

Aber es rührte sich nichts im Rohr. „Die Otter hält gern ihr Nachmittagsstündchen," raunte Niß seinen Begleitern zu. „Ich wette eine Himbeere, daß sie schläft." Dann begann er wieder, aber dießmal so laut er es vermochte, zu singen:

> Können nicht weilen,
> Müssen uns eilen
> Ueber die Fluth;
> Zahlen es gut.

Doch es regte sich immer noch nichts im Schilf. Dagegen tauchte in der Mitte der Au ein schwarzer Punkt auf, der allmälig näher kam. Dann ward's ein Kopf und ein Schwanz und kletterte über das flachere Gestein. „Spute dich, Otter," rief Niß, „wir müssen in den Wald zur Wasserrose und du mußt mit."

Die Angeredete stieg hastig an's Land. „Ich habe grade die Schnecke übergesetzt," sagte sie, „die will auch in den Wald, es wird ihr draußen zu heiß. Steigt nur auf und haltet euch fest."

Nun kletterte die Grille auf den Schwanz der Otter und die Eidechse stieg ebenfalls auf den Rücken, denn sie hielt gern auf sich und fürchtete sich im Wasser zu beschmutzen. Die Schlange aber ringelte sich und schwamm nebenher. Bald waren sie drüben und setzten ihren Weg fort. Dicht hinter dem jenseitigen Ufer überholten sie die Schnecke, die sich mühsam durch den Sand fortarbeitete. „Ueberlauf' dich nicht, Schnecke," sagte die Schlange spöttisch im Vorbeikommen. „Wer langsam geht, kommt auch zum Ziel und bricht kein Bein," antwortete diese ruhig. Das verdroß die Schlange, denn es war ihr heimlicher Kummer, daß sie keine Beine besaß, und sie ließ sich nicht gern daran erinnern. So wand sie sich, so schnell sie vermochte, vorwärts und die andern folgten ihr nach. Sie waren jetzt dicht am Walde; das hellgrüne Buchenlaub schimmerte lieblich zwischen dem dunklen Nadelholz hervor. Daran stieß ein feuchtdurchrieselter Grasrain, mit hohen, blühenden Stauden untermischt. „Hier muß das Glühwürmchen sein," sagte Niß, „aber es hält sich bei Tage versteckt, denn es fürchtet sich vor der Schwalbe. Wir müssen es rufen." Und er sang:

> Glühwürmchen klein,
> Glühwürmchen fein,
> Komm mit deinem Schein.
> Mußt uns nützen,
> Woll'n dich schützen;
> Fürcht' dich nicht,
> Komm' mit deinem Licht.

Da kam das Glühwürmchen aus dem Kelch der Anemone gekrochen und schwirrte zu dem Nufer hinauf. Niß saß auf Georgs Strohhut und Glühwürmchen saß wieder auf Nissens Käppchen. So lange sie im vollen Sonnenschein gingen, nahm es sich gar armselig und dürftig aus; doch sobald sie in den Waldschatten traten, fing es an zu leuchten und glänzte immer heller, je tiefer sie hinabkamen. „Nun fehlt uns nur noch der Specht," sagte Niß; „ich fürchte, daß er schwerlich zu Hause sein wird."

„Ich glaube, ich höre ihn," versetzte die Fischotter, denn sie hatte das schärfste Gehör von ihnen, und sie standen alle still, hielten den Athem an und horchten. Da kam es tief aus dem Walde herauf: Tick-tack-tick-tack. „Da ist er," sagte Niß, und sie gingen dem Schall nach, bis sie ihn fanden. Er saß oben in einer Tanne und hämmerte; sie stellten sich rund um den Stamm, und Niß sang:

> Spahnhäuser,
> Stammläufer,
> Sag' uns an,
> Wo ist der Falke,
> Wo ist der Mann?

Nun kam der Specht geräuschvoll den Baum herabgelaufen, und Georg und Willa schraken zusammen, wie sie ihn sahen, und faßten sich fester an der Hand, so groß und schwarz sah er aus. Dazu hatte er einen blutrothen Kragen, das gab ihm einen schönen, aber wilden Ausdruck. Er grüßte auch etwas barsch, zumal als er die Fischotter gewahrte, mit der er nicht in gutem Einvernehmen lebte, doch war er bereitwillig, zu thun, warum Niß ihn gebeten. Nur konnte er nicht lassen, während er von Baum zu Baum vorausflog, hastig um jeden Stamm zu laufen und zu hämmern, obgleich Niß ihm öfter bedeutete, daß der Lärm ihr Kommen verrathen könne. Allein er schnarrte nur, daß er thue was seines Amtes sei, und wenn sie kein Gefallen daran fänden, könnten sie allein suchen. Da mußten die andern stillschweigen und sich drein finden, denn der Specht kannte allein die Federn, die der Falke als Merkzeichen ausgesteckt; und wenn jene sie auch gekannt, hätte es ihnen doch nichts geholfen, da sie mit dem Schnabel oben an den Aesten fest= gehackt waren, und Niemand als der Specht hatte Flügel, dorthin zu kommen. So gingen die übrigen desto vorsich= tiger; es war fast dämmerig im Wald, kein Sonnenstrahl fiel durch das dichte Blätterdach. Endlich kamen sie an eine alte Eiche; die mochte fast tausendjährig sein und ihr Stamm war so dick wie zehn andere tüchtige Bäume zu= sammen. Jeder ihrer unteren Aeste war noch ein riesiger Baum für sich; aber in der ganzen Krone war es still und kein Laut darin zu hören. Ja, es schien fast, als ob die Blätter und Zweige trauerten, so tief neigten sie sich rund= umher zur Erde herab. Darunter um den Stamm war tiefes köstliches Moos; darauf lagen Wurzeln und Beeren aller Art zusammengehäuft. Ganz frisch, als ob sie eben gepflückt, und ein klarer Quell glänzte nebenan. Doch auch er war still und nicht geschwätzig wie sie es sonst sind, son= dern floß schweigsam durch den grünen Teppich hin.

„Hier ist's," sagte der Specht, und sie hielten an; „soll ich klopfen?"

„Warte noch, wir müssen den Falken fragen," erwi= derte Niß; „wo mag er sein?"

Der Specht zuckte mit den Flügeln und schwieg. Er schien überhaupt ärgerlich zu sein, daß er in seiner Nach= mittagsarbeit gestört worden. Der Falke aber saß ruhig über ihnen auf einem Ast und hörte Alles. Er sah grade eben so grau aus wie die Rinde des Eichstammes und ver= hielt sich unbeweglich; daher bemerkte ihn keiner, während er auf Alles Acht gab und mit verständigen Augen die

Ankömmlinge musterte. Endlich schien er zufrieden gestellt, denn er spreizte plötzlich die Flügel aus und schwebte geräuschlos zu ihnen herunter, grade in die Mitte hinein.

„Da ist er," sagte Niß freudig. Der Falke nickte ernst mit dem Kopf. „Ist Alles da?" fragte er.

„Alles," bestätigte Niß.

Nun begann der Erstere zu zählen und aufzurufen: jeder antwortete auf seinen Namen mit einem leise: Hier! „Glühwürmchen, Grille, Eidechse, Schlange, Fischotter, Specht, ein Knabe, ein Mädchen, Niß und ich — es ist gut, wir wollen den Herrn wecken."

Er flog zu dem Eichstamm und pochte dreimal leise an die Rinde. Da that der Baum sich auf und ein junger Mann trat hervor. Der sah verhärmt und todtenbleich aus; aber seine Gestalt war hoch und königlich und seine Züge von wunderbarer, edler Schönheit. Er trug langes blondes Haar, das ihm in Locken auf die Schulter fiel, und seine Augen waren tief traurig und blau wie der Frühlingshimmel. Er sprach kein Wort, sondern nickte nur stumm mit dem Kopf zu Allem, was der Falke sagte. Dieser schien jetzt die Leitung des Zugs übernommen zu haben, die Niß ihm ohne Einwendung abgetreten. Er ordnete die Mitglieder paarweise, so daß Fischotter und Eidechse die Nachhut bildeten und die Kinder den Anfang machten. Vor ihnen schritt nur noch der Jüngling; der Falke hatte sich ihm auf die linke Schulter gesetzt und flüstert ihm ab und zu etwas in's Ohr. Dann erheiterte sich das Antlitz des Jünglings, seine Augen glänzten unruhig vorauf in den Wald hinein, und er schritt schneller und schneller, daß die Nachfolgenden Mühe hatten, nicht zurückzubleiben. Doch allmälig ward der Wald immer dichter und dichter. Die Stämme traten näher zusammen und dazwischen wuchs hohes Untergebüsch empor; dazu hingen von den Aesten Schlinggewächse mit zackigen Ranken herab. Die ringelten sich, als ob sie lebendig wären, um Arm und Bein und hielten die Fortschreitenden fest. Nun zog der Jüngling sein Schwert und hieb einen Weg durch die Stauden, während der Falke die Ranken mit dem Schnabel packte und zerriß. Manchmal ragten die Baumstämme unmittelbar neben einander auf, daß es unmöglich war, zwischen ihnen durch zu kommen. Dann suchte der Specht den heraus, der am morschesten war, und er und der Jüngling bahnten eine Lücke durch die Stammwand. Das gab langen Aufenthalt für die Andern, die im Moose umhersaßen und ungeduldig zuschauten. Willa und Georg blieben immer dicht beisammen und blickten sich mit seltsamen Augen an. Aber sie sprachen nicht, wie Niß es ihnen anbefohlen; nur verstohlen deutete Georg auf das Kleeblatt, das er noch immer, doch jetzt innen zwischen den Lippen verborgen hielt, zum Zeichen, daß er Alles verstehe, was um sie gesprochen werde. Er sah sie dann stolz an und Willa nickte leise zustimmend mit der Stirn.

Darüber mochten Stunden vergehen. Immer dunkler und dunkler war es geworden, daß Glühwürmchen schon lange beständig vorausgeschwirrt war und geleuchtet hatte. Jetzt fing es allmälig wieder an von fern durch die Stämme zu dämmern und der Weg wurde freier, so daß sie schneller vorwärts gelangten. Dann hatten sie einen wundersamen Anblick. Sie waren an den Waldesrand gekommen, der eine kleine zirkelrunde Lichtung umschloß. Aber obwohl sie im hellsten, heißesten Sonnenschein lag, nahm sie sich doch unheimlich und düster aus, denn der ganze Raum war mit einem tiefschwarzen Gewässer ausgefüllt, um welches rings himmelhohe, finstere Tannen standen, die eben so tief in den Weiher hinabzutauchen als emporzuragen schienen. Ringsum war kein Ton zu hören, kein Vogel huschte durch die Zweige; es war Alles todt und stumm. Selbst die Insecten fehlten auf den Dolden und Schilfblumen, die den Wasserrand umgaben; nur eine große dunkelblaue Libelle streifte mit weitgespannten Flügeln wie ein Wächter über dem Gewässer hin und her. Sie kreiste beständig um das Centrum des Weihers; dort lag gerade im Mittelpunkt auf breiten, grünglänzenden Blättern eine schöne, rosarothe Wasserrose und weiße Lilien im Kranz rings um sie her. Die stachen glänzend von der schwarzen Tiefe ab, wie sie einsam, gleich einer Perlenschnur mit einem köstlichen Edelgestein in der Mitte, darüber schwammen.

Der Jüngling hatte die Arme nach dem Weiher ausgestreckt und stand unbeweglich, wie verzaubert, während thauhelle Thränen ihm unbewußt über die blassen Wangen herabrollten. Der Falke indeß ging ab und zu und flüsterte jedem leise etwas in's Ohr. Dann kroch die Fischotter an den Weiher hinab und duckte sich unter das Rohr; die Eidechse schlüpfte in ein Mausloch; der Specht verbarg sich im Wipfel einer Tanne, Glühwürmchen war unter's Moos gehuscht; die Schlange steckte den funkelnden Kopf zwischen ihre Schuppen und ringelte sich um den Ginsterstamm, dessen zackiges Laub sie verdeckte. Nur Georg und Willa legten sich neben dem Jüngling hinter einen Baum auf's Moos und auch Niß blieb an seinem alten Platz:

aber er hatte sein Käppchen aufgesetzt; das schwamm über Georgs Hut in der freien Luft.

Zuerst sprach der Falke mit der Grille; dann schwang er sich geräuschlos selbst zu dem Specht in die Tannenkrone und setzte sich neben ihn. Die Grille jedoch. hüpfte muthig vorwärts auf den grauen, verwitterten Fels zu, der zwischen dem dichtesten Tannengestrüpp hart am Weiherufer lag. Darin war eine breite, dunkle Oeffnung, die grade auf die Mitte des Wassers hinausging, so daß man von ihr aus die Rose mit den Lilien deutlich und dicht vor sich gewahrte. Doch auch in ihr regte sich nichts; sie lag wie Alles ringsumher verlassen und still im heißen Sonnenlichte. Nur die Grille kletterte jetzt über das zerbröckelnde Gestein an die Kluft hinan; vor dem Eingang standen wie Posten zwei riesige goldgelbe Orchideen. In die Blüthen der einen von ihnen schlüpfte sie hinein; dann hub sie leise an zu singen:

Mittagsfeier
Webt den Schleier
Müde über Flur und Hain;
Aus den Lüften,
Ob den Düften,
Wacht die Sonne nur allein.

Nun bewegte sich etwas drinnen in der Höhle; das Gestein am Eingang raschelte, und ein häßlich aufgeschwollener Kopf mit listigen, giftig funkelnden Schlitzaugen reckte sich hervor und spähte umher. Als er nichts gewahrte, kam ein röthlich gefleckter, widerlicher Drachenleib hinterher; dann lag das schuhlange Gewürm in seiner ganzen Scheußlichkeit im Sonnenlicht und äugelte mißtrauisch umher. Doch es entdeckte nichts Bedrohliches; nur der Falke verwandte durch das Geäst der Tanne den Blick nicht von ihm und folgte jeder seiner Bewegungen. Das Ungethüm streckte sich auf das Moos vor den Eingang der Kluft; aber es hielt sorgsam die Augen offen. Nach einer Pause begann die Grille wieder zu zirpen:

> Auf der Halde
> Und im Walde
> Hält das Leben tiefe Ruh;
> Alle Lider
> Sinken nieder,
> Und die Kelche fallen zu.

Der Wurm blinzelte schläfrig mit den häßlichen Augen. Hin und wieder fiel eine garstige Schuppe über sie hin; doch er hob sie schnell wieder und lugte aufmerksam umher. Allein er vernahm nichts als die Libelle, die achtsam ihre Kreise zog, und die Grille, die kaum vernehmlich, wie im Halbschlummer weiter sang:

> In den Zweigen
> Selber schweigen
> Vogelruf und Windesrund;
> Und die Bäume
> Nicken Träume
> In des Weihers stillen Grund.

Nun nickten auch die Schuppen länger und länger über die Augen des Gewürms. Immer kürzer hob er sie und immer größer wurden die Pausen. Er bekämpfte den Schlaf noch eine Weile; endlich streckte er sich auf den Rücken und legte den Kopf in den Schatten des Schierlingsstrauchs, der an dem in den Weiher rieselnden Felsquell hervorwuchs.

Der Falke machte jetzt aus seinem Versteck ein ganz

leises, schnalzendes Zeichen mit der Zunge und die Schlange ringelte sich vorsichtig vom Ginsterstamm und glitt in geräuschlosen Windungen auf den Felsen zu. Das Unthier lag aber gerade in der Mitte vor dem Höhleneingang, so daß sie nicht an ihm vorbeischlüpfen konnte, ohne es aufzuwecken. Deßhalb schlängelte sie sich über ihm am Gestein in die Höhe. Hier konnte sie sich jedoch nicht verbergen, so dicht sie auch am Boden entlang glitt, und die Libelle gewahrte sie und flatterte hastig vom Weiher auf den schlafenden Drachen zu. Sie setzte sich ihm auf den rothen Kamm, daß er verstört auffuhr und, instinktiv die Gefahr ahnend, sich noch im Schlaf auf seine Höhle zu bewegte. Aber blitzgeschwind ließ sich im selben Augenblick die Schlange zwischen ihn und den Eingang herabfallen und versperrte ihm den Rückweg in seinen sicheren Schlupfwinkel.

Athemlos blickten die Andern aus ihren Verstecken zu; doch Keiner regte sich, wie der Falke es angeordnet. Nach der ersten Ueberraschung sammelte der Wurm sich schnell. Da er sah, daß es unmöglich war, den Eingang zu gewinnen, sagte er gleichgiltig:

„Es ist artig, daß Du mich einmal besuchst, Königin; hätte ich es vorher gewußt, könnte ich Dir ein besseres Mahl anbieten. Ich habe nur Hollunderbeeren heute; doch sie halten sich frisch in meiner Wohnung. Einen Augenblick, ich bringe sie Dir.“

Und er wollte sich an ihr vorüber winden, aber die Schlange ringelte ihren Schwanz um seinen Leib und hielt ihn fest. „Ich bin nicht hungrig,“ antwortete sie, „doch ich möchte etwas Anderes von Dir, Drache.“

Er that erstaunt. „Was denn?" fragte er, listig mit den Augen blinzelnd.

„Ein Tröpfchen Blut von Dir," erwiderte sie jetzt ebenfalls so gleichgiltig wie möglich.

Der Wurm wand sich heftig unter ihren Ringen; aber er spähte noch immer nach einem Ausweg umher. „Und wozu das?" fragte er spöttisch.

„Um zu der Rose drüben zu gelangen," versetzte sie ruhig.

Der Wurm riß giftig den Rachen auf. „Du hast mich tückisch betrogen, Schlange," fauchte er. „Doch Du weißt, zur Rose kommt Niemand ohne mein Blut, und eh' ich Dir einen Tropfen gebe —"

„Muß ich Dir ihn nehmen," unterbrach sie ihn nach= lässig und bog ihren Kopf nach seinem rothen Kamm. Aber sie erreichte ihn nicht, denn er glitt im selben Augenblick höhnisch auflachend zwischen ihren Ringen durch und schoß als Aal in den Weiher hinab. „Besuche mich über's Jahr wieder, Schlange," rief er triumphirend im Sprunge und verschwand in dem dunklen Gewässer.

Doch nun gab der Falke wieder ein Zeichen und hastig stürzte die Fischotter aus ihrem Schilfversteck dem Aale nach. Lange sah man nichts von Beiden; nur die Libelle flatterte ängstlich dicht über dem Spiegel und starrte mit den polye= brischen Augen in die Tiefe hinunter. Hin und wieder zuckte die Oberfläche leise und es zog hastig wie ein Streifen auf ihr dahin; oder es stieg eine quirlende Blase auf und zerging glänzend in der Luft. Endlich rauschte das Wasser stärker an einem Rande und der Aal schnellte sich schlamm= bedeckt und dicht verfolgt von der Otter auf's Ufer. Er schien so abgemattet, daß er sich kaum mehr bewegen konnte;

doch wie die Fischotter auf ihn zusprang und ihn zu haschen glaubte, blieb ihr nur die glatte, abgestreifte Haut zwischen den Krallen und aus ihr summte ein grüner Rüsselkäfer in die Luft empor, bis in die oberste Spitze der nebenaufragenden Tanne. Dort bohrte er sich tief in die Rinde hinein und war verschwunden.

Der Falke hatte Alles genau beobachtet und gab wieder ein Zeichen. Da flog der Specht zur Tanne hinauf und hackte mit dem Schnabel in die Rinde. Der Käfer bohrte sich immer tiefer in's Mark, aber der Specht hämmerte immer größere Spähne aus dem Holz und erreichte ihn fast mit dem Schnabel. Nun ließ der Käfer sich plötzlich von oben herabfallen und verkroch sich als Regenwurm unter das Moos. Doch hierauf hatte die Eidechse nur gewartet, und noch ehe der Falke ein Zeichen gab, wühlte sie ihm nach in die Erdgänge hinein und trieb ihn wieder an's Licht. Da schlug es plötzlich ihr mit gewaltigen Flügeln auf den Kopf, daß sie halb betäubt umsank, und über ihr stieg der Regenwurm als ein mächtiger Reiher lärmend in die Luft. Stolz wiegte er sich auf den unerreichbaren Schwingen über dem Weiher und krächzte auf seine ungeflügelten Verfolger herab. Doch nun schoß wie ein Blitz der Falke aus dem Tannenwipfel hervor; aber der Reiher gewahrte ihn, bevor er ihn erreicht. Er stieß einen gellen Schrei aus und stieg kerzengerad in die Luft. Der Falke folgte ihm unermüdlich, ohne indeß die Entfernung zwischen ihnen zu verringern. Beide jedoch wurden immer kleiner und kleiner; jetzt waren sie nur mehr wie eine Schwalbe, jetzt kaum ein Pünctchen, — dann nahm der Aether sie auf und sie verschwanden im dunkeln Blau.

„Nun ist es Zeit," sagte Niß und sprang eilig von Georgs Hut zu Boden; „kommt, daß wir das Schwert suchen; denn der Drache kann nur mit seinem eigenen Gift, womit sein Schwert bestrichen ist, getödtet werden."

Der Jüngling und die Kinder folgten ihm und sie schritten schnell auf die Höhle zu. „Es ist ganz finster drin," sagte die Schlange, die noch immer am Eingang Wache hielt.

„Glühwürmchen, Glühwürmchen!" rief Niß; und Glüh= würmchen kam aus dem Moose und schirrte voran in die Höhle. Nun gingen sie in alle Grotten hinein und Glüh= würmchen leuchtete in alle Winkel; aber das Schwert fand sich nicht. „Er muß es vergraben haben," meinte Niß und rief die Schlangenkönigin. Die leuchtete jetzt mit ihrem Stein überall in die Erde hinein. Doch auch dort suchten sie lange vergeblich; endlich funkelte ihnen ein rother Schein entgegen. „Das ist der Rubin, der den Griff bildet," jubelte Niß, und sie scharrten die Erde fort — da lag das Schwert und schimmerte bläulich wie ein gezackter Blitz. Der Jüngling bückte sich hastig, um es aufzuheben, allein es lag unbeweglich, wie angenagelt, und er mußte mißmuthig abstehen.

„Nur der alte Zaubermeister selbst und eine reine Knabenhand, die noch kein Blut vergossen, kann es be= wegen," sagte Niß. „Jetzt kommt Deine Aufgabe, Georg."

Alle blickten gespannt auf den Knaben; doch wie dieser nur eben die Hand hinabstreckte, hob er das gewaltige Schwert wie eine Feder aus dem Grund und gab es dem Jüngling. „Hättest Du nur jemals ein Thier getödtet, den kleinsten Schmetterling, so wäre Alles vergebens ge=

wesen, sagte Niß ernst und blickte den Knaben zärtlich an. Der Jüngling aber fiel Georg um den Hals und küßte ihn und weinte vor Freude. Doch Niß trieb zur Eile; „der Reiher kann gleich zurückkommen," sagte er, „und dann gilt's die Hauptsache." Er setzte nun dem Jüngling sein Käppchen auf's Haar und die hohe Gestalt verschwand; der rothe Fingerhut nur schwamm wohl sechs Fuß über dem Boden, einsam wie eine fliegende Glockenblume in der Luft.

Schnell waren sie wieder draußen vor der Höhle und traten in den Wald. „Es ist noch nichts zu sehen und zu hören," sagte die Fischotter, die sich am Ufer im Sonnenschein trocknete. Niß machte ein ängstliches Gesicht und blickte aufmerksam in die Höhe, wo die Kämpfenden verschwunden. „Wenn die fünfte Nachmittagsstunde vorüber ist, so ist es zu spät," flüsterte er bang, „und wieder ein Jahr, bis der Tag zurückkehrt." Aber der Specht, der sich wieder auf den Tannenwipfel geschwungen, unterbrach ihn. „Sie kommen," rief er hinab, „und der Falke ist oben."

Nun strengten auch die Andern ihre Augen an, allein sie gewahrten noch nichts als einen schwarzen Punkt, der gerade über ihnen wieder aus den weißen Mittagswölkchen herabkam. Doch er näherte sich schneller als er emporgestiegen, und bald erkannten sie den Reiher, der sich blitzschnell herabfallen ließ. Er hatte den langen Schnabel auf den Rücken gelegt und vertheidigte sich damit gegen den Falken, der dicht über ihm niederschwebte und, geschickt den Stößen ausweichend, ihn mit den scharfen Fängen zu packen drohte. Die Luft war von dem Lärm der Kämpfenden erfüllt; der Reiher suchte den Erdboden zu gewinnen, der Falke ihn daran zu verhindern. Wären sie noch weiter von demselben entfernt gewesen, hätte der Falke seinen Zweck erreicht; doch nun stürzten sie fast zugleich an den Weiher=rand hinab, und im selben Moment, wie der Reiher den Boden berührte, sprang eine riesige Menschengestalt wieder von ihm empor. Willa schrie laut auf bei dem Anblick, denn der struppige Bart reichte dem Waldmanne bis auf die Brust herab und die Haare flogen ihm schlangenwild um die gleich Kohlen brennenden, stieren Augen. Wie er den Schrei hörte, riß er eine junge Tanne aus dem Boden und hob sie in die Richtung, wo die Kinder regungslos vor Schreck zu Boden gesunken. „Ihr seid die Knirpse, welche die Wasserrose befreien wollen?" schrie er mit fürch=terlicher Stimme, daß es wie Donner um den Rand der Lichtung wiederhallte; doch wie er den Streich führen wollte, fühlte er sich mit einem Schwerte von der Seite getroffen — nicht gestoßen, nur geschlagen, so daß es kraftlos an dem dicken Thierfell, das er um die Schultern trug, er=mattete. Er stand indeß von seinem Vorhaben ab und wandte sich hastig in die Richtung des Angriffs. Aber er sah nichts als ein rothes Fingerhütchen, das hin und her in der Luft schwebte, und dennoch empfand er Streich um Streich, die wuchtig, doch ohne ihn zu verwunden, auf ihn fielen.

„Bist Du auch dabei, Kobold?" schrie er wüthend, mit der Tanne nach dem Käppchen peitschend, das geschickt seinen Hieben auswich. Dann lachte er plötzlich auf: „Was hilft euch alle eure Mühe, ihr Narren; schlagt zu, hier stehe ich, ihr könnt mich nur kitzeln. Was mich verwunden kann, liegt drüben in —"

Aber er redete nicht aus, denn im selben Moment fuhr

ihm das Schwert des Jünglings gerade unter dem Brust=
knorpel tief in den Leib. „Was Euch verwunden kann, ist
in meiner Hand,“ rief er triumphirend und riß das Käpp=
chen von den Locken. Der Riese starrte mit brechenden
Augen auf den funkelnden Rubin, der plötzlich dicht unter
ihnen aufblitzte; dann stürzte er mit einem fürchterlichen
Fluch dröhnend zur Erde, daß der Wald erzitterte und
röchelte im Todeskampfe.

„Schnell einen Tropfen Blut in den See,“ rief Niß;
„nur fünf Minuten noch und die Frist ist vorüber!“

Aber schon sprudelte es wie ein Bach aus der klaffen=
den Wunde des Todten und schäumte den Uferabhang hin=
unter. Und wie der erste Tropfen den Weiher berührt,
verschwand wie mit einem Zauberschlage die dunkle Tiefe
und ward zum grünen, duftigen Rasen; darauf stand in
der Mitte nach wie vor unbeweglich die Rose mit den Lilien.

„Jetzt eil' Dich, Willa!“ rief Niß, und das Mädchen
ließ zum ersten Mal Georgs Hand und flog mit glühen=
dem Antlitz, wie ein Schmetterling, über den Rasen auf die
Blumen zu. Da beugte sie sich nieder — doch die Libelle
schwirrte zischend auf sie zu, daß die Kleine erschrocken
zurückfuhr. Aber im Nu schoß dicht vor ihrem Gesicht der
Falke vorüber und ergriff die Libelle und verschluckte sie.
Und hastig beugte Willa sich nochmals und küßte die Rose,
tief bis in den Kelch hinab. Da dehnten sich die Blätter
und die Staubfäden wuchsen auf — immer höher und höher
— und dann wurden sie zu goldlichten, langwallenden
Haaren und weiße Arme hoben sich aus dem Kelch und das
schönste Mädchen schlug die blauen Augen auf und blickte
lächelnd der Kleinen in's Gesicht. Und zugleich regte es sich

rund umher in den Lilien; aus jeder stieg ein rosiges Antlitz empor und schaute verwundert umher. Dann ging ein Krachen durch die Tannenstämme des Waldes und die düstern Wipfel sanken spurlos zusammen. Statt ihrer hohen blühende Akazien und Kastanien und Platanen sich empor, und der graue Fels versank in die Tiefe und ein stolzes Schloß streckte über ihm seine goldenen Zinnen in die Luft. Davor rauschte, wo der Quell geflossen, ein Springbrunnen in plätschernden Kaskaden — und dann waren die Andern alle herbeigekommen, Ritter und Damen wogten jubelnd aus den Thoren des Schlosses und die schöne Dame lag schweigend in den Armen des Jünglings — lange, lange — bis sie sich aufrichtete und dankbar „Willa" rief und „Georg" und wieder „Willa" und wieder „Georg" und ihren Hals umfaßte und sie zärtlich küßte. — —

„Willa — Georg —" rief es jetzt immer lauter und unruhiger, und die Kinder fuhren vom Heu empor und blickten sich verstört um. Ihre kleinen Gesichter glühten wie im Fieber und die geschwollenen Adern pochten sichtbar in den Schläfen. Eine junge, schöne Frau beugte sich über sie, küßte sie zärtlich und sagte: „Ihr bösen Kinder, welche Angst habt ihr mir gemacht!" Daneben stand Tante Tri= nette mit der Hornbrille auf der Nase und schüttelte miß= billigend den Kopf. „Kind nun liebkosest Du sie noch gar, statt sie auszuschelten," murmelte sie verdrießlich; „es gibt gar nichts Gefährlicheres, als im frischen Heu zu schlafen. — Schläge hätten sie verdient — mir so wegzulaufen, wenn man einmal ein Auge zumacht." Sie brummelte noch etwas und stieg vorsichtig die schmale Stiege wieder hinunter, weil droben ja eine Luft zum Ersticken sei. Die

Kinder aber blickten noch immer ungewiß um sich; endlich sagte Willa verwirrt: „Bist Du es Mama? Wo ist die schöne Dame, die ich geküßt habe?"

„Komm', mein Herz," erwiderte die Mutter und nahm die Kleine auf den Arm. „Ich hab' dich geküßt, ihr schlieft ja so fest, daß ich euch wohl zehnmal bei Namen gerufen, eh' ihr aufwachtet. Der Heuduft hat euch ganz wirr im Kopf gemacht."

Nun trug sie das Mädchen hinunter, und Georg schwankte noch betäubt |hinterdrein. Drunten lag der Abendsonnen= schein auf den Dächern und die Luft zog schön und erfri= schend durch die blühenden Obstbäume. Unter der Linde war das Abendbrod gedeckt; dann kam auch der Vater mit den Knechten, die ebenfalls in Feld und Wiese nach den Verlorenen gesucht hatten. Nun gab es eine tüchtige Straf= predigt, doch die Mutter begütigte, und die Freude über die Wiedergefundenen ließ sich doch nicht unterdrücken, selbst nicht hinter Tante Trinette's grimmiger Hornbrille. „Die Fliege ist daran schuld," sagte sie; „wenn ihr ein ander' Mal zur Stadt fahrt, will ich besser Acht geben." Lustiges Gespräch ging um den Tisch beim fröhlichen Mahl, und dazu schlug im Jasmin die Nachtigall. Nur die Kleinen aßen schweigsam ihr Abendbrod und blickten sich zuweilen verstohlen mit bedeutungsvollen Augen an. Nebenan auf dem Dachfirst im Abendlicht girrten die Tauben von Dorn= röschen und Waldestraum; aber die Kleeblätter waren ver= loren und Niemand verstand sie. —

www.ingramcontent.com/pod-product-compliance
Lightning Source LLC
Chambersburg PA
CBHW031017120726
47905CB00007B/1949